第二卷 散文

丰子恺集

人民文学出版社

作者像

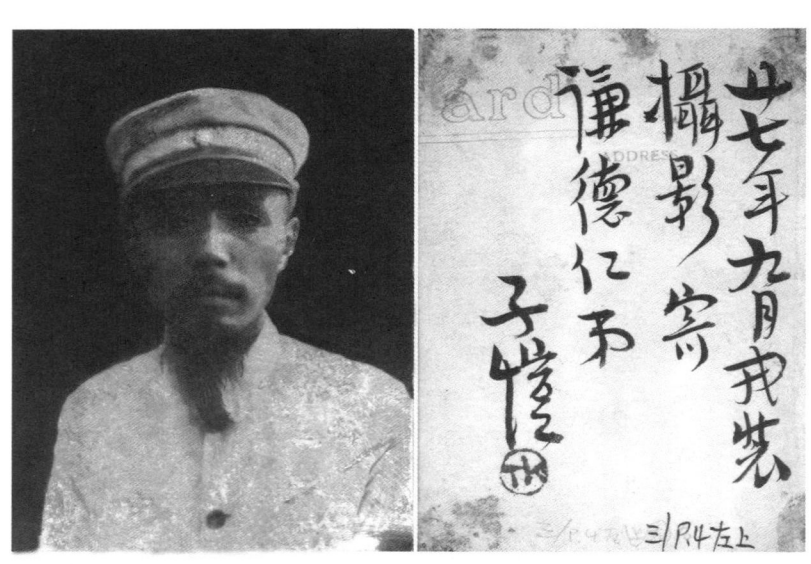

正　面　　　　　　　　　　反　面

1938年9月在桂林着戎装留影

1944年夏与幼女一吟在重庆沙坪坝

与马一浮在杭州蒋庄

目录

/子恺近作散文集

中国就像棵大树 ___ 3

文艺与工商 ___ 8

"七七"三周随感 ___ 14

谈抗战歌曲 ___ 19

谈抗战艺术 ___ 28

谈壁上标语 ___ 39

桂林艺术讲话之一 ___ 45

桂林艺术讲话之二 ___ 50

桂林艺术讲话之三 ___ 54

卅年来艺术教育之回顾 ___ 59

还我缘缘堂 ___ 65

告缘缘堂在天之灵 ___ 69

桂林初面 ___ 77

传闻与实际 ___ 81

爱护同胞 ___ 85

归途偶感 ___ 89

/漫文漫画

漫文漫画序 ___ 95

孙中山先生伟大___ 97
我悔不早点站起来___ 99
引蚊深入___ 100
只要拉他进来___ 102
传单是炸弹的种子___ 103
开出一条平正的大路来___ 104
大汉与顽童___ 105
全面抗战___ 106
全人类是他的家族___ 107
衣冠禽兽___ 109
最后胜利___ 110
日本政策高明___ 111
日本的空城计___ 112
泥人猖獗___ 113
日本空军近视眼___ 114
不过粉碎了自己而已___ 116
亡国之道___ 117
小泉八云在地下___ 118
有纸如牢___ 119
大奸灭亲___ 120
志士与汉奸___ 121
傀儡___ 122
因祸得福___ 123
焦土抗战的烈士___ 124

警钟___126

欢迎和平之神___128

物质文明___130

兵上当___132

/ 率真集

《读〈缘缘堂随笔〉》读后感___135

【附录】读《缘缘堂随笔》___141

辞缘缘堂___148

为青年说弘一法师___175

悼丏师___189

沙坪小屋的鹅___195

"艺术的逃难"___201

/ 博士见鬼

吃糕的话——代序___211

博士见鬼___212

伍元的话___218

一篑之功___226

油钵___230

赤心国___235

生死关头___253

夏天的一个下午 257
种兰不种艾 261
有情世界 266
赌的故事 272
大人国 277

/ 《儿童故事》连载

姚晏大医师 287
斗火车龙头 293
骗子 298
银窖 305
猎熊 312
毛厕救命 318
为了要光明 324

/ 缘缘堂新笔

敬礼 334
代画 338
扬州梦 342
西湖春游 349
杭州写生 357
中国话剧首创者李叔同先生 361

先器识而后文艺___366

李叔同先生的爱国精神___370

李叔同先生的教育精神___374

威武不能屈___378

新年随笔___380

胜读十年书___383

幸福儿童___386

谈儿童画___389

斗牛图___392

随笔漫画___394

伯牙鼓琴___398

曲高和众___401

雪舟和他的艺术___403

庐山游记之一___406

庐山游记之二___411

庐山游记之三___415

黄山松___421

黄山印象___424

上天都___428

饮水思源___433

化作春泥更护花___438

有头有尾___442

我译《源氏物语》___447

阿咪___451

天童寺忆雪舟___455

不肯去观音院___459

/ 缘缘堂续笔

眉___467

男子___469

牛女___471

暂时脱离尘世___473

酒令___475

食肉___477

酆都___479

癞六伯___481

塘栖___484

中举人___487

五爹爹___492

菊林___496

戎孝子和李居士___498

王囡囡___501

算命___505

老汁锅___507

过年___509

清明___518

吃酒___522

砒素惨案　527

三大学生惨案　530

陶刘惨案　532

旧上海　535

放焰口　542

歪鲈婆阿三　546

四轩柱　549

阿庆　555

小学同级生　557

S姑娘　562

乐生　565

宽盖　568

元帅菩萨　571

琐记　574

子恺近作散文集 [1]

（〔成都〕普益图书馆一九四一年十月初版）

---

[1] 原书共收随笔17篇，内容不宜入选者已删。为便于研究者参考，特将原收文章目次抄列如下：

1.中国就像棵大树 2.日本的国歌（删）3.文艺与工商 4."七七"三周随感 5.谈抗战歌曲 6.谈抗战艺术 7.谈壁上标语 8.桂林艺术讲话之一 9.桂林艺术讲话之二 10.桂林艺术讲话之三 11.卅年来艺术教育之回顾 12.还我缘缘堂 13.告缘缘堂在天之灵 14.桂林初面 15.传闻与实际 16.爱护同胞 17 归途偶感

子愷

中国就像棵大树[1]

得《见闻》第二期,读憾庐[2]先生所作《摧残不了的生命》,又看了文末所附照相版插图,心中有感,率尔捉笔,随记如下:

为的是我与憾庐先生有同样的所见,和同样的感想。[3]春间在汉口,偶赴武昌乡间闲步,看见野中有一大树,被人斩伐过半,只剩一干。而春来干上怒抽枝条,绿叶成荫。新生的枝条长得异常的高,有几枝超过其他的大树的顶,仿佛为被斩去的"同根枝"争气复仇似的。我一看就注目,认为这是中华民国的象征。我徘徊不忍去,抚树干而盘桓。附近走来两个孩子,一男一女,似是姐弟。他们站在大树前,口说指点,似乎也在欣赏这中华民国的象征。我走近去同他们谈话。

我说:"小朋友,这棵树好看吗?"

小朋友们最初有些戒严,退了一步。这也许是我的胡须的关系,小孩子看见胡须大都有些怕的。但后来他们看见我的态

---

[1] 本篇原载 1939 年 3 月 1 日《宇宙风》乙刊创刊号。

[2] 憾庐,指林憾庐,1936 年 8 月林语堂赴美讲学时,曾由他接替主编《宇宙风》。

[3] 从文首至此的数行,编入集子时曾被删去,现据最初发表稿恢复。

度仁善，恐惧之心就打消了，那姐姐回答我说："很好看！"我们就谈话起来。

我说："你家住在什么地方？"

女孩说："就在那边，湖边上。这棵树是我们村子里某人家的。"

男孩说："我们门前有一株杨树，树枝剪光了，也会生出新的来。生得很多很多，比这棵树还要多。"

女孩说："我们那个桥边有一株松树，被人烧去了半株，只剩半株，也不会死。上面很多的枝条和叶子，把桥完全遮住。夏天我们常在桥上乘凉。"

我说："你们的村庄真好，有这许多大树！这些树真好，它们不怕灾难，受了伤害，自己能生出来补救。好比一个人被斩去了一只臂膊，能再生出一只来。"

女孩子抢着说："人斩了臂，也会生出来的？"

我说："人不行，但国就可以。譬如现在，前线上许多兵士被日本鬼子打死了，我们后方能新生出更多的兵士来，上前线去继续抵抗。前线上死一百人，后方新生出一千人，反比本来多了。日本鬼子打中国，只见中国兵越打越多。他们终于打不过我们。现在我们虽然失了许多地方，但增了许多兵士，所以失去的地方将来一定可以收回。中国就好比这一棵树，虽被斩伐了许多枝条，但是新生出来的比原有的更多。将来成为比原来更大的大树。中国将来也能成为比原来更强的强国。"

女孩子说："前回日本飞机在那江边丢炸弹，炸死了许多人。某甲的爸爸也被炸死。某甲同他的兄弟就去当兵，他们说要杀完了日本鬼子才回家来。"

男孩子也说："某乙的妈妈也被炸死。某乙有一支枪，很长的，他会打鸟。现在说不打鸟了，要拿这枪去打日本鬼子。"

我说："你们这儿有这许多人去打日本鬼子，很好。别的地方的人也是这样。大家痛恨日本鬼子，大家愿意去当兵。所以中国的兵越打越多。正同这棵树的枝叶越斩越多一样。我们中国就像棵树。你们看看，像不像？"

两个孩子看看大树，都笑起来。男孩子忽然离开他的姐姐，跑到大树边，张开两臂抱住树干，仰起头来喊了些什么话。随即跟着他的姐姐去了。

我目送两孩去远了，告别大树，回到汉口的寓中，心有所感，就提起笔来把当日所见的情景用画记录。画好之后，先拿给一个少年看。少年看了，叫道："咦！这棵树真奇怪，斩去了半株，怎么还会生出这许多枝叶来？"他再看一会，又说道："对了！因为树大的缘故。树大了，根柢深，斩去一点不要紧。他能无限地生长出来，不久又是一棵大树了。"我接着说："对啦！我们中国就同这棵树一样。"少年听了这话频频点头，表示感动。随即问我要这幅画。我说没有题字，答允他今晚题了字，明天送他。

晚上，我在这画上题了一首五言诗："大树被斩伐，生机并不绝。春来怒抽条，气象何蓬勃！"又另描了同样的一幅，当晚送给这位少年。过了几天我去看这少年，他已将画纳在镜框中，挂在书室里，并且告诉我说：他每逢在报上看到我军失利的消息，失地中日军虐杀同胞的消息，愤懑得透不过气来。这时候他就去看这幅画，可以得到一种慰藉和勉励。所以他很爱护这画，并且感谢我。我听了这番话，感动甚深。我赞佩这少年的天真的爱国热忱。他正是大树的一根新枝条。

因有这段故事，我读了《见闻》所载《摧残不了的生命》，看了文末的附图，颇思立刻飞到广州去，拉住了憾庐先生，对他说："我也有和你同样的所见和所感呢！"但没有实行，只是写了这些感想寄给他。他把他所见的大树当作几方面的象征：（一）中华民族的生命，是永远摧残不了的。无论现在如何危难，他定要继续生存。（二）现在我们的民族的确已经在"自力更生"中了，而此后要更繁荣更有力地生活下去。（三）宇宙风社不受威胁，虽经广州的狂炸，依旧继续出刊。（四）《见闻》于狂炸中筹办创刊，正如新萌的芽儿。第一、二两点，我所见与他全同。第三、四两点，自然使我赞佩。但我所赞佩的不止于此。抗战中一切不屈不挠的精神的表现，例如粤汉路屡炸屡修，迅速通车，各种机关屡炸屡迁，照常办公，无数同胞家破人亡（出亡也），绝不消沉，越加努力抗日，都是我所赞佩的，都是大树所象征的。这大树真可说是今日的中国的全体的象征。[1]

〔1938年〕

---

[1] 此最末一段，编入集子时曾被删去。现据最初发表稿恢复。

文艺与工商[1]

近年来我国青年间有一种倾向：轻文艺而重工商。大学文科与艺术专校的人数远不如工科商科大学及专校的人数之多，即是其明证。

这倾向最初由青年的家长们造成。他们眼看见工程师买办等的生活可靠。又眼看见文人艺术家生活的潦倒。就代子弟这样安排升学就业的方针。有许多青年生性爱好文艺的，就与家长意见相左，而感受种种烦闷。但到后来，失业渐渐流行，出路大成问题。有的青年们鉴于生活压迫的苦痛，又听到了"方帽子[2]换不得圆饭碗"的警告，不由的恐怖起来。就放弃了原有的天真烂漫的热情，自动地向着饭碗所在的地方走。到了现在，这倾向仿佛已由被动而变成主动。许多青年在中学毕业后，自愿投考工商专门学校或大学工商学院。由父母强迫而如此的，现在渐渐少起来了。我常常接到国内大学生的通信或访问。他们都是爱好文艺而和我通信或相见的；但他们大多数是学工商的。他们会向我自白（或者答我的问），说他们为将来生

---

[1] 本篇原载 1940 年 8 月 5 日《中学生战时半月刊》第 28 期。
[2] 大学毕业得学士学位，可穿学士服装，其帽为黑色的方顶帽。

活的关系而选习工商，但生性爱好文艺，想在课外研究，所以来和我亲近的。我常觉得这等青年很聪明，但同时又怪可怜！

我国物质文明远不如人。故发展机械工程，振兴商业，是今日的急务，故青年竞习工商，是好现象，应该庆喜，不用可怜。我所以说可怜者，为了他们的动机不良。他们的选习工商，是为出路，即为生活，即为饭碗；并非为事业，为社会，为国家。人生的事业，有时固能靠生活的鞭策而进步。但最初有意牺牲了性之所好与志之所向，看清了饭碗所在的地方而开步，实在是人性的堕落，最不好的现象。人生的意义与价值，在乎"所欲有甚于生"。他们以生活为目标，所欲莫甚于生，即减损其人生的意义与价值，岂不可惜，岂不可怜！

我们读书做事，应该以学业为第一义，而以衣食为第二义。学业进步，事业成功，衣食自会附带地满足。青年人切莫听信世间失意人的牢骚话，悲观者的厌世谈，与讽刺家的夸张语（像"方帽子换不得圆饭碗"之类），而以为世间真是像他们所说的是非颠倒，黑白不分，暗无天日的。他们的话带着多量的感情作用，都是过分夸张的，都要打大折扣，不可如数收入。世间毕竟向善的人多于向恶的人。你立意做善良的事业，世间一定有人赏识，有人信用，有人爱护，决不会让你冻饿而死的。我们须得为事业而衣食，不可为衣食而衣食。为事业而衣食，衣食必得。反之，为衣食而衣食，衣食往往未必可得。看清了饭碗所在的地方而开步，一时间，也许饭碗到手早一点，或者所到手的饭碗好一点；但其人心目中抱着这样的动机，一时"捷足先登"，不久一定失败。一时好像便宜，总平均反而吃亏。故为饭碗而习工商，形似聪明，其实可怜。但这仅就青年个人的利害得失而言，关系还不算大。轻文艺而重工商的倾向，假定再深起来，势将贻社会国家以莫大的祸害，请续说之：

轻文艺而重工商，即使非为饭碗而为事业，亦断乎不可。因为这倾向深起来，国内工商人势必日渐增多而文艺者势必日渐减少。即处理物质生活的人势必日渐增多，而处理精神生活的人势必日渐减少，即工作的人势必日渐增多，思想的人势必日渐减少。这时候，国内机械发达，交通便利，工厂林立，物产丰富，商业繁盛，一切物质文明都很进步。然而缺乏思想者，缺乏精神生活的指导者，缺乏群众意思的代言者。一旦有这野心的暴徒出来逞他的支配欲，这一切物质文明就都供他利用，这一切工作者都成了助桀为虐。物质文明愈盛，助桀为虐愈多，暴徒的野心愈得恣情发挥，而群众受其欺骗陷害愈甚。因为这好比一只船，一人把舵，十人鼓桨。鼓桨的人都是背向而坐的，看不见前途。船的方向全靠把舵者一人决定。一人把舵把得不正，十人便把自身划到迷津；一人冒险触礁，十人的努力就等于自杀。这时鼓桨

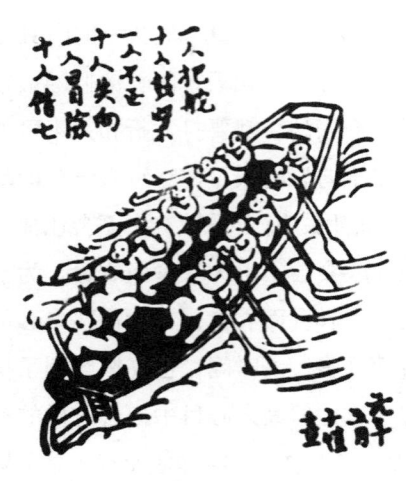

越是出力,自杀越是快速!这里不妨画一张图,用以象征这个意思。

图中鼓桨的人,背向前方,所以看不见前途,只是埋头苦干。他们照理可以面向前方,而监视把舵人的动作的——只要扳桨改为推桨就好了。但是他们都不如此。因为他们都迷信"分业"制度,都自认为鼓桨的"专家"。他们但求位置坐得安稳,桨柄拿得牢。然后研究水性,应用力学;务求以最经济的能力,产生最伟大的效果;务求获得专精的技法,养成鼓桨的博士。除此以外,船头的方向,进行的目标,前途的安危等,在这些鼓桨专家看来都是分外之事,他们都不管。于是全船的安危存亡之权都操在把舵者一人手里。倘使这把舵者慈良正直,眼明手快,原可引导全船的人同登幸福的彼岸。但倘使这把舵者昏迷糊涂,冥顽不灵,这船便会长在河流中打圈子,永远不能达到目的地,而全船的鼓桨手的努力便等于徒劳。倘不幸而这把舵者丧心病狂,残忍暴戾,想利用群众之力来满足他个人的野心,便会犯激流,冒狂澜,而把船开向苦海与血泊之中,使大家永远受苦;或者犯暗礁,触鱼雷,使大家永远沉沦。十个鼓桨者照理可以面向前方,而监视把舵人的动作的。但他们都迷信"分业",以"专家"自居,结果就像庄子所说:"将为胠箧探囊发匮之盗而为守备,则必摄缄縢,固扃鐍,此世俗之所谓知也。然而巨盗至,则负匮揭箧担囊而趋,唯恐缄縢扃鐍之不固也。然则向之所谓知者,不乃为大盗积者也?"这些助桀为虐的鼓桨手,便是为把舵的大盗积者也。

现今中国有一种人刻意模仿西洋的"分业"与"专门"的

办法。工商学界中此风尤盛。他们埋头于局部的知识技巧的研究中，几乎变成一架机器，或者机器的某一部分。在他们无所谓思想，无所谓人生观，无所谓精神生活。为饭碗而选工商的人，眼光更短，几乎到处只见利禄、衣食、饭碗，连工商业也不在眼中，因为这些原不过是获得饭碗的手段而已。将来轻文艺而重工商的倾向更深起来，工商专门家的机械化亦必更甚。到这时候，商科工科大学的毕业生，势必个个变成"其志将以求食"的"梓匠轮舆"（此语见《孟子》）。从西洋留学回国的工学博士，商学博士，亦将统统是摩登梓匠轮舆了。在现今，工商的专门家中也许还不乏有思想有人生观有精神生活的人。但"分业""专门"的制度进步，这些专家的技术功夫一代专如一代，精神修养一代不如一代，势必演成上述的状态而贻社会国家以莫大的祸害。

在现今有些人的心目中，文艺空空洞洞，工商实实在在。识时务者为俊杰！当此工业世纪商战时代，岂可舍实在而习空洞。故轻文艺而重工商，在他们认为天经地义。文艺原只是几句当不得粥饭的说话，代不得钞票的图画，派不得用途的歌曲而已，当然不如钢铁、水泥、存货、现款之实惠。但是请看杀人狂的法西斯军阀从空中丢下炸弹来毁灭城市、屠杀无辜的时候，钢铁、水泥、存货、现款的实在性在哪里？唤起民众一致抗战，鼓励将士奋勇拒敌，维护人道，宣扬大义，使暴寇心劳日拙，进退维谷，而永不得畅所欲为者，明明是文艺宣传呼号之力，其空洞性又在哪里？

可知工商不必实实在在，文艺决非空空洞洞。故工商可重，但文艺不可轻。为饭碗而轻此重彼，更不可。这为个人计不利，为社会国家计更不利。应知两者各有其用，不可偏废。正如前图所示，鼓桨与把舵各尽其力，而船始得向目的地前进。重把舵而轻鼓桨固然不可，重鼓桨而轻把舵更不可。

廿九〔1940〕年五月十三日于遵义

"七七"三周随感

"七七"三周年了。流年如水,屈指堪惊!然而惊中有喜。因为回想过去的一周,二周,我所见闻和感想步步好转。倘使多数人对我以下的话有同感,便足证明我国情形步步好转。安得不使人惊喜呢?

我回想过去两个"七七",觉得我所见所闻的人,大都一年干练一年,一年团结一年。

怎见得一年干练一年呢?当"七七"事变的时候,我住在故乡,沪杭之间。环境中不乏江南佳丽的风流人物,富贵之家的纨绔子弟。他们游手好闲,锦衣玉食。有繁华都市供他们开心,有重门深院给他们娇养。他们简直不知有苦患,不知有世界,不知有国家。他们好像可以一辈子坐享安乐,所以不须劳作,不屑磨炼。个个面如冠玉,手如柔荑。不久"八一三"到了。敌人的炮火从上海蔓延开来,遍满江南。抗战军从各地云集拢来,遍满江南。繁华都市都被摧毁了,重门深院都被打开了。不论风流人物,纨绔子弟,一概要逃警报,逃难,甚至扒车顶,宿凉亭,吃大饼,喝冷水。真如古词人所咏:"一旦刀兵齐举,旌旗拥百万貔貅。长驱入歌楼舞榭,风卷落花愁。"但这些"风卷落花"似的江南人物,毕竟是聪明的。他们一时虽然"愁了一愁",不久就奋发起来,为生存而奋斗了。他们的能力,往日为安逸所阻而闲却着;但并不退化,而潜蓄在内。到了生存发生问题的时候,大家会拿出来用。往日脚不落地的,居然会爬山,往日穿惯高跟皮鞋的,居然会提水。往日手不碰书的,居然会看报。往日不知东西的,居然熟悉了中国的地理。这是"七七"一周内我所见闻的事实。据传闻,不限定江南人如此,全国其他各处也都有这样的人。这种人本来昏昧,被敌人的炮声唤醒了;本来是无用的人,敌人强迫他们变成了干练有用的人。

"七七"二周内我所见闻,情形又不同了:向来娇养游荡惯常的人,以及埋没在市井中的人,不但变了干练有用之才,又都得了职业,直接或间接地参加了抗战工作。常常碰到穿军装的人用军礼招呼我。定睛一看,原来是某家的三囡,某村上的阿二,某店铺里的学徒阿毛。他们现在已经变成赳赳武夫,国家的干城[1]了。他们的仪态和言语,与"三囡""阿二""阿毛"等名字都配合不来了,使我一时难于称呼他们。古人说:"士别三日,刮目相视。"当今之世,确有此事。

"七七"三周内我所见闻的情形,又不同了:这些人不但都去从公,而且立了勋业。有的从前线回来,已经成了一个知己知彼的将才。有的周游了全中国回来,已经变成天下为家的大丈夫。有的精通了某种工作,已经变成团体机关的领袖人物。抗战供给人们磨炼和劳作的机会。往日沦落在风尘中的天

---

[1] 干城,指盾牌或城墙。比喻捍卫者。

才，埋没在草野间的俊杰，值此风云际会，大家抬头起来。各尽其才，各逞其能，各遂其愿，各偿其志。这一次，我国的人才可谓尽量发挥，不负天意了。所以我眼见得三年以来，国人一年干练一年。大多数的人，拿现在和"七七"事变时比较起来，简直判若两人。读者推想自己所认识的人，即知吾言之不谬。

又怎见得一年团结一年呢？我国版图广大而山川险阻。故各地方言歧异，风俗乖殊，向来各地隔阂，乡土观念相当地深。譬如我们浙江人，昔日极少有深入贵州四川的。一般的人，视贵州四川好比异域，只在教科书里读到，地图中看到，做梦也不想亲身来到。有些愚民，甚至相信贵州就是夜郎国，四川酆都就是阴司。交通的不便利，竟会产生这样的笑话来。近年来，公路开辟日多，航空又渐发展，全国的人民往来比昔日频繁，比昔日连通。然而多数的人，为了经济的限制，职业的牵累，还是足不出省，一口土白。大有鸡鸣犬吠相闻，至老死不相往来之风。但是，"七七"事变一起，敌人就来介绍我们往来，强迫我们团结了。古语云："病有工夫急有钱。"敌人的来犯，好比一种病菌侵入了我们的血管，使我们都害病着急。向来为职业所牵累的人，如今都有了旅行的工夫；向来为经济所限制的人，如今都有了旅行的费用。于是每一地方有了全国各省的人。这仿佛一桌人正在叉麻雀，突然一只野猫跳上桌子来把麻雀牌扰乱了。又好比一个池塘里本来筑着许多坝，把水块块隔开，或高或低，或清或浊，很不调和。如今忽然把坝撤去，高低清浊诸水和合一气，全池就统一了。

在"七七"第一周内,甲省同胞流离到乙省,难免有不甚融洽之状。因为乙省大概是后方,其土人只在报纸上看见敌人侵犯的消息,只从传闻中听到敌人杀掠的惨状。好比看小说,听说书,一时激动,而少有切身之感。其中胸怀不广的人,抱着门户之见,对客民便歧视。本地人与外省人就隔着一个界限,而成不团结状态。但是不久,敌人又用一种方法来代替撤去这界限,强迫我们团结了。其方法便是轰炸。他们用飞机载了炸弹,到我们的后方各地来轰炸。城市乡村一切不设防区域,他们都投下几个炸弹,杀死几个妇孺,使一生足不出闾的土人也亲眼看见了敌人的暴行,使器量褊狭性情冷酷的人,对他方逃来的难民也深感同情。"七七"第二周年中我住在桂林的乡下。初到时,桂林尚未被炸。有些土人卖东西给我们——他们称为"中央人"——要贵一点。说因为"你们的钞票比我们贵一倍。[1]"我们常常愤慨。后来,桂林大炸,三分之一都市被毁。不拘"中央人"或广西人,同为暴敌的炸弹的目标,怀着同样的愤慨。自然互相亲爱起来。逃警报时,互相指导,互相扶助。竟同一家人一样。买卖中的贰价也就取消了。现在,"七七"三周纪念,我已深入贵州。来时车辆难得,把十人的家族分作四队,各自进行。当初很不放心,略有"父子不相见,兄弟妻子离散"之苦。谁知全家到达目的地团聚后,各述其经历,都很顺利。有一个孩子说就同在家乡本镇上游历一样,因为各地都有同乡人,使他们没有离乡之感;各地的人对

---

[1] 当时"法币"一元相当于"桂币"二元。

幼弱都帮助，使他们没有孤苦之感。所以我眼见得三年以来，国人一年团结一年。到了"七七"三周的今日，我国简直没有县界省界，凡是中国人民，都是一家人了。

"七七"三周了。我的感觉，是国内情形步步好转：人民一年干练一年，一年团结一年。现在，虽有小小磨阻——卖国贼的倒戈，但终是小小的阻力，大部分干练的民众，还是团结在大后方，而且正在齐心协力地诛伪抗敌。只要团结到底，"七七"四周，五周，六周……最后胜利自会来到。这不是可以喜慰的事？

回想过去的事实，环顾世界的现状，我们实在可以自矜。挪威揖敌，十二小时便亡国。英国怯弱如妇人，几次仰德人的鼻息。法国不到一月也就求和而接受缴械的亡国条件。而我们已经支撑三足年了！虽然遍体鳞伤，但好比一株大树，被斩伐了枝叶，根干上拼命地抽发出新的条枝来，生气蓬勃，不久可以长成一株比前更茂盛的大树。这不是可以自矜的吗？可以自矜，但是不愿自矜！因为矜必败；我们一日不达到最后胜利，一日不愿自矜。大家埋头苦干，直到成功。"三年"的长日月都已过去了，以后还怕什么呢？

廿九〔1940〕年六月二十五日于遵义

谈抗战歌曲

抗战以来，艺术中最勇猛前进的要算音乐。文学原也发达，但是没有声音，只是静静地躺在书铺里，待人去访问。演戏原也发达，但是限于时地，只有一时间一地点的人可以享受。至于造型艺术（绘画雕塑之类），也受着与上述两者相同的限制，未能普遍发展。只有音乐，普遍于全体民众，像血液周流于全身一样。我从浙江通过江西，湖南，来到汉口，在沿途各地逗留，抗战歌曲不绝于耳。连荒山中的三家村里（我在江西坐船走水路，常夜泊荒村，上岸游览，亲耳所闻），也有"起来，起来"，"前进，前进"的声音出之于村夫牧童之口。都会里自不必说。长沙的湖南婆婆，汉口的湖北车夫，都能唱"中华民族到了最危险的时候"。宋代词人柳永所作词，普遍流传于民间，当时有"有井水处，即有柳词"之谚。现在也可以说："有人烟处，即有抗战歌曲。"唐代诗人白居易的诗，平易浅明，世人有"老妪能解"之评。现在的抗战歌曲，当然比白居易的诗更为平白，直可称之为"幼童能解"。原来音乐是艺术中最活跃，最动人，最富于"感染力"和"亲和力"的一种。故我们民间音乐发达，即表明我们民族精神昂奋，是最可喜的现象。前线的胜利，原是忠勇将士用热血换来的。但鼓励士气，加强情绪，后方的抗战文艺亦有着一臂的助力，而音乐实为其主力。

古语云："大行不顾细谨。"在国家存亡危急的今日，对于艺术不宜过于严格地批评。只要不妨碍抗战精神而具有几分价值的，我们都应该容纳或奖励。让它们多多益善地产生。古语云"曲高和寡"。现在却相反，应说"曲好和众"。因为现在对于艺术不求其"高"（高就是深，在绘画是"气韵生动"的杰作，在音乐是"流水高山"之类的名曲。它们自有其高贵的艺术的价值。这种艺术在近代被称为"为艺术的艺术"，或"象牙塔中的艺术"，只宜让少数优越分子互相欣赏，不宜作为民众艺术)，但求其"好"。所谓好，就是有耳共赏。凡不含毒质而合乎大众胃口的，都是好曲。现在抗战歌曲虽如雨后春笋，但到后来自然会淘汰，只剩最好的——就是最合大众胃口而不含毒质的——几曲流行于民间。所以不妨让它们多多益善的产生，不应该作严格的批评。现在写这篇，竭力避免严格的批评，但对抗战歌曲略略贡献一点意见。

关于抗战歌曲，可就三方面而谈：第一是歌词，第二是乐曲，第三是乐谱。

现行的抗战歌曲的歌词，就是抗战文学的一部分，固然慷慨雄壮，没有一曲不是怒发冲冠的暗鸣叱咤。但我翻了许多抗战歌曲集，觉得有两点惹我注意：第一是略觉"千篇一律"。譬如"起来，起来"，"前进，前进"之类，固然是促醒民众的有力的呼号，但用之太多，反觉疲乏。用之不得其当，反失效力。我以前做教师时，曾有这样的经验：上课时儿童注意力不集中,须得用高呼,或在黑板上拍教鞭,以促其注意,使全体静肃听讲,但倘滥用此法,不住地高呼,不住地拍教鞭,到后来会失去效用。那时就非用别种较软的方法;譬如讲一故事,唱一歌曲。我忽然改变上课的态度,倒可以引起儿童注意,使大家一致团结。抗战歌词,我以为也如此。高呼"起来","前进","奋斗","杀敌"的固然少不得,别种和平奋斗的歌词也应该有。但现在前者很多,而后者很缺。故不免千篇一律。这是第一点。第二,我翻阅了许多抗战歌曲集,觉得歌词的意义,大多数只给人一种抽象的概念,而少有动人的艺术味。换言之,大多数像"标语"的连缀,而不像"歌词"。这些歌曲当然也有效用,但其效用与标语相去无几,或可说是"朗吟的标语"。我觉得这种以外,应该再有含有艺术味的——即含有诗趣的——歌词。表面看来并不轰轰烈烈,其实感人之力有时反比前者为大。举一做例,即《心头恨》:

    种子下地会发芽,
    仇恨入心也生根。
    不把敌人杀干净,
    海水洗不清心头的恨。

    严冬腊月喝凉水,
    一点一滴记在心。
    官不抵抗民抵抗,
    受辱的百姓是火炼的心。

打死一个算一个，
打死两个不亏本。
一个挡十十挡百，
要活命的一齐向前进。

（塞克作词，华生作曲。）

这歌词，在现行许多抗战歌词中，是很难得的一首。（在一本歌集中，恐怕难得找出第二首来。）作者用比喻开始，慢慢地说到抗战。表面上似乎"不雄壮"，"太柔弱"，其实你回味一下子看，反比"朗吟的标语"力强！而我所谓"诗趣"，就是指此。作诗有赋、比、兴三体。大概"比"和"兴"比"赋"更富有诗趣，其入人也更深。但"赋"也可以作成好歌词。只要不一味呼号抽象的概念文句，而加以动人的叙述描写（就是诗趣），也是好歌词。这种好歌词现在一定有。但我手头找不出例子，只得举两首古人词来举一反三。例如岳飞的《满江红》，是大家知道的。其词云：

怒发冲冠，凭阑处、潇潇雨歇。抬望眼、仰天长啸，壮怀激烈。三十功名尘与土，八千里路云和月。莫等闲白了少年头，空悲切。　靖康耻，犹未雪；臣子恨，何时灭？驾长车踏破、贺兰山缺。壮志饥餐胡虏肉，笑谈渴饮匈奴血。待从头、收拾旧山河，朝天阙。

这首词倘被译成白话，一定是能使大家动听的。动听的原因就在善于叙述描写，而含有诗趣。还有一首，是一位女子作的，也很可以提出来看。这女子是岳阳守土者徐君宝之妻。徐被寇兵所杀，女被劫至杭州，寇欲犯之，女伴诺，但须奠祭先夫然后从。寇许之。女奠毕，题此词于壁，自刎死。其词曰：

　　汉上繁华，江南人物，尚遗宣政风流。绿窗朱户，十里烂银钩。一旦刀兵齐举，旌旗拥、百万貔貅。长驱入，歌楼舞榭，风卷落花愁。　　清平三百载，典章文物，扫地都休。幸此身未北，犹客南州。破鉴徐郎何在？空惆怅、相见无由。从今后，断魂千里，夜夜岳阳楼。

此词虽是一女子的委婉的叙述，但读起来一步紧一步，终于令人悲愤填胸，怒发冲冠。此次日寇的暴行之下，我民族的悲壮行为，类乎此者极多。在文学中一定有了动人的描写。但在歌曲中我没有见过。倘得选出或作出这类的歌词来，谱之以曲，流传民间，其声音一定可以动天地泣鬼神。以上是关于歌词方面的。

　　第二，关于乐曲方面，话很难说。因为我们中国民众的音乐教养，现在还很浅，对于作曲好坏的辨别力很缺乏。过去十年间，大多数的民众，曾经上过一种小歌剧的当。被那种小歌剧的油腔滑调的旋律所蛊惑，中国民众养成了一种爱好淫乐的习惯。所谓淫乐，即古人所谓郑卫之音，就是亡国之音。"国必自伐，然后人伐之。"我国抗战以前，自伐的确太多。贪官污吏，国内纠纷的自伐之外，那些亡国之音也是自伐之一种。试听那些小歌剧的旋律，优柔颓废，萎靡不振，能把世间一切东西软化。壮汉听了会变弱女，老虎听了会变花猫，火烧时唱起来火会熄灭的。过去十年间，这种旋律软化了我们中国的民众，招致了莫大的祸殃！但罪不在于民众，而在于作者和书商。因为民众没有充分的音乐教养，全是未染之素丝，教他们好的歌曲，他们就趋向好。教他们坏的歌曲，他们就趋向坏。而好的歌曲，往往不容易感动民众；反之，坏的歌曲，往往极易普遍流行。这犹之行舟，上溯困难，下流全不费力。所以那些不良小歌剧，流行得特别顺利快速，深入于全国的到处。

最近几年来，渐渐有人注意此事。音乐界的志士，群起而攻。于是在都市里，这种音乐渐渐少有听到。（但在无知的乡村中，还在那里取作小学校的音乐教材。）作曲者努力创作勇猛的歌曲，拿来同它们抵抗。这一反动，非常有力。现行的抗战歌曲中，有不少"进行曲风"的作品，慷慨激昂，气焰冲天，唱起来令人联想到军队的进行及冲锋杀敌。这些歌曲，在现今的抗战时期，确有增强军民抗敌情绪的效用。从前拿破仑的兵能开过阿尔卑斯山，据说全靠音乐帮忙。现今我们抗敌的胜利，恐怕也有赖于这些歌曲。

如上所说，我们的旋律已由柔靡之音反动而为猛勇之曲，诚然是可喜的事。但我对于作曲界还有两个小意见贡献出来：

第一，勇猛之曲以外，必须再有一种"和平奋斗"的音乐。其旋律须"深沉，伟大，雄壮，威而不猛"，以合于我们的"长期抗战"之旨，以表出我们的"为人道而抗战，为正义而抗战,为和平而抗战"的精神。因为一味勇猛的歌曲,只宜为短期间冲锋杀敌之助,不合于后方长期抗战的鼓励。况且此次抗战,我们的任务不但是杀敌却暴,以力服人而已。我们还须向全世界宣扬正义,唤起全世界爱好和平拥护人道的国民的响应,合力铲除世界上残暴的非人道的魔鬼,为世界人类建立永远的和平幸福的基础。所以我们现在不可以"好小勇",不需要"暴虎凭河"的精神,而需要"深沉,伟大,雄壮,威而不猛"的精神。希望作曲者本此精神,多作好曲,实为抗战前途之大利。这是我的第一个意见。

第二个意见,我以为现在的作曲,宜取"宣叙风"(recitative)。宣叙风者,就是近于朗诵式的乐曲,浅近地譬喻,就像小贩子们叫卖的调子——不是"说"而是"唱",但唱的个个字眼都听得清楚。再取一个比喻,好比唱大鼓词——不是"说话"而是"唱戏",但唱的个个字眼都听得清楚。(反之,像京剧就不然,一个字的尾音曲曲折折地拖得很长,倘不曾看过戏考,无从听出所唱的什么话。)何以要用这种"宣叙风"呢?因为,抗战歌曲务求其普遍于民众,务使全国男女老幼,士农工商兵,以及文盲,都听得懂。听得懂,就有兴味,有兴味就肯唱,大家肯唱,就好。这种曲的作法,第一件要事是必须先有歌词而后作曲。作曲者拿歌词来读熟,朗诵几遍,宣叙风的旋律自然会产生。这原是作曲的正规。(西洋歌曲作家,像Schubert〔舒柏特〕常手拿一册Goethe〔歌德〕诗集,在室中漫步朗诵。朗诵到后来,乐曲的旋律忽然在脑中出现,立刻奔到桌子前面去写谱。)那么现在我何必多说呢?因为中国人作歌曲，往往不取这正规的办法，而在曲子上配文词。配文词的人倘是理解音乐的，原也未始不可。他可以先把曲子唱熟，然后依乐句而配相当的文句，也能作成很调和美满的歌曲。但倘配文词的人不理解音乐，由别人在曲子下面圈几个圆圈，规定句子的长短，然后请他在圆圈中填入文字，不管文字与上面的旋律是否相合。这样产生的歌曲，唱起来很不自然。有时乐句很昂奋，而文句却是舒缓的；有时乐句很舒缓，而文句却是昂奋的。唱起来岂不滑稽可笑？故抗战歌曲，最好是先作歌词而后谱曲。万一要倒作，作歌的人必须理解乐曲，熟读乐曲。总之，务使音乐与歌词融合一体。即务使乐曲成为宣叙风的音乐，务使歌词成为朗吟式的文句。现行的抗战歌曲中，这种宣叙风的作曲也有，但比较的少。最常听到的例，就是《义勇军进行曲》中的"中华民族到了最危险的时候"等句法。从来没有听到这曲的人，一听到就可知道唱的是这么一句话。这便是宣叙风作曲的特点。反之，初次听到时，只觉得高高低低的许多音带了一群辨不清楚的文字而响着，完全听不出文字所表出的意义，便是非宣叙风的作曲，或竟不成为歌曲。以上是关于乐曲方面的。

第三，关于乐谱方面，问题较小。这就是五线谱和简谱的问题。中国人本来不喜看（或不能看）五线谱。自从口琴音乐盛行以来，简谱愈加发达。自从抗战以来，为求普遍化，各种抗战歌集就老实不客气地把五线谱废止，公然地用简谱了。普遍化原是要紧的。但音乐艺术的因陋就简，也是可惜的。书商欲免制锌版，借口"大众化""普遍化"的名目而排印简谱，不用锌版，书的定价可以较低，读者的负担可以减轻，原也是好事。但我总希望在可能范围内多用五线谱，至少五线谱同简谱并用。因为在这非常时期中因陋就简，深恐将来大家看惯了简谱，从此对于五线谱愈加疏远，中国音乐教育前途将受阻碍。因为简谱只能记载极浅易的乐曲，不能记载较复杂的乐曲。风琴洋琴〔钢琴〕弹奏的音乐，简谱就不便记录。但这个问题，并不重要，现在我也不多说了。

〔1938 年〕

谈抗战艺术

我曾经写过一篇《谈抗战歌曲》。那正是台儿庄胜利的时候。现在湘北大捷,我的手又痒起来!乘兴再来写一篇。题目放大来,索性谈一谈"抗战艺术"。

在《谈抗战歌曲》一篇中,大意有两点。第一点:歌曲与文字务须语气相符,唱起来犹如朗诵一般。不可使听者但闻音之高低缓急而听不出讲的是什么话。第二点:歌词所讲的话,贵乎镇静,含蓄,沉着,不可一味暴躁,夸大,怒骂,逞血气。因为我们准备长期抗战,以求最后胜利。所以民气不可一下子使尽,必须保留一点。犹如长距离赛跑一般,出发的时候要预留气力。况且得到胜利以后,我们并非可以一辈子高枕而卧,优游卒岁。我们必须刻苦奋斗,励精图强,方才能够抵挡侵凌的风波,争得国际的地位,实现远大的理想。所以我主张:抗战歌曲除了现今盛行的"起来起来""前进前进""杀日本鬼""打到东京"等慷慨激昂的呼声以外,应该还有一种镇静、含蓄、沉着的歌曲,可以涵养抗战建国的根气。——这第二点是很重要的。不独抗战歌曲要如此,一切抗战艺术,都应该注意这一点。文学,演剧,绘画,都应沉着一点,远虑一点,不要像小孩子一样意气用事,但顾目前的激愤而不顾后来的结局。这一点在那篇文章中已经讲过,现在不再细讲。所以在这篇开首处重提一笔者,是要使青年读者诸君大家对这问题多加注意。至于今天所欲讲的,是更基础的一个问题:怎样才是良好的抗战艺术?这问题在中学生读者的心中或许曾经考虑过的吧?

答曰:"抗战艺术贵乎浅显易解。故最浅显而最广被理解的,便是最良好的抗战艺术。"

一定有许多人不相信这话。他们以为:艺术的技术是高深的,必非农夫工人所能解。要做得使农夫工人都能解,其艺术必不高深,因而价值低贱而为不良艺术。

这种见解不是完全对的。高深的艺术中固然不乏良好的作品,然而浅易的艺术也同样的可以良好。总而言之:艺术的良好与否,并不与艺术形式的深浅难易成正比例。这是从事艺术者所必须首先明辨的一事。

且就文学而论:我们的"文学"有一件古雅的衣服,名叫"文言"。文学披了这件衣服,外貌就变,使得多数人不能认识它。只有少数有特殊训练的人,才能看透了衣服而认识他是某人。但倘请他脱去了这件古雅的衣服,便人人都能认识他是谁了。举一个例,譬如韩愈所作的《张中丞传》后叙中说:

"城陷贼以刃胁降巡巡不屈即牵去将斩之又降霁雲雲未应巡呼雲曰南八男儿死耳不可为不义屈雲笑曰欲将以有为也公有言雲敢不死即不屈"

拿这一段话读给农夫工人听,他们一定茫茫然。就是读给小学生听,他们也一定听不懂。这是因为它穿着那件古雅的衣服的缘故。脱下了这件衣服,农夫工人和小学生就都认识它。譬如你改用白话对他们讲:

"城失守了。敌人拿刀强迫张巡投降,张巡不投,敌人就把他拖了去,预备杀他。敌人又要南霁云投降。南霁云还没有答应,张巡喊南霁云道:'南八!男子汉大丈夫要死便死,不要做没志气的事丢了脸皮!'南霁云笑道:'我本来想假投了,可以有所活动。你老人家既然这样说,我岂敢不死?'于是乎也不投降。"

听了这一段话,谁不感动?因为这里所讲的事实,原是男女老幼一切圆颜方趾的人所能理解而感动的。可见韩愈这一段文章是良好的。只因向来披着"文言"这件古雅的衣服,所以能认识的人少。一旦脱却这衣服,就人人都能认识。而且它的样子并不比穿古衣的时候难看。有的时候,它略把这件衣服披在肩头,露出一部分身体,也很好看,而且大家容易认识。自来许多半白话诗即是其例。譬如花蕊夫人的诗:

"君王城上竖降旗,妾在深宫哪得知。
十四万人齐解甲,更无一个是男儿。"

不须翻译,听了大都能够理解而且感动。可见艺术的良好与否，并不与艺术形式的深浅难易成正比例。浅显易解的艺术中尽有良好的作品。反之，艰深难解的作品中，尽有许多不良艺术混在其内。

抗战艺术是"宣传艺术"的一种。美国的文学作家辛克莱说："一切艺术都是宣传。"我未敢完全相信这句话。但确认抗战艺术必须具有宣传的效力。既然必须具有宣传的效力，我们就可以说：宣传力越广大的，抗战艺术越良好。欲求宣传广大，故一切抗战艺术均宜取用浅显易解的形式，务使农夫工人小学生都能懂得。懂得的人越多，抗战艺术价值越高。艺术本来注重"客观性"。客观性越大，艺术越高。能感动全世界一切时代的人心的，就是所谓"不朽之作"。现在我所谈的抗战艺术性的注重客观性，标准没有这么高，但道理是相同的。

因为抗战艺术与一般艺术道理相同，所以我在这里要引证托尔斯泰的《艺术论》，来帮助我的"抗战艺术贵乎浅显易解"，"浅显易解的作品中不乏良好艺术"的说法。

托尔斯泰，中学生读者一定大家知道的，是近代俄国一大文豪。他的艺术批评尤有惊人的卓见。他主张：真正的艺术，必须大众人人能解。若有大众所不解的，必是虚伪的艺术，毫无价值。所以他反对过去一切艰深的艺术。他骂倒现代一切技术艰深而仅为少数人享乐的艺术，直指为"宣传淫欲的艺术品"。他所著的有名的《艺术论》（我国有译本，商务版，耿济之译）中有一段说：

"现代艺术有三大害：第一个眼前可见的结果，是工人劳动于无益有害的事上所生的绝大耗失。最难于设想的，就是几千万人须为之艰苦工作，而无暇并且无力去做那为自己及自己家族应做的事情。一天须用十点钟，十二点钟，十四点钟的工夫来收集许多传布淫欲的艺术书籍，或者在戏园里，音乐会上，赛会里，没命的工作。再想一想那些生气勃勃极富本能的儿童，从小时候就一天费去六小时，八小时，十小时的工夫来练习乐谱，弯曲身体，抬高手足，吟习诗篇，学习写生。徒然费去身体上智力上的力量，和生活的意义。有人说，他极不忍去看那小卖艺人把两脚放在头间的样子。又不忍去看音乐会上十岁儿童的奏艺。更不忍去看那十岁的学生死命地背诵拉丁文的特例。然而那些人智识上身体上残废还不要紧——不料道德上也残废，简直无能力去做那人生应做的事情。他们在社会上既只负着为富人消遣的责任，便丢失了人类特有的感情。而对于公众赞许的欲望，不由得发展起来，简直常为那虚荣心而悲痛。于是自己许多精力便只用在适应这种欲望上面。……在大学院，中学，音乐学校里，教人以假造艺术的方法。所以那些人学成之后，性质已经变坏，简直失去其创造真艺术的本能，还成了一个假艺术、低卑艺术、淫荡艺术的掮客。

"第二个结果：艺术品——大多数职业艺术家所预备的游戏品——能予现代富人以不自然，并且违反慈善原则的生活。富人（富家妇女尤甚）生活在虚伪之中，离开天然甚远。如果没有所谓艺术，没有所谓消遣品，来遮盖他那无意义,烦闷的生活,那是决不能活着的。如果不许这些人到戏院,音乐会,赛会上去,又不许他们听音乐,读小说,或者禁止那些嗜好艺术的人购买图画,保护音乐家,同著作家来往,——他们便不能继续自己的生命,而日益消磨于烦闷忧愁的境界中,只觉得自己生活的无意味和不规则。只是从事于艺术,便能毁坏各种天然的生活条件,而继续生存于世,不觉得生活的无意味和残忍。

"第三个艺术毁坏的结果,就是在儿童和人民的意思里所生来的错乱状态。在那些尚未染着现社会里伪说的人(就是工人和儿童)之间,常有一种欢喜夸奖或尊敬人的意思。在工人和儿童的意思里看来,那能做夸奖或尊敬人的根据的,只是身体的力量(富人及有权力者);或道德的精神的力量(为救人而舍去美妻和国王的释迦牟尼,为人类负着十字架而行的耶稣基督,及其他先贤遗哲)。这两种全为儿童所明白。他们明白那身体力量是不能不恭敬的。因为他能强迫着他们尊敬。至于道德的力量,在清白的人也是不能不尊敬的。因为自己的精神方面使他不得不趋向于这种力量。可是那些人(工人和儿童)忽然看见除去那些因身体力量及道德力量而被人尊敬的人以外,还有许多善于吹唱,画图,跳舞的人也蒙着极大的尊敬。他们眼看见唱歌作诗画图跳舞的人挣得巨万金钱,而所享的名誉反较圣贤为多。他们不由得便发生不安之念。"

读者读了上面引证的一段文字,便可知道托尔斯泰完全反对从来的所谓"艺术"。说那些都是残忍的,淫荡的,游戏的,虚伪的,害人的东西。只有儿童和工人所能理解赞赏的,才是真正的良好的艺术品,总之,托尔斯泰所认为良好的艺术品是内容仁爱而外形简易的作品。——这很适合于抗战艺术的宗旨。现在再把托尔斯泰所认为良好的艺术品,举几个实例如下:

"英国大学院中有两幅画,一写安东尼神父被诱惑之状,安东尼跪着祈祷,后边站着裸妇与野兽。可见作者欢喜妇女,但安东尼并不然,故此画中倘有艺术,便是恶劣虚伪的艺术。另一画写一行路丐童,一女主人怜悯他,叫他前来,他赤脚站着吃东西,女主人仿佛在想他还缺什么。另一七岁姑娘看着他,手支着头,不绝地打量此丐童,好像初次明白什么是贫穷,什么是人类的不平等。而初次自问:为什么我都满足,他却赤足且饥饿?可见艺术家爱这丐童,爱这姑娘,并且也爱她所爱的。这无名画家之作,反是极美妙之艺术品。我看过刚莱脱·洛西所作的剧,我感着特别的苦痛,觉得还是假艺术品。不久我读一篇小说,写野蛮民族倭过尔所演的戏,内有一段话:两个倭过尔人,一大一小,蒙着鹿皮,扮装母鹿与小鹿,又一人扮装持弓箭的猎人,第四人装鸟声,向鹿儿警告危险。猎人按着踪迹,去追二鹿,鸟声大噪,二鹿奔逃,猎人放一箭,中小鹿,小鹿跑不动,投在母亲怀里,母鹿替它舐伤,猎人又放一箭。观客此时面如土色,叹声和哭声立刻起来。我看纸上描写,已觉得是真正艺术品……别人反认真正的艺术品为极坏极假的东西,并且还理会不出真正艺术来。因为假造品终比较修饰得好些,而真艺术常是极谦逊的。

"日前我游毕回家,心神极其颓散,刚到家门,就听见村妇们齐声唱着歌。她们正欢迎并且祝福我已嫁而归宁的女儿。唱歌声里夹着喊声,和击打镰刀的声音,表现出快乐,勇敢,兴奋的情感。我自己也不知道怎么会被这种情感所动,极勇敢地走回家去,心里又快活,又畅泰。我看出家人听见这歌儿,也是这种情形,这天晚上一位名音乐家来我家,他以善奏裴德芬〔贝多芬〕作品著称于世,便为我们奏裴德芬的作品第一百零一。奏毕,听客们虽然心里实在觉得很厌烦,嘴里却不住地夸奖,说从前还不明白裴氏晚年作品,现在却知道是极好的。后来我把村妇们所唱的歌儿和这支曲谱来比较一下,那些爱裴德芬的人便立刻冷冷地笑了几声,认为无回答这种奇异论调的必要,然而村妇所唱的歌实在是真正的艺术,能传达一定的强烈的情感,裴德芬的一〇一曲谱却只是艺术上不成功的试验品,不含着一定的情感,所以一点也不能传染别人。

"吾为致力于艺术,今冬曾尽读 Zola〔左拉〕、Bourget〔布尔热〕、Huysmans〔胡斯曼〕、Kipling〔吉卜林〕之著名说部及小说。同时又见儿童杂志上一无名文学家之作,述一贫寡妇准备过复活节之情形:母亲用尽劳力,买得白面回家,置之桌上,预备去取酵母。吩咐儿童们看守白面，母亲刚走，邻儿来邀此儿童们上街游戏，儿童们忘了母亲所吩咐，上街游戏。母亲取酵母回来，看见桌上一只牝鸡正将吃剩的白面撒在地上，给小鸡吃，母亲气极，骂儿童们，儿童们哭了，母亲极其不忍，然白面已完，便决计烤黑面包，涂上蛋白。'黑面包是祖父的食物'，母亲说着此谚语，以安慰儿童。其意是说复活节的面包也可用黑面做。儿童由失望变成喜悦，和唱着这谚语，等候黑面包吃。我读左拉等小说，一点也不感动，还替作者担忧，从第一行便看出作者所写的意思，详细没用，反而使人厌烦。总之，作者除做小说之志愿外，别无情感，至于无名作家的儿童与小鸡的故事，却使我看了不忍舍去，却能传达情感。

"从爱神爱人之情感发出来的艺术，在文学中有 Schiller〔席勒〕的《强盗》，Hugo〔雨果〕的《苦人》〔《可怜的人们》〕和《哀史》〔《悲惨世界》〕，Dickens〔狄更斯〕的《二城记》〔《双城记》〕，《乐器》[1] 等，《Thomas 的叔父之屋》〔《汤姆叔叔的小屋》〕，Dostoivcky〔陀思妥耶夫斯基〕的《死人之家之通信》〔《死屋手记》〕，George Eliot〔乔治·艾略特〕的《Adam Bede》〔《亚当·比得》〕，在图画里简直没有，而以名家作品中为尤甚。在无名画家的作品中倒反有之，如克拉姆司基〔克拉姆斯科伊〕画一间外设平台的客厅，门外正走过从战场回

---

[1] 疑即《钟声》。

来的军队。平台上站着一个乳母，抱着一个婴孩，旁边还站着一个童子，他们看军队步伐整齐地走过，心里很欢喜，那母亲却用手巾掩着脸，伏在椅背上痛哭。又，法国画家 Morlon〔摩尔隆〕有一幅画，描写轮船遇险，一只救生船冒着大风雨驰去的光景。还有那表示敬爱劳工之心的画，也是这类的好画。如米尔〔米勒〕的一幅《休息的掘者》〔《持锄的人》〕，以及 Jules Breton〔朱尔·勃莱顿〕、莱米脱台弗来格尔的画皆是其例，……总上所述，只有两种是好的基督教艺术。其余不合这两种的，都是坏艺术。不但不应该奖励，并且应该驱逐，排斥，而视为足以把人类分离开来的艺术。

"说到这里，一定有人要问：'裴德芬的九大交响乐是不是属于坏艺术一类的？'我敢毅然答道：'这是一定的。'……因为我不但不见那作品所传的感情能够联合那班不专门养成以服从于这种催眠术的人，并且还不能够使那些正经人从冗长而错乱的艺术品里明白他的意义。"

看了以上引证的文字，可知托尔斯泰是何等大胆的艺术批评家。裴德芬，全世界崇拜他，称他为"乐圣"。左拉，也是全世界人所尊敬，称之为"自然主义大文豪"，而被托翁一口骂倒，说他们的事业是催眠术的游戏一类的东西。反之，村妇的俚歌，无名作家的童话和图画，他认为是感人最广的真正艺术品。他的艺术论，实在含有艺术界空前的大革命思想。可惜艺术在世间的历史甚久，习惯甚深，一时改不过来。托尔斯泰未能实现他的革命。然而给艺术界的影响甚大。最近所常听到的"出象牙塔""为人生而艺术""提倡大众艺术"的呼声,便是从托尔斯泰的革命精神上发出的。

我们的抗战艺术,务求广受四万万民众的理解。欲广受理解,内容非仁爱不可,外形非浅显不可。托尔斯泰的艺术论,可以作为我们的抗战艺术的指针。

二十八〔1939〕年十一月三日于宜山

谈壁上标语[1]

抗战以前，我曾在某杂志上发表过一篇文字[2]，题目记不清楚，大意是指斥商人的壁上的广告破坏自然美。譬如红树青山，小桥流水，好一片优美的风景！而桥边的粉墙上显出又大又粗的三个字："骨痛精"。又如长松衰草，斜阳古刹，好一片清幽的风景！而古刹的院墙上显出非常明显的三个字："金鼠牌[3]"。商人为欲引人注意，把这些广告字写在当路的地方，最触目的地方。广告画专家又用最有效的技法，力求牵惹人目，不管字体的奇怪与丑恶。所以这些广告，往往唐突地加入在自然风景中，而为一片自然风景的中心。这好比是一个又高又胖的商店的推销员，站在管弦合奏队的指挥台上，大声疾呼地夸扬他的货品。真是煞风景至极！所以我说，这是商人的破坏风景，资本主义的蹂躏自然美！新生活运动讲究市容，对于这些煞风景的壁上广告也应加以限制。

抗战一年半多以来，我辗转迁徙，行经五省。途中所见，

---

[1] 本篇原载 1939 年 5 月 5 日《中学生》战时半月刊。

[2] 指《车厢社会》一书中《劳者自歌》（十三则）中的第六则。

[3] 金鼠牌，为当时一种香烟的牌子。

与前大异！从前的壁上广告，现在都变成了抗战标语。字体也都粗大而鲜明，位置也都在当路最触目的地方。然而我看了，并不觉得唐突，并不嫌它们煞风景。我决不指斥抗战宣传队为蹂躏自然美。我用敬意对待，我留意阅读，我诚意地赞叹，接受，或批评。为了这是吾民族的爱国热忱的表现，万众一心的誓文，好仁恶暴的宣言。不但无妨于自然美，且可使河山生色，大地增光。美本来不限于形式。精神的美更强于形式的美。

现行的抗战标语，简劲有力的固然多，有毛病的亦复不少。据我所见，最易犯的毛病是内容空泛。例如我现在的寓屋外面的墙上，写着：

"大家武装起来保卫祖国。"

文字固然很通，意思固然很好。然而拿这句话对这村子里的一切男女老幼说，不免空泛而欠切实。前天我同我的小女儿一同归家。走过这标语前面时，她读一遍，想一想，认真地诘问我道："那么外婆（七十二岁）也要武装起来，新枚（半岁）也要武装起来吗？"这使我一时难于解答。她的话并没有错。"大家"是全称的，包括男女老幼的。倘欲切实奉行这句标语，外婆和新枚自然也非武装起来不可。然而事实上绝对不行。外婆的脚只有三寸长，走路要人扶。新枚还要人抱。即使给他们武装了，也全没用处。所以这句标语的空泛，就在"大家"两字。制标语者的原意，大约是指有力的"大家"。然而仅用"大家"二字，就欠妥当。倘要修改，应说"有力的，大家武装起来"，庶几没有语病。然而细想起来，这样也不是好办法。如果有力的人真个大家武装了，后方全是些无力的老弱，不能供应前方无数武装者的需要，也难于保卫祖国。所以这句标语，根本有毛病。照我的意思可以删去。倘要民众努力参加抗战，就用"有力出力"简劲的四个字已经够了。"大家武装起来保卫祖国"这句话，放在新诗里或者可以；当作标语就嫌空泛。非但无益，反而使人看轻标语，以为这些都是不能实行的空套话，不足听信的。故标语宜切实，而忌用诗的，文学的文句。因为诗的，文学的文句，往往不直说，需要神会默悟，当作标语就嫌空泛。另举一例：我在某处墙上，看见有这样的十个大字：

"爱护伤兵，就是爱护自己。"

这句标语用意也是很好，然而对民众说，民众一时想不通，心中怀疑。因为"爱护伤兵"与"爱护自己"之间，不能直接加等号，须用三段论法，推求因果。例如："爱护伤兵，则伤兵病愈得快"。"伤兵病愈得快，则可以早赴前线"。"早赴前线，则我军力量增大"。"我军力量增大，则敌不得逞"。"敌不得逞，则后方安全"。"后方安全，则自己可安居。"于是达到结论：故"爱护伤兵，就是爱护自己"。转折六项，方然达到这结论。但谁能终日立墙下，拉住每一个途人而同他讲解三段论法与因果律呢？所以这句话也只宜用在文学作品中。用作标语，则因难懂而变成空泛。

其次，文句太长，也是一种毛病。这里汽车站背后的长墙上，写着这样一长句：

"要求中央政府立即宣布废除中日间一切屈辱协定。"此文句共二十一字，内含三个动词："要求""宣布""废除"。内容颇为复杂。读起来也颇费事。我记忆力不好，看一二次简直记不牢。后来到学校上课，天天走过这墙壁，方才慢慢地会背诵了。设想民众必也难于阅读记诵。故我以为这样的标语，效力不大。标语贵乎简劲，易于诵读呼唱。像"拥护领袖，抗战到底"，"有钱出钱，有力出力"等略具对仗形的四言句，最易上口，即最易普遍流传。我在前面说过，标语忌用诗的，这是指内容而论的。若在形式上（即修辞上）说，则又宜用诗的。因为诗的文句，讲究音调，讲究对仗，读起来爽快，而便于记忆，易于动听。宣传力就广大。诗的文句，大都简短。七八个字一句，算最多了。上述的二十一字三动词的文句，因为太长，故非诗的，而为散文的。太散文的，读起来疙瘩，不便记忆，不易动听，宣传力也就狭小。所以标语不宜用太长的文句。

第三，文句不通是最不应该犯的毛病。《中学生》的读者大概都一望而知，不必我说。但欲促制标语者注意，这里也要谈一谈。我在某处，曾见壁上写着这样的五个大字：

"当兵是好汉。"

只要略懂作文的人，都可以看出这里缺少一个"的"字，应说"当兵的是好汉"。不然，下面应加"所做的事"之类的字。我曾经对一位军人谈及此事，他说："少一个虚字有什么关系？意思懂得就好了。"我听了这话不胜惊奇。我想，这位军人大约是楚霸王之类的英雄。他的话大有"书足以记姓名而已"的气概。然而讲话不合逻辑，终是缺陷。所以我开导他：

"这话道理不对呀！'当兵'是一件事，'好汉'是一个人，怎么中间可以加一个'是'字呢？"他想通了，率然地答道："那么应说'当兵的人是好汉'。"我说："这样也好。总之，这文句非改不可。"他笑道："你真是国文先生，到处改文章。"我也自己觉得迂腐起来。想起杜甫的诗句："天下尚未宁，健儿胜腐儒。"我何必在这时候斤斤计较标语的文字呢？后来我在某处途中看见这样的标语，就觉得标语的文章绝对非改不可，健儿到底胜不得腐儒。那标语是这样：

"拿出良心为国家服务。"

"良心"之下，一个"来"字必不可少！不然，教人把良心拿出了，然后为国家服务，变成反宣传，迹近汉奸了。然这句话根本有些不妥。即使改为"拿出良心来为国家服务"，也不是好标语。因为仔细吟味起来，"良心"不该说"拿出来"。气力可以拿出来，金钱可以拿出来，而良心不宜拿出来。我乡俗语，说没良心的人，称为"撒出良心的"。就是说他的良心已跟着大小便撒出，不在身体中，故是"没良心"的人了。可见良心必须放在身体中，不可"拿出来"。所以这句标语要根本地改良，应改作"凭良心为国家服务"之类。"良心"只能"凭"，不可"拿出来"。"凭良心为国家服务"，和"拿出良心为国家服务"，恰恰正反对。这样看来，标语的文字绝对不可马虎。

我对于现行抗战标语的意见，止于上述这一点。我没有从积极方面指示良好标语的制法，但从消极方面指摘标语的毛病。但标语的制法，由此也可推知：第一，要切实（不空泛）；第二，要简明（不要太长）；第三，起码文章要通（文法莫错）。

希望各宣传部队加以注意。

你们看见过写壁上标语吗？这是很有意味的一种工作，我讲点给你们听听，作为这篇文字的结束。我有一次在桂林路上走，看见三位青年正在写壁上标语。第一个人手持一支粉笔，在灰色的墙上画双钩的空心字，决定每个字的位置与章法。第二个人左手提白粉桶，右手持排笔，用排笔蘸白粉，将空心字填涂。第三个人左手提红粉桶，右手持毛笔，在填涂白色的文字的四周加描红线。他们默默地分工合作。他们各人恪尽各人的职司。于是标语迅速地写成，鲜明地表现在墙上，强力地牵惹行人的眼光。我仿佛孔子看见了明堂的壁画，徘徊不忍遽去。我想：他们仿佛是在合力造成一种有生命的活物。第一人先造骨胳，第二人在骨胳上附加肌肉，第三人在肌肉上附加皮肤，于是"标语"就降生，生得英姿焕发，勇武绝伦。他在壁上高声疾呼，唤醒四万民众，同心协力，抗敌建国。于是抗战必胜，建国必成。这真是所谓"一言兴邦"。

廿八〔1939〕年四月三日子恺于桂林两江泮塘岭

桂林艺术讲话之一

今年春间在汉口开幕的中国国民党临时全国代表大会的宣言中，有这样的话："抗战时期必不可忽者有二义：'其一为道德之修养，其二为科学之运动。'"关于道德修养一项下，引证许多圣贤遗教；归根于"提高国民之精神，以仁爱为本。"

孟子曰："仁者无敌。"孔子曰："一言兴邦。"这宣言大约是抗战胜利建国成功的原动力了！我在报上看到时特别注意，而且欣慰。现在就借它作为引子，来说明艺术以仁为本，艺术家必为仁者之理。请在座诸艺术家认明艺术的性状，觉悟自己的地位，而起来共负抗战建国的重任。

艺术以仁为本，这道理不必引证高论，只在平日的静物写生中即可看出。画家对静物写生，对于该静物的看法与平常不同；不当它们是供人用的东西，而把它们看作独立自主的存在物。三个苹果，在画家眼中，不是人类为供食用而培植起来的水果，而是无实用的一种自然现象。换言之，这些苹果不是供人吃的苹果，而是苹果自己的苹果。这样，才能用净眼看出苹果的真相而描出其形状色彩的美态。因此画家对于静物，常把它们看作活物，想象三苹果是同画家自己一样有生命有情感的人，然后观察其姿势态度，作生动的描写。故布置这三只苹果，煞费苦心：太挤近了怕它们不舒适，太隔远了怕它们不便晤谈，太散乱了怕它们不联络，太规则了又怕它们嫌严肃。必须当它们是三个好友晤谈一室中，大家相对，没有一人向隅；大家集中，没有一人离心。这样，才是安定妥帖的布置，才能作成美满的画。

又如一把茶壶与两只茶杯，在画家眼中，不是人类为了饮茶的实用而制造出来的器什，而是一种天生的自然现象。换言之，这些不是供人用的茶具，而是茶具自己的茶具，因此画家对于茶壶茶杯，也当作有生命的活物看。或竟当作与画家同类人物而布置。他们想象茶壶是一位坐着的母亲，两只茶杯是母亲膝下的两小儿。两小儿挤得太近了，怕母亲不舒服；两小儿离得太远了，怕母亲不放心。必使恰好依依膝前，才是安定妥帖的景象，才能作成美满的画。

不但静物如此，描风景画也必把山水亭台当作活物看，才能作成美好的画。这技术在中国叫做"经营置陈"，在西洋叫做"构图"（composition）。这看法在中国叫做"迁想妙得"，在西洋叫做"拟人化"（personification）。德国美学者则称之为"感情移入"（Einfühlungtheorie）。所谓拟人化，所谓感情移入，便是把世间一切现象看作与人同类平等的生物。便是把同情心范围扩大，推心置腹，及于一切被造物。这不但是"恩及禽兽"而已，正是"万物一体"的大思想——最伟大的世界观。

"万物一体"是中国文化思想的大特色，也是世界上任何一国所不及的最高的精神文明。古圣人说："各正性命。"又曰"亲亲而仁民，仁民而爱物"，可见中国人的胸襟特别广大，中国人的仁德特别丰厚。所以中国人特别爱好自然。远古以来，中国画常以自然（山水）为主要题材，西洋则本来只知道描人物（可见其胸襟狭，眼光短，心目中只有自己），直到十九世纪印象派模仿中国画，始有独立的风景画与静物画。所以前述的"拟人化"的描写，在中国诗文中特别多用。例如："感时花溅泪，恨别鸟惊心。""岸花飞送客，樯燕语留人。""蝶来风有致，人去月无聊。""蜡烛有心还惜别，替人垂泪到天明。"等句，不胜枚举。这都是用"万物一体"的眼光观看世间而说出来的。若用西洋人的褊狭的眼光来看，则花鸟只是装饰物与野味，月亮只是星球，蜡烛只是日用品，全无艺术的芬芳了。故中国是最艺术的国家，"万物一体"是最高的艺术论。

艺术家必须以艺术为生活。换言之，必须把艺术活用于生活中。这就是用处理艺术的态度来处理人生，用写生画的看法来观看世间。因此艺术的同情心特别丰富，艺术家的博爱心特别广大，即艺术家必为仁者，故艺术家必惜物护生。倘非必不得已，决不无端有意地毁坏美景，伤害生物，一片银世界似的雪地，顽童给它浇上一道小便，是艺术教育上一大问题。一朵鲜嫩的野花，顽童无端给它拔起抛弃，也是艺术教育上一大问题。一只翩翩然的蜻蜓，顽童无端给它捉住，撕去翼膀，又是艺术教育上一大问题。我们所惜的，不是雪地本身，不是野花本身，不是蜻蜓本身，而是动手毁坏或残杀的人的"心"。雪总是要融化的，花总是零落的，蜻蜓总是要死亡的，有什么可惜呢？所可惜者，见美景而忍心无端破坏，见同类之生物而忍心无端虐杀，是为"不仁"，即非艺术的。这点"不仁"心推广起来，可以杀人，可以变成今日世间杀人放火的法西斯暴徒！坚冰履霜，可不慎哉？

我十年前曾作护生画集，劝人护生惜物。这画已经印了十余万册，最近又被人译作英文，推销于欧美。过去有的人说我不懂一滴水里有无数微生物，徒然劝人勿杀猪羊。有的人说我劝人勿杀苍蝇，将使虎疫[1]杀人。有的人怨我不替穷人喊救命，而为禽兽护生，这种人太浅见。仁者的护生，不是惺惺爱惜，如同某种乡里吃素老太太然。仁者的护生，不是护物的本身，是护人自己的心。故仁者有"仁术"。仁术就是不拘泥于事物，而知权变，能活用的办法。能活用护生，即能爱人。"恩足以及禽兽而功不至于百姓"的齐宣王，还是某种乡里吃素老太太之流，乃循流忘源，逐末忘本之徒。护生的本源，便是护心。这在该画集的序文中分明说着，还请读者注意。

艺术以仁为本，艺术家必为仁者。其理已如上述。我们所须努力者，是艺术的活用。我们要拿描风景静物的眼光来看人世，普遍同情于一切有情无情。申言之，艺术家的目的，不仅是得一幅画，一首诗，一曲歌，而是借描画吟诗奏乐来表现自己的心，陶冶他人的心，而美化人类的生活。不然，舍本逐末，即为画匠，诗匠，乐匠，可称为"齐宣王式的艺术家"。

所以"艺术家"不限于画家，诗人，音乐家等人。广义地说，胸怀芬芳悱恻，以全人类为心的大人格者，即使不画一笔，不吟一字，不唱一句，正是最伟大的艺术家，体会"自古

---

[1] 虎疫，指霍乱。

皆有死，民无信不立"之理，而在这神圣抗战中见义勇为，作壮烈之牺牲者，正是最伟大的艺术家之一。

  艺术以仁为本，艺术家必为仁者。在座诸艺术家，务请认明艺术的性状，觉悟自己的地位，而起来共负抗战建国的重任！

桂林艺术讲话之二

多数人对于"艺术"的观念,一向"糊里糊涂"。只要看他们的乱用"艺术的"三个字,便可知道。正确的称之为"科学的",善良的称之为"道德的",他们都不会弄错。独有"艺术的"一语,多数人都在乱用:他们看见华丽就称之为"艺术的",看见复杂就称之为"艺术的",看见新奇就称之为"艺术的",甚至看见桃色的东西也称之为"艺术的"。听的人也恬不为怪。

而在另一方面,艺术家管自尊崇艺术,称之为"灵感的""神圣的"事业。教育部颁行课程标准,也说艺术科可以"陶冶感情""美化人生""涵养德性"。听的人也恬不为怪。倘使两方都不错的话,那么华丽、复杂、新奇、桃色的东西,难道真能陶冶感情,美化人生,涵养德性,而为灵感的神圣的事业吗?可见艺术到底是甚样的一种东西,多数人弄不清楚,一向糊里糊涂。现在我们非加以清理不可。

艺术的性状特别,内容很严肃而外貌又很和爱,不像道德法律等似的内外一致。因此浅见的人容易上当,以为艺术只是一种消闲娱乐的装饰品。好比小孩子初次看见金鸡纳霜片,舐舐看甜津津的,只当它是一粒糖,不知道里面含有药。只当它是糖果之类的闲食,不知道它有歼灭病菌,澄清血液,健康身体的大功用呢。所以现在我们要清理艺术观念,非把这颗金鸡纳霜打开来,使糖和药分别一下不可。

（善）美德（质）　藝術　（巧）技術（文）

　　打开金鸡纳霜来一看,发见糖衣和药粉。打开艺术来一看,发见技术和美德。技术和美德合成艺术,其关系如图所示。

　　所谓"美德",就是爱美之心,就是芬芳的胸怀,就是圆满的人格。所谓"技术",就是声色,就是巧妙的心手。先有了爱美的心,芬芳的胸怀,圆满的人格,然后用巧妙的心手,借巧妙的声色来表示,方才成为"艺术"。先有了可贵的感想,再用巧妙的言语来表出,即成为好诗。用巧妙的形状色彩来表出,即成为好画。这好诗与好画便是好"艺术"。不然,倘只有美德（即只有可贵的感想）而没有技术（即巧妙的心手）,其人固然可敬,但还未为艺术家。反之,倘只有技术而没有美德,其人的心手固然巧妙,但不能称为艺术家。他们只是匠人。现今多数人的误谬,就是错认匠人为艺术家。故艺术必须兼有巧妙的形式和可贵的内容,即艺术家必须兼有技术和美德。

　　举实例来说,岳飞的《满江红》是很好的艺术品。因为"怒发冲冠,凭阑处、潇潇雨歇……莫等闲白了少年头,空悲切……驾长车踏破、贺兰山缺。壮志饥餐胡虏肉,笑谈渴饮匈奴血……"词意慷慨激昂,音节铿锵有力,使人读了发生无限的感动与兴奋。这《满江红》充分兼有技术与美德，故为高贵的艺术。又如西班牙现时画家加斯推拉（Castelao）描写叛军轰炸无辜平民的惨象，用笔周详，描写生动，构图妥帖，而用心仁慈隐恻，立意深远伟大，使人看了感到无限的愤慨与奋勉。（我曾见过一幅描写轰炸后掩埋尸体之景象，题曰"他们埋的是种子，不是死尸"，又一幅描写先生被炸死，小学生在旁哭泣，题曰"教师的最后一课"。我看了深为感动。）这些画充分兼有技术与美德，故为可贵的艺术。

由此可知真正的艺术，必兼备"善"和"巧"两条件。善而不巧固然作不出艺术来，巧而不善更没有艺术的资格。善而又巧，巧而又善，方可称为艺术。故徒然悦人耳目，而对人没有启示的，不是艺术；徒然供人消遣，而对人没有教训的，不是艺术。旧说，艺术分为八类，即绘画，雕塑，建筑，工艺，音乐，文学，舞蹈与演剧。新中国的艺术，应该改订其分类法：例如有美丽形式与深刻的教训者，称为艺术品。只有美丽的形式，而内容不含何种启示或教训者，则称为"技术品"。免得使人糊里糊涂，玉石不分；遂使据一技之长者，自命为教授，为机变之巧者，冒充艺术家，害己害人，误民误国！

艺术家的修养工夫，由此亦可想而知：先须具有芬芳的胸怀，高尚的德性，然后磨炼听觉、视觉、筋觉。如此，方可成为健全的艺术家。即如前图所示："美德"与"技术"两圆相交，其叠合的部分方为"艺术"。但在修养上，两者的先后与重轻，亦非郑重分别不可：欲为艺术家者，必须先修美德，后习技术；必须美德为重，而技术为轻。何以言之？因为具足美德而缺乏技术，其人基础巩固，虽不能为成全的艺术家，自不失为高尚善良的一个"人"。人不是一定要做艺术家的。反之，倘学会了技术而缺乏美德，其人就不能正当地应用其技术，误用技术，反而害人。（淫乐淫画的作者，淫书的著者，谄媚拿破仑的画家 David〔大卫〕，以诗交结日本人的汉奸黄濬等，皆是其例。）这可借孔子的话来说明。孔子曰："质胜文则野，文胜质则史，文质彬彬，然后君子。"质是忠诚的质地，文是才智的修饰。孔子说：忠诚胜于才智，则为鄙略（即野）；才智胜于忠诚，则为机巧（即史）。必须忠诚与才智均等具足（即彬彬），方才可为君子。先贤注释曰："文质不可以相胜，然质之胜文，犹之甘可以受和，白可以受采也。文胜而至于灭质，则其本亡矣。虽有文将安施乎？然则与其史也宁野。"这话正好借来说明他的艺术论。"质"犹美德也，"文"犹技术也。"文质彬彬然后君子"，犹美德与技术兼备方为艺术家也。"质胜文则野"，犹美德胜于技术，不失为善良之人也。"文胜质则史"，犹技术胜于美德，而为机巧之徒也。先贤说："与其史也宁野。"现在我可模仿他说：新中国的艺术学者，与其为机巧之徒，毋宁为善良之人。

二十七〔1938〕年夏

桂林艺术讲话之三

艺术应该是活的。所谓活的艺术，就是能活用于万事，而与人生密切关联的艺术。不是那种死的艺术——手指头上的雕虫小技，感觉游戏的立体派，奇离古怪的未来派，以及感情麻醉的吟风弄月，无病沉吟的颓废艺术。

然而我所谓死的艺术，不一定是一般人所称为"为艺术的艺术"。我所谓活的艺术，也不一定是一般人所谓"为人生的艺术"。我以为这两个名称不甚妥当。供欣赏而无直接用处者，就称之为"为艺术的艺术"而排斥之；含讽刺代呐喊而直接涉及社会问题者，就称之为"为人生的艺术"而推崇之，所见未免太偏，拘泥于"事"而不能活用其"理"，可称之为"死的艺术论"。死的艺术论与死的艺术同样的不健全。

数学教人 1+2=3。人就能活用数学：打下一架飞机，又打下两架飞机，知道一共打下三架飞机。体育教人掷铁球，人也能活用体育：一个手榴弹掷中数丈外的坦克车。数学和体育都可活用，为什么艺术拘泥于一幅画与一曲歌，而不活用呢？数学的高深者，如几何三角微分积分，实用极少，哪一个天天要用几何三角微分积分呢？然而学生非修不可。盖欲借此锻炼头脑，使思想清楚正确也。体育中的翻铁杠撑竿跳，实用也很少，哪一个必须在生活中常常翻铁杠或撑竿跳呢？然而学生非练不可。盖欲借此锻炼肢体，使身手强健敏捷也。同理，艺术中的图画音乐，实用也不多，有谁在生活中必须常常画图唱歌呢？然而学生非学不可，盖欲借此涵养德性，使生活美化也。故艺术科的主要目的物不是一张画一曲歌，而是其涵养之功。有些人不识此旨，而斤斤于描写与弹唱，展览会与演奏会，甚至生吞活剥地教授技术，临渴掘井地筹备出品，遂使艺术变成与生活无关的虚饰品，与人格无涉的小技巧，良可叹也。

欲明艺术的活用，可举绘画中的构图法为实例而论证。构图就是画面物象的布置，在中国画中称为经营置陈。一种物象描在一幅画中，决定其位置的高低，偏正，疏密，背向，须下一番功夫，然后妥帖安定，使人看了心生美感。这比古人安插瓶花更费踌躇，比美人对镜理妆更费评量。故尽美尽善的构图，图中各物不能移动一分，不能移转一度。有如宋玉东家的窥墙玉女，"增之一分则太长，减之一分则太短。"所谓"恰到好处"也。例如要描三只苹果。这三块圆形的东西在一张长方形的纸里如何安排，是作画者最初的一个大问题。给它们均匀地并列在画中，好似寺里的三尊大佛一般，则嫌其呆板。这不像一幅画，恰像水果摊的一部分，故不可取。给它们疏散起来，东一个，西一个，高一个，低一个，好似机关枪弹子洞一般，则又嫌其太散乱。这也不像一幅画，恰像打翻了的水果摊，故又不可取。前者失之于太规则，后者失之于太不规则。过犹不及，皆不可取。适中之道，是使三个苹果有条理而不呆板，有变化而不散乱，离而集中，和而不同。这才成为艺术的

构图。这答案不止一种，你有你的布置法，我有我的布置法。但秘诀则一：只要把三个苹果当作三位好朋友看，设想他们是有知有情的三个人，欢聚于一室之中。如此，则随你调来调去，作种种布置，无往而不是艺术的构图（今但举一例如图）。因为当作晤谈一室的三个人看，你决不会教它们并列如兵操，远离如防贼，或相背如向隅；必使它们相亲相近，相向相对，而又保住恰度的距离与方向，出于自然。凡出于自然者，皆有艺术味。这在构图法中叫做"多样统一"。

多样统一，似是一句矛盾的话。既欲其多样，又欲其统一。即既欲其有规则，又欲其不规则。但事实则甚和谐。故这种矛盾不但不禁，反而可贵，这种矛盾不但艺术上有之，一切人事上都有，而且非有不可。用这"多样统一"的方法来处理人事，便是我所谓艺术的活用。请举几个事例来说：

淳于髡问孟子曰："男女授受不亲，礼欤？"孟子曰："礼也。"曰："嫂溺，则援之以手乎？"曰："嫂溺不援，是豺狼也。男女授受不亲，礼也。嫂溺援之以手者，权也。"礼就是统一，权就是多样。嫂溺援之以手就是多样统一的活用。

孔子也有同样教训：叶公语孔子曰："吾党有直躬者，其父攘羊，而子证之。"孔子曰："吾党之直者异于是：父为子隐，子为父隐，直在其中矣。"叶公所谓其父攘羊而子证之，是直而不知权变，是统一而不多样。孔子所谓父为子隐，子为父隐,是直而有节度,正是多样统一的活用。

曾子少年时也不懂得这多样统一的活用法,有事为证:曾子耘瓜,误斩其根。其父晳大怒,用大棒打曾子。曾子昏倒在地,醒来,知道自己不谨,使父动怒,立刻起来,勉强走进室内,弹起琴来,盖曾子是个大孝子,恐防父亲打倒了儿子之后,心中后悔。所以特为弹琴,使父亲听见琴声,知道儿子没有被打死,便可放心。次日,曾子去见孔老夫子。孔老夫子拒绝他,说他不孝,故不见。曾子自以为昨日的行为是大孝了,正想得夫子称赞,不料反因不孝被拒,真是出乎意表。他请问罪状,孔夫子派人出来对他说:从前舜事奉他的老子瞽瞍,要他当差使时他总在侧,要杀他时他总不在侧。孝亲应该小杖则受,大杖则避。你昨天不避大杖,几乎被父亲打死,你犹之杀了父亲的儿子,使他绝嗣。你是大不孝了(事见孔子家语)。曾子的孝,不知权变,是统一而不知多样的例。

关于曾子,我又想起一个多样而不知统一的例:曾子病重了。学生乐正子春及儿子曾元等坐在榻旁侍奉。一个童子拿着蜡烛坐在角落里。童子说:"这条席子很华美,是大夫所赐的吗?"子春叫他勿作声。曾子听见了,问童子说什么。童子又说了一遍。曾子说:"是的,这是大夫季孙赐给我的,我还没有换去,元!给我易箦吧!"曾元说:"父亲的病重了,变动不得。倘幸而能挨到明天早晨,我们再来换席。"曾子说:"你的爱我,不及这童子。君子爱人以德,小人则爱人以姑息。我不要姑息,只要正道而死,就好了。"于是曾元等扶他起来易箦,易箦后没有躺下就逝世了(事见《檀弓》)。躺在大夫所赐的席上临终，乃非理。易箦是理。乐正子春和曾元等因见曾子病重，力求变通，将使曾子死于非理，便是只愿多样而忘却了统一。二十四孝中的孝，有许多是呆板而不知权变，统一而不知多样的孝。像王祥卧冰得鲤，吴猛恣蚊饱血，郭巨为母埋儿，乃其尤者。

可知多样统一为人生处世之达道。今日前方将士抗战杀敌，并不见敌便杀。对于反战投诚的俘虏，非但不杀，且加优待。这可谓深知权变，善能活用多样统一之理，是大艺术。国风好色而不淫，小雅怨悱而不乱，吾中国在远古就有这种大艺术的示范了。

孔子曰："礼云礼云，玉帛云乎哉？乐云乐云，钟鼓云乎哉？"盖礼以敬为本，乐以和为本，玉帛钟鼓不过其外形。敬与和的活用，普遍于一切天理人事。关于这点，程子说得很有趣："礼只是一个序，乐只是一个活。只此两字，含蓄多少义理！天下无一物无礼乐。且如置此两椅，一不正便是无序，无序便乖，乖便不和。又如盗贼，至为不道。然亦有礼乐。必有总属，必相听顺，乃能为盗。不然，则判乱无统，不能一日相聚而为盗也。礼乐无处无之，学者须要识得！"

礼乐无处无之，即多样统一无处无之，即艺术无处无之。故艺术随处可以活用，艺术必须是活的。"艺术云艺术云，描画唱歌云乎哉？"

廿七〔1938〕年夏

卅年来艺术教育之回顾

科举废,学堂兴。学堂设图画音乐两科,使担当艺术教育。沿袭到今,已有三十余年了。

学堂是参仿西洋的。西法最初移植到东土时,各科都不自然,后来渐渐改进。譬如英语,最初像符咒一般授受,生吞活剥,很不自然。但后来渐渐改进,便成青年人必修的一科。又如体操,最初像武艺一般演习,机械唐突,很不自然。但后来也渐渐改进,便成了人生日常需要的一科。其他各科也都如此。只有艺术科,三十余年来少有改进。最初生吞活剥地闯进学堂的课程里,到现在还是机械唐突地夹在学校的各科中。游离人生,疏远教育;既不重要,又少效用。今日学校的课程表里添加图画一小时与音乐二小时,犹之中医的药方里添写陈皮两张,甘草三分,可得可失,无关紧要。

艺术科何以如此不见长进?这是因为师资缺乏,教学法不良,一向偏重艺术的末技而忽略艺术的精神的原故。

请申说之:普通教育是养成健全人格的教育,不是培植专门人才的教育。这是十分合理的教育宗旨,全无异议的。因此,普通教育中的各科,都以精神修养为主目的,而以技法传授为副目的。换言之,都注重间接的效果,而不注重直接的效果。譬如国语科，主目的是锻炼学生的言语思想，使合于逻辑，并非仅求其能看报写信。看报写信只是自然随附而至的副产物。又如数学科，主目的是锻炼学生的理智头脑，使日渐精密；并非仅求其能算账买物。算账买物只是自然随附而至的副产物。不然，倘有国文先生以教学生看报写信为尽能事，数学先生以教学生算账买物为尽能事，这两人一定是最坏的先生，不容于现今中国的教育界。因为他们只求学科的直接的效果，而不求其间接的效果；只知技法传授，而不知精神修养，不合于普通教育的宗旨。所以这两人都只是教书匠，而不是教育者。

学堂初兴的时候，这种教书匠甚多，后来渐渐淘汰。三十余年来，别的各科都向着合理的教育宗旨而迈进，到现今都已渐近完全之域。只有艺术科，图画和音乐，老不长进，一向是只求直接的效果而不求间接的效果；只知技法传授而不知精神修养。艺术科之所以生吞活剥，机械唐突地夹在各科中，而形成一种游离人生，无关教育的空套具文者，便是如此。

请再申说之：图画科之主旨，原是要使学生赏识自然与艺术之美，应用其美以改善生活方式，感化其美而陶冶高尚的精神（主目的）；并不是但求学生都能描画（副目的）而已。然而多数中小学的图画科，都只是追求其副目的而已。其中少数追求得到的，便算是艺术科成绩特殊优良的了。其余多数的学校，可怜连副目的都追求不到！我们童年时，先生教我们每人买一部铅笔画临本。上课时先生指定一幅，我们便在象牌图画纸上依样画葫芦。画毕缴卷，先生用红笔在画面上打分数，发还我们。一学期积了一叠依样画葫芦的象牌图画纸，图画科的成绩就在于此。此外更无何等影响于我们的身心了。我离开普通学校已近三十年，我以为近来的图画科一定改进得多了。谁知近年来参观各地学校的图画，依然多数是画葫芦的教育，不但如此，竟有好几次被我发现学生将图纸罩在临本上，映在玻璃窗上用铅笔起稿！他们连葫芦都不会画，直将变作一架印刷机器了！这样看来，三十年来的图画教育，没有进步，只有退步。如前所说，图画教育的目的，是"要使学生赏识自然与艺术之美，应用其美以改进生活的方式，感化其美以陶冶高尚的精神"。但在这种教育法之下，如何达得这目的？抗战开始以后，浅薄的图画先生，不明白自己的使命，而最怕"落伍"，便强求图画与抗战在表面上发生关系。于是完全废止了"赏识自然与艺术之美"之本职，而令学生专描抗战宣传画。抗战宣传当然是很有用的；学生身处抗战时代，应该用图画发表关于抗战的思想感情，同用文字发表一样。但是，废止了图画科的本职，而专描宣传画；而其描法又勉强躐等，使全无基本练习的学生立刻依样描写比葫芦更艰难的东西。这好比未能步而先逼之跳，未能坐而先逼之立。这样虐待学生以换得抗战宣传，得不偿失，决不是国家之福。但在现今，这种图画教育算是成绩最优，可以博得"抗战美术""热心救国"的美名。但是丧尽了图画教育的真义！这种图画教育，比较我们幼时的图画教育，只是九十步与百步之差。

音乐科之主旨，原是要使学生赏识声音之美，应用其美以增加生活的趣味，感化其美而长养和爱的精神（主目的）；并不是但求学生都能唱歌（副目的）而已。然而多数中小学的音乐科，大部只追求副目的而已。而副目的也多数不能完全求得。因为他们的乐曲不良，而教学法又不良。我们童年时，先生按着一架三组小风琴，教唱一曲"龙旗兮飞扬"。先生唱一句，我们唱一句，同现在的教兵士唱歌一样。教会之后，再来一曲"男儿第一志气高"。先生弹得高兴起来，滚转指头去加一点花。我们也滚转舌头来加一点花，同茶馆酒店卖唱的一样。这大都不像唱而像喊。我们这样地喊了一学期，喊会十几支歌，音乐科的成绩尽在乎此。此外更无何等影响于我们的身心了。这是三十年前的事。近来的音乐科，教学法上固然进步了一些。但是总平均起来，反而退步。因为选音不良，含有毒质，学生的精神损失很大，自从《葡萄仙子》《毛毛雨》[1]等出世以来，好像魔鬼降生，把学校及民众的乐坛，搅得一塌糊涂。到处都是靡靡之声与亡国之音。后来虽经当局禁除，但其势力深入民间，遗音至今不绝。类似的东西又层出不穷。不生耳朵的音乐先生，竟把它们采作教材，害得学生尽行化作卖唱儿。最近，不生耳朵的作歌者，又把它们采作军歌，害得兵士拿不起枪来。（他们不解曲趣，在靡靡之音上配着慷慨激昂之词，唱起来好比用娇痴的语调来宣誓，怪难听的。）唱这样的歌，还不如喊"男儿第一志气高"。这些歌虽然幼稚，却不含毒质。这样看来，三十年来的音乐教育，并无进步，只有退步。如前所说，音乐科的目的，原是要使学生赏识声音之美，应用

---

[1] 当时流行的两首歌曲。

其美，以增加生活的趣味，感化其美以长养和爱的精神。但在这种教学法之下，如何达到这目的？

我要声明：充分了解设立艺术科之大义，而正确地实行艺术教育的人，在中国固然有，但是有的不久为环境所阻碍所告退，有的反被无知之徒非笑而排斥，有的"人微言轻"而不知于世。结果多数的得势的图画音乐先生，是不懂艺术教育的画匠与乐匠。因此，三十年来，图画与音乐老不长进。艺术科始终是生吞活剥，机械唐突地夹在学校的各科中，而形成一种游离人生，无关教育的空套具文。

造成这缺陷的原因，不止一端。但主要的是师资的缺乏。环境有时能压迫人；但改造环境的，毕竟还是人，我国向来缺乏良好的艺术师资养成所。故多数学校中的图画先生与音乐先生，是画家（或画匠）与音乐家（或乐匠），而不是图画教育者与音乐教育者。画家与音乐家是专门家，缺乏教育的修养与誓愿，不配当图画音乐先生（画匠与乐匠更不必说）。但是学校因为缺乏师资，只得胡乱拿专门家来代用。而专门家在中国无以为生，唯一的出路也只有当教师。这样地将错就错，就铸成了三十余年来艺术教育界的大错！

为补救这大错计，应该多有几个良好的中小学艺术师资养成所，培养出许多健全的艺术教师来。使他们都具有圆满的人格，抱着热诚的教育心，学得正当的技术，深明艺术教育的大义，然后去担当国民的艺术科教师。这才可挽回三十年来艺术教育的颓运。

抗战期间，军事第一，胜利第一。艺术教育恐要排在一直后面了。但抗战以后还要建国,建国的基础还是教育。故深望教育界的有力者与有心人,对于这个问题稍加注意。

廿九〔1940〕年四月十八日于遵义

还我缘缘堂 [1]

二月九日天阴,居萍乡暇鸭塘萧祠已经二十多天了,这里四面是田,田外是山,人迹少到,静寂如太古。加之二十多天以来,天天阴雨,房间里四壁空虚,行物萧条,与儿相对枯坐,不啻囚徒。次女林先性最爱美,关心衣饰,闲坐时举起破碎的棉衣袖来给我看。说道:"爸爸,我的棉袍破得这么样了!我想换一件骆驼绒袍子。可是它在东战场的家里——缘缘堂楼上的朝外橱里——不知什么时候可以去拿得来。我们真苦,每人只有身上的一套衣裳!可恶的日本鬼子!"我被她引起很深的同情,心中一番惆怅,继之以一番愤懑。她昨夜睡在我对面的床上,梦中笑了醒来。我问她有什么欢喜。她说她梦中回缘缘堂,看见堂中一切如旧,小皮箱里的明星照片一张也不少,欢喜之余,不觉笑了醒来,今天晨间我代她作了一首感伤的小诗:

儿家住近古钱塘,也有朱栏映粉墙。
三五良宵团聚乐,春秋佳日嬉游忙。

---

[1] 本篇原载 1938 年 5 月 1 日《文艺阵地》第 1 卷第 2 期。原有副题:"——避寇日记之一"。

清平未识流离苦,生小偏遭破国殃。
昨夜客窗春梦好,不知身在水萍乡。

平生不曾作过诗,而且近来心中只有愤懑而没有感伤。这首诗是偶被环境逼出来的。我嫌恶此调,但来了也听其自然。

邻家的洪恩要我写对。借了一支破大笔来。拿着笔,我便想起我家里的一抽斗湖笔,和写对专用的桌子。写好对,我本能伸手向后面的茶几上去取大印子,岂知后面并无茶几,更无印子,但见萧家祠堂前的许多木主,蒙着灰尘站立在神祠里,我心中又起一阵愤懑。

晚快章桂从萍乡城里拿邮信回来,递给我一张明片,严肃地说:"新房子烧掉了!"我看那明片是二月四日上海裘梦痕[1]寄发的。信片上有一段说"一月初上海新闻报载石门湾缘缘堂已全部焚毁,不知尊处已得悉否";下面又说:"近来报纸上常有误载,故此消息是否确凿不得而知。"此信传到,全家十人和三个同逃难来的亲戚,齐集在一个房间里聚讼起来,有的可惜橱里的许多衣服,有的可惜堂上新置的桌凳。一个女孩子说:大风琴和打字机最舍不得。一个男孩子说:秋千架和新买的金鸡牌脚踏车最肉痛。我妻独挂念她房中的一箱垫[2]锡器和一箱垫瓷器。她说:早知如此,悔不预先在秋千架旁的空地上掘一个地洞埋藏了,将来还可去发掘。正在惋惜,丙潮从旁劝

---

[1] 裘梦痕,系作者在立达学园执教时的同事(音乐教师)。
[2] 箱垫,即搁箱子的柜子。

慰道："信片上写着'是否确凿不得而知'，那么不见得一定烧掉的。"大约他看见我默默不语，猜度我正在伤心，所以这两句照着我说。我听了却在心中苦笑。他的好意我是感谢的。但他的猜度却完全错误了。我离家后一日在途中闻知石门湾失守，早把缘缘堂置之度外，随后陆续听到这地方四得四失，便想象它已变成一片焦土，正怀念着许多亲戚朋友的安危存亡，更无余暇去怜惜自己的房屋了。况且，沿途看报某处阵亡数千人，某处被敌虐杀数百人，像我们全家逃出战区，比较起他们来已是万幸，身外之物又何足惜！我虽老弱，但只要不转乎沟壑，还可凭五寸不烂之笔来对抗暴敌，我的前途尚有希望，我决不为房屋被焚而伤心，不但如此，房屋被焚了，在我反觉轻快，此犹破釜沉舟，断绝后路，才能一心向前，勇猛精进。丙潮以空言相慰，我感谢之余，略觉嫌恶。

　　然而黄昏酒醒，灯孤人静，我躺在床上时，也不免想起石门湾的缘缘堂来。此堂成于中华民国二十二年，距今尚未满六岁。形式朴素，不事雕斫而高大轩敞。正南向三开间，中央铺方大砖，供养弘一法师所书《大智度论·十喻赞》，西室铺地板为书房，陈列书籍数千卷。东室为饮食间，内通平屋三间为厨房，贮藏室，及工友的居室。前楼正寝为我与两儿女的卧室，亦有书数千卷，西间为佛堂，四壁皆经书，东间及后楼皆家人卧室。五年以来，我已同这房屋十分稔熟。现在只要一闭眼睛，便又历历地看见各个房间中的陈设，连某书架中第几层第几本是什么书都看得见，连某抽斗（儿女们曾统计过，我家共有一百二十五只抽斗）中藏着什么东西都记得清楚。现在这所房屋已经付之一炬，从此与我永诀了！

我曾和我的父亲永诀，曾和我的母亲永诀，也曾和我的姐弟及亲戚朋友们永诀，如今和房子永诀，实在值不得感伤悲哀。故当晚我躺在床里所想的不是和房子永诀的悲哀，却是毁屋的火的来源。吾乡于中华民国二十六年十一月六日，吃敌人炸弹十二枚，当场死三十二人，毁房屋数间。我家幸未死人，我屋幸未被毁。后于十一月二十三日失守，失而复得，得而复失，失而复得，得而复失，……以至四进四出，那么焚毁我屋的火的来源不定；是暴敌侵略的炮火呢，还是我军抗战的炮火呢？现在我不得而知，但也不外乎这两个来源。

于是我的思想达到了一个结论：缘缘堂已被毁了。倘是我军抗战的炮火所毁，我很甘心！堂倘有知，一定也很甘心，料想它被毁时必然毫无恐怖之色和凄惨之声，应是蓦地参天，蓦地成空，让我神圣的抗战军安然通过，向前反攻的。倘是暴敌侵略的炮火所毁，那我很不甘心，堂倘有知，一定更不甘心。料想它被焚时，一定发出喑呜叱咤之声："我这里是圣迹所在，麟凤所居。尔等狗彘豺狼胆敢肆行焚毁！亵渎之罪，不容于诛！应着尔等赶速重建，还我旧观，再来伏法！"

无论是我军抗战的炮火所毁，或是暴敌侵略的炮火所毁，在最后胜利之日，我定要日本还我缘缘堂来！东战场，西战场，北战场，无数同胞因暴敌侵略所受的损失，大家先估计一下，将来我们一起同他算账！

〔1938 年〕

告缘缘堂在天之灵[1]

去年十一月中,我被暴寇所逼,和你分手,离石门湾,经杭州,到桐庐小住。后来暴寇逼杭州,我又离桐庐经衢州、常山、上饶、南昌,到萍乡小住。其间两个多月,一直不得你的消息,我非常挂念。直到今年二月九日,上海裘梦痕写信来,说新闻报上登着:石门湾缘缘堂于一月初全部被毁。噩耗传来,全家为你悼惜。我已写了一篇《还我缘缘堂》为你申冤,(登在《文艺阵线》[2]上。)现在离开你的忌辰已有百日,想你死后,一定有知。故今晨虔具清香一支,为尔祷祝,并为此文告你在天之灵:

你本来是灵的存在。中华民国十五年,我同弘一法师住在江湾永义里的租房子里,有一天我在小方纸上写许多我所喜欢而可以互相搭配的文字,团成许多小纸球,撒在释迦牟尼画像前的供桌上,拿两次阄,拿起来的都是"缘"字,就给你命名曰"缘缘堂"。当即请弘一法师给你写一横额,付九华堂装裱,挂在江湾的租屋里。这是你的灵的存在的开始,后来我迁居嘉

---

[1] 本篇原载 1938 年 5 月 1 日《宇宙风》第 67 期。
[2] 《文艺阵线》,系作者笔误,应为《文艺阵地》。

兴，又迁居上海，你都跟着我走，犹似形影相随，至于八年之久。

到了中华民国廿二年春，我方才给你赋形，在我的故乡石门湾的梅纱弄里，吾家老屋的后面，建造高楼三楹，于是你就堕地。弘一法师所写的横额太小，我另请马一浮先生为你题名。马先生给你写三个大字，并在后面题一首偈：

能缘所缘本一体，收入鸿蒙入双眦。
画师观此悟无生，架屋安名聊寄耳。
一色一香尽中道，即此××非动止。
不妨彩笔绘虚空，妙用皆从如幻起。

第一句把我给你的无意的命名加了很有意义的解释，我很欢喜，就给你装饰：我办一块数十年陈旧的银杏板，请雕工把字镌上，制成一匾。堂成的一天，我在这匾上挂了彩球，把它高高地悬在你的中央。这时候想你一定比我更加欢喜。后来我又请弘一法师把《大智度论·十喻赞》写成一堂大屏，托杭州翰墨林装裱了，挂在你的两旁。匾额下面，挂着吴昌硕绘的老梅中堂。中堂旁边，又是弘一法师写的一副大对联，文为《华严经》句："欲为诸法本，心如工画师。"大对联的旁边又挂上我自己写的小对联，用杜诗句："暂止飞乌才数子，频来语燕定新巢。"中央间内，就用以上这几种壁饰，此外毫无别的流俗的琐碎的挂物，堂堂庄严，落落大方，与你的性格很是调和。东面间里，挂的都是沈子培的墨迹，和几幅古画。西面一间是我的书房，四壁图书之外，风琴上又挂着弘一法师写的长对，文曰："真观清净观，广大智慧观，梵音海潮音，胜彼世间音。"最近对面又挂着我自己写的小对，用王荆公之妹长安县君的诗句："草草杯盘供语笑，昏昏灯火话平生。"因为我家不装电灯，（因为电灯十一时即熄，且无火表。）用火油灯。我的亲戚老友常到我家闲谈平生，清茶之外，佐以小酌，直至上灯不散。油灯的暗淡和平的光度与你的建筑的亲和力，笼罩了座中人的感情，使他们十分安心，谈话娓娓不倦。故我认为油灯是与你全体很调和的。总之，我给你赋形，非常注意你全体的调和，因为你处在石门湾这个古风的小市镇中，所以我不给你穿洋装，而给你穿最合理的中国装，使你与环境调和。因为你不穿洋装，所以我不给你配置摩登家具，而亲绘图样，请木工特制最合理的中国式家具，使你内外完全调和。记得有一次，上海的友人要买一个木雕的捧茶盘的黑人送我，叫我放在室中的沙发椅子旁边。我婉言谢绝了。因为我觉得这家具与你的全身很不调和，与你的精神更相反对。你的全身简单朴素，坚固合理；这东西却怪异而轻巧。你的精神和平幸福，这东西以黑奴为俑，残忍而非人道。凡类于这东西的东西，皆不容于缘缘堂中。故你是灵肉完全调和的一件艺术品！我同你相处虽然只有五年，这五年的生活，真足够使我回想：

春天，两株重瓣桃戴了满头的花，在你的门前站岗。门内朱栏映着粉墙，蔷薇衬着绿叶。院中的秋千亭亭地站着，檐下的铁马叮咚地唱着。堂前有呢喃的燕语，窗中传出弄剪刀的声音。这一片和平幸福的光景，使我永远不忘。

夏天，红了的樱桃与绿了的芭蕉在堂前作成强烈的对比，向人暗示"无常"的至理。葡萄棚上的新叶把室中的人物映成青色，添上了一层画意。垂帘外时见参差的人影，秋千架上常有和乐的笑语。门前刚才挑过一担"新市水蜜桃"，又挑来一担"桐乡醉李"。堂前喊一声"开西瓜了！"霎时间楼上楼下走出来许多兄弟姊妹。傍晚来一个客人，芭蕉荫下立刻摆起小酌的座位。这一种欢喜畅快的生活，使我永远不忘。

秋天，芭蕉的长大的叶子高出墙外，又在堂前盖造一个重叠的绿幕。葡萄棚下的梯子上不断地有孩子们爬上爬下。窗前的几上不断地供着一盆本产的葡萄。夜间明月照着高楼，楼下的水门汀好像一片湖光。四壁的秋虫齐声合奏，在枕上听来浑似管弦乐合奏。这一种安闲舒适的情况，使我永远不忘。

冬天，南向的高楼中一天到晚晒着太阳。温暖的炭炉里不断地煎着茶汤。我们全家一桌人坐在太阳里吃冬春米饭，吃到后来都要出汗解衣裳。廊下堆着许多晒干的芋头，屋角里摆着两三坛新米酒，菜橱里还有自制的臭豆腐干和霉千张。星期六的晚上，孩子们陪我写作到夜深，常在火炉里煨些年糕，洋灶上煮些鸡蛋来充冬夜的饥肠。这一种温暖安逸的趣味，使我永远不忘。

你是我安息之所。你是我的归宿之处。我正想在你的怀里度我的晚年，我准备在你的正寝里寿终。谁知你的年龄还不满六岁，忽被暴敌所摧残，使我流离失所，从此不得与你再见！

犹记得我同你相处的最后的一日：那是去年十一月六日，初冬的下午，芭蕉还未凋零，长长的叶子要同粉墙争高，把浓重的绿影送到窗前。我坐在你的西室中对着蒋坚忍著的《日本帝国主义侵略中国史》，一面阅读，一面札记，准备把日本侵华的无数事件——自明代倭寇扰海岸直至"八一三"的侵略战——一用漫画写出，编成一册《漫画日本侵华史》，照《护生画集》的办法，以最廉价广销各地，使略识之无[1]的中国人都能了解，使未受教育的文盲也能看懂。你的小主人们因为杭州的学校都迁移了，没有进学，大家围着窗前的方桌，共同自修几何学。你的主母等正在东室里做她们的缝纫。两点钟光景忽然两架敌机在你的顶上出现。飞得很低，声音很响，来而复去，去而复来，正在石门湾的上空兜圈子。我知道情形不好，立刻起身唤家人一齐站在你的墙下。忽然，砰的一声，你的数百块窗玻璃齐声叫喊起来。这分明是有炸弹投在石门湾的市内了，然我还是犹豫未信。我想，这小市镇内只有四五百份人家，都是无辜的平民，全无抗战的设备。即使暴敌残忍如野兽，炸弹也很费钱，料想他们是不肯滥投的，谁知没有想完，又是更响的两声，轰！轰！你的墙壁全都发抖，你的地板统统跳跃，桌子上的热水瓶和水烟筒一齐翻落地上。这两个炸弹投在你后门口数丈之外！这时候我家十人准备和你同归于尽了。因为你在周围的屋子中，个子特别高大，样子特别惹眼，是一个最大的目标。我们也想离开了你，逃到野外去。然而窗外机关枪声不断，逃出去必然是寻死的。

与其死在野外，不如与你同归于尽，所以我们大家站着不

---

[1] 略识之无指文化程度不高。

动,幸而炸弹没有光降到你身上。东市南市又继续砰砰地响了好几声。两架敌机在市空盘旋了两个钟头,方才离去。事后我们出门探看,东市烧了房屋,死了十余人,中市毁了凉棚,也死了十余人。你的后门口数丈之外,躺着五个我们的邻人。有的脑浆迸出,早已殒命。有的吟呻叫喊,伸起手来向旁人说:"救救我呀!"公安局统计,这一天当时死三十二人,相继而死者共有一百余人。残生的石门湾人疾首蹙额地互相告曰:"一定是乍浦登陆了,明天还要来呢,我们逃避吧!"是日傍晚,全镇逃避一空。有的背了包裹步行入乡,有的扶老携幼,搭小舟入乡。四五百份人家门户严扃,全镇顿成死市。我正求船不得,南沈浜[1]的亲戚蒋氏兄弟一齐赶到并且放了一只船来。我们全家老幼十人就在这一天的灰色的薄暮中和你告别,匆匆入乡。大家以为暂时避乡,将来总得回来的。谁知这是我们相处的最后一日呢?

我犹记得我同你诀别的最后的一夜,那是十一月十五日,我在南沈浜乡间已经避居九天了。九天之中,敌机常常来袭。我们在乡间望见它们从海边飞来,到达石门湾市空,从容地飞下,公然地投弹。幸而全市已空,他们的炸弹全是白费的。因此,我们白天都不敢出市。到了晚上,大家出去搬取东西。这一天我同了你的小主人陈宝,黑夜出市,回家取书,同时就是和你诀别。我走进你的门,看见芭蕉孤危地矗立着,二十余扇玻璃窗紧紧地闭着,全部寂静,毫无声息。缺月从芭蕉间照着

---

[1] 指南深浜。亦作南沈浜、南圣浜。

你,作凄凉之色。我跨进堂前,看见一只饿瘦了的黄狗躺在沙发椅子上,被我用电筒一照,突然起身,给我吓了一跳。我走上楼梯,楼门边转出一只饿瘦了的老黑猫来,举头向我注视,发出数声悠长而无力的叫声,并且依依在陈宝的脚边,不肯离去。我们找些冷饭残菜喂了猫狗,然后开始取书。我把我所欢喜的,最近有用的,和重价买来的书选出了两网篮,明天饬人送到乡下。为恐敌机再来投烧夷弹,毁了你的全部。但我竭力把这念头遏住,勿使它明显地浮出到意识上来,因为我不忍让你被毁,不愿和你永诀的!我装好两网篮书,已是十一点钟,肚里略有些饥。开开橱门,发现其中一包花生和半瓶玫瑰烧酒,就拿到堂西的书室里放在"草草杯盘供语笑,昏昏灯火话平生"的对联旁边的酒桌子上,两人共食。我用花生下酒,她吃花生相陪。我发现她嚼花生米的声音特别清晰而响亮,各隆、各隆,各隆,各隆……好像市心里演戏的鼓声。我的酒杯放到桌子上,也戛然地振响,满间屋子发出回声。这使我感到环境的静寂,绝对的静寂,死一般的静寂,为我生以来所未有。我拿起电筒,同陈宝二人走出门去,看一看这异常的环境,我们从东至西,从南到北,穿遍了石门湾的街道,不见半个人影,不见半点火光。但有几条饿瘦了的狗躺在巷口,见了我们,勉强站起来,发出几声凄惨的愤懑的叫声。只有下西弄里一家铺子的楼上,有老年人的咳嗽声,其声为环境的寂静所衬托,异常清楚,异常可怕。我们不久就回家。我们在你的楼上的正寝中睡了半夜。天色黎明,即起身入乡,恐怕敌机一早就来。我出门的时候,回头一看,朱栏映着粉墙,樱桃傍着芭蕉，二十多扇玻璃窗紧紧地关闭着，在黎明中反射出惨淡的光辉。我在心中对你告别："缘缘堂，再会吧！我们将来再见！"谁知这一瞬间正是我们的永诀，我们永远不得再见了！

以上我说了许多往事，似有不堪回首之悲，其实不然！我今谨告你在天之灵，我们现在虽然不得再见，但这是暂时的，将来我们必有更光荣的团聚。因为你是暴敌的侵略的炮火所摧残的，或是我们的神圣抗战的反攻的炮火所焚毁的。倘属前者，你的在天之灵一定同我一样地愤慨，翘盼着最后的胜利为你复仇，决不会悲哀失望的。倘属后者，你的在天之灵一定同我一样地毫不介意；料想你被焚时一定蓦地成空，让神圣的抗战军安然通过，替你去报仇，也决不会悲哀失望的。不但不会悲哀失望，我又觉得非常光荣。因为我们是为公理而抗战，为正义而抗战，为人道而抗战。我们为欲歼灭暴敌，以维持世界人类的和平幸福，我们不惜焦土。你做了焦土抗战的先锋，这真是何等光荣的事。最后的胜利快到了！你不久一定会复活！我们不久一定团聚，更光荣的团聚。

〔1938年〕

桂林初面

汽车驶过了黄沙，山水渐渐美丽起来。有的地方一泓碧水，几树灌木，背后衬着青灰色的远山，令人错认为杭州。只是不见垂柳。行近桂林，山形忽然奇特。远望似犬齿，又如盆景中的假山石。我疑心这些山是桂林人用人工砌造起来的。不然，造物者当初一定在这地方闲玩过。他把石头一块块堆积起来，堆成了这奇丽的一圈。后人就在这圈子内建设起桂林城来。

进北门，只见宽广而萧条的市街，和穿灰色布制服的行人。我以为这是市梢，这些是壮丁。谁知直到市中心的中南街，老是宽广萧条的市街和灰色布制服的行人。才知道桂林市街并不繁华，桂林服装一概朴素。穿灰色布制服的，大都是公务人员。后来听人说：这种制服每套不过桂币八元，即法币四元。自省主席以下，桂林公务人员一律穿这种制服。我身上穿的也是灰色衣服，不过是质料较细的中山装。这套中山装是在长沙时由朋友介绍到一所熟识的服装店去定制的。最初老板很客气，拿出一种衣料来，说每套法币四十元，等于桂林制服十套。我不要，说只要十来块钱的。老板的脸孔立刻变色，连我的朋友都弄得没趣。结果定了现在这一套，计法币九元，等于桂林制服二又四分之一套。然而我穿着并不发现二又四分之一倍的功用，反而感觉惭愧：我一个人消耗了二又四分之一个人的衣服！

舍馆未定，先住旅馆。一问价，极普通单铺房间每天三元，普通客饭每客六角。我最初心中吓了一跳。这么高的生活程度，来日如何过去？后来才知道这是桂币的数目，法币又合半数。即房间每天一元五角，还有八折，即一元二角。客饭则每客三角。初到桂林这一天，为了桂币与法币的折算，我们受了许多麻烦。且闹了不少笑话。因为买物打对折习惯了，后来对于别的数目字也打起对折来。有人问旅馆茶房，这里到良丰多少路？茶房回答说四十里。那人便道："那末只有二十里了！"有人问一杭州人，到桂林多少时日了。杭州人答说三个月。那人便道："那末你来了一个半月了！"后来大家故意说笑，看见日历上写着六月廿四，故意说道："那么照我们算，今天是三月十二，总理逝世纪念！"租定了三间平屋，租金每月五十八元，照我们算就是二十九元。这租价比杭州贵，比上海廉。但是家徒四壁，毫无一件家具，倒是一大问题。我想租用。早来桂林的朋友忠告我，这里没有家具出租，只有买竹器，倒是价廉物美。我就跟他到竹器店。店甚陋，并无家具样子给你看，但见几个工人在那里忙着削竹。一问，床，桌，椅，凳，书架，大菜台……都会做。我们定制了十二人的用具，竹床，竹桌，竹椅，竹凳，应有尽有，共费法币三十余元。在上海，这一笔钱只能买一只沙发，而且不是顶上的。在这里我又替养尊处优的人惭愧。他们一人用的坐具就耗了十二人用的全套家具，他们一人用的全套家具应抵一百二十人的所费。他们对于人类社会的贡献，是否一百二十倍于常人呢？我家未毁时，家具本来粗陋，此种惭愧较少。现在用竹器，也觉得很满足。为了急用，我们分好几处竹器店定制。交涉中，我惊骇于广西民风的朴节。他们为了约期不误，情愿回报生意，不愿欺骗搪塞。三天以后，我们十二人的用具已送到。三间平屋里到处是竹，我们仿佛是"竹器时代"的人了。

我初进旅馆时，凭在楼窗栏上闲眺，看见楼下有一个青年走过，他穿着一件白布短衫，背脊上画一个黑色的大圈。又有一个人走过，也穿着白衣服，背脊上画着许多黑点，好似米派的山水画。"这是什么呢？"我心中很奇怪。问了早来桂林的朋友，才知道这两个是违犯防空禁令的人。桂林空袭，抗战以来共只三五次。以前不曾投弹。最近六月十五日的一次，敌人在城外数里的飞机场旁投下数弹，死七人，伤数人。此后桂林防空甚严，六月廿一日起，每日上午六时至下午五时半，路上行人不准穿白色或红色的衣服。违犯者由警察用墨水笔在其人背上画一圆圈，或乱点一下，据人说有时画一个乌龟。我到桂林这一天是六月廿四，命令才下了三天，市民尚未习惯，我所见的两人，便是违犯了这禁令而被处罚的。在这禽兽逼人的时代，防空与其过宽，孰若过严。但桂林的白衣禁令，真是过严了。因为桂林的空防已经办得很周到，为任何别的都市所不及。他们城外四周是奇形的石山，山下有广大的洞——天然防空壕。桂林当局办得很周密。他们估计各山洞的容量，调查各街巷住民人口数，依照路程远近，指定空袭时某街巷的住民避入某山洞。画了地图,到处张贴,使住民各自认明自己所属的山洞,空袭时可有藏身之地。假使人人遵行的话,敌机来时,桂林的全体市民都安居在山洞中。无论他们丢了几百个重磅炸弹,也只能破坏我们几间旧房子,不得毁伤中国人的一根汗毛。我所住的地方,指定的避难所为老人洞。我来桂林已六天。天气炎热,人事烦忙,敌机不来,还没有游玩山洞的机会。下次敌机来时,我可到老人洞去游玩一下。

廿七〔1938〕年六月卅日于桂林

传闻与实际[1]

世间固然有"名不虚传"之事,但传闻往往不能全然符实,不可尽信。富有热情而缺乏经历的青年人,更容易轻信传闻,而受种种阻碍。

传闻之所以不能全然符实者,因为多数人传言的时候,往往带有三种习癖,故其言必不能完全符合实际。三种习癖为何?第一种是偏见,第二种是夸张,第三种是摸象。

所谓偏见者,即批评一事一物,拿个人特殊的好尚作标准。所以他的话是一人之偏见,非天下人之公言。我将到桂林的时候,有人告诉我,桂林的点心非常之好。我记在心里。到了桂林,去找点心,发现都是甜品。后来知道此君欢喜吃甜,平日在家常常泡糖汤吃的。我将到都匀的时候,有人告诉我,都匀地方坏得很,不宜卜居,我也记在心里。到了都匀,发现并无不可卜居的坏处。后来知道此君曾经同当地一个饭馆闹架儿,闹到公安局的。诸如此类,可名之曰偏见的传言。传言者,并不虚伪;但在听者,不尽受用。所以听人传言,不可尽信。同时又当自己反省:我过去曾否对人作此种偏见的传言?

---

[1] 本篇原载 1940 年《中学生》战时半月刊第 25 期。

所谓夸张者，即传述一种情形时，把事实放大，作文学的描写，以求动听。所以这种话须打折扣，不可十足听信。例如大家盛传昆明物价高。有人告诉我，昆明鸡蛋一块钱买三个，客饭每月四十元。我不胜惊奇。写信去问住在昆明的朋友，回音说并不如此之甚。客饭二十块钱也可以吃，鸡蛋一块钱可买十个。我知道传言者并非故意造谣，只因辗转相传，每过一关，夸张几成，故越传越大。譬如鸡蛋每个实际一毛钱。第一个传言者为欲极言其贵，不妨夸张地说"一二毛钱"。第二个人听了惊骇之余，再加夸张，便说"二三毛钱"。第三人倘也如此，说"三四毛钱"了。倘有许多此种人辗转相传，昆明鸡蛋可以涨到十块钱一个！又如大家盛传的行路难。我没有走过的时候，有人告诉我，汽车爬山而上，下临无地。车头歪出数寸，立刻坠入深渊。又有人告诉我：大雾中的羊肠坂道，司机只能望见前面二丈之地，此外一片白茫茫的！这描写的确动听。但后来亲自走过这条路，觉得虽然崎岖，并不如此其甚。"数寸"二字和"二丈"二字，至少须倒打几个折扣。"下临无地"与"羊肠坂道"更显然是文学的夸张，不符实际。这是"噫吁戏，危乎高哉！蜀道之难，难于上青天"，"大军徒涉水如汤，未过十人二三死"之类的描写法，并非写实。我们听时倘信以为真，便是上当。诸如此类，可名之曰夸张的传言。此种夸张并非撒谎造谣，乃感情作用使然。凡大惊大喜之时，说话总不免夸张以求尽情达意。要在自己分辨，折去其感情作用之部分，便得净数。自己对别人说话，当然也难免此种夸张。夸张适度，有修辞的效果；但倘过分，便迹近造谣，不可不诚。

所谓摸象者，即以局部概论全体，有类于盲子摸象。此种说话法，最不逻辑，最近造谣，最多诬妄，说者宜切戒，听者宜当心。凡思虑疏浅的人，眼光短狭的人，头脑不清的人，往往发散此种摸象的传言，以冤枉人的性行，惑乱人的视听。例如经行一地偶见有人吸鸦片，回来便对人说："某地的人都吸鸦片的！"隅逢盗匪，回来便对人说："某地都是强盗！"如此诬妄，最不应该。反之，赞美的话也不可如此诬妄。例如偶见几个学生很用功，就全称地说："某校的学生都很用功。"偶见孩子很聪明，就全称地说："某家的孩子都很聪明。"虽非毁坏，但亦不真实，故同为误传。有的新闻记者描写人的生活，往往用此种摸象的态度，偶然瞥见此人穿着布衣在江边散步，便在"某人在某地"的标题之下写道："某某人常穿布衣。每日必赴江边散步。"偶然看见他案上放着一部《庄子》，便又写道，"案头常置《庄子》一部，每天诵读。"其实，也许此人因为绸衣洗了，故穿布衣；因为赶事，故经过江边，因为疑问，偶然拿出《庄子》来一查，亦未可知。但读者看了这篇文章，倘信以为真，对某人便发生种种误解了。这回逃难，我在途中常常遇到这种摸象的传言。颇有几次险些儿上当。譬如听说："此路绝对不通！"我置若不闻，定要去走，结果一定走得通；又如听说："交通工具绝对办不到！"我置若不闻，定要去办，结果一定办得到；又如听说："房子绝对找不到！"我置若不闻，定要去找，结果也一定找到。事后调查，原有一部分地方或有几天之内，此路绝对不通，交通工具绝对办不到，房子绝对找不到，但在另一部分地方，或在过了几天之后，却是都可通，可办到，可找到的。故此等人并非造谣，却是放摸象的传言，但放摸象的谣言为害不亚于造谣。因为他用局部概括全体，好比盲子摸象：摸着象肚皮的说："象是同墙壁一样的东西"，摸着象脚的说："象是同柱子一样的东西"，摸着象尾巴的就说："象是同索子一样的东西"，这种话岂可相信？所以此种说话，最不逻辑，最近造谣，最多诬妄。说者宜切戒，听者宜当心。

多数人说话时有上述的三种习癖，所以传闻往往不能完全符合实际。富有热情而缺乏经历的青年人，最容易上当。我今提出这一点，希望大家戒备。我们处世行事，一方面需要他人的指示和忠告，他方面又要知道人言不可尽信，做人非"自力实行"不可。换言之，我们对于世事的观测，必须胸中自有尺度，不可人云亦云，随人起倒。用自己的尺度量得正确了，即使大家说不对，不去管他。昔者，曾子谓子襄曰："子好勇乎？吾尝闻大勇于夫子矣：自反而不缩，虽褐宽博，吾不惴焉。自反而缩，虽千万人，吾往矣。"大意便是说："自己反省一下看，觉得道理不对，即使对方只是一个平民反对我，我岂有不怕他之理？自己反省一下看，觉得道理很对，即使对方有千万人反对我，我就去同他们拼！"这才叫做"大勇"。吾人处世——尤其是处今之世——必须有这种勇气，必须有自己的尺度，不可人云亦云，随人起倒。

廿九〔1940〕年五月九日于遵义

爱护同胞[1]

我们中华民族,现在虽受暴敌的残害,但内部因此而发生一种从来未有的好现象,就是同胞的愈加亲爱。这可使我们欣慰而且勉励。这好现象的制造者,大都是热情的少年。我现在就把我所亲见的两桩事告诉全国的少年们:

我于故乡失守的前一天,带了家族老幼十人和亲戚三人(自三岁至七十岁),离开浙江石门湾。转徙流离,备尝艰苦。三个多月之后,三月十二日,幸而平安地到了湖南的湘潭。本地并没有我的朋友。长沙的朋友代我在湘潭乡下觅得一间房子。所以我来到湘潭,预备把家眷在这房子里暂时安顿的。我到了湘潭,先住在一所小旅馆里。次晨冒着雪,步行到乡下去接洽那间房子。我以前没有到过湘潭,路头完全不懂。好容易走出市梢,肚子饿起来,就在一所小店里吃一碗面。面店里的人听我的口音不是本地人,同我攀谈起来。我一面吃面,一面把流离的经过和下乡的目的告诉他们。我的桌子旁边围集了许多人,对我发许多质问和许多太息。最后知道我下乡不懂得路,大家指手画脚地教我。内中有一位十三四岁的少年,身穿

---

[1] 本篇原载 1938 年《少年先锋》第 5 期。

制服,似是学生,一向目不转睛地静听我讲,这时忽然立起来,对我说:"我陪你去!"旁的大人们都欢喜赞善。于是我就得了一位小向导,两人一同下乡去。

冒雪走了约半小时,小向导指着一所大屋对我说:"前面就是你接洽房屋的地方,你自己去找人吧!"我谢了他,请他先回。他点点头,但不回身,站在雪中看我去敲门。

我走进屋子,找到长沙友人所介绍的友人,才知道所定的房屋,已于前几天被兵士占据,而附近再没有空的房子可给我住。那位朋友说:"现在湘潭有人满之患,房屋很不易找,你须得在旅馆里住上十天八天,才有希望呢,一下子是找不到的。"言下十分惋惜,但是爱莫能助。我们又谈了些闲话,大约坐了半小时,我方告别。走出门,心中很焦灼。另找房屋,我没有本地的朋友可托,即使有之,我们十余人住在旅馆里等,每天要花八九块钱(每人每日连伙食六角),十天八天是开销不起的。不住旅馆,这一大群老幼怎么办呢?正在进退两难,踌躇满志的时候,抬起头来,看见我的小向导还是站在雪中,扬声问道:"房子找到吗?"原来他替我担心,要等了回音才可安心回去。我只得对他直说。他连声说"怎么办呢?怎么办呢?"但也是爱莫能助。我十分感激他的爱护同胞的诚意,想安慰他,假意说道:"我城里还有朋友,可以再托他们到别处去找,谢谢你的好意!我们一同回去吧。"这位少年始终替我担心。直到分别,他的眉头没有展开。后来我终于无法在湘潭找屋,当日乘轮赴长沙。轮船离开湘潭的时候,匆忙中还想起这位爱护同胞的少年,在心中郑重地向他告别。

还有一桩事,是在长沙所见的。初到长沙这几天,我在街上四处漫跑,借以认识这城市的面目。有一个下雨的下午,我跑到轮船埠附近,看见前面聚着一簇人,似乎发生什么事件。挤进去一看,但见许多人围着一个孩子,在那里谈论。探听一下,才知道这孩子是从上海附近的昆山逃出来的难民,今年才九岁。原来跟着父母同走,半途上父母都被敌人炸死,只剩他一个。幸有同乡人收领,带他到湘潭。但这同乡人自己的生活也很困难,最近而且生病了。这孩子自知难于久留,向同乡借了几毛钱,独自来长沙,做乞丐度日。他身上非常褴褛。一件夹袄经过数月的流离,已经破碎不堪。脚上的鞋子两头都已开花,脚趾都看见了。春寒料峭,他站在微雨中浑身发抖。周围都是湖南人。你一句,我一声地盘问他。在他多半听不懂,不能回答。我两方面的话都懂得,就站出来当翻译。因此旁人得知其详,大家摸出铜板或角票来送他。我也送了他两毛钱。群众渐渐散去,我替他合计一下已得布施二元三角和数十铜板。九岁的孩子,言语不通,叫他怎样处置这钱呢?我正为他担忧,最后散去的四位少年就来替他设法。他们都是十四五至十六七岁的人,本来混在群众里观看,曾经出过钱,现在又出来替他处置这钱。有一位少年说:"他自己不会买物,我们替他代买吧。"另一位说:"先替他买一件棉袄。"又一位少年说:"再替他买一双鞋子。"又一位少年说:"一双球鞋就行。晴天雨天都可穿。"于是大家替他打算价钱,商量买的地方。更进一步,为他设法住的地方。有的说送他进难民收容所。有的说送他到某人家里。随后,四位少年就带他同走。我正惭愧无法帮忙,少年们举手对我告别,说道:"你老人家回去吧,我们会给他想法子的!"我目送这五个人转了弯,不见了,然后独自回寓。我以前曾给《爱的教育》画插图。今天所见的,真像是《爱的教育》中的插图之一。

上述的两桩事,可以证明我们中国人因了暴敌的侵凌,而内部愈加亲爱,愈加团结起来。我从浙江石门湾跑到长沙,走了三千里路。当初预想,此去离乡背井,举目无亲,一定不堪流离失所之苦。岂知不但一路平安无事,而且处处受到老百姓的同情,和兵士的帮助。使我在离乡三千里外,毫无"异乡"之感。原来今日的中国,已无乡土之别,四百兆都是一家人了。我们本来分居各省,对于他省地理不甚熟悉。为了抗战,在报纸上习见各省的地名,常闻各地的情状,对于本国地理就很熟悉,视全国如一大厦,视各省如各房室了。我们本来各操土音,对于他省的方言不甚理解。为了流离,各地人民杂处,各种方言就互相混杂。浙江白迁就湖南白,湖南白迁就浙江白,到后来也不分彼此,互相理解了。况且同是受暴敌的侵凌,相逢何必曾相识?所以我国民族观念之深和团结力之强,于现今为最烈!这是很可庆慰的事,也是应该更加勉励的事。少年们富有热情,且出于天真,故其言行最易动人。希望大家利用这国难的机会,努力爱护同胞,团结内部。古语云:"众志成城。"我们四百兆人团结所成的城,是任何种炮火所不得攻破的!

〔1938 年〕

归途偶感

在城里吃夜饭。归途中天还没有黑，看见公路旁边的空地上，有一簇人打着圈子，好像看戏法。这光景以前常见，常没有闲工夫与闲心情去察看。今天夜饭吃饱，归家无事，六月的晚凉天气使人快适，就学游闲少年，挤进人群中去看热闹。但见绳索圈子里头，地上陈列着许多碗、杯、香烟、肥皂、洋火。大约各物相距二三尺，均匀布置。有一个矮子手里拿着碗来大的许多细竹圈，好像雨伞上的套子，走来走去，监视地上的许多东西。圈子外面的人群中，有好几个人手里也拿着竹圈，正在屈着一膝，伸着一手，把竹圈投进圈子内，想套住地上陈列着的东西。我起初不懂他们的意思。参观了一会，方才知道这是一种赌博。这赌博有两条规约：一、无论何人皆得向那矮子租用竹圈，每十个租金一角。二、用此竹圈从圈外投入圈内，若能将地上某物全部套住，此物即归投者所得。我估量地上各物的价值，碗杯瓶每个价值约七八角。刀牌香烟每包五角。肥皂每块三角。洋火每匣一角。这样算来，倘投七八十个竹圈得一碗或一杯，投五十个竹圈得一包香烟，投三十个竹圈得一块肥皂，投十个竹圈得一包洋火，投的人并不损失，不过白费工夫。但人与物的距离不过四五尺，岂有投数十次统统失败之理？照理，投的人是稳便宜的。大概群众都作如是想，所以租竹圈的人很多。我看见他们把身子尽量靠近圈子的绳索，用尽眼力和腕力，专心地投竹圈，想教它套住一件东西。但竹圈多不肯听话，滚到空地上就躺下了。或者碰到一匣香烟，在香烟旁边摆来摆去，似乎就要躺下来把香烟套住的样子；于是投的人和群众大声怂恿它，但它终于不听话，却在香烟身旁的空地上躺下了！所以那矮子很高兴。他脸上笑嘻嘻的，口里唱着一种歌，来来去去，忙着收拾失败的竹圈，收拾起来套在手臂上，再租给客人，每十个法币一角。我看了好一会，终于有人得胜了。他的竹圈正确地套住了一匣刀牌香烟，形似一个长方形孔的古钱。投的人十分得意地叫"好"，旁观者九分得意（借用鲁迅先生的文句）地叫"好"。于是矮子就收了竹圈，把香烟送给投的人，同时口中叫道："五毛钱的香烟！只收你一毛七！"群众的目光集中在这幸福者身上。知道他共出两毛钱租二十个竹圈，果然手里还剩三个。旁人都代他庆幸。于是投的人慷慨地再摸出两毛钱来租二十个竹圈，豪爽地说："即使不成功，四毛钱一包刀牌香烟，也便宜了一毛钱！"就更努力地奋斗了，这成功的影响很大。好比赏一劝百似的，使得其他投者愈加起劲；旁观者也摸出钱来买竹圈。不久我旁边的人果然又投中了一块肥皂。所花的也不到两角钱。这人空丢了余剩的五个竹圈，起身就走。我也不再旁观，挤出人群，取道回家。恰好和得肥皂的人同路。我对他说："你很幸运！"他回答道："昨天投了六十个竹圈，一点也没到手。今天，那个瘌痢已经投了一块钱，洋火也不得一包!"说过,他就钻进路旁一间草屋里去。

我在归途中想:这矮子的玩意和保火险同一算盘。开保险公司的估计该地方有几家保火险,一年可收入多少保险费;又调查该地方平均一年中有几处火灾,须付出多少保险费。收入的超过付出的,他才开张。表面上似乎两利,其实总是保险公司赚钱。现在这个矮子,想必仔细试验过投竹圈的性状。在统计上一定不中的多,偶中的少;在平均上各物的代价一定比市上的买价贵,所以敢摆这个阵图,而永久继续他的营业。矮子口里唱着:"五分钱一包刀牌香烟!三分钱一只金花大碗!"据说确有过五次投中香烟,三次投中大碗的事实,但是极少。多数是以高价换得物件,或者竟白白地费钱的。群众大家明知这内幕,然而来者不绝,弄得矮子生意兴隆,仿佛大家情愿合力供养这矮子似的。这是人类社会上一种奇怪的现象。造成这怪现象的原因在哪里呢?我想,无疑的,是群众"自私自利,不能团结"之故。明知成功者极少而失败者极多,但每个人都想自己侥幸而为极少的成功者之一,不管别人的失败。他们决不会召开一个大会,调查各人的得失,统计团体的利害。那矮子就利用群众这个弱点,摆出这阵图来骗大家的钱!而且使得被骗者心服情愿,源源而来,合力地供养这个矮子。"自私自利,不能团结",会演出这种怪现象来!岂不可怕?

廿九〔1940〕年六月十五日

漫文漫画[1]

([汉口]大路书店 1938 年 7 月初版)

---

[1] 系作者编辑的一册文、画对照读物,但文章并非完全是对画的说明,自成篇章,故此次编集时,我们将画删去。其中非作者所撰的 15 篇文字亦删去,仅选收作者所写的部分文章。

子愷

漫文漫画序

去冬我从故乡浙江石门湾迤逦西行,今春方才来到汉口。途中非常沉闷。因为当时交通阻滞,我们又人多不便乘车,只得坐船走水路;又在沿途乡僻地方逗留好几次。所以途中历时甚久,消息很不灵通。仿佛酣睡了两三个月。

一到汉口,仿佛睡醒了。因为此间友朋咸集,民气旺盛,我从来不曾如此明显地意识到自己是一个中华国民!我不惯拿枪,也想拿五寸不烂之笔来参加抗战。可是,汉口的朋友实在太多了,汉口的民气实在太美丽了,使我在房间里坐不定。我觉得与其坐在案前勉强写作,不如出门去听朋友的谈论,看民众的示威庆捷,或到书店购新出的书报来读。因此我在汉口住了将近两个月,自己很少写作,却在报志书籍中剪集了许多可歌可泣的文字和坚劲有力的漫画。

对于后者——漫画——我尤其欢喜,因为每一幅画,都能引起我一些感想。朋友来到我的案前,翻阅我这册剪集的漫画,大家说"很好!哪里来的许多画?"开书店的朋友又劝我拿去出版,以公同好,我也赞同。但光是选集别人的画,同我关系太少,给我兴趣也不多。我就把每幅画所引起我的感想,写在画的一旁。这些文字不是对画的说明,而是画所引起我的感想，故其自身亦能独立，犹如我以前常写的"劳者自歌"。但五十篇中有十五篇是抄别人作品的，文末均有注明。其余三十五篇文末没有注明的，都是我自己所写的。

画五十幅中，四十九幅选他人的作品，唯最后一幅是我自己画的。我剪集的漫画很多，并不缺乏这一幅。我所以拿自己的一幅[1]来忝列末座者，因为前面的画都很紧张，恐怕读者看了愤懑得透不过气来，所以想用这最后一幅来舒展读者的胸襟。同时亦以暗示我们这抗战——为和平的战争，反战争的战争——的本意。因为这类的画在我所剪集漫画中一幅也找不出，所以只得用了自己的画。

廿七〔1938〕年五月二十八日子恺记于汉口

---

[1] 该画题名"生机"，画的是战场的沙袋上生长着一棵小草。

孙中山先生伟大[1]

一个老百姓所拟构和条件之一曰："将他们所有的武器熔化了，铸成总理遗像，立在富士山顶。"有人说他浮夸，我以为意有可取。

孙中山先生思想极为伟大！试看他的论著，凡百事业，除保护国家，复兴民族之外，必以促进世界大同为最后目标。可见他对于人类的爱，没有乡土、国际的界限。凡是圆颅方趾的人，都是他所爱护的。此心与中国古圣贤的"王道""仁政"相合，可谓伟大至极！

孟子曰："域民，不以封疆之界。固国，不以山川之险。威天下，不以兵甲之利。得道者多助，失道者寡助。寡助之至，亲戚叛之。多助之至，天下顺之。以天下之所顺，攻亲戚之所叛。故君子有不战，战必胜矣。"我国本孙中山先生的教训而抗战，战必胜矣。

故孙中山先生的伟大，倘要造形化，铸成雕像，恐怕熔了日本所有武器还不够用。即使够用，恐怕小小的富士山也载不起，况且，我们主张和平外交，我们尊重领土现状和条约义

---

[1] 本篇原载 1938 年 6 月 15 日《立报》，当时题名为《富士山太小》。

务，我们是为反战争而战争。故我们不愿攫取日本的富士山。这个老百姓要教日本人给孙中山先生造大像，还是教他们造到昆仑山上来。

〔1938 年〕

我悔不早点站起来 [1]

汉口天气入夏甚热,而且多蚊。昨夜我躺在床上看书,蚊虫不断地飞来侵略。听见嗡嗡的一阵响,我就用书当作高射炮,立刻把它驱除。一而再,再而三,它们终不得逞。后来我抛书睡着了。它们就大举进攻,把我的身体上露出的部分——脸上,手上,脚上——拼命的叮。我身上被它们叮了许多洞,吸了许多血,起了许多肿块,说不定还传染了许多疟菌。然而我终于醒来了,两手一挥,先赶去了一大群。我终于站起来了,点着蚊香,蚊子都远扬,或者昏迷在地。我浑身发痒,想道:"我悔不早点站起来。"

〔1938 年〕

---

[1] 本篇原载 1938 年 8 月 1 日《宇宙风》第 72 期。

引蚊深入 [1]

雨后晚凉,就寝时盖薄被。但蚊子仍来相扰,时常嗡嗡地在我耳边过境,可是不敢肆虐。因为我的身体只留出头部,而且我醒着,耳目戒备森严,蚊子不得逞。

后来我要睡了,就把薄被拉上来,遮盖头部,以防蚊袭。天凉,被薄,也不觉气闷。

刚要入睡,觉得脸上痒痒的,耳边嗡嗡的。原来薄被遮盖我的头,头顶不免留出空洞。蚊子大胆,竟由空洞钻进被窝来大肆侵略了。

最初我想把被窝中的蚊子赶出,把头顶的洞封锁。后来一想,我就改变政策:暂时忍痒,佯作不知,诱蚊子进来。它们果然成群结队,由空洞钻进,深入被窝,向我全身肆虐了。

我稍稍把两腿弯起,把两臂伸张,使被窝扩大,引蚊深入。蚊子果然越来越多,充塞了我的被窝。房间里的蚊子统统走进被窝里了。

于是我伸起手来,把头顶的被拉下,裹住头颈,使它密不

---

[1] 本篇原载 1938 年 6 月 23 日《立报》。

通风。然后将被紧紧包裹全身,翻一个身,安然就睡了。

〔1938 年〕

只要拉他进来

这里两个人在决斗。穿木屐的家伙不顾一切地向前猛扑。赤脚的朋友咬紧牙齿，挡住来势。

表面看来，穿木屐的占着优势，赤脚的将被他打倒了。实际不然：赤脚的朋友的左脚支撑得很稳！无论如何不会被打倒的。反之，穿木屐的身体重心已经偏向前面。只要把他向前一拉，他就会倒地，背脊向天。

赤脚的朋友！你不必费力推他出去，只要乘势拉他进来。一拉他就仆地。仆地后你就可骑在他身上，要他屈服。

〔1938 年〕

传单是炸弹的种子[1]

二十七〔1938〕年五月十九日午夜，中国空军一队远征日本，在日本各都市上空投传单百万份，安然飞返。传单文略云："尔再不觉，则百万传单将一变而为千吨炸弹。尔其戒之。"一部分民众得知这消息，笑声中带着怨声。他们说："为什么不投炸弹？太客气了！"

我却在心中改了一首《诗经》："投我以炸弹，报之以传单。匪报也，永以为教也。"不逞武力，不杀无辜，是万世的教训！

况且这百万传单，是百万枚重磅炸弹的种子呢！这些种子现已莳在日本人民的心中。将来发芽生长，变成炸弹，可以炸毁日本军阀的命根。

而且这些种子又会繁衍起来，散播在全世界一切被压迫的人民的心中，再发芽生长，再变成炸弹，炸毁全世界一切扰乱和平的魔鬼的命根。

〔1938〕

---

[1] 本篇原载 1938 年《立报》，当时题名为《炸弹的种子》。文字稍有不同。

开出一条平正的大路来

这么伟大的"抗战",自然必须"军"和"民"合力,方能推进。

只要捉住了敌人的一部分,慢慢推进,自会压碎敌人的全体。现在已经捉住了敌人的脚。他的上半身还活着。大肆咆哮,似乎很威势的样子。其实这已是救命的喊声了。因为"抗战"慢慢地推进,总有一天压碎他的全身,压得他同地一样平。

推进"抗战"的"军"和"民"!你们压平了这敌人之后,不要就以为成功而住手。须得再推进去,开出一条平正的大路来,让世间一切的人走。

[1938 年]

大汉与顽童 [1]

有一大汉身体魁梧奇伟,肩上担负累累,而满面风霜,一若不胜其疲劳者。行至市梢,就石上小憩,冥然入睡。远望宛如一睡弥陀。

里中有顽童,见此伟大之巨人,视为异类。初则走近前来,作好奇之观察。继而利其入睡,窃取其身上之行物。先偷一囊,巨人不觉也。再偷一箧,巨人虽觉而不作声。再偷一鞋,巨人但哼一声而不追究。再偷一帽,巨人攘臂而起,执顽童之耳。顽童不得兔脱,向巨人拳足交加,涕唾乱发。巨人绝不还手,任其打踢唾污,但坚执其耳,以其头力撞自己之膝。顽童力尽头痛,欲退不得。强作笑颜,伸手与巨人乞和。巨人俯视,摇首答曰:"现在不是握手的时候。请你再打我三个钟头,然后说话。"今此斗争尚在继续。大汉身上虽有伤痕唾污,而顽童之头将碰碎于巨人之膝下矣。

〔1938 年〕

---

[1] 本篇原载 1938 年 8 月 1 日《宇宙风》第 72 期。当时题名为《巨人与顽童》。

全面抗战

全面抗战！农工兵学商一齐起来，把暴敌歼灭。好比五根手指一齐捏紧来，把害虫捏死。

兵好比中指，站在抗战阵线的中心，列队最长。农工好比食指与大指，位在兵的右翼，作有力的辅佐。学商好比无名指与小指，位在兵的左方，协力襄助。

伸出自己的手来试一试看：光是一根手指，捏不紧来。光是大指与食指，虽捏得紧，而范围有限。光是无名指与小指，也捏得紧，但气力有限。除出中指，其他四根手指也捏得紧，然而中间有个大漏洞，会给害虫逃走。

全面抗战中农工兵学商的不可缺一，正同此理。

〔1938 年〕

全人类是他的家族[1]

逃难以来,常常听见有人庆贺独身者,说:"在这时代,做独身者最幸运。逃难起来便当得多。"独身者客气地回答:"也不见得。"但脸色上表示承认这话。

我家共有老小十口。我曾带了全家逃难。听了别人庆贺独身者的话,最初觉得自己很不幸。但进一步想,就觉得不然,我不过多些麻烦,但在精神上,我与独身者一样,并无幸不幸之分。

所谓"独身者最幸运",是管了自家不顾别人的意思。譬如时局紧张,炮火迫近。人家扶老携幼,生离死别。他只顾自己一身,逃之杳杳。

但其人倘富有同情,就并不感觉幸运,也一样地苦痛。因为我们的爱,会无限地推广。始于家族,推及朋友,扩大而至于一乡,一邑,一国,一族,以及全人类。再进一步,可以恩及禽兽草木。因为我们同是天之生物。故宗教家有"无我"之称。儒者也说:"圣人无己,靡所不己。"就是说圣人没有自己,但没有一物不是自己。这决不是空言夸口。无论何人,倘亲眼

---

[1] 本篇原载 1938 年 6 月 6 日《立报》。

看到前线浴血,难民惨死,其同情心一定会扩大起来。

所以在这时代,家族有无,不成问题。倘缺乏同情,即使有家族老小数十人,也不相关。倘富有同情,即使是独身者,也感苦痛。因为四万万五千万人都是他的家族。全人类是他的家族。

〔1938 年〕

衣冠禽兽[1]

杜诗云:"挽弓当挽强,用箭当用长。射人先射马,擒贼先擒王。苟能制侵凌,岂在多杀伤!"打仗的时候还要惜生,真是霭然仁者之言!可以垂训于万世。

惜生,是根基于人情的。凡是人,哪一个不要活?哪一个不愿避危就安?哪一个不乐太平?不幸而至于交战,也巴不得早日灭暴,早日和平。使大家皆得安居乐业,享受"生"的欢喜。

故可知凡人都欲生。推己及人,便爱护他人的生。这就叫"情"。凡人都有"情"。禽兽则大都无情,为了争食,母咬杀子者有之,子咬杀母者有之。但其中也有慈乌,仁兽,义犬,义马等,理解人情,作可歌可泣举动。这等可称为"不衣冠人"。

反之,作人形而无人情的,称为"衣冠禽兽"。穷兵黩武,屠杀无辜的日本军阀,是其著例。

[1938年]

---

[1] 本篇原载1938年8月1日《宇宙风》第72期。

最后胜利

现今的世界颇像战国时代。

战国时代,诸侯纷扰。穷兵黩武,残杀民命。大家想用武力来建国。独有孟子反对武力政策,提倡仁义。他以为徒以武力相角,则甲以武来,乙以武御,丙增其兵,丁利其械。结果劳财丧命,而天下愈弄愈乱。故其言曰:"善战者服上刑。"又曰:"有人曰:'我善为陈,我善为战。'大罪也。国君好仁,天下无敌焉。"孟子以为只要施仁政,四海之民自会向往。则不必施用武力残杀,自会王天下。其言曰:"民之归仁也,犹水之就下,兽之走圹也。故为渊驱鱼者,獭也。为丛驱雀者,鹯也。为汤武驱民者,桀与纣也。今天下之君有好仁者,则诸侯皆为之驱矣。虽欲无王,不可得已。"又曰:"王如施仁政于民,省刑罚,薄税敛,深耕易耨。壮者以暇日,修其孝悌忠信,入以事其父兄,出以事其长上。可使制梃,以挞秦楚之坚甲利兵矣。"孟子在当时虽不能行其道,然其遗教流传万世,颠扑不破。上面这些话,好像是为今日的世间而发的。故我确信最后胜利还是属于孟子的。

〔1938 年〕

日本政策高明[1]

日本侵略中国，自己以为有理由。他们说：日本是一个小小的岛国，本部面积仅四百余万方里，其大不及我国四川一省。而人数量则达六千余万人以上。在明治以前，日本人口不过三千万。明治维新以后，日本颁布奖励生育和严禁节育的法令，人口遂大大地增加。六十年来竟增加了一倍，到现在竟变成六千余万。照这比例推算，再过四十年，可达一万万。再过四十年，必达二万万。长此以往，区区三岛恐将不胜其重而陆沉。

日本为了国内有人满之患而侵略中国的土地。这政策的确高明，而且有效！你看：抗战未及一年，日本人已经被我们歼灭了几十万。今后我们的歼灭战一定比以前更烈。这样继续下去，日本人口一天减少一天。余剩的日本人，可以宽敞地住居在四百余万方里的岛上。人满之患就解除了。所以我佩服日本政府的侵略政策的确高明而且有效。

[1938年]

---

[1] 本篇原载 1938 年 8 月 1 日《宇宙风》第 72 期。

日本的空城计 [1]

一位朋友从萧山来,告诉我萧山对岸的失地(杭州)中的敌军的窘状。记录几点在这里:

我们的游击队扮装了卖油条的,回到杭州,窥探敌军的飞机场。发现他们的飞机,十只中有七只是假的。

我们的游击队黑夜渡江,袭击敌人的炮兵营,把炮兵歼灭,占据了营地。肚子饿起来,找不到食物。后来发现他们的炮多数是假的,是用面做的,他们就打碎来吃。当夜吃完了两尊炮。

我们的游击队扮装了老百姓去窥探敌营。发现他们的兵只有一班人。上午骑了马出来游行,算是骑兵。回去换一套衣服,下午步行出来游行,就算是步兵了。其实同是这几个人。

于此可见敌军的窘状。于此可知敌军的虚空。他们打进中国来,好比哑子吃黄连,有话勿出的苦。

[1938 年]

---

[1] 本篇原载 1938 年 8 月 1 日《宇宙风》第 72 期。

泥人猖獗

雕刻家用黏土塑造了一个人型。姿态塑得很像真人：圆圆的脸，矮胖的身体，浓眉，黑睛，上面盖着一头乌丝发，玲珑可爱。这是雕刻家依照了自己的姿态而塑造的，不过略小一些。因此他很怜爱它，给它供在东窗下。

多年之后，泥人在东窗下感受了日月星辰的灵光，忽然生动，宛如活人。雕刻家惊骇之余，亦很欢喜。因为从此他多了一个伴侣，况且这伴侣是他自己所造的。

但泥人究竟是泥土之质，生动之后，野心勃勃。它占据雕刻家的座位和寝床，夺取雕刻家的茶食和粥饭，几乎想驱逐雕刻家而自作主人。最初，雕刻家像父亲对小孩一般宠爱它，原谅它。一切容忍，不与计较。泥人不自量力，以为自己强于真人，有一天竟向雕刻家用起武来，雕刻家逃入浴室，悠然地洗浴。泥人追踵而至，跳入浴池，两脚先溶，全身即毁。

〔1938 年〕

日本空军近视眼 [1]

日本空军中，料想近视眼必多。何以知之？有事为证：

去年十月间，日本飞机轰炸松江。其时农田已经收稻。而松江农民的习惯，把稻草堆在田里，每堆形似一个跪拜的人。许多堆排成一列，远望宛如古代百官朝天的模样。凡乘过沪杭车的人，一定看见过这景象。当时日本飞机来到松江，城中居民完全躲避，不见人影。日机就在田里大投炸弹。炸毁无数稻草堆。又在田里开了无数窟洞。这日本空军一定是近视眼，望下来看见一列一列的稻草堆，以为是穿黄制服的兵，所以不惜炸弹。

去年十一月六日，日本飞机二架，轰炸我的故乡——浙江石门湾。其时我乡亦正收获。农民的习惯，把收起来的稻一束一束地架在竹竿上，远望很像一排立正的兵。这日本飞机师又是近视眼，他看见东市梢的空地上的稻束，以为是穿黄制服的兵，拼命投弹，稻草被炸毁不少。我的老朋友魏达三躲在稻束下面，被炸脱左臂，当场殒命。

但最近长沙袁志伊来信，说："十日长沙被三十架日本飞

---

[1] 本篇原载 1938 年 8 月 1 日《宇宙风》第 72 期。

禽轰炸。舍下虽在距城三十里之乡野，竟亦遭八十八公斤之炸弹轰炸。幸落屋后山地，未伤人，仅毙蚂蚁若干，小雀数只而已。被炸地为一蛇洞，但未伤及洞主，且蛇尚在洞中不去。"此日本空军能以蚂蚁，小雀，及蛇为目标，则又不是近视眼。不知究竟是什么东西。

〔1938年〕

不过粉碎了自己而已 [1]

报载,英国人拿此次中日战争为例,统计近代战的消耗,其报告如下:

"每六师人,数目在十五万的,平均每日就要消耗去步枪三十支,炮弹二千吨,步枪及机关枪子弹一千吨,气弹一百吨。

"照上述的军队大小的配备来算,每天消耗在烟火中的,约国币六百六十万元至九百九十万元。能射七十五米突〔米(metre)〕射程的炮弹,每颗三十三元。炮弹碎片每磅四十五元九角。若是飞机掷两颗重弹,就要花二千六百四十元。

"现代空战消耗若干,很难计算得出来。一个有六十架飞机的飞机大队,在一次小空袭中,很容易掷下一百吨炸弹。每吨价值二千六百四十元,则一百吨共价二十六万四千元!被击落飞机和运输,汽油,零件等消耗,还不在内。"

依上统计,日本此次侵华,所费已不可胜计!一方面世界各国皆抵制日货,日本收入减少也已不可胜计!故此次日本的侵华,不过粉碎了自己而已。

〔1938 年〕

---

[1] 本篇原载 1938 年 8 月 1 日《宇宙风》第 72 期。

亡国之道 [1]

《论语》颜渊问为邦。孔子回答他说:"行夏之时,乘殷之辂,服周之冕,乐则韶舞。放郑声,远佞人。郑声淫,佞人殆。"孔子但把四代的礼乐告诉他,而没有一句话讲到经济武备。

《孟子》:滕文公问为国。孟子把井田经界的大略对他说:"民事不可缓也。""民之为道也,有恒产者有恒心,无恒产者无恒心。""治地莫善于助。""仁政必自经界始。"而归重于文教。他说:"设为庠序学校以教之。庠者养也。校者教也。序者射也。夏曰校,殷曰序,周曰庠。学则三代共之。皆所以明人伦也。人伦明于上,小民亲于下。有王者起,必来取法。是为王者师也。"

礼乐与人伦,是立国的大本,孔孟二圣所言皆同。春秋战国的为国者都是近视眼,只知以武力掠地,不从根本做起,所以先后沦亡,没有一国站得住脚。今世号称文明,但其文明偏于物质方面,变本加厉,愈走愈远。军阀凭借新式杀人利器,横行暴动,肆无忌惮。此所谓"文教失宣,武人用奇。"乃亡国之道。

〔1938 年〕

---

[1] 本篇原载 1938 年 8 月 17 日《大公报·文艺》。

小泉八云在地下

归化日本的美国人 Rafcadio Hallen〔哈伦〕,其日本姓名叫做小泉八云。此人酷爱日本趣味,曾在其所著 *Sea Literature* 及 *Insect Literature*(《海的文学》,《昆虫的文学》)中赞颂日本生活的艺术味。

东洋生活趣味,确然比西洋丰富。西洋生活机械的,东洋生活则富有诗趣。这种诗的生活,发源于中国,到日本而变本加厉,益加显著。例如席地,和服,木屐,纸窗,盆栽,庭院艺术等,原来是中国的古风,被日本人模仿去,加以夸张,就成了日本风。日本风是中国风的缩图。凡缩图必比原图小巧而明显,一目了然,惹人注意。小泉八云爱好东洋趣味,但舍本逐末,不入中国而入日本,大概是为此。

无论什么东西,一入日本,就变本加厉,过分夸张,同时就带一种浅薄味和小家气。

日本模仿中国的诗趣的时代,已经过去。现在日本正在努力模仿欧洲的法西斯,也是变本加厉,过分夸张,浅薄而小气。小泉八云在地下,一定懊悔入日本籍的!

〔1938 年〕

有纸如牢

日本飞机师向中国人民滥施轰炸,惨无人道。世界各国人士在报纸上指摘日军的暴行。日本飞机师说:"难道这张纸真能阻止我吗?"他们不顾一切指摘,管自继续他们的暴行,自以为强。

强权抹杀公理,暴力毁灭人道,人类变成禽兽!可叹,可哭!

然而我们决不失望,因为我们确信报纸真能阻止暴行,报纸真能胜过炸弹。

因为在世界上,爱好和平的人居大多数,暴行的仅少数。有人心的居大多数,人面兽心的仅为少数。它们虽然目前横暴一时,结果总是寡不敌众。故最后胜利必属于爱好和平的人。

古人云:"有笔如刀。"现在我们也可以说:"有纸如牢。"这些报纸积厚起来,可变成一个牢不可破的牢,无期监禁世界上一切暴徒,使它们自灭。

[1938年]

大奸灭亲 [1]

抗战开始后不久,汉奸黄濬父子被捕,在南京正法。听说临刑的时候,父子二人还在法场上互相推诿。父子二人笔迹很相似。故父亲说:"冤枉!这全是我儿子的笔迹,与我无干!"儿子说:"饶了我吧,这全是我父亲的笔迹,与我无关!"结果父子皆枪决。

我想起了孔子的话。《论语》:"叶公语孔子曰,吾党有直躬者,其父攘羊,而子证之。孔子曰,吾党之直者异于是:父为子隐,子为父隐。"前述的父子两汉奸,听说都是知识分子,其父还是"诗人"。大约他们都读过孔孟之书,所以想在法场上效法叶公所谓直躬者,而行"其父攘羊,而子证之"的故事吧?

古人有"大义灭亲"之说。这父子两汉奸可谓"大奸灭亲"。

[1938 年]

---

[1] 本篇原载 1938 年 8 月 21 日广州《烽火》杂志第 18 期。

志士与汉奸[1]

为什么肯做汉奸？我想多数是贪生怕死。倘不贪生，不愿屈节事敌。倘不怕死，非但不做汉奸，且可做游击队员了。

古人云：生，我所欲也；所欲有甚于生者。死，我所恶也；所恶有甚于死者。

比生更可欲的，是"精神的生"。比死更可恶的，是"精神的死"。精神死而肉体生，是"行尸走肉"。肉体死而精神生，是"永生"。志士仁人，不愿为行尸走肉，而愿得为"永生"。

但汉奸的所见异于是。他们宁愿做"行尸走肉"，不需要"永生"。

故志士与汉奸的差别，可说在于精神生活与物质生活。注重精神生活的人可为志士，注重物质生活的人可为汉奸。

[1938 年]

---

[1] 本篇原载 1938 年 8 月 17 日《大公报·文艺》。

傀　儡

田里有的是黄金色的稻。微风吹过,一阵一阵的新米饭的香气,芬芳扑鼻。东村小二闻着了,口涎都流下来。他就侵占了这些稻田。

他恐怕天上的飞鸟要来吃稻,想来看管。但自己小小一个人,管不到这么广大的田。于是他想出一个法子来:拿竹竿和稻草扎造一个傀儡,给它穿上人的衣服,戴上人的帽子。插在田里,教它代为看管田里的稻。

傀儡是没有脑子的。它不懂得东村小二的计策。它以为东村小二把这些稻田送给它了,主权归它所有了。所以它非常高兴,临风飘飘然地站着,那些鸟鹊看见它都吓跑。它非常得意,俨然是稻田的主人翁了。

后来,真的主人翁来收稻了。东村小二早已逃之夭夭。傀儡被主人翁拔起,剥取衣冠,丢在田边,点火焚烧,当作灰肥。

〔1938 年〕

因祸得福

大资本家,有巨款在外国银行,临难全部放洋,在外国悠闲度日,物质供给远胜于国内。因祸得福。

但他们如果聪明,应该多拿出些钱来救国。因为他们现在仿佛是小孩子离开自己的家,到别人家去作客。受别人家的容纳及优待,全靠家长的面子,一旦家长失亡了,家门崩溃了,这些小孩就要遭人白眼,或被人虐待。

现在国内前方浴血苦战,后方尽力接济,全民团结,抗战到底,备受世界各国的同情和赞誉。你们在外国避难的中国同胞,因此格外受人尊敬,脸上格外光荣,你们真是因祸得福!这些尊敬和光荣是从哪里来的?你们必得想一想。想通之后,赶快多拿出些钱来救国!

[1938年]

焦土抗战的烈士[1]

六年之前,我在故乡,浙江石门湾,盖造一所房子,名叫缘缘堂。房屋并不富丽,更非摩登;不过多年浮家泛宅的一群家族,从此得到了一处归宿之所,自是欢喜。堂成之后,我从杜甫诗里窃取两句,自写对联,裱好了挂在堂前。联曰:"暂止飞乌才数子,频来语燕定新巢。"

去年十一月廿一日,寇兵迫近石门湾。我率眷老幼十人携行物两担,离开故乡,流徙桐庐。二十三日,石门湾失守。我军誓死抗战,失而复得。后来得而复失,失而复得,以至四进四出。石门湾变成焦土,缘缘堂就做了焦土战的烈士。

我们不久又离桐庐,远行至江西萍乡。这时候方始得到缘缘堂被焚的消息。全家不胜惋惜,不久我们又离萍乡赴长沙。表侄徐益藩从上海来信,赋诗吊缘缘堂,词意悲切。此时我已在沿路看见万众流离的苦况,听见前线浴血的惨闻,对自己的房屋的损失,非但毫不可惜,反而觉得安心。倘使我毫无损失,心中不免惭愧。因此我就和他一首诗。诗曰:"寇至予当去,非从屈贾趋。欲行焦土策,岂惜故园芜?白骨齐山岳,朱殷染

---

[1] 本篇原载1938年9月21日《大公报·文艺》。

版图,老夫家亦毁,惭赧庶几无。"

〔1938 年〕

警　钟[1]

　　前方正在血战，后方间有醉生梦死的人，管自耽于逸乐，或穷奢极欲不稍敛迹者。这些人并非丧尽天良，毫无同情，实因眼光短浅，只见目前而不能想象眼睛背后的情形之故。倘一旦拉他们上前线，请看一看血泊肉弹的惨状，则人非木石，心中总有感动，行为自当改变。

　　但这些人究竟是少数。现今大多数的中国人，都明白国难严重，都知道刻苦自励，都怀着敌忾同仇，连老妪小孩都知道"中华民族到了最危险的时候"。这四万万五千万人一致团结的"全面抗战"，固然是民族的坚决的精神所唤起。但一方面我们不得不感谢敌机的滥施空袭。

　　何以言之？自有空战，前线后方的界限就不分，到处可说是前线。而日本空军的乱丢炸弹，在中国到处惨杀无辜，实在是唤起全民一致抗战的一大动力。

　　我们后方虽有眼光短浅、非亲见前线惨状不能感动的人，但日本空军自会将他们的暴行演给后方到处的人看，使他们愤慨，促他们起来抗敌。

---

[1] 本篇原载 1938 年 10 月 1 日广州《烽火》杂志第 19 期。

所以我们应该感谢日本空军。因为他们在我国内所投炸弹,每一颗是唤起民众抗敌的一架警钟。倘没有这些警钟,我们的民气一定没有这么盛。

〔1938 年〕

欢迎和平之神 [1]

水的本性是平的。有时水中波浪起伏,这是受了风吹的原故,是暂时的变态。风定了,水仍归于平。有时水点向上喷射,这是施了人工的原故,不是水的本来状态。人工拆毁了,水仍归于平。

火的本性是向上的。有时烛火动摇不定,这是受了风吹的原故,是暂时的变态。把窗子关了,烛火自然稳定向上。有时火光向下,像电灯,这是施了人工的原故,不是火的本来状态。人工不用了,火还是一直向上。

人的本性是爱好和平的;人的本性是向上为善的,正同水火一样。不爱和平而以杀人放火为乐,不肯向上而以堕落为荣,是人性的暂时的变态,不是人的本性。而且只限于少数人。不然,为什么全世界的刊物上都有诅咒军事法西斯暴行的喊声。而对于阿比西尼亚,西班牙,和中国都有热烈的同情呢?

和平之神,请勿悲伤!世界上虽然有少数人拒绝你,但大多数的人是欢迎你,崇敬你的。他们终有一天在世界的中央用

---

[1] 本篇原载 1938 年 8 月 1 日《宇宙风》第 72 期。

黄金和象牙建造起一所最美丽的殿堂来供养你,像古代希腊人建造 Parthenon〔帕推侬〕殿堂来供养 Athena〔雅典娜〕女神一样。

〔1938 年〕

物质文明 [1]

古代的贼骨头[2]夜间行窃,靠煤头纸[3]借光。现代科学发达之后,贼骨头都用电筒,比以前便利得多,有效得多。

古代的强盗谋财,骗人饮蒙汗药,把他麻翻。现代科学发达之后,强盗都用哥罗的芳,比以前便利得多,有效得多。

古代的人从事侵略,用刀枪矢石来杀人。现代科学发达之后,侵略者都用炮火飞机和毒气,比以前便当得多,有效得多。

故"物质文明"决不可脱离了"精神文明"而单独发达。两者必须提携并进,方能为人类造福。人类大家互相爱护,大家尊重平等自由。共存同荣,不相侵犯。然后用飞机供旅行,用炸药开矿产,用科学治日常生活,岂非最幸福的人类生活么?倘两者不能提携并进,则与其使物质文明单独发达,远不如使精神文明单独发达。因为精神文明单独发达,不过生活朴陋一点罢了,人类尚得安居乐业。倘教物质文明单独发达,则

---

[1] 本篇原载1938年8月1日《宇宙风》第72期。

[2] 贼骨头,即贼,小偷。

[3] 煤头纸,旧时用以引火的、由薄纸卷成的纸筒。

正义，公理，人道都要沦亡，而人类的末日到了！

〔1938 年〕

兵上当

以前有一时，我看不起兵，觉得这些是世界上最愚昧的人，肯拿自己的性命去为某恶人的野心而牺牲。因为他们从事无理的内战。

现在我最敬重兵，觉得他们是世界上最英明的人，为了全人类的和平幸福而不惜自己的生命。因为他们努力于神圣的抗战。

倘世界上的人个个能像我们的抗战兵士的英明，杀人放火的国际强盗就会自灭。因为他们究属少数人，全靠有许多愚昧的人受他们的欺骗，供他们驱使，所以能在世界上横行不法。倘这许多愚昧的人一旦英明了，不再上他们的当，则不消倒戈，他们已是无力作恶；倘一倒戈，他们立刻就灭亡。

你看那些杀人放火的国际强盗：他们的身体并不比别人大，他们的气力并不比别人好；他们仅靠一个万恶的头脑，一张狡猾的嘴，鬼鬼祟祟地巧立名目，诱人犯法。多数比他们有力、比他们善良的人上了他们的当，供他们驱使。还有多数比他们有力、比他们善良的人无辜地做他们的牺牲者。想起了真要怒发冲冠！多数的有力而善良的人，为什么不快快觉悟呢？

〔1938年〕

率真集 [1]

（〔上海〕万叶书店一九四六年十月十日初版）

---

[1] 原书共收随笔 25 篇。分上、中、下三卷。此次编辑，中卷涉及艺术内容的 10 篇已编入艺术评论卷；下卷 9 篇系选自《随笔二十篇》，《随笔二十篇》已编入散文卷第一卷，这里仅剩上卷的 6 篇。这 6 篇由作者加以修饰删改，编入《缘缘堂随笔》（人民文学出版社 1957 年 11 月初版）。今基本采用其修饰之处。有的被删改的文句和段落，仍据旧版或最初发表稿予以恢复，并加注说明。为便于研究上者参考，特将原书所收文章目次抄列如下：

上卷 1.《读〈缘缘堂随笔〉读后感》（附录：读《缘缘堂随笔》）2. 辞缘缘堂 3. 为青年说弘一法师 4. 悼丏师 5. 沙坪小屋的鹅 6. "艺术的逃难" **中卷** 7. 现代艺术二大派 8. 艺术的展望 9. 艺术的园地 10. 艺苑的分疆 11. 东西洋的工艺 12. 艺术的眼光 13. 漫画创作二十年 14. 艺术与人生 15. 艺术与艺术家 16. 艺术的效果 **下卷** 17. 吃瓜子 18. 两场闹 19. 作父亲 20. 给我的孩子们 21. 黄金时代 22. 邻人 23. 蝌蚪 24. 两个"？" 25. 漫笔十则。

子愷

《读〈缘缘堂随笔〉》读后感[1]

《中学生》第六十七期（大约是一九四四年中出版的）曾登载一篇《读缘缘堂随笔》，是日本人谷崎润一郎作，夏丏尊先生翻译的。当时我避寇居重庆，开明书店把那杂志寄给我看。接着叶圣陶兄从成都来信，嘱我写一篇读后感。战争时期，为了一个敌国人而谈艺术感想，我觉得不调和，终于没有写。现在胜利和平已经实现。我多年不写文章，如今也想"复员"。今天最初开笔，就写这篇读后感，用以补应圣陶兄的雅嘱。夏先生译文的序言中说："余不见子恺倏逾六年，音讯久疏，相思颇苦……此异国人士之评论，或因余之迻译有缘得见，不知作何感想也。"为答复夏先生的雅望，我更应该写些感想。

记得某批评家说："文艺创作是盲进的，不期然而然的。"我过去写了许多文章，自己的确没有知道文章的性状如何。我只是爱这么写就这么写而已。故所谓"盲进""不期然而然的"，我觉得确是真话。我看了那篇评文，才知道世间有人把我看作

---

[1] 本篇原载 1946 年《中学生》战时半月刊。在 1957 年版《缘缘堂随笔》中改题为《读〈读缘缘堂随笔〉》。

"中国最像艺术家的艺术家"（吉川幸次郎语），而把我的文章称为"艺术家的著作"（谷崎润一郎语）。我扪心自问：他们的话对不对？我究竟是否最像艺术家的艺术家？我的文章究竟是否艺术家的著作？对这一问，我简直茫然不能作答。因为"艺术家"三字的定义，不是简单的。古来各人各说，没有一定；且也没有一个最正确的定义。而我的为人与为文，真如前文所说，完全是盲进的，不期然而然的；所以我不敢贸然接受他们这定评。我看"艺术家"这顶高帽子，请勿套到我头上来，还是移赠给你们的夏目漱石，竹久梦二，或内田百川诸君，看他们接受不接受。我是决不敢接受的啊。

吉川和谷崎二君对我的习性的批评，我倒觉得可以接受，而且可以让我自己来补充表白一番。吉川君说我"真率""对于万物有丰富的爱"。谷崎君说我爱写"没有什么实用的、不深奥的、琐屑的、轻微的事物"；又说我是"非常喜欢孩子的人"。难得这两位异国知己！他们好像神奇的算命先生，从文字里头，把我的习性都推算出来。真可谓"海外存知己，天涯若比邻"了！让我先来自白一下：

我自己明明觉得，我是一个二重人格的人。一方面是一个已近知天命之年的、三男四女俱已长大的、虚伪的、冷酷的、实利的老人（我敢说，凡成人，没有一个不虚伪、冷酷、实利）；另一方面又是一个天真的、热情的、好奇的、不通世故的孩子。这两种人格，常常在我心中交战。虽然有时或胜或败，或起或伏，但总归是势均力敌，不相上下，始终在我心中对峙着。为了这两者的侵略与抗战，我精神上受了不少的苦痛。举

最近的事例作证：[1]

我最近到一个中学校去访问朋友，被那校长得知了，便拉了教务主任，二人恭敬地走来招呼我，请我讲演。讲演我是最怕的。无端的对不相识的大众讲一大篇不必要的话，我认为是最不自然，最滑稽的一种把戏，我很想同小孩子一样，干脆地说一声"我不高兴"，或是骂他们几句，然后拂袖而起，一缕烟逃走了。但在这时候，心中的两国，猛烈地交战起来。不知怎的，结果却是侵略国战胜了抗战国。我不得不在校长、教务主任的"请，请"声中，摇摇摆摆地神气活现地踱上讲台去演那叫做"讲演"的滑稽剧。上台后，我颇想干脆地说："我不高兴对你们讲话，你们也未见得个个高兴听我讲话。你们要看我，看了看，让我回去吧！"但又不知怎的，我居然打起了南方官腔，像煞有介事地在说："今天承蒙贵校校长先生的好意，邀我来此讲演。我有机会与诸位青年相见，觉得很是荣幸……"其实，我觉得很是不幸，我恨杀那校长先生！

我胡乱讲了半小时的关于艺术修养的空话，鞠躬下台，抽一口气，连忙走出讲堂。不料出得门来，忽被一批青年所包围，每人手持纪念册一本，要求留个纪念。这回我看清楚了周围几个青年男女的脸孔。我觉得态度大都很诚恳，很可爱。他们的纪念册很精致，很美观。足证这件事是真的，善的，美的。我说："到休息室来！"于是一大批少年少女跟我来到了休息室。我提起笔，最初在一个少年的绸面册子上写了"真善

---

[1] 此句及随后的两大段在1957年版《缘缘堂随笔》中被删去。

美"三个字,他拿着笑嘻嘻地鞠一个躬,一缕烟去了。一双纤手捧着一本金边册子,塞到我的笔底下来,我看看这双手的所有者,是一个十三四岁的面如满月的少女。她见我看她,打起四川白笑着说:"先生给我画!"我心中很想把她的脸孔画进去,但一看休息室里挤满了手持纪念册的人,而且大都是可爱而可画的。我此例一开,今天休想回家去!我只得谎言拒绝,说我今天还有要事,时间来不及,替你写字吧,就写了"努力惜春华"五个字,她也欢喜地道谢,拿着走了。我倒反而觉得拂人之情,不好意思,我原来并无要事,并且高兴替一个个青年的册子上留些纪念。这比空洞的浮夸的"讲演"有意思得多,有趣味得多。可是在事实上,种种方面不许可。我只得讲虚伪的话,取冷酷的态度,作实利的打算。写到后来,手也酸了,时间也到了,只能在每人的册子上乱签"子恺"二字。许多天真可爱的青年,悻悻地拿起册子走了。而且很精致的册子上潦草地签字,实在是暴殄天物,破坏美观,亵渎艺术!啊!我为什么干这无聊的事?——以上所说,便是二重人格交战使我受苦的一个近例。有生以来,这种苦我吃了不少!

吉川和谷崎二君对我的习性的批评,真是确当!我不但如谷崎君所说的"喜欢孩子",并且自己本身是个孩子——今年四十九岁的孩子。因为是孩子,所以爱写"没有什么实用的、不深奥的、琐屑的、轻微的事物",所以"对万物有丰富的爱",所以"真率"。贵国(对吉川、谷崎二君说)已逝世的文艺批评家厨川白村君曾经说过:文艺是苦闷的象征。文艺好比做梦,现实上的苦闷可在梦境中发泄。这话如果对的,那么我的文章,正是我的二重人格的苦闷的象征。

我既然承认自己是孩子,同时又觉得吉川、谷崎二君也有点孩子气。连翻译者的夏先生,索稿子的叶先生,恐也不免有点孩子气。不然,何以注目我那些孩子气的文章呢?在中国,我觉得孩子太少了。成人们大都热衷于名利,萦心于社会问题、政治问题、经济问题、实业问题……没有注意身边琐事,细嚼人生滋味的余暇与余力,即没有做孩子的资格。孩子们呢,也大都被唱党歌,读遗嘱,讲演,竞赛,考试,分数……弄得像机器人一样,失却了孩子原有的真率与趣味。长此以往,中国恐将全是大人而没有孩子,连婴孩也都是世故深通的老人了!在这样"大人化""虚伪化""冷酷化""实利化"的中国内,我的文章恐难得有人注意。而在过去的敌国内,倒反而有我的知己在。这使我对于"国"的界限发生了很大的疑问。我觉得人类不该依疆土而分国,应该依趣味而分国。耶稣孔子释迦是同国人。李白杜甫莎士比亚拜轮〔拜伦〕是同国人。希特勒墨索里尼东条英机等是同国人。……而我与吉川谷崎以及其他爱读我的文章的人也可说都是同乡。

"文章千古事,得失寸心知。"上一句我承认,下一句我怀疑。如开头所说,我相信文艺创作是盲进的(实即自然的),不期然而然的,那么还讲什么"得失"呢?要讲得失,我这些谈"没有什么实用的、不深奥的、琐屑的、轻微的事物"的文章,于世何补?更哪里值得翻译和批评?吉川君说我在海派文人中好比"鹤立鸡群"。这一比也比得不错。鸡是可以杀来吃的,营养的,滋补的,功用很大的。而鹤呢,除了看看而外,毫无用处！倘有"煮鹤焚琴"的人，定要派它实用，而想杀它来吃，它就戛然长鸣，冲霄飞去，不知所至了！

卅五〔1946〕年四月十一日于沙坪坝

【附录】读《缘缘堂随笔》

谷崎润一郎 作

夏丏尊 译

"八一三"以来,藏书尽付劫火,生活困苦,购书无资,与日本刊物更乏接触之机会。日昨友人某君以谷崎新著随笔集《昨今》见示,中有著者之中国文艺评,对胡适、丰子恺、林语堂诸氏之作品各有所论述。其中论子恺最详,于全书百余页中竟占十页,所论尚允当,故译之以示各地之知子恺者。余不见子恺倏逾六年,音讯久疏,想思颇苦。子恺已由黔入川,任教以外,赖卖画以自活。此异国人士之评论,或因余之迻译有缘得见,不知作何感想也。三十二〔1943〕年五月,译者,在上海。

一

《缘缘堂随笔》著者丰子恺的名字,在我国差不多没有人知道,我也还是于接到这本书的时候初听到的。这随笔是中国丛书中的一册,译者是吉川幸次郎。在《译者的话》之中,有这样的话:"我觉得,著者丰子恺,是现代中国最像艺术家的艺术家,这并不是因为他多才多艺,会弹钢琴,作漫画,写随笔的缘故,我所喜欢的,乃是他的像艺术家的真率,对于万物的丰富的爱,和他的气品,气骨。如果在现代要想找寻陶渊明、王维那样的人物,那么,就是他了吧。他在庞杂诈伪的海派文人之中,有鹤立鸡群之感。"关于这位著者的经历,吉川氏也谓不甚详细,只知道他生于杭州湾附近的石门湾,家中上代是开染坊的。曾留学东京,归国后在上海任音乐教师,现在隐居于故乡,最近皈依佛法,已茹素,著述有随笔数册,及音乐、绘画的理论若干种而已。又在吉川氏的《译者的话》中,有值得注意的一节,说"现代中国文学之中,最可观的是随笔;小说、戏曲,比起随笔来都差。这从中国文学的历史上说来,是很有兴趣的事。在过去的中国文学中,可以认作散文文学的正统而最发达的是随笔;《文选》里所收的,以及唐、宋八大家的文章,都是随笔类的东西。民国的文学革命,曾反抗这个传统,希望中国出莎士比亚,出歌德,出左拉,但结果似乎仍流入了随笔的方向去。(中略)这尊重实际的民族,于叙述身边杂事,是有热心的,擅场的,可是对于小说的构成,却不内行,非其所长。"所以"随笔在中国文化的考察上是重要的材料,过去的随笔如此,现在的随笔也如此。我觉得这部书对于理解中国,不是无用的东西,至少比那些肤浅的政治论有用些。"《文选》和唐、宋八大家的文章,都可认作一种的随笔,这判断容可怀疑,但"中国文人长于叙述身边杂事,不善于小说的构成",这批评如果是对的,那么也可包括到我们自己。吉川氏虽说"这现象乃中国民族的性癖使然",也许东方人全体的性癖都如此呢。

二

《缘缘堂随笔》，仅仅读了译本一百七十页的小册子，著者的可爱的气禀与才能，已可窥见，足以证明吉川氏的介绍不曾欺骗读者。如果说胡适氏的《四十自述》是学者的著作，那么这本随笔可以说是艺术家的著作。他所取的题材，原并不是什么有实用或深奥的东西，任何琐屑轻微的事物，一到他的笔端，就有一种风韵，殊不可思议。求之于现在的日本，内田百间氏一流人差可比拟（在通晓音乐一点上亦相共通）。在这部译本里面，第一篇写"吃瓜子"，有十五页光景，我希望大家能一读。因为题材是中国式，能把这种些微的题材写得那样有趣，正是随笔的上乘（吉川氏的译文也很好）。这恐怕是他最得意的一篇吧。可是著者的境地，决不仅限于这种方面，各篇都有情味与特色。我所喜欢者是下面的《山中避雨》。著者带了两个女儿游西湖，在山间遇雨，避雨茶肆，雨老是不止，为想解女儿们的厌倦，借了茶博士所拉的胡琴，拉奏各种的小曲，全篇所记只五页，于短篇之中，富有余韵。"我用胡琴从容地（因为快了要拉错）拉了种种西洋小曲，两个女孩和着了歌唱，好像是西湖上卖唱的，引得三家村里的人都来看。一个女孩唱着《渔光曲》，要我用胡琴去和她。我和着她拉，三家村里的青年们也齐唱起来，一时把这苦雨荒山闹得十分温暖。（中略）我有生以来，没有尝过今日般的音乐的趣味。"我读了这风趣的一节，不禁想到从前盲乐师葛原氏乘船上京，在明石浦弹琴一夜，全浦的人皆大欢喜的故事来。著者又说，"钢琴笨重如棺材，怀娥铃〔小提琴〕要数十百元一具,制造虽精,世间有几人能够享用呢?胡琴只要两三角钱一把,虽然音域没有怀娥铃之广,也尽够演奏寻常小曲。(中略)这种乐器在我国民间很流行,剃头店里有之,裁缝店里有之,江北船上有之,三家村里有之。倘能多造几个简易而高尚的胡琴曲,使像《渔光曲》一般流行于民间,其艺术陶冶的效果,恐比学校的音乐课广大得多呢。我离去三家村时,村里的青年们都送我上车,表示惜别。"还有一篇叫《作父亲》,比《山中避雨》长两三页,诗趣横溢,非常的好。大概著者是非常喜欢孩子的人,这两篇以外,如《华瞻的日记》,《送考》等,都写着儿女的事情。

三

丰子恺氏是曾在日本留学的,随笔中时有关于日本的记忆,如《记音乐研究会中所见》就是。丰氏留学东京,是专修音乐,抑是别有所修而把音乐当作业余的消遣,文中没有说及,无从知道。又,他的留学东京的正确年代,也不明白。据其文尾附注"二十五〔1936〕年一月九日作",及文中"已是十五年前的旧事""我归国后就为生活所逼,放弃提琴,至今已十五寒暑"推之,大概在民国八九年与十年——大正八九年与昭和元年之间。著者先借引向愚氏所作《东京帝大学生生活》的话记述当今的东京学生间的风气说,"上课的时候,并没有查堂或点名的事情,而从没有看见过学生缺课,因为他们深切地明了他们目前所为的是何事。(中略)整天的工夫或半天的工夫，一双眼睛注视在书上面，没有倦容。他们这种勤学苦干的精神，令人觉得明治维新到今日不过几十年，把一个国家弄到这种地步，并非偶然。"再把自己当时所观察到的情形来加以证明。"日本学生的勤学苦干的精神，真是可以使人叹佩的。而我在某音乐研究会中所见的医科老学生的勤学苦干的精神，尤可使我叹佩到不能忘却。他的相貌和态度，他的说话和行为，我到现在还能清楚详细地回忆起来。"这个老医学生是个生来毫无音乐天分的音痴，"为了平生缺乏艺术修养，因此利用课余的时间，来这里选习提琴。他告诉我，他将来还想到德国去，德国是音乐很发达的地方，所以他决心研究音乐。说到'决心'两字，他的态度十分认真，把头点一点，表示他是一个有志者。我觉得这是日本青年所特有的毅力与真率的表示，在中国是见不到的。"著者最初见这个"全然没有音程观念、没有手指技巧、没有拍子观念，又没有乐谱知识"的医学生不自量力，竟加入音乐研究会来作提琴的练习，很觉可笑，认为是"一个可怜的无自觉的妄人"。不料这老医学生自知才能在常人以下，比常人加工练习，结果上了轨道。"拍子和音程果然相当地正确了，拉的手法也相当地纯熟了。（中略）这个可怜的不自量力的妄人，我最初曾经断定他是永远不能入音乐之门的，不料他的毅力的奋斗果然帮他入了音乐之门。"著者又引胡适氏《敬告日本国民》中的一段，"日本国民在过去六十年中的伟大成绩，不但是日本民族的光荣，无疑也是人类史上的一桩灵迹。任何人读日本国维新以来六十年的光荣历史，无不感觉惊叹兴奋的。"又说，"这个灵迹，大约是我在东京某音乐会中所见的医科老学生及向愚先生所述的帝大学生之类的人所合力造成的。"中国人士对于我们日本人的精神力如此赞美，颇足令人惶恐，但著者并非是无条件地赞扬，他在文章末尾有这样的一段话，"但我的所见，已是十五年前的旧事，不足为凭了。据向愚先生所说，现在（指民国二十五年昭和十一年）东京帝大学生的思想'萎靡不振，令人太失望了。'（中略）据说现在日本学生的思想已由'唯物史观'转向到'就职史观'了。唯物史观不论是否，总是一种人生观。就职史观就是只求有饭吃，不讲人生观了。这是何等的萎靡不振！若是如此，那种毅力和勤学苦干的精神，今后对日本'非徒无益，而又害之'了。"民国二十五年，就是事变勃发的前一年，是抗日思想正激烈的时代。著者写文章时多少受着当时对日诽谤的抗日宣传影响，也未可知。但从别一方面说，当时正是英、美文化在我国烂熟的时代，确实有这样毛病，有隙可乘，就被中国方面指摘到了的。帝都风气的变化，传到邻国会如此之速。一想到此，我国不得不有戒心。以上老医学生的话是著者的"所见之一"，还有"所见之二"。"所见之二"一篇中，写着著者所从受教的一位林先生的事。……咿呀，我把《缘缘堂随笔》写得太多了，就此打住吧。我因了著者的文章，知道了许多事；那时小石川春日町电车站附近的弄堂里曾住过一位名叫林先生的仙人样的人。先生从音乐学校毕业后留学德国，回国以后，就在这小弄堂里挂起个人教授的招牌，教授音乐，到那时，已有十年。先生是独身者，连女仆也不用，只有那房东的老婆婆相帮他照料杂务。房子只小小的三间，平日所着的老是和服，头发是蓬蓬的，一年四季，从早到晚关在楼上，不出门一步。把一生都贡献于钢琴、提琴、大提琴的教授上，自己承认以音乐为生活。原来在大正八九年间，东京小石川地方曾住过这样一个特别的人物，我们不曾注意到，这在我很感到兴味。这东洋的奇人的风貌，用著者的笔致传出，尤觉得非常地适宜。（下略）

辞缘缘堂

——避难五记之一[1]

民国二十六〔1937〕年十一月下旬，寇以迂回战突犯我故乡石门湾，我不及预防，仓卒辞缘缘堂，率亲族老幼十余人，带铺盖两担，逃出火线，迤逦西行，经杭州、桐庐、兰溪、衢州、常山、上饶、南昌、新喻、萍乡、湘潭、长沙、汉口，以至桂林。当时这路上军输孔急，人民无车可乘。而况我家十余人中半是老弱，不堪爬跳，不能分班，乘车万无希望。于是只有坐船，浮家泛宅，到处登岸休息盘桓。因此在途有数月之久。许多朋友早已到了长沙、汉口，我独迟迟不至，消息全无。有的人以为我们全家覆没了。因此每到一处，所遇见的旧友新知，必定在寒暄中惊问我流亡的经过。我一一报告，有时一天反复数次，犹似开留声机片一般。家里的孩子们听得惯了，每当我对一新客重述的时候，必在背后窃笑，低声说

---

[1] 本篇原载 1940 年 1 月《文学集林》第三辑：创作特辑。按作者在《教师日记》（〔重庆〕万光书局 1944 年 6 月初版）"原序"中所记，避难五记为《辞缘缘堂》《桐庐负暄》《萍乡闻耗》《汉口庆捷》《桂林讲学》。现仅发现前二篇、余三篇疑未成文，或后有变动。

道:"又是一遍!"我自己也觉得可笑。又觉得舌敝唇焦,重复得实在可厌。然而因为温习的次数太多,每次修补整理,所以材料已经精选,措辞颇得要领。途中我就陆续把这些话记录在手册中。然而这是朋友垂询时所答复的话,不过是我们流亡经过的梗概而已。等到客人去了,我们这个流亡团体共聚在旅舍中,或者共坐在船舱里的时候,闲谈的资料便是流亡前后的种种细事。有时追谈战兴以前的生活,有时回顾仓皇出走的光景,有时详述各处所得的见闻,有时讨论今后避地的方针。感叹咨嗟,慷慨激昂,惊愕忧疑,轩渠笑乐,好比自然界的风雨晦明,变化无定。我们的家庭空气,从来没有这么多样的!于是我又把这些琐屑的谈话资料随时记在手册中。这手册就好比一个电影底片,放映出来的是我家流亡生活的全景。

民国二十八〔1939〕年春,我家离去桂林,迁居宜山。夏天又离开宜山,迁居思恩。思恩地在深山之中,交通阻滞。我们住在欧阳氏[1]榴园中的小楼上,几乎终日不闻世事。我偶在山窗下展开手册来,检点过去的流亡生活,觉得如同一场幻梦。这梦特别清晰,一切景象,历历在目。可用文章记述,也可用图画描写。于是乘兴握笔,拟把手册中的记载演成五篇记事。开头写第一记《辞缘缘堂》时,不胜感慨。"古者重去其乡,游宦不逾千里。"我为不得已而远离乡国。如今故园已成焦土,漂泊将及两年,在六千里外的荒山中重温当年仓皇辞家的旧梦,不禁心绪黯然,觉得无从下笔。然而环境虽变,我的

---

[1] 欧阳氏,为作者在桂林师范学校的学生,名欧阳同旺。

赤子之心并不失却；炮火虽烈，我的匹夫之志决不被夺，它们因了环境的压迫，受了炮火的洗礼，反而更加坚强了。杜衡芳芷所生，无非吾土；青天白日之下，到处为乡。我又何必感慨呢？于是吟成两首七绝，用代小序：

> 秀水明山入画图，兰堂芝阁尽虚无。
> 十年一觉杭州梦，剩有冰心在玉壶。

> 江南春尽日西斜，血雨腥风卷落花。
> 我有馨香携满袖，将求麟凤向天涯。[1]

* * *

走了五省，经过大小百数十个码头，才知道我的故乡石门湾，真是一个好地方。它位在浙江北部的大平原中，杭州和嘉兴的中间，而离开沪杭铁路三十里。这三十里有小轮船可通。每天早晨从石门湾搭轮船，溯运河走两小时，便到了沪杭铁路上的长安车站。由此搭车，南行一小时到杭州；北行一小时到嘉兴，三小时到上海。到嘉兴或杭州的人，倘有余闲与逸兴，可屏除这些近代式的交通工具，而雇客船走运河。这条运河南达杭州，北通嘉兴、上海、苏州、南京，直至河北。经过我们石门湾的时候，转一个大弯。石门湾由此得名。无数朱漆栏杆玻璃窗的客船，麇集在这湾里，等候你去雇。你可挑选最中意的一只。一天到嘉兴，一天半到杭州，船

---

[1] 从文首至此的几段，编入《率真集》时被删去。现据最初发表稿予以恢复。

价不过三五元。倘有三四个人同舟，旅费并不比乘轮船火车贵。胜于乘轮船火车者有三：开船时间由你定，不像轮船火车的要你去恭候。一也。行李不必用力捆扎，用心检点，但把被、褥、枕头、书册、烟袋、茶壶、热水瓶，甚至酒壶、菜榼……往船舱里送。船家自会给你布置在玻璃窗下的小榻及四仙桌上。你下船时仿佛走进自己的房间一样。二也。经过码头，你可关照船家暂时停泊，上岸去眺瞩或买物。这是轮船火车所办不到的。三也。倘到杭州，你可在塘栖一宿，上岸买些本地名产的糖枇杷、糖佛手；再到靠河边的小酒店里去找一个幽静的座位，点几个小盆：冬笋、茭白、荠菜、毛豆、鲜菱、良乡栗子、熟荸荠……烫两碗花雕。你尽管浅斟细酌，迟迟回船歇息。天下雨也可不管，因为塘栖街上全是凉棚，下雨不相干的。这样，半路上多游了一个码头，而且非常从容自由。这种富有诗趣的旅行，靠近火车站地方的人不易做到，只有我们石门湾的人可以自由享受。因为靠近火车站地方的人，乘车太便；即使另有水路可通，没有人肯走；因而没有客船的供应。只有石门湾，火车不即不离，而运河躺在身边，方始有这种特殊的旅行法。然客船并非专走长路，往返于相距二三十里的小城市间，是其常业。盖运河两旁，支流繁多，港汊错综。倘从飞机上俯瞰，这些水道正像一个渔网。这个渔网的线旁密密地撒布无数城市乡镇，"三里一村，五里一市，十里一镇，廿里一县。"用这话来形容江南水乡人烟稠密之状，决不是夸张的。我们石门湾就是位在这网的中央的一个镇。所以水路四通八达，交通运输异常便利。我们不需要用脚走路。下乡，出市，送客，归宁，求神，拜佛，即使三五里的距离，也乐得坐船。倘使要到十八里（我们称为二九）远的崇德城里，每天有两班轮船，还有各种便船，决不要用脚走路。除了赤贫，大俭，以及背纤者之类以外，倘使你"走"到了城里，旁人都得惊讶，家人将怕你伤筋，你自己也要觉得吃力。唉！我的故乡真是安乐之乡！把这些话告诉每天挑着担子走一百几十里崎岖的山路的内地人，恐怕他们不会相信，不能理解，或者笑为神话！孟子曰："生于忧患，死于安乐。"这回江南的空前浩劫，也许就是这种安乐的报应吧！

然而好逸恶劳，毕竟是人之常情。克服自然，正是文明的进步。不然，内地人为什么要努力造公路，筑铁路，治开垦呢？忧患而不进步，未必能生；安乐而不骄惰，决不致死。所以我对于我们的安乐的故乡，始终是心神向往的。何况天时胜如它的地利呢！石门湾离海边约四五十里，四周是大平原，气候当然是海洋性的。然而因为河道密布如网，水陆的调剂特别均匀，所以寒燠的变化特别缓和。由夏到冬，由冬到夏，渐渐地推移，使人不知不觉。中产以上的人，每人有六套衣服：夏衣、单衣、夹衣、絮袄（木棉[1]的）、小绵袄（薄丝绵）、大绵袄（厚丝绵）。六套衣服逐渐递换，不知不觉之间寒来暑往，循环成岁。而每一回首，又觉得两月之前，气象大异，情景悬殊。盖春夏秋冬四季的个性的表现，非常明显。故自然之美，最为丰富；诗趣画意，俯拾即是。我流亡之后，经

---

[1] 木棉，指棉花。

过许多地方。有的气候变化太单纯，半年夏而半年冬，脱了单衣换棉衣。有的气候变化太剧烈，一日之内有冬夏，捧了火炉吃西瓜。这都不是和平中正之道，我很不惯。这时候方始知道我的故乡的天时之胜。在这样的天时之下，我们郊外的大平原中没有一块荒地，全是作物。稻麦之外，四时蔬菜不绝，风味各殊。尝到一物的滋味，可以联想一季的风光，可以梦见往昔的情景。往年我在上海功德林，冬天吃新蚕豆，一时故乡清明赛会、扫墓、踏青、种树之景，以及绸衫、小帽、酒旗、戏鼓之状，憬然在目，恍如身入其境。这种情形在他乡固然也有，而对故乡的物产特别敏感。倘然遇见桑树和丝绵，那更使我心中涌起乡思来。因为这是我乡一带特有的产物，而在石门湾尤为普遍。除了城市人不劳而获以外，乡村人家，无论贫富，春天都养蚕，称为"看宝宝"。他们的食仰给予田地，衣仰给予宝宝。所以丝绵在我乡是极普通的衣料。古人要五十岁才得衣帛，我们的乡人无论老少都穿丝绵。他方人出重价买了我乡的输出品，请"翻丝绵"的专家特制了，视为狐裘一类的贵重品；我乡则人人会翻，乞丐身上也穿丝绵。"人生衣食真难事"，而我乡人得天独厚，这不可以不感谢，惭愧而且惕励！我以上这一番缕述，并非想拿来夸耀，正是要表示感谢，惭愧，惕励的意思。读者中倘有我的同乡，或许会发生同感。

　　缘缘堂就建在这富有诗趣画意而得天独厚的环境中。运河大转弯的地方，分出一条支流来。距运河约二三百步，支流的岸旁，有一所染坊店，名曰丰同裕。店里面有一所老屋，名曰惇德堂。惇德堂里面便是缘缘堂。缘缘堂后面是市梢。市梢后面遍地桑麻，中间点缀着小桥，流水，大树，长亭，便是我的游钓之地了。红羊[1]之后就有这染坊店和老屋。这是我父祖三代以来歌哭生聚的地方。直到民国二十二年缘缘堂成，我们才离开这老屋的怀抱。所以它给我的荫庇与印象，比缘缘堂深厚得多。虽然其高只及缘缘堂之半，其大不过缘缘堂的五分之一，其陋甚于缘缘堂的柴间，但在灰烬之后，我对它的悼惜比缘缘堂更深。因为这好比是老树的根，缘缘堂好比是树上的枝叶。枝叶虽然比根庞大而美观，然而都是从这根上生出来的。流亡以后，我每逢在报纸上看到了关于石门湾的消息，晚上就梦见故国平居时的旧事，而梦的背景，大都是这百年老屋。我梦见我孩提时的光景：夏天的傍晚，祖母穿了一件竹衣[2]，坐在染坊店门口河岸上的栏杆边吃蟹酒。祖母是善于享乐的人，四时佳兴都很浓厚。但因为屋里太窄，我们姐弟众多，把祖母挤出在河岸上。我梦见父亲中乡试时的光景：几方丈大小的老屋里拥了无数的人，挤得水泄不通。我高高地坐在店伙祁官的肩头上，夹在人丛中，看父亲拜北阙。我又梦见父亲晚酌的光景：大家吃过夜饭，父亲才从地板间里的鸦片榻上起身，走到厅上来晚酌。桌上照例是一壶酒，一盖碗热豆腐干，一盆麻酱油，和一只老猫。父亲一边看书，一边用豆腐干下酒，时时摘下一粒豆腐干来喂老猫。那时我们得在地板间里闲玩一

---

[1] 红羊，指洪秀全、杨秀清。
[2] 竹衣，一种用细小竹枝编串而成的夏衣。

下。这地板间的窗前是一个小天井,天井里养着乌龟,我们喊它为"臭天井"。臭天井的旁边便是灶间。饭脚水常从灶间里飞出来,哺养臭天井里的乌龟。因此烟气,腥气,臭气,地板间里时有所闻。然而这是老屋里最精华的一处地方了。父亲在室时,我们小孩子是不敢轻易走进去的。我的父亲中了举人之后就丁艰[1]。丁艰后科举就废。他的性情又廉洁而好静,一直闲居在老屋中,四十二岁上患肺病而命终在这地板间里。我九岁上便是这老屋里的一个孤儿了。缘缘堂落成后,我常常想:倘得像缘缘堂的柴间或磨子间那样的一个房间来供养我的父亲,也许他不致中年病肺而早逝。然而我不能供养他!每念及此,便觉缘缘堂的建造毫无意义,人生也毫无意义!我又梦见母亲拿了六尺杆量地皮的情景:母亲早年就在老屋背后买一块地(就是缘缘堂的基地),似乎预知将来有一天造新房子的。我二十一岁就结婚。结婚后得了"子烦恼",几乎年年生一个孩子。率妻糊口四方,所收入的自顾不暇。母亲带着我的次女住在老屋里,染坊店及数十亩薄田所入虽能供养,亦没有余裕,所以造屋这念头,一向被抑在心的底层。我三十岁上送妻子回家奉母。老屋覆育了我们三代,伴了我的母亲数十年,这时候衰颓得很,门坍壁裂,渐渐表示无力再荫庇我们这许多人了。幸而我的生活渐渐宽裕起来,每年多少有几叠钞票交送母亲。造屋这念头,有一天偷偷地从母亲心底里浮出来。邻家正在请木匠修窗,母亲借了他的六尺杆,同我两人到后面的空地

---

[1] 丁艰,又称丁忧,即丧母。

里去测量一回，计议一回。回来的时候低声关照我："切勿对别人讲！"那时我血气方刚，率然地对母亲说："我们决计造！钱我有准备！"就把收入的预算历历数给她听。这是年轻人的作风，事业的失败往往由此；事业的速成也往往由此。然而老年人脚踏实地，如何肯冒险呢？六尺杆还了木匠，造屋的念头依旧沉淀在母亲的心底里。它不再浮起来。直到两年之后，母亲把这念头交付了我们而长逝。又三年之后，它方才成形具体，而实现在地上，这便是缘缘堂。

犹记得堂成的前几天，全家齐集在老屋里等候乔迁。两代姑母带了孩童仆从，也来挤在老屋里助喜。低小破旧的老屋里挤了二三十个人，肩摩踵接，踢脚绊手，闹得像戏场一般。大家知道未来的幸福紧接在后头，所以故意倾轧。老人家几被小孩子推倒了，笑着喝骂。小脚被大脚踏痛了，笑着叫苦。在这时候，我们觉得苦痛比欢乐更为幸福。低小破旧的老屋比琼楼玉宇更有光彩！我们住新房子的欢喜与幸福，其实以此为极！真个迁入之后，也不过尔尔，况且不久之后，别的渴望与企图就来代替你的欢乐，人世的变故行将妨碍你的幸福了！只有希望中的幸福，才是最纯粹，最彻底，最完全的幸福。那时我们全家的人都经验了这种幸福。只有最初置办基地，发心建造，而首先用六尺杆测量地皮的人，独自静静地安眠在五里外的长松衰草之下，不来参加我们的欢喜。似乎知道不久将有暴力来摧毁这幸福，所以不屑参加似的。

缘缘堂构造用中国式，取其坚固坦白。形式用近世风，取其单纯明快。一切因袭，奢侈，烦琐，无谓的布置与装饰，一概不入。全体正直,(为了这点,工事中我曾费数百元拆造过,全镇传为奇谈。)高大,轩敞,明爽,具有深沉朴素之美。正南向的三间,中央铺大方砖,正中悬挂马一浮先生写的堂额。壁常悬的是弘一法师写的《大智度论·十喻赞》,和"欲为诸法本,心如工画师"的对联。西室是我的书斋,四壁陈列图书数千卷,风琴上常挂弘一法师写的"真观清净观,广大智慧观。梵音海潮音,胜彼世间音"的长联。东室为食堂,内连走廊,厨房,平屋。四壁悬的都是沈寐叟的墨迹。堂前大天井中种着芭蕉、樱桃和蔷薇。门外种着桃花。后堂三间小室,窗子临着院落,院内有葡萄棚、秋千架、冬青和桂树。楼上设走廊,廊内六扇门,通入六个独立的房间,便是我们的寝室。秋千院落的后面,是平屋、阁楼、厨房和工人的房间——所谓缘缘堂者,如此而已矣。读者或将见笑:这样简陋的屋子,我却在这里扬眉瞬目,自鸣得意,所见与井底之蛙何异?我要借王禹偁的话作答:"彼齐云落星,高则高矣。井干丽谯,华则华矣。止于贮妓女,藏歌舞,非骚人之事,吾所不取。"我不是骚人,但确信环境支配文化。我认为这样光明正大的环境,适合我的胸怀,可以涵养孩子们的好真,乐善,爱美的天性。我只费了六千金的建筑费,但倘秦始皇要拿阿房宫来同我交换,石季伦愿把金谷园来和我对调,我决不同意。自民国二十二年春日落成,以至二十六年残冬被毁,我们在缘缘堂的怀抱里的日子约有五年。现在回想这五年间的生活,处处足使我憧憬:春天,两株重瓣桃戴了满头的花,在门前站岗。门内朱楼映着粉墙。蔷薇衬着绿叶。院中秋千亭亭地立着,檐下铁马叮咚地响着。堂前燕子呢喃,窗内有"小语春风弄剪刀"的声音。这和平幸福的光景,使我难忘。夏天,红了樱桃,绿了芭蕉,在堂前作成强烈的对比,向人暗示"无常"的幻象。葡萄棚上的新叶,把室中人物映成绿色的统调,添上一种画意。垂帘外时见参差人影,秋千架上时闻笑语。门外刚挑过一担"新市水蜜桃",又来了一担"桐乡醉李"。喊一声"开西瓜了",忽然从楼上楼下引出许多兄弟姊妹。傍晚来一位客人,芭蕉荫下立刻摆起小酌的座位。这畅适的生活也使我难忘。秋天,芭蕉的叶子高出墙外,又在堂前盖造一个天然的绿幕,葡萄棚上果实累累,时有儿童在棚下的梯子上爬上爬下。夜来明月照高楼,楼下的水门汀映成一片湖光。各处房栊里有人挑灯夜读,伴着秋虫的合奏,这清幽的情况又使我难忘。冬天,屋子里一天到晚晒着太阳,炭炉上时闻普洱茶香。坐在太阳旁边吃冬春米饭,吃到后来都要出汗解衣裳。廊下晒着一堆芋头,屋角里藏着两瓮新米酒,菜橱里还有自制的臭豆腐干和霉千张。星期六的晚上,儿童们伴着坐到深夜,大家在火炉上烘年糕,煨白果,直到北斗星转向。这安逸的滋味也使我难忘。现在漂泊四方,已经两年。有时住旅馆,有时住船,有时住村舍,茅屋,祠堂,牛棚。但凡我身所在的地方只要一闭眼睛,就看见无处不是缘缘堂。

平生不善守钱。余剩的钞票超过了定数,就坐立不安,非想法使尽它不可。缘缘堂落成后一年,这种钞票作怪,我就在杭州租了一所房子,请两名工人留守,以代替我游杭的旅馆。这仿佛是缘缘堂的支部。旁人则戏称它为我的"行宫"。他们怪我不在杭州赚钱，而无端去作寓公。但我自以为是。古人有言："不为无益之事，何以遣有涯之生？"我相信这句话，而且想借庄子的论调来加个注解：益就是利。"吾生也有涯，而利也无涯，以有涯遣无涯，殆已！已而为利者，殆而已矣！"所以要遣有涯之生，须为无利之事。杭州之所以能给我优美的印象者，就为了我对它无利害关系，所见的常是它的艺术方面的缘故。那时我春秋居杭州，冬夏居缘缘堂，书笔之余，恣情盘桓，饱尝了两地的风味：西湖好景，尽在于春秋二季。春日浓妆，秋季淡抹，一样相宜。我最喜于无名的地方，游众所不会到的地方，玩赏其胜景。而把三潭印月，岳庙等大名鼎鼎的地方让给别人游。人弃我取，人取我与。这是范蠡致富的秘诀，移用在欣赏上，也大得其宜。西湖春秋佳日的真相，我都欣赏过了。夏天西湖上颇热，冬天西湖上颇冷。苏东坡[1]说："毕竟西湖六月中，风光不与四时同。"某雅人说："晴湖不及雨湖，雨湖不及雪湖。"言之或有其理；但我不敢附和。因为我怕热怕冷。我到夏天必须返缘缘堂。石门湾到处有河水调剂，即使天热，也热得缓和而气爽，不致闷人。缘缘堂南向而高敞，西瓜、凉粉常备，远胜于电风扇、冰淇凌。冬天大家过年，贺岁，饮醵酥酒，更非回乡参加不可。我常常往返于石门湾与杭州之间，被别人视为无事忙。那时我读书并不抛废，笔墨也相当地忙；而如此忙里偷闲地热心于游玩与欣赏，今日思之，并非偶然，我似乎预知

---

[1] 苏东坡，系作者误写，应为：杨万里。

江南浩劫之将至，故乡不可以久留，所以尽量欣赏，不遗余力的。

"八一三"事起，我们全家在缘缘堂。杭州有空袭，特派人把留守的女工叫了回来，把"行宫"锁闭了。城站被炸，杭州人纷纷逃乡，我又派人把"行宫"取消，把其中的书籍器具装船载回石门湾。两处的器物集中在一处，异常热闹，我们费了好几天的工夫，整理书籍，布置家具。把缘缘堂装潢得面目一新。邻家的妇孺没有坐过沙发，特地来坐坐杭州搬来的沙发。（我不喜欢沙发，因为它不抵抗。这些都是朋友赠送的。）店里的伙计没有见过开关热水壶，当它是个宝鼎。上海南市已成火海了，我们躲在石门湾里自得其乐。今日思之，太不识时务。最初，汉口的朋友写信来，说浙江非安全之地，劝我早日率眷赴汉口。四川的朋友也写信来，说战事必致扩大，劝我早日携眷入川。我想起了白居易的问友诗："种兰不种艾，兰生艾亦生。根荄相交长，茎叶相附荣。香茎与臭叶，日夜俱长大，锄艾恐伤兰，溉兰恐滋艾。兰亦未能溉，艾亦未能除。沉吟意不决，问君合如何？"铲除暴徒，以雪百年来浸润之耻，谁曰不愿？糜烂土地，荼毒生灵，去父母之邦，岂人之所乐哉？因此沉吟意不决者累日。终于在方寸中决定了"移兰"之策。种兰而艾生于其旁，而且很近，甚至根荄相交，茎叶相附，可见种兰的地方选得不好。兰既不得其所，用不着锄或溉，只有迁地为良。其法：把兰好好地掘起，慎勿伤根折叶。然后郑重地移到名山胜境，去种在杜衡芳芷所生的地方。然后拿起锄头来，狠命的锄，把那臭叶连根铲尽。或者不必用锄，但须放一把火，烧成一片焦土。将来再种兰时，灰肥倒有用处，这"移兰锄艾"之策，乃不易之论。香山居士[1]死而有知，一定在地下点头。

然而这兰的根，深固得很，一时很不容易掘起，况且近来根上又壅培了许多土壤，使它更加稳固繁荣了。第一，杭州搬回来的家具，把缘缘堂装点得富丽堂皇，个个房间里有明窗净几，屏条对画。古圣人弃天下如弃敝屣；我们真惭愧，一时大家舍不得抛弃这些赘累之物。第二，上海、松江、嘉兴、杭州各地迁来了许多人家。石门湾本地人就误认这是桃源。谈论时局，大家都说这地方远离铁路公路，不会遭兵火。况且镇小得很，全无设防，空袭也决不会来。听的人附和地说道："真的！炸弹很贵。石门湾即使请他来炸，他也不肯来的！"另一人根据了他的军事眼光而发表预言："他们打到了松江、嘉兴，一定向北走苏嘉路，与沪宁路夹攻南京。嘉兴以南，他们不会打过来。杭州不过是风景地点，取得了没有用。所以我们这里是不要紧的。"又有人附和："杭州每年香火无量，西湖底里全是香灰！这佛地是决不会遭殃的。只要杭州无事，我们这里就安。"我虽决定了移兰之策，然而众口铄金，况且谁高兴逃难？于是存了百分之一的幸免之心。第三，我家世居石门湾，亲戚故旧甚多。外面打仗，我家全部迁回了，戚友往来更密。一则要探听一点消息，二则要得到相互的慰藉。讲起逃难，大家都说："要逃我们总得一起走。"但下文总是紧接着一句："我

---

[1] 香山居士：即唐代诗人白居易，字乐天，晚年号香山居士。

们这里总是不要紧的。"后来我流亡各地,才知道每一地方的人,都是这样自慰的。呜呼!"民之秉夷,好是懿德。"普天之下,凡有血气,莫不爱好和平,厌恶战争。我们忍痛抗战,是不得已的。而世间竟有以侵略为事,以杀人为业的暴徒,我很想剖开他们的心来看看,是虎的?还是狼的?

阴历九月二十六日,是我四十岁的生辰。这时松江已经失守,嘉兴已经炸得不成样子。我家还是做寿。糕桃寿面,陈列了两桌;远近亲朋,坐满了一堂。堂上高烧红烛,室内开设素筵。屋里充满了祥瑞之色和祝贺之意。而宾朋的谈话异乎寻常;有一人是从上海南站搭火车逃回来的。他说:火车顶上坐满了人,还没有开。忽听得飞机声,火车突然飞奔。顶上的人纷纷坠下,有的坠在轨道旁,手脚被轮子碾断,惊呼号啕之声淹没了火车的开动声!又有一人怕乘火车,是由龙华走水道逃回来的。他说上海南市变成火海。无数难民无家可归,聚立在民国路法租界的紧闭的铁栅门边。日夜站着。落雨还是小事,没得吃真惨!法租界里的同胞拿面包隔铁栅抛过去。无数饿人乱抢。有的面包落在地上的大小便中,他们管自挣得去吃!我们一个本家从嘉兴逃回来。他说有一次轰炸,他躲在东门的铁路桥下。看见一个妇人抱着一个婴孩,躲在墙脚边喂奶。忽然车站附近落下一个炸弹。弹片飞来,恰好把那妇人的头削去。在削去后的一瞬间中,这无头的妇人依旧抱着婴孩危坐着,并不倒下;婴孩也依旧吃奶。我听了他的话,想起了一个动人的故事,就讲给人听:从前有一个猎人入山打猎,远远看见一只大熊坐在涧水边,他就对准要害发出一枪。大熊危坐不动。他连发数枪，均中要害，大熊老是危坐不动。他走近去察看，看见大熊两眼已闭，血水从颈中流下，确已命中。但是它两只前脚抱住一块大石头，危坐涧水边，一动也不动。猎人再走近去细看，才看见大石头底下的涧水中，有三匹小熊正在饮水。大熊中弹之后，倘倒下了，那大石头落下去，势必压死她的三个小宝贝。她被这至诚的热爱所感，死了也不倒。直待猎人掇去了她手中的石头，她方才倒下。猎人从此改业。（我写到这里，忽把"它"字改写为"她"，把"前足"改写为"手"。排字人请勿排错，读者请勿谓我写错。因为我看见这熊其实非兽，已经变人。而有些人反变了禽兽！）呜呼！禽兽尚且如此，何况于人。我讲了这故事，上述的惨剧被显得更惨，满座为之叹息。然而堂前的红烛得了这种惨剧的衬托，显得更加光明。仿佛在对人说："四座且勿悲，有我在这里！炸弹杀人，我祝人寿。除了极少数的暴徒以外，世界上没有一个人不厌恶惨死而欢喜长寿，没有一个人不好仁而恶暴。仁能克暴，可知我比炸弹力强得多。目前虽有炸弹猖獗，最后胜利一定是我的！"坐客似乎都听见了这番话，大家欣然地散去了。这便是缘缘堂最后一次的聚会。祝寿后一星期，那些炸弹就猖獗到石门湾，促成了我的移兰之计。

民国廿六年十一月六日，即旧历十月初四，是无辜的石门湾被宣告死刑的日子。古人叹人生之无常，夸张地说："朝为媚少年，夕暮成丑老。"石门湾在那一天，朝晨依旧是喧阗扰攘，安居乐业，晚快忽然水流云散，阒其无人。真可谓"朝为繁华街，夕暮成死市。"这"朝夕"二字并非夸张，却是写实。那一天,我早上起来,并不觉得什么异常。依旧洗脸,吃粥。上午照例坐在书斋里工作,我正在画一册《漫画日本侵华史》,根据了蒋坚忍著的《日本帝国主义侵略中国史》而作的。我想把每个事件描写为图画,加以简单的说明。一页说明与一页图画相对照,形似《护生画集》。希望文盲也看得懂。再照《护生画集》的办法,照印本贱卖,使小学生都有购买力。这计划是"八一三"以后决定的,这时候正在起稿,尚未完成。我的子女中,陈宝,林先,宁馨,华瞻四人向在杭州各中学肄业,这学期不得上学,都在家自修。上午规定是用功时间。还有二人,元草与一吟,正在本地小学肄业,一早就上学去。所以上午家里很静。只听得玻璃窗震响,我以为是有人在窗棂上碰了一下之故,并不介意。后来又是震响,一连数次。我觉得响声很特别:轻微而普遍。楼上楼下几百块窗玻璃,仿佛同时一齐震动,发出远钟似的声音。心知不妙,出门探问,邻居也都在惊奇。大家猜想,大约是附近的城市被轰炸了。响声停止了以后,就有人说:"我们这小地方,没有设防,决不会来炸的。"别的人又附和说:"请他来炸也不肯来的!"大家照旧安居乐业。后来才知道这天上午崇德被炸。

正午,我们全家十个人围着圆桌正在吃午饭的时候,听见飞机声。不久一架双翼侦察机低低地飞过。我在食桌上通过玻璃窗望去,可以看得清人影。石门湾没有警报设备。以前飞机常常过境,也辨不出是敌机还是自己的,大家跑出去,站在门口或桥上,仰起了头观赏,如同春天看纸鸢,秋天看月亮一样。"请他来炸也不肯来的"这一句话,大约是这种经验所养成的。这一天大家依旧出来观赏。那侦察机果然兜一个圈子给他们看,随后就飞去了。我们并不出去观赏,但也不逃,照常办事。我上午听见震响,这时又看见侦察机低飞,心知不妙。但犹冀望它是来侦察有无设防。倘发现没有军队驻扎,就不会来轰炸。谁知他们正要选择不设防城市来轰炸,可以放心地投炸弹,可以多杀些人。这侦察机盘旋一周,看见毫无一个军人,纯是民众妇孺,而且都站在门外,非常满意,立刻回去报告,当即派轰炸机来屠杀。

下午二时,我们正在继续工作,又听得飞机声,我本能地立起身,招呼坐在窗下的孩子们都走进来,立在屋的里面。就听见砰的一声,很近。窗门都震动,继续又是砰的一声。家里的人都集拢来,站在东屋的楼梯下,相对无言。但听得墙外奔走呼号之声,我本能地说:"不要紧!"说过之后,才觉得这句话完全虚空。在平常生活中遇到问题,我以父亲、家主、保护者的资格说这句话,是很有力的,很可以慰人的。但在这时候,我这保护者已经失却了说这句话的资格,地面上无论哪一个人的生死之权都操在空中的刽子手手里了!忽然一阵冰雹似的声音在附近的屋瓦上响过,接着沉重地一声震响。墙壁摆动,桌椅跳跃,热水瓶、水烟袋翻落地上,玻璃窗齐声大叫。我们这一群人集紧一步,挤成一堆,默然不语,但听见墙外奔走呼号之声比前更急。忽想起了上学的两个孩子没有回家,生死不明,大家担心得很。然而飞机还在盘旋,炸弹机关枪还在远近各处爆响。我们是否可以免死,尚未可知,也顾不得许多了。忽然九岁的一吟哭着逃进门来。大家问她"阿哥呢?"她不知道，但说学校近旁落了一个炸弹，响得很，学校里的人都逃光，阿哥也不知去向。她独自逃回来，将近后门，离身不远之处，又是一个炸弹，一阵机关枪。她在路旁的屋宇下躲了一下，幸未中弹。等到飞机过了，才哭着逃回家来。这时候飞机声远了些，紧张渐渐过去，我看见自己跟一群人站在扶梯底下，头上共戴一条丝绵被（不知是何时何人拿来的），好似元宵节迎龙灯模样，觉得好笑；又觉得这不过骗骗自己而已，不是安全的办法。定神一想，知道刚才的大震响，是落在后门外的炸弹所发。一吟在路上遇见的也就是这个炸弹，推想这炸弹大约是以我家为目标而投的。因为在这环境中，我们的房子最高大，最瞩目，犹如鹤立鸡群，刽子手意欲毁坏它。可惜手段欠高明。但飞机还没离去，大有再来的可能，非预防不可。于是有人提议，钻进桌子底下，而把丝绵被覆在桌上。立刻实行。我在三十余年前的幼童时代，曾经作此游戏，以后永没有钻过桌底。现在年已过半，却效儿戏；又看见七十岁的老太太也效儿戏，这情状实在可笑。且男女老幼共钻桌底，大类穴居野处的禽兽生活，这行为又实在可耻。这可说是二十世纪物质文明时代特有的盛况！

我们在桌子底下坐了约一小时，飞机声始息。时钟已指四时，在学的孩子元草，这时候方始回来。他跟了人逃出学校，奔向野外，幸未被难。邻居友朋都来慰问，我也出去调查损失，才知道这两小时内共投炸弹大小十余枚，机关枪无算。东市炸毁一屋，全家四人压死在内，医生魏达三躲在晒着的稻穗下面，被弹片切去右臂，立刻殒命。我家后门外五六丈之处，有五人躺在地上，有的已死，脑浆迸出。有的还在喊"扶我起来！"（但我不忍去看，听人说如此。）其余各处都有死伤。后来始知当场炸死三十余人，伤无算。数日内陆续死去又三十余人。犹记那天我调查了回家的时候，途中被一个邻妇拉住。她告诉我，她的丈夫和儿子都被难。"小的不中用了，大的还可救。请你进去看。"她说时，脸孔苍白，语调异常，分明神经已是错乱了。我不懂医法又不忍看这惨状，终于没有进去看，也没有给她任何帮助。只是劝她赶快请医生，就匆匆回家。两年以来，我每念此事，总觉得异常抱歉。悔不当时代她去请医生，或送她药费。他丈夫是做小贩的，家里未必藏有医药费，以待炸弹的来杀伤。我虽受了惊吓，未被伤害，终是不幸中之幸者。

我的妹夫蒋茂春家在三四里外的村子——南沈浜——里。听见炸弹声，立刻同他的弟弟继春摇一只船来，邀我们迁乡。我们收拾衣物，于傍晚的细雨中匆匆辞别缘缘堂，登舟入乡。沿河但见家家闭户，处处锁门。石门湾顿成死市。河中船行如织，都是迁乡去的。我们此行，大家以为是暂避。将来总有一日回缘缘堂的。谁知其中只有四人再来取物一二次，其余的人都在这潇潇暮雨之中与堂永诀，而开始流离的生活了。

舟抵南沈浜，天已黑，雨未止，雪雪（我妹）擎了一盏洋油灯，一双小脚踏着湿地，到河岸上来迎接。我们十个人——岳老太太（此时适在我家做客，不料从此加入流亡团体，一直同到广西）、满哥（我姐）、我们夫妇，以及陈宝、林先、宁馨、华瞻、元草、一吟——闯入她家，这一回寒暄，真是有声有色。吾母生雪雪后患大病，不能抚育；雪雪从小归蒋家。虽是至戚，近在咫尺，我自雪雪结婚时来此"吊烟囱"（吾乡俗称阿舅望三朝为吊烟囱）之后，一直没有再访。一则为了茂春和雪雪常来吾家，二则为了我历年糊口四方，归家就懒于走动。这一天穷无所归，而黉夜投奔，我初见雪雪时脸上着实有些忸怩。这农家一门忠厚，一味殷勤招待，实使我更增愧感！后门外有新建楼屋两楹，乃其族人蒋金康家业。金康自有老屋，此新屋一向空着，仅为农忙时堆积谷物之用。这时候楼上全空，我们就与之暂租，当夜迁入。雪雪就像"嫁比邻"一样，大家喜不自胜。流亡之后，虽离故居，但有许多平时不易叙首的朋友亲戚得以相聚，不可谓非"因祸得福"。当夜我们在楼上席地而卧，日间的浩劫的回忆，化成了噩梦而扰每个人的睡眠。

次日大雨。僮仆昨天已经纷纷逃回家去。今后在此生活都得自理。诸儿习劳，自此开始。又次日，天晴。上午即见飞机两架自东来，至石门湾市空，又盘旋投弹。我们离市五里之遥，历历望见，为之胆战。幸市中已空，没有人再做它们的牺牲者，此后它们遂不再来。我家自迁乡后，虽在一方面对于后事忧心忡忡；但在他方面另有一副心目来享受乡村生活的风味，饱尝田野之趣，而在儿童尤甚。他们都生长在城市中，大部分的生活在上海、杭州度送。菽麦不辨，五谷不分。现在正值农人收稻、采茶菊的时候，他们跟了茂春姑夫到田中去，获得不少宝贵的经验。离村半里，有萧王庙。庙后有大银杏树，高不可仰。我十一二岁时来此村蒋五伯（茂春同族）家作客，常在这树下游戏。匆匆三十年，树犹如昔，而人事已数历沧桑，不可复识。我偃卧大树下，仰望苍天，缅怀今古。又觉得战争、逃难等事，藐小无谓，不足介意了。

访蒋五伯旧居，室庐尚在，圮坏不堪。其同族超三伯居之。超三伯亦无家族，孑然一身，以乞食为业。邮信不通，我久不看报，遂托超三伯走练市镇（离村十五里），向周氏姐丈家借报，每日给工资大洋五角。每次得报，先看嘉兴有否失守。我实在懒得去乡国，故抱定主意：嘉兴失守，方才出走；嘉兴不失，决计不走。报载有重兵驻嘉兴，金城汤池，万无一虑。我很欢喜，每天把重要消息抄出来，贴在门口，以代壁报。镇上的人尽行迁乡，疏散在附近各村中。闻得我这里有壁报，许多人来看。不久我的逃难所传遍各村，亲故都来探望。幼时业师沈蕙荪先生年老且病，逃避在离我一里许的村中，派他的儿子来探询我的行止。我也亲去叩访，慰藉。染坊店被炸弹解散，店员各自分飞，这时都来探望老板。这是百年老店，这些人都是数十年老友。十年以来，我开这店全为维持店员五人的生活，非为自己图利，但亦惠而不费。因此这店在同业中有"家养店"之名。我极愿养这店，因为我小时是靠这店养活的。然而现在无法维持了。我把店里的余金分发各人，以备不虞之需。若得重见天日，我一定依旧维持。我的族叔云滨，正直清廉，而长年坎坷，办小学维持八口之家。炸弹解散他的小学。这一天来访，皇皇如丧家之狗。我爱莫能助。七十余岁的老姑母也从崇德城中逃来。她最初客八字桥王蔚奎（我的姐丈）家，后来也到南沈浜来依我们。姑母适崇德徐氏，家富，夫子俱亡，朱门深院，内有寡媳孤孙。今此七十者于患难中孑然来归，我对她的同情实深于任何穷人！超三伯赴练市周氏姐丈家取报纸，带回镜涵的信。她说倘然逃难，要通知她，她要跟我们同走。我的二姐，就是她的母亲，适练市周氏。家中富有产业及骂声。二姐幸患耳聋，未尽听见，即已早死。镜涵有才，为小学校长；适张氏一年而寡。孑然一身，寄居父家。明知我这娘舅家累繁重，而患难中必欲相依，其环境可想而知。凡此种种，皆有强大的力系缠我心，使我非万不得已不去其乡。

村居旬日，嘉兴仍不失守。然而军队已开到了，他们在村的前面掘壕布防。一位连长名张四维的，益阳人，常来我的楼下坐谈。有一次他告诉我说："为求最后胜利，贵处说不定要放弃。"我心中忐忑。晚快，就同陈宝和店员章桂三人走到缘缘堂去取物。先几天吾妻已来取衣一次。这一晚我是来取书。黑夜，像做贼一样，架梯子爬进墙去，揭开堂窗，一只饿狗躺在沙发上，被我们电筒一照，站了起来，给我们一吓。上楼，一只饿猫从不知哪里转出来，依着陈宝的脚边哀鸣。我们向菜橱里找些食物喂了它。室中一切如旧，环境同死一样静。我们向各书架检书，把心爱的、版本较佳的、新买而尚未读过的书，收拾了两网篮，交章桂明晨设法运乡。别的东西我都不拿，一则拿不胜拿；二则我心中，不知根据什么理由，始终确信缘缘堂不致被毁，我们总有一天回来的。检好书已是夜深，我们三人出门巡行石门湾全市，好似有意向它告别。全市黑暗，寂静，不见人影，但闻处处有狗作不平之鸣。它们世世代代在这繁荣的市镇中为人看家，受人给养，从未挨饿，今忽丧家失主，无所依归，是谁之咎？忽然一家店楼上发出一阵肺病者的咳嗽声,全市为之反响,凄惨逼人。我悄然而悲,肃然而恐,返家就寝。破晓起身,步行返乡。出门时我回首一望,看见百多块窗玻璃在黎明中发出幽光。这是我与缘缘堂最后的一面。

邮局迁在我的邻近,这时又要迁新市了。最后送来一封信,是马一浮先生从桐庐寄来的。上言先生已由杭迁桐庐,住迎薰坊十三号。下询石门湾近况如何,可否安居,并附近作诗一首。诗是油印的,笔致犹劲,疑是马先生亲自执钢笔在蜡纸上写的。不然,必是其门人张立民君所书。因为张的笔迹酷似其师。无论如何,此油印品异常可爱。自有油印以来,未有美于此者也。我把油印藏在身边,而把诗铭在心中,至今还能背诵:

礼闻处灾变,大者亡邑国。奈何弃坟墓,在士亦可式。妖寇今见侵,天地为改色。遂令陶唐人,坐饱虎狼食。伊谁生厉阶,讵独异含识?竭彼衣养资,殉此机械力。铿瞿竟何裨,蒙羿递相贼。生存岂无道,奚乃矜战克?嗟哉一切智,不救天下惑。飞鸢蔽空下,遇者亡其魄。全城为之摧,万物就磔轹。海陆尚有际,不仁于此极。余生恋松楸,未敢怨逼迫。蒸黎信何辜,胡为雁锋镝?吉凶同民患,安得殊欣戚?衡门不复完,书史随荡析。落落平生交,遁处各岩穴。我行自兹迈,回首增怆恻。临江多悲风,水石相荡激。逝从大泽钓,忍数犬戎陋?登高望九州,几地犹禹域?儒冠甘世弃,左衽伤莫及。甲兵甚终偃,腥膻如可涤。遗诗谢故人,尚相三代直。

（将避兵桐庐，留别杭州诸友。）

这信和诗，有一种伟大的力，把我的心渐渐地从故乡拉开了。然而动身的机缘未到，因循了数日。十一月二十日下午，机缘终于到了：族弟平玉带了他的表亲周丙潮来，问我行止如何。周向我表示，他家有船可以载我。他和一妻一子已有经济准备，也想跟我同走。丙潮住在离此九里外，吴兴县属的悦鸿村。我同他虽是亲戚，一向没有见面过。但见其人年约二十余岁，眉目清秀，动止端雅。交谈之后，始知其家素封，其性酷爱书画，早是我的私淑者。只因往日我常在外，他亦难得来石门湾，未曾相见。我窃喜机缘的良好，当日商定避难的方针：先走杭州，溯江而上，至于桐庐，投奔马先生，再定行止。于是相约明日下午放船来此，载我家人到他家一宿，次日开船赴杭。丙潮去后，我家始见行色。先把这消息告知关切的诸亲友，征求他们的意见。老姑母不堪跋涉之苦，不愿跟我们走，决定明日仍回八字桥。雪雪有翁姑在堂，亦未便离去。镜涵远在十五里外，当日天晚，未便通知，且待明朝派人去约。章桂自愿相随，我亦喜其干练，决令同行。其实在这风声鹤唳之中，有许多人想同我们一样地走，为环境所阻，力不从心，其苦心常在语言中表露出来。这使我伤心！我恨不得有一只大船，尽载了石门湾及世间一切众生，开到永远太平的地方。

这晚上检点行物，发现走路最重要的东西没有准备：除了几张用不得的公司银行存票外，家里所余的只有数十元现款，奈何奈何！六个孩子说："我们有。"他们把每年生日我所送给的红纸包统统打开，凑得四百余元。其中有数十元硬币，我嫌笨重，给了雪雪。其余钞票共得四百元。不知从哪一年开始，我每逢儿童生日，送他一个红纸包，上写"长命康乐"四个字，内封银数如其岁数。他们得了，照例不拆。不料今日一齐拆开，充作逃难之费！又不料积成了这样可观的一个数目！我真糊涂：家累如此，时局如彼，会不乘早领出些存款以备万一，直待仓皇出走时才计议及此。幸有这笔意外之款，维持了逃难的初步，侥幸之至！平生有轻财之习，这种侥幸势将长养我这习性，永不肯改了。当夜把四百金分藏在各人身边，然后就睡。辗转反侧之间，忽闻北方震响，其声动地而来，使我们的床铺咯咯作声！如是者数次。我心知这是夜战的大炮声。火线已逼近了！但不知从哪里来的。只要明日上午无变，我还可免于披发左衽。这一晚不知如何睡去。

次日，十一月二十一日上午，阿康（染坊店的司务）从镇上奔来，用绍兴白仓皇报道："我家门口架机关枪，桥堍下摆大炮了！听说桐乡已经开火了！"我恍然大悟，他们不直接打嘉兴；却从北面迂回，取濮院、桐乡、石门湾，以包围嘉兴。我要看嘉兴失守才走，谁知石门湾失守在先。想派人走练市叫镜涵，事实已不可能；沿途要拉夫，乡下人都不敢去；昨夜的炮声从北方来，练市这一路更无人肯走，即使有人肯去，镜涵已迁居练市乡下，此去不止十五里路，况且还要摒挡，当天不得转回；而我们的出走，已经间不容发，势不能再缓一天，只得管自走了。幸而镜涵最近来信，在乡无恙。但我至今还负疚于心。上午向村人告别。自十一月六日至此，恰好在这村里住了半个月。常与村人往来馈赠,情谊正好。今日告别,后会难知!心甚惆怅。送蒋金康房租四元,强而后受。又将所余家具日用品之类,尽行分送村人。丙潮的船于正午开到。我们胡乱吃了些饭,匆匆下船。茂春、雪雪夫妇送到船埠上。我此时心如刀割!但脸上强自镇定,叮嘱他们"赶快筑防空壕,后会不远"。不能再说下去了。

此去辗转流徙,曾歇足于桐庐、萍乡、长沙、桂林、宜山。为避空袭,最近又从宜山迁居思恩。不知何日方得还乡也。[1]

廿八〔1939〕年八月[2]六日下午三时脱稿于广西思恩

---

[1] 此段是作者在编入1957年版《缘缘堂随笔》时增加的。

[2] 8月系9月之误,作者来到思恩是8月18日。

为青年说弘一法师[1]

弘一法师于去年十月十三日在泉州逝世,至今已有五个多月。傅彬然先生曾有关于他的一篇文章登在本刊上,而我却沉默了五个多月,至今才写这篇文字。许多人来信怪我,以为我对于弘一法师关系较深,何以他死了我没有一点表示。有的人还来信向我要关于弘一法师的死的文字,以为我一定在发起追悼大会,或者编印纪念刊物,为法师装"哀荣"的。其实全无此事。我接到泉州开元寺性常师打来的报告法师"生西"(就是往生西方,就是死)的电报时,正是去年十月十八日早晨,我正在贵州遵义的寓楼中整理行装,要把全家迁到重庆去。当时坐在窗下沉默了几十分钟,发了一个愿:为法师造像(就是画像)一百尊,分寄各省信仰他的人,勒石立碑,以垂永久。预定到重庆后动笔。发愿毕,依旧吃早粥,整行装,觅车子。

弘一法师是我的老师,而且是我生平最崇拜的人。如此说来,我岂不太冷淡了吗?但我自以为并不。我敬爱弘一法师,我希望他在这世间久住。但我确定弘一法师必有死的一日。因

---

[1] 本篇原载1943年《中学生》战时半月刊第63期。编入1959年版《缘缘堂随笔》时改名《怀李叔同先生》。

为他是"人"。不过死的时日迟早不得而知。我时时刻刻防他死，同时时刻刻防我自己死一样。他的死是我意中事，并不出于意料之外。所以我接到他的死的电告，并不惊惶，并不恸哭。老实说，我的惊惶与恸哭，在确定他必有死的一日之前早已在心中默默地做过了。

我去冬迁居重庆，忙着人事及疾病，到今年一月方才有工夫动笔作画。一月中，我实行我的前愿，为弘一法师造像。连作十尊，分寄福建、河南诸信士。还有九十尊，正在接洽中，定当后续作。为欲勒石，用线条描写，不许有浓淡光影。所以不容易描得像。幸而法师的线条画像，看的人都说"像"。大概是他的相貌不凡，特点容易捉住之故。但是还有一个原因：他在我心目中印象太深之故。我自己觉得，为他画像的时候，我的心最虔诚，我的情最热烈，远在惊惶恸哭及发起追悼会、出版纪念刊物之上。其实百年之后，刻像会模糊起来，石碑会破烂的。千万年之后，人类会绝灭，地球会死亡的。人间哪有绝对"永久"的事！我的画像勒石立碑，也不过比惊惶恸哭、追悼会、纪念刊稍稍永久一点而已。

读了傅彬然先生的文章之后，我也想来为读者谈谈，就写这篇文章。[1]

距今二十九年前，我十七岁的时候，最初在杭州贡院的浙江省立第一师范学校里见到李叔同先生（即弘一法师）。那时我是预科生，他是我们的音乐教师。一年中我见他的次数不多。

---

[1] 文首至此的四段，在编入1957年版《缘缘堂随笔》时被作者删去。

因为他常常请假。走廊上玻璃窗中请假栏内，"音乐李师"一块牌子常常摆着。他不请假的时候，[1] 我们上他的音乐课，有一种特殊的感觉：严肃。摇过预备铃，我们走向音乐教室（这教室四面临空，独立在花园里，好比一个温室）。推进门去，先吃一惊：李先生早已端坐在讲台上。以为先生还没有到而嘴里随便唱着、喊着，或笑着、骂着而推进门去的同学，吃惊更是不小。他们的唱声、喊声、笑声、骂声以门槛为界限而忽然消灭。接着是低着头，红着脸，去端坐在自己的位子里。端坐在自己的位子里偷偷地仰起头来看看，看见李先生的高高的瘦削的上半身穿着整洁的黑布马褂，露出在讲桌上，宽广得可以走马的前额，细长的凤眼，隆正的鼻梁，形成威严的表情。扁平而阔的嘴唇两端常有深涡，显示和爱的表情。这副相貌，用"温而厉"三个字来描写，大概差不多了。讲桌上放着点名簿、讲义，以及他的教课笔记簿、粉笔。钢琴衣解开着，琴盖开着，谱表摆着，琴头上又放着一只时表，闪闪的金光直射到我们的眼中。黑板（是上下两块可以推动的）上早已清楚地写好本课内所应写的东西（两块都写好，上块盖着下块，用下块时把上块推开）。在这样布置的讲台上，李先生端坐着。坐到上课铃响出（后来我们知道他这脾气，上音乐课必早到。故上课铃响时，同学早已到齐），他站起身来，深深地一鞠躬，课就开始了。这样地上课，空气严肃得很。

有一个人上音乐课时不唱歌而看别的书，有一个人上音乐

---

[1] 从"一年中……"至此的几句，编入 1957 年版《缘缘堂随笔》时被作者删去。

课时吐痰在地板上，以为李先生不看见的，其实他都知道。但他不立刻责备，等到下课后，他用很轻而严肃的声音郑重地说："某某等一等出去。"于是这位某某同学只得站着。等到别的同学都出去了，他又用轻而严肃的声音向这某某同学和气地说："下次上课时不要看别的书。"或者："下次痰不要吐在地板上。"说过之后他微微一鞠躬，表示"你出去吧"。出来的人大都脸上发红，带着难为情的表情（我每次在教室外等着，亲自看到的）。又有一次下音乐课，最后出去的人无心把门一拉，碰得太重，发出很大的声音。他走了数十步之后，李先生走出门来，满面和气地叫他转来。等他到了，李先生又叫他进教室来。进了教室，李先生用很轻而严肃的声音向他和气地说："下次走出教室，轻轻地关门。"就对他一鞠躬，送他出门，自己轻轻地把门关了。最不易忘却的，是有一次上弹琴课的时候。我们是师范生，每人都要学弹琴，全校有五六十架风琴及两架钢琴。风琴每室两架，给学生练习用；钢琴一架放在唱歌教室里，一架放在弹琴教室里。上弹琴课时，十数人为一组，环立在琴旁，看李先生范奏。有一次正在范奏的时候，有一个同学放一个屁，没有声音，却是很臭。钢琴，李先生及十数同学全部沉浸在亚莫尼亚气体中。同学大都掩鼻或发出讨厌的声音。李先生眉头一皱，自管自弹琴（我想他一定屏息着）。弹到后来，亚莫尼亚气散光了，他的眉头方才舒展。教完以后，下课铃响了。李先生立起来一鞠躬，表示散课。散课以后，同学还未出门，李先生又郑重地宣告："大家等一等去，还有一句话。"大家又肃立了。李先生又用很轻而严肃的声音和气地说:"以后放屁,到门外去,不要放在室内。"接着又一鞠躬,表示叫我们出去。同学都忍着笑,一出门来,大家快跑,跑到远处去大笑一顿。

李先生用这样的态度来教我们音乐,因此我们上音乐课时,觉得比其他一切课更严肃。同时对于音乐教师李叔同先生,比对其他教师更敬仰。他虽然常常请假,没有一个人怨他,似乎觉得他请假是应该的。但读者要知道,他的受人崇敬,不仅是为了上述的郑重态度的原故;他的受人崇敬使人真心地折服,是另有背景的。背景是什么呢?就是他的人格。他的人格,值得我们崇敬的有两点:第一点是凡事认真,第二点是多才多艺。先讲第一点:李先生一生的最大特点是"凡事认真"。他对于一件事,不做则已,要做就非做得彻底不可。[1] 他出身于富裕之家,他的父亲是天津有名的银行家。他是第五位姨太太所生。他父亲生他时,年已七十二岁。他堕地后就遭父丧,又逢家庭之变,青年时就陪了他的生母南迁上海。在上海南洋公学读书奉母时,他是一个翩翩公子。当时上海文坛有著名的沪学会,李先生应沪学会征文,名字屡列第一。从此他就为沪上名人所器重,而交游日广,终以"才子"驰名于当时的上海。所以后来他母亲死了,他赴日本留学的时候,作一首《金缕曲》,词曰:"披发佯狂走。莽中原暮鸦啼彻几株衰柳。破碎河山谁收拾,零落西风依旧。便惹得离人消瘦。行矣临流

---

[1] 从"他虽然常常请假,……"至此的数行,编入1957年版《缘缘堂随笔》时有删改。

重太息,说相思刻骨双红豆。愁黯黯,浓于酒。漾情不断淞波溜。恨年年絮飘萍泊,庶难回首。二十文章惊海内,毕竟空谈何有!听匣底苍龙狂吼。长夜西风眠不得,度群生那惜心肝剖。是祖国,忍孤负?"读这首词,可想见他当时豪气满胸,爱国热情炽盛。他出家时把过去的照片统统送我,我曾在照片中看见过当时在上海的他:丝绒碗帽,正中缀一方白玉,曲襟背心,花缎袍子,后面挂着胖辫子,底下缎带扎脚管,双梁厚底鞋子,头抬得很高,英俊之气,流露于眉目间。(读者恐没有见过上述的服装。这是光绪年间上海最时髦的打扮。问你们的祖父母,一定知道。)真是当时上海一等的翩翩公子。这是最初表示他的特性:凡事认真。他立意要做翩翩公子,就彻底地个翩翩公子。

后来他到日本,看见明治维新的文化,就渴慕西洋文明。他立刻放弃了翩翩公子的态度,改做一个留学生。他入东京美术学校,同时又入音乐学校。这些学校都是模仿西洋的,所教的都是西洋画和西洋音乐。李先生在南洋公学时英文学得很好;到了日本,就买了许多西洋文学书。他出家时曾送我一部残缺的原本《莎士比亚全集》,他对我说:"这书我从前细读过,有许多笔记在上面,虽然不全,也是纪念物。"由此可想见他在日本时,对于西洋艺术全面进攻,绘画、音乐、文学、戏剧都研究。后来他在日本创办春柳剧社,纠集留学同志,共演当时西洋著名的悲剧《茶花女》(小仲马著)。他自己把腰束小,把发拖长,粉墨登场,扮作茶花女。这照片,他出家时也送给我,一向归我保藏,直到抗战时为兵火所毁。现在我还记得这照片：卷发，白的上衣，白的长裙拖着地面，腰身小到一把，两手举起托着后头，头向右歪侧，眉峰紧蹙，眼波斜睇，正是茶花女自伤命薄的神情。另外还有许多演剧的照片，不可胜计。这春柳剧社后来迁回中国，李先生就脱出，由另一班人去办，便是中国最初的"话剧"社。由此可以想见，李先生在日本时，是彻头彻尾的一个留学生。我见过他当时的照片：高帽子、硬领、硬袖、燕尾服、史的克〔手杖〕、尖头皮鞋，加之长身、高鼻，没有脚的眼镜夹在鼻梁上，竟活像一个西洋人。这是第二次表示他的特性：凡事认真。学一样，像一样。要做留学生，就彻底地做个留学生。

他回国后，在上海《太平洋报》报社当编辑。不久，就被南京高等师范请去教图画、音乐。后来又应杭州浙江两级师范学校（就是我就学的浙江第一师范的前身。李先生从两级师范一直教到第一师范）之聘，同时教两地两校，每月中半个月住南京，半个月住杭州。两校都请助教，他不在时由助教代课。这时候，李先生已由留学生变为"教师"。这一变，变得真彻底：漂亮的洋装不穿了，却换上灰色粗布袍子、黑布马褂、布底鞋子。金丝边眼镜也换了黑的钢丝边眼镜。他是一个修养很深的美术家，所以对于仪表很讲究。虽然布衣，形式却很称身，色泽常常整洁。他穿布衣，全无穷相，而另具一种朴素的美。你可想见，他是扮过茶花女的，身材生得非常窈窕。穿了布衣，仍是一个美男子。"淡妆浓抹总相宜"，这诗句原是描写西子的，但拿来形容我们的李先生的仪表，也最适用。今人侈谈"生活艺术化"，大都好奇立异，非艺术的。李先生的服装,才真可称为生活的艺术化。他一时代的服装,表出着一时代的思想与生活。各时代的思想与生活判然不同,各时代的服装也判然不同。布衣布鞋的李先生,与洋装时代的李先生、曲襟背心时代的李先生,判若三人。这是第三次表示他的特性:认真。

我二年级时,图画归李先生教。他教我们木炭石膏模型写生。同学一向描惯临画,起初无从着手。四十余人中,竟没有一个人描得像样的。后来他范画给我们看。画毕把范画揭在黑板上。同学们大都看着黑板临摹。只有我和少数同学,依他的方法从石膏模型写生。我对于写生,从这时候开始发生兴味。我到此时,恍然大悟:那些粉本原是别人看了实物而写生出来的。我们也应该直接从实物写生入手,何必临摹他人,依样画葫芦呢?于是我的画进步起来。有一晚,我为级长的公事,到李先生房间里去报告。报告毕,我将退出,李先生喊我转来,又用很轻而严肃的声音和气地对我说:"你的图画进步快。我在南京和杭州两处教课,没有见过像你这样进步快速的人。你以后可以……"当晚这几句话,便确定了我的一生。可惜我不记得年月日时,又不相信算命。如果记得,而又迷信算命先生的话,算起命来,这一晚一定是我一生中一个重要关口。因为从这晚起,我打定主意,专门学画,把一生奉献给艺术,直到现在没有变志。从这晚以后,我对师范学校的功课忽然懈怠,常常逃课学画。以前学期考试联列第一,此后一落千丈,有时竟考末名。幸有前两年的好成绩,平均起来,毕业成绩犹得第二十名。这些关于我的话现在不应详述。且说李先生自此以后，[1]与我接近的机会更多。因为我常去请他教画，又教日本文。因此以后的李先生的生活，我所知道的更为详细。他本来常读性理的书，后来忽然信了道教，案头常常放着道教的经书。那时我还是一个毛头青年，谈不到宗教。李先生除绘事外，并不对我谈道。但我发见他的生活日渐收敛起来，像一个人就要动身赴远方时的模样。他常把自己不用的东西送给我。后来又介绍我从夏丏尊先生学日本文，因他没有工夫教我。他的朋友日本画家大野隆德、河合新藏、三宅克己等到西湖来写生时，他带了我去请他们吃一次饭，以后就把这些日本人交给我，叫我引导他们（我当时已能讲普通应酬的日本话）。他自己就关起房门来研究道学。有一天，他决定入大慈山去断食，我有课事，不能陪去，由校工闻玉陪去。数日之后，我去望他。见他躺在床上，面容消瘦，但精神很好，对我讲话，同平时差不多。他断食共十七日，由闻玉扶起来，摄一个影，影片上端由闻玉题字："李息翁先生断食后之像，侍子闻玉题。"这照片后来制成明信片分送朋友。像的下面用铅字排印着："某年月日，入大慈山断食十七日，身心灵化，欢乐康强——欣欣道人记。"李先生这时候已由"教师"一变而为"道人"了。学道就断食十七日，也是他凡事认真的表示。

但他学道的时候很短。断食以后，不久他就学佛。他自己对我说：他的学佛是受马一浮先生指示的。出家前数日，他

---

[1] 从"有一晚，……"至此的十几行，在编入1957年版《缘缘堂随笔》时被作者删改。

同我到西湖玉泉去看一位程中和先生。这程先生原来是当军人的，现在退伍，住在玉泉，正想出家为僧。李先生同他谈得很久。此后不久，我陪大野隆德到玉泉去投宿，看见一个和尚坐着，正是这位程先生。我想称他"程先生"，觉得不合。想称他法师，又不知道他的法名（后来知道是弘伞）。一时周章得很。我回去对李先生讲了，李先生告诉我，他不久也要出家为僧，就做弘伞的师弟。我愕然不知所对。过了几天，他果然辞职，要去出家。出家的前晚，他叫我和同学叶天瑞、李增庸三人到他的房间里，把房间里所有的东西送给我们三人。第二天，我们三人送他到虎跑。我们回来分得了他的"遗产"，再去望他时，他已光着头皮，穿着僧衣，俨然一位清癯的法师了。我从此改口，称他为"法师"。法师的僧腊（就是做和尚的年代）二十四年。这二十四年中，我颠沛流离，他一贯到底，而且修行功夫愈进愈深。当初修净土宗，后来又修律宗。律宗是讲究戒律的。一举一动，都有规律，做人认真得很。这是佛门中最难修的一宗。数百年来，传统断绝，直到弘一法师方才复兴，所以佛门中称他为"重兴南山律宗第十一代祖师"。修律宗如何认真呢？一举一动，都要当心，勿犯戒律（戒律很详细，弘一法师手写一部，昔年由中华书局印行的，名曰《四分律比丘戒相表记》）。[1]举一例说：有一次我寄一卷宣纸去，请弘一法师写佛号。宣纸很多，佛号所需很少。他就要来信问我，余多的宣纸如何处置。我

---

[1] 从"修律宗如何认真呢"至此的数行，在编入 1957 年版的《缘缘堂随笔》时有删改，现据旧版恢复。

原是多备一点,由他随意处置的,但没有说明,这些纸的所有权就模糊,他非问明不可。我连忙写回信去说,多余的纸,赠予法师,请随意处置。以后寄纸,我就预先说明这一点了。又有一次,我寄回件邮票去,多了几分。他把多的几分寄还我。以后我寄邮票,就预先声明:多余的邮票送与法师。诸如此类,俗人马虎的地方,修律宗的人都要认真。[1] 有一次他到我家。我请他藤椅子里坐。他把藤椅子轻轻摇动,然后慢慢地坐下去。起先我不敢问。后来看他每次都如此,我就启问。法师回答我说:"这椅子里头,两根藤之间,也许有小虫伏着。突然坐下去,要把它们压死,所以先摇动一下,慢慢地坐下去,好让它们走避。"读者听到这话,也许要笑。但这正是做人认真至极的表示。模仿这种认真的精神去做社会事业,何事不成,何功不就?我们对于宗教上的事情,不可拘泥其"事",应该观察其"理"。[2]

如上所述,弘一法师由翩翩公子一变而为留学生,又变而为教师,三变而为道人,四变而为和尚。每做一种人,都十分像样。好比全能的优伶:起老生像个老生,起小生像个小生,起大面又很像个大面……都是"认真"的原故。以上已经说明了李先生人格上的第一特点。[3]

---

[1] 从"诸如此类"至此的数句,在1957年版《缘缘堂随笔》中删去。

[2] 从"模仿这种认真的精神……"至此的几句,在1957年版《缘缘堂随笔》中被作者删去。

[3] 从这最后一句至全文结束的几段,在编入1957年版《缘缘堂随笔》时被作者删去,改为数行结束语。

李先生人格上的第二特点是"多才多艺"。西洋文艺批评家批评德国的歌剧大家华葛纳尔〔瓦格纳〕（Wagner）有这样的话："阿普洛〔阿波罗〕（Appolo，文艺之神）右手持文才，左手持乐才，分赠给世间的文学家和音乐家。华葛纳尔却兼得了他两手的赠物。"意思是说，华葛纳尔能作曲，又能作歌，所以做了歌剧大家。拿这句话批评我们的李先生，实在还不够用。李先生不但能作曲，能作歌，又能作画，作文，吟诗，填词，写字，治金石，演剧。他对于艺术，差不多全般皆能。而且每种都很出色。专门一种的艺术家大都不及他，要向他学习。作曲和作歌，读者可在开明书店出版的《中文名歌五十曲》中窥见。这集子中载着李先生的作品不少。每曲都脍炙人口。他的油画，大部分寄存在北平〔北京〕美专，现在大概还在北平。写实风而兼印象派笔调，每幅都很稳健，精到，为我国洋画界难得的佳作。他的诗词文章，载在从前出版的《南社文集》中，典雅秀丽，不亚于苏曼殊。他的字，功夫尤深，早年学黄山谷，中年专研北碑，得力于《张猛龙碑》尤多。晚年写佛经，脱胎化骨，自成一家，轻描淡写，毫无烟火气。他的金石，同字一样秀美。出家前，他的友人把他所刻的印章集合起来，藏在西湖上西泠印社的石壁的洞里。洞口用水泥封好，题着"息翁印藏"四字（现在也许已被日本人偷去）。他的演剧，前已说过，是中国话剧的鼻祖。总之，在艺术上，他是无所不精的一个作家。艺术之外，他又曾研究理学（阳明、程、朱之学，他都做过功夫。后来由此转入道教，又转入佛教的）。研究外国文，……李先生多才多艺，一通百通。所以他虽然只教我音乐图画，他所擅长的却不止这两种。换言之，他的教授图画音乐，有许多其他修养作背景，所以我们不得不崇敬他。借夏先生的话来讲：他做教师，有人格作背景，好比佛菩萨的有"后光"。所以他从不威胁学生，而学生见他自生畏敬。从不严责学生（反之，他自己常常请假），而学生自会用功。他是实行人格感化的一位大教育家。我敢说：自有学校以来，自有教师以来，未有盛于李先生者也。

青年的读者，看到这里，也许要发生这样的疑念：李先生为什么不做教育家，不做艺术家，而做和尚呢？

是的，我曾听到许多人发这样的疑问。他们的意思，大概以为做和尚是迷信的，消极的，暴弃的，可惜得很！倘不做和尚，他可在这僧腊二十四年中教育不少的人才，创作不少的作品，这才有功于世呢。

这话，近看是对的，远看却不对。用低浅的眼光，从世俗习惯上看，办教育，制作品，实实在在的事业，当然比做和尚有功于世。远看，用高远的眼光，从人生根本上看，宗教的崇高伟大，远在教育之上。——但在这里须加重要声明：一般所谓佛教，千百年来早已歪曲化而失却真正佛教的本意。一般佛寺里的和尚，其实是另一种奇怪的人，与真正佛教毫无关系。因此世人对佛教的误解，越弄越深。和尚大都以念经念佛做道场为营业。居士大都想拿佞佛来换得世间名利恭敬，甚或来生福报。还有一班恋爱失败，经济破产，作恶犯罪的人，走投无路，遁入空门，以佛门为避难所。于是乎，未曾认明佛教真相的人，就排斥佛教，指为消极，迷信，而非打倒不可。歪曲的佛教应该打倒；但真正的佛教，崇高伟大，胜于一切。——读者只要穷究自身的意义，便可相信这话。譬如：为什么入学校？为了欲得教养。为什么欲得教养？为了要做事业。为什么要做事业？为了满足你的人生欲望。再问下去，为什么要满足你的人生欲望？你想了一想，一时找不到根据，而难于答复。你再想一想，就会感到疑惑与虚空。你三想的时候，也许会感到苦闷与悲哀。这时候你就要请教"哲学"，和他的老兄"宗教"。这时候你才相信真正的佛教高于一切。

所以李先生的放弃教育与艺术而修佛法，好比出于幽谷，迁于乔木，不是可惜的，正是可庆的。

弘一法师逝世〔1943年10月13日〕后
第一百六十七日作于四川五通桥旅舍

悼 丐 师[1]

　　我从重庆郊外迁居城中,候船返沪。刚才迁到,接得夏丏尊老师逝世的消息。记得三年前,我从遵义迁重庆,临行时接得弘一法师往生的电报。我所敬爱的两位教师的最后消息,都在我行旅倥偬的时候传到。这偶然的事,在我觉得很是蹊跷。因为这两位老师同样的可敬可爱,昔年曾经给我同样宝贵的教诲;如今噩耗传来,也好比给我同样的最后训示。这使我感到分外的哀悼与警惕。

　　我早已确信夏先生是要死的,同确信任何人都要死的一样。但料不到如此其速。八年违教,快要再见,而终于不得再见!真是天实为之,谓之何哉!

　　犹忆二十六〔1937〕年秋,卢沟桥事变之际,我从南京回杭州,中途在上海下车,到梧州路去看夏先生。先生满面忧愁,说一句话,叹一口气。我因为要乘当天的夜车返杭,匆匆告别。我说:"夏先生再见。"夏先生好像骂我一般愤然地答道:"不晓得能不能再见!"同时又用凝注的眼光,站立在门口目

---

[1] 本篇原载 1946 年 5 月 16 日《川中晨报》"今日文艺"副刊第 11 期。编入 1957 年版《缘缘堂随笔》时,改名《悼夏丏尊先生》。

送我。我回头对他发笑。因为夏先生老是善愁,而我总是笑他多忧。岂知这一次正是我们的最后一面,果然这一别"不能再见"了!

后来我扶老携幼,仓皇出奔,辗转长沙、桂林、宜山、遵义、重庆各地。夏先生始终住在上海。初年还常通信。自从夏先生被敌人捉去监禁了一回之后,我就不敢写信给他,免得使他受累。胜利一到,我写了一封长信给他。见他回信的笔迹依旧遒劲挺秀,我很高兴。字是精神的象征,足证夏先生精神依旧。当时以为马上可以再见了,岂知交通与生活日益困难,使我不能早归;终于在胜利后八个半月的今日,在这山城客寓中接到他的噩耗,也可说是"抱恨终天"的事!

夏先生之死,使"文坛少了一位老将""青年失了一位导师",这些话一定有许多人说,用不着我再讲。我现在只就我们的师弟情缘上表示哀悼之情。

夏先生与李叔同先生(弘一法师),具有同样的才调,同样的胸怀。不过表面上一位做和尚,一位是居士而已。

犹忆三十余年前,我当学生的时候,李先生教我们图画、音乐,夏先生教我们国文。我觉得这三种学科同样的严肃而有兴趣。就为了他们二人同样的深解文艺的真谛,故能引人入胜。夏先生常说:"李先生教图画、音乐,学生对图画、音乐,看得比国文、数学等更重。这是有人格作背景的原故。因为他教图画、音乐,而他所懂得的不仅是图画、音乐;他的诗文比国文先生的更好,他的书法比习字先生的更好,他的英文比英文先生的更好……这好比一尊佛像,有后光,故能令人敬仰。"这话也可说是"夫子自道"。夏先生初任舍监，后来教国文。但他也是博学多能，只除不弄音乐以外，其他诗文、绘画（鉴赏）、金石、书法、理学、佛典，以至外国文、科学等，他都懂得。因此能和李先生交游，因此能得学生的心悦诚服。

他当舍监的时候，学生们私下给他起个诨名，叫夏木瓜。但这并非恶意，却是好心。因为他对学生如对子女，率直开导，不用敷衍、欺蒙、压迫等手段。学生们最初觉得忠言逆耳，看见他的头大而圆，就给他起这个诨名。但后来大家都知道夏先生是真爱我们，这绰号就变成了爱称而沿用下去。凡学生有所请愿，大家都说："同夏木瓜讲，这才成功。"他听到请愿，也许喑呜叱咤地骂你一顿；但如果你的请愿合乎情理，他就当作自己的请愿，而替你设法了。

他教国文的时候，正是"五四"将近。我们作惯了"太王留别父老书"、"黄花主人致无肠公子书"之类的文题之后，他突然叫我们作一篇"自述"。而且说："不准讲空话，要老实写。"有一位同学，写他父亲客死他乡，他"星夜匍伏奔丧"。夏先生苦笑着问他："你那天晚上真个是在地上爬去的？"引得大家发笑，那位同学脸孔绯红。又有一位同学发牢骚，赞隐遁，说要"乐琴书以消忧，抚孤松而盘桓"。夏先生厉声问他："你为什么来考师范学校？"弄得那人无言可对。这样的教法，最初被顽固守旧的青年所反对。他们以为文章不用古典，不发牢骚，就不高雅。竟有人说："他自己不会作古文（其实作得很好），所以不许学生作。"但这样的人，毕竟是少数。多数学生，对夏先生这种从来未有的、大胆的革命主张，觉得惊奇与折服,好似长梦猛醒,恍悟今是昨非。这正是五四运动的初步。

　　李先生做教师,以身作则,不多讲话,使学生衷心感动,自然诚服。譬如上课,他一定先到教室,黑板上应写的,都先写好(用另一黑板遮住,用到的时候推开来)。然后端坐在讲台上等学生到齐。譬如学生还琴时弹错了,他举目对你一看,但说:"下次再还。"有时他没有说,学生吃了他一眼,自己请求下次再还了。他话很少,说时总是和颜悦色的。但学生非常怕他,敬爱他。夏先生则不然,毫无矜持,有话直说。学生便嬉皮笑脸,同他亲近。偶然走过校庭,看见年纪小的学生弄狗,他也要管:"为啥同狗为难!"放假日子,学生出门,夏先生看见了便喊:"早些回来,勿可吃酒啊!"学生笑着连说:"不吃,不吃!"赶快走路。走得远了,夏先生还要大喊:"铜钿少用些!"学生一方面笑他,一方面实在感激他,敬爱他。

　　夏先生与李先生对学生的态度,完全不同。而学生对他们的敬爱,则完全相同。这两位导师,如同父母一样。李先生的是"爸爸的教育",夏先生的是"妈妈的教育"。夏先生后来翻译的《爱的教育》,风行国内,深入人心,甚至被取作国文教材。这不是偶然的事。

　　我师范毕业后,就赴日本。从日本回来就同夏先生共事,当教师,当编辑。我遭母丧后辞职闲居,直至逃难。但其间与书店关系仍多,常到上海与夏先生相晤。故自我离开夏先生的绛帐,直到抗战前数日的诀别,二十年间,常与夏先生接近,不断地受他的教诲。其时李先生已经做了和尚,芒鞋破钵,云游四方，和夏先生仿佛是两个世界的人。但在我觉得仍是以前的两位导师，不过所导的对象由学校扩大为人世罢了。

李先生不是"走投无路，遁入空门"的，是为了人生根本问题而做和尚的。他是真正的做和尚，他是痛感于众生疾苦愚迷，要彻底解决人生根本问题，而"行大丈夫事"的。世间一切事业，没有比做真正的和尚更伟大的了；世间一切人物，没有比真正的和尚更具大丈夫相的了。夏先生虽然没有做和尚，但也是完全理解李先生的胸怀的；他是赞善李先生的行大丈夫事的。只因种种尘缘的牵阻，使夏先生没有勇气行大丈夫事。夏先生一生的忧愁苦闷，由此发生。

凡熟识夏先生的人，没有一个不晓得夏先生是个多忧善愁的人。他看见世间的一切不快、不安、不真、不善、不美的状态，都要皱眉，叹气。他不但忧自家，又忧友，忧校，忧店，忧国，忧世。朋友中有人生病了，夏先生就皱着眉头替他担忧；有人失业了，夏先生又皱着眉头替他着急；有人吵架了，有人吃醉了，甚至朋友的太太要生产了，小孩子跌跤了……夏先生都要皱着眉头替他们忧愁。学校的问题，公司的问题，别人都当作例行公事处理的，夏先生却当作自家的问题，真心地担忧。国家的事，世界的事，别人当作历史小说看的，在夏先生都是切身问题，真心地忧愁，皱眉，叹气。故我和他共事的时候，对夏先生凡事都要讲得乐观些，有时竟瞒过他，免得使他增忧。他和李先生一样的痛感众生的疾苦愚迷。但他不能和李先生一样地彻底解决人生根本问题而行大丈夫事；他只能忧伤终老。在"人世"这个大学校里，这二位导师所施的仍是

"爸爸的教育"与"妈妈的教育"。

朋友的太太生产,小孩子跌跤等事,都要夏先生担忧。那么,八年来水深火热的上海生活,不知为夏先生增添了几十万斛的忧愁!忧能伤人,夏先生之死,是供给忧愁材料的社会所致使,日本侵略者所促成的!

以往我每逢写一篇文章,写完之后,总要想:"不知这篇东西夏先生看了怎么说。"因为我的写文,是在夏先生的指导鼓励之下学起来的。今天写完了这篇文章,我又本能地想:"不知这篇东西夏先生看了怎么说。"两行热泪,一齐沉重地落在这原稿纸上。

卅五〔1946〕年五月一日于重庆客寓

沙坪小屋的鹅[1]

抗战胜利后八个月零十天,我卖脱了三年前在重庆沙坪坝庙湾地方自建的小屋,迁居城中去等候归舟。

除了托庇三年的情感以外,我对这小屋实在毫无留恋。因为这屋太简陋了,这环境太荒凉了;我去屋如弃敝屣。倒是屋里养的一只白鹅,使我恋恋不忘。

这白鹅,是一位将要远行的朋友送给我的。这朋友住在北碚,特地从北碚把这鹅带到重庆来送给我。我亲自抱了这雪白的大鸟回家,放在院子内。它伸长了头颈,左顾右盼,我一看这姿态,想道:"好一个高傲的动物!"凡动物,头是最主要部分。这部分的形状,最能表明动物的性格。例如狮子、老虎,头都是大的,表示其力强。麒麟、骆驼,头都是高的,表示其高超。狼、狐、狗等,头都是尖的,表示其刁奸猥鄙。猪猡、乌龟等,头都是缩的,表示其冥顽愚蠢。鹅的头在比例上比骆驼更高,与麒麟相似,正是高超的性格的表示。而在它的叫声、步态、吃相中,更表示出一种傲慢之气。

---

[1] 本篇原载 1946 年 8 月 1 日《导报》月刊第 1 卷第 1 期。编入 1957 年版《缘缘堂随笔》时,改名《白鹅》。

鹅的叫声，与鸭的叫声大体相似，都是"轧轧"然的。但音调上大不相同。鸭的"轧轧"，其音调琐碎而愉快，有小心翼翼的意味；鹅的"轧轧"，其音调严肃郑重，有似厉声呵斥。它的旧主人告诉我：养鹅等于养狗，它也能看守门户。后来我看到果然：凡有生客进来，鹅必然厉声叫嚣；甚至篱笆外有人走路，也要它引吭大叫，其叫声的严厉，不亚于狗的狂吠。狗的狂吠，是专对生客或宵小用的；见了主人，狗会摇头摆尾，呜呜地乞怜。鹅则对无论何人，都是厉声呵斥；要求饲食时的叫声，也好像大爷嫌饭迟而怒骂小使一样。

鹅的步态，更是傲慢了。这在大体上也与鸭相似。但鸭的步调急速，有局促不安之相。鹅的步调从容，大模大样的，颇像平剧〔京剧〕里的净角出场。这正是它的傲慢的性格的表现。我们走近鸡或鸭，这鸡或鸭一定让步逃走。这是表示对人惧怕。所以我们要捉住鸡或鸭，颇不容易。那鹅就不然：它傲然地站着，看见人走来简直不让；有时非但不让，竟伸过颈子来咬你一口。这表示它不怕人，看不起人。但这傲慢终归是狂妄的。我们一伸手，就可一把抓住它的项颈，而任意处置它。家畜之中，最傲人的无过于鹅。同时最容易捉住的也无过于鹅。

鹅的吃饭，常常使我们发笑。我们的鹅是吃冷饭的，一日三餐。它需要三样东西下饭：一样是水，一样是泥，一样是草。先吃一口冷饭，次吃一口水，然后再到某地方去吃一口泥及草。这地方是它自己选定的，选的目标，我们做人的无法知道。大约泥和草也有各种滋味，它是依着它的胃口而选定的。

这食料并不奢侈；但它的吃法，三眼一板，丝毫不苟。譬如吃了一口饭，倘水盆偶然放在远处，它一定从容不迫地踏大步走上前去，饮水一口，再踏大步走到一定的地方去吃泥，吃草。吃过泥和草再回来吃饭。这样从容不迫地吃饭，必须有一个人在旁侍候，像饭馆里的侍者一样。因为附近的狗，都知道我们这位鹅老爷的脾气，每逢它吃饭的时候，狗就躲在篱边窥伺。等它吃过一口饭，踱着方步去吃水、吃泥、吃草的当儿，狗就敏捷地跑上来，努力地吃它的饭。没有吃完，鹅老爷偶然早归，伸颈去咬狗，并且厉声叫骂，狗立刻逃往篱边，蹲着静候；看它再吃了一口饭，再走开去吃水、吃草、吃泥的时候，狗又敏捷地跑上来，这回就把它的饭吃完，扬长而去了。等到鹅再来吃饭的时候，饭罐已经空空如也。鹅便昂首大叫，似乎责备人们供养不周。这时我们便替它添饭，并且站着侍候。因为邻近狗很多，一狗方去，一狗又来蹲着窥伺了。邻近的鸡也很多，也常蹑手蹑脚地来偷鹅的饭吃。我们不胜其烦，以后便将饭罐和水盆放在一起，免得它走远去，让鸡、狗偷饭吃。然而它所必须的盛馔泥和草，所在的地点远近无定。为了找这盛馔，它仍是要走远去的。因此鹅的吃饭，非有一人侍候不可。真是架子十足的！

鹅，不拘它如何高傲，我们始终要养它，直到房子卖脱为止。因为它对我们，物质上和精神上都有贡献，使主母和主人都欢喜它。物质上的贡献，是生蛋。它每天或隔天生一个蛋，篱边特设一堆稻草，鹅蹲伏在稻草中了，便是要生蛋了。家里的小孩子更兴奋，站在它旁边等候。它分娩毕，就起身，大踏步走进屋里去，大声叫开饭。这时候孩子们把蛋热热地捡起，藏在背后拿进屋子来，说是怕鹅看见了要生气。鹅蛋真是大，有鸡蛋的四倍呢！主母的蛋篓子内积得多了，就拿来制盐蛋，炖一个盐鹅蛋，一家人吃不了的！工友上街买菜回来说："今天菜市上有卖鹅蛋的，要四百元一个，我们的鹅每天挣四百元，一个月挣一万二，比我们做工还好呢。哈哈哈哈。"大家陪他"哈哈哈哈"。望望那鹅，它正吃饱了饭，昂胸凸肚地，在院子里踱方步，看野景，似乎更加神气活现了。但我觉得，比吃鹅蛋更好的，还是它的精神的贡献。因为我们这屋实在太简陋，环境实在太荒凉，生活实在太岑寂了。赖有这一只白鹅，点缀庭院，增加生气，慰我寂寞。

且说我这屋子，真是简陋极了：篱笆之内，地皮二十方丈，屋所占的只

六方丈，其余算是庭院。这六方丈上，建着三间"抗建式"平屋，每间前后划分为二室，共得六室，每室平均一方丈。中央一间，前室特别大些，约有一方丈半弱，算是食堂兼客堂；后室就只有半方丈强，比公共汽车还小，作为家人的卧室。西边一间，平均划分为二，算是厨房及工友室。东边一间，也平均划分为二，后室也是家人的卧室，前室便是我的书房兼卧房。三年以来，我坐卧写作，都在这一方丈内。归熙甫《项脊轩记》中说："室仅方丈，可容一人居。"又说："雨泽下注，每移案，顾视无可置者。"我只有想起这些话的时候，感觉得自己满足。我的屋虽不上漏，可是墙是竹制的，单薄得很。夏天九点钟以后，东墙上炙手可热，室内好比开放了热水汀。这时候反教人希望警报，可到六七丈深的地下室去凉快一下呢。

竹篱之内的院子，薄薄的泥层下面尽是岩石，只能种些番茄、蚕豆、芭蕉之类，却不能种树木。竹篱之外，坡岩起伏，尽是荒郊。因此这小屋赤裸裸的，孤零零的，毫无依蔽；远远望来，正像一个亭子。我长年坐守其中，就好比一个亭长。这地点离街约有里许，小径迂回，不易寻找，来客极稀。杜诗"幽栖地僻经过少"一句，这屋可以受之无愧。风雨之日，泥泞载途，狗也懒得走过，环境荒凉更甚。这些日子的岑寂的滋味，至今回想还觉得可怕。

自从这小屋落成之后，我就辞绝了教职，恢复了战前的闲居生活。我对外间绝少往来，每日只是读书作画，饮酒闲谈而已。我的时间全部是我自己的。这是我的性格的要求，这在我是认为幸福的。然而这幸福必需两个条件：在太平时，在都会里。如今在抗战期,在荒村里,这幸福就伴着一种苦闷——岑寂。为避免这苦闷,我便在读书、作画之余,在院子里种豆,种菜,养鸽,养鹅。而鹅给我的印象最深。因为它有那么庞大的身体,那么雪白的颜色,那么雄壮的叫声,那么轩昂的态度,那么高傲的脾气,和那么可笑的行为。在这荒凉岑寂的环境中,这鹅竟成了一个焦点。凄风苦雨之日,手酸意倦之时,推窗一望,死气沉沉;惟有这伟大的雪白的东西,高擎着琥珀色的喙,在雨中昂然独步,好像一个武装的守卫,使得这小屋有了保障,这院子有了主宰,这环境有了生气。

我的小屋易主的前几天,我把这鹅送给住在小龙坎的朋友人家。送出之后的几天内,颇有异样的感觉。这感觉与诀别一个人的时候所发生的感觉完全相同,不过分量较为轻微而已。原来一切众生,本是同根,凡属血气,皆有共感。所以这禽鸟比这房屋更是牵惹人情,更能使人留恋。现在我写这篇短文,就好比为一个永诀的朋友立传,写照。

这鹅的旧主人姓夏名宗禹,现在与我邻居着。

卅五〔1946〕年四月二十五日于重庆

"艺术的逃难"[1]

那年日本军在广西南宁登陆，向北攻陷宾阳。浙江大学正在宾阳附近的宜山，学生、教师扶老携幼，仓皇向贵州逃命。道路崎岖，交通阻塞，大家吃尽千辛万苦，才到得安全地带。我正是其中之一人，带了从一岁到七十二岁的眷属十人，和行李十余件，好容易来到遵义。看见比我早到的张其昀先生，他幽默地说："听说你这次逃难很是'艺术的'？"我不禁失笑，因为我这次逃难，的确是受艺术的帮忙。

其实与其称为"艺术的逃难"，不如称为"宗教的逃难"。因为如果没有"缘"，艺术是根本无用的。且让我告诉你这逃难的经过：[2]那时我还在浙江大学任教。因为宜山每天两次警报，不胜奔命之苦，我把老弱者六人送到百余里外的思恩县的学生家里。自己和十六岁以上的儿女四人（三女一男）住在宜山；我是为了教课，儿女是为了读书。敌兵在南宁登陆之后，宜山的人，大家忧心悄悄，计划逃难。然因学校当局未有决议，大家无所适从。我每天逃两个警报，吃一顿酒，迁延度日。现在

---

[1] 本篇原载 1946 年 8 月 1 日《导报》月刊第 1 卷第 1 期。
[2] 从本段开始至此的数行，编入 1957 年版《缘缘堂随笔》时被作者删去。

回想，真是糊里糊涂！

不久宾阳沦陷了！宜山空气极度紧张。汽车大敲竹杠。"大难临头各自飞"，不管学校如何，大家各自设法向贵州逃。我家分两处，呼应不灵，如之奈何！幸有一位朋友[1]，代我及其他两家合雇一辆汽车，竹杠敲得不重，一千二百元（廿八〔1939〕年的）送到都匀。言定经过离此九十里的德胜站时，添载我在思恩的老弱六人。同时打长途电话到思恩，叫他们连夜收拾，明晨一早雇滑竿到四十里外的德胜站，等候我们的汽车来载。岂知到了开车的那一天，大家一早来到约定地点，而汽车杳无影踪。等到上午，车还是不来，却挂了一个预报球！行李尽在路旁，逃也不好，不逃也不好，大家捏两把汗。幸而警报不来；但汽车也不来！直到下午，始知被骗。丢了定洋一百块钱（1939年的），站了一天公路。这一天真是狼狈至极！

找旅馆住了一夜。第二日我决定办法：叫儿女四人分别携带轻便行李，各自去找车子，以都匀为目的地。谁先到目的地，就在车站及邮局门口贴个字条，说明住处，以便相会。这样，化整为零，较为轻便了。我惦记着在德胜站路旁候我汽

---

[1] 一位朋友，指浙大教育系心理学教授黄翼（黄羽仪）。

车的老弱六人，想找短路汽车先到德胜。找了一个朝晨，找不到。却来了一个警报，我便向德胜的公路上走。息下脚来，已经走了数里。我向来车招手，他们都不睬，管自开过。一看表还只八点钟，我想，求人不如求己，我决定徒步四十五里到怀远站，然后再找车子到德胜。拔脚迈进，果然走到了怀远。

怀远我曾到过，是很热闹的一个镇。但这一天很奇怪：我走上长街，店门都关，不见人影。正在纳罕，猛忆"岂非在警报中？"连忙逃出长街，一口气走了三四里路，看见公路旁村下有人卖团子，方才息足。一问，才知道是紧急警报！看表，是下午一点钟。问问吃团子的两个兵，知道此去德胜，还有四十里，他们是要步行赴德胜的。我打听得汽车滑竿都无希望，便再下一个决心，继续步行。我吃了一碗团子，用毛巾填在一只鞋子底里，又脱下头上的毛线帽子来，填在另一只鞋子底里。一个兵送我一根绳，我用绳将鞋和脚扎住，使不脱落。然后跟了这两个兵，再上长途。我准拟在这一天走九十里路，打破我平生走路的纪录。

路上和两个兵闲谈，知道前面某处常有盗匪路劫。我身上有钞票八百余元（1939年的），担起心来。我把八百元整数票子从袋里摸出，用破纸裹好，握在手里。倘遇盗匪，可把钞票抛在草里，过后再回来找。幸而不曾遇见盗匪，天黑，居然走到了德胜。到区公所一问，知道我家老弱六人昨天一早就到，住在某伙铺里。我找到伙铺，相见互相惊讶，谈话不尽。此时我两足酸痛，动弹不得。伙铺老板原是熟识的，为我沽酒煮菜。我坐在被窝里，一边饮酒，一边谈话，感到特殊的愉快。颠沛流离的生活,也有其温暖的一面。

次日得宜山友人电话,知道我的儿女四人中,三人已于当日找到车子出发。啊!原来在我步行九十里的途中,他们三人就在我身旁驶过的车子里,早已疾行先长者而去了!我这里有七十二岁的老岳母、我的老姐、老妻、十一岁的男孩、十岁的女孩,以及一岁多的婴孩,外加十余件行李。这些人物,如何运往贵州呢?到车站问问,失望而回。又次日,又到车站,见一车中有浙大学生。蒙他们帮忙,将我老姐及一男孩带走,但不能带行李。于是留在德胜的,还有老小五人,和行李十余件,这五人不能再行分班,找车愈加困难。而战事日益逼近,警报每天两次。我的头发便是在这种时光不知不觉地变白的!

在德胜空住了数天,决定坐滑竿,雇挑夫,到河池,再觅汽车。这早上来了十二名广西苦力,四乘滑竿,四个脚夫,把人连物,一齐扛走。迤逦而西,晓行夜宿,三天才到河池。这三天的生活竟是古风。旧小说中所写的关山行旅之状,如今更能理解了。

河池地方很繁盛,旅馆也很漂亮。我赁居某旅馆,楼上一室,镜台、痰盂、茶具、蚊帐,一切俱全,竟像杭州的二三等旅馆。老板是读书人,知道我的"大名",招待得很客气;但问起向贵州的汽车,他只有摇头。我起个大早,破晓就到车站去找车子,但见仓皇、拥挤、混乱之状,不可向迩。废然而返。第二天又破晓到车站,我手里拿了一大束钞票而找司机。有的看看我手中的钞票,抱歉地说,人满了,搭不上了!有的问我有几个人,我说人三个,行李八件(其实是五个,十二件),他好像吓了一跳,掉头就走。如是者凡数次。我颓唐地回旅馆。站在窗前怅望,南国的冬日,骄阳艳艳,青天漫漫;而予怀渺渺,后事茫茫,这一群老幼,流落道旁,如何是好呢?传闻敌将先攻河池,包围宜山、柳州。又传闻河池日内将有大空袭。这晴明的日子,正是标准的空袭天气。一有警报,我们这位七十二岁的老太太怎样逃呢?万一突然打到河池来,那更不堪设想了!

这样提心吊胆地过了好几天,前途似乎已经绝望。旅馆老板安慰我说:"先生还是暂时不走,在这里休息一下,等时局稍定再说。"我说:"你真是一片好心!但是,万一打到这里来,我人地生疏,如之奈何?"他说:"我有家在山中,可请先生同去避乱。"我说:"你真是义士!我多蒙照拂了。但流亡之人,何以为报呢?"他说:"若得先生到乡,趁避乱之暇,写些书画,给我子孙世代宝藏,我便受赐不浅了!"在这样交谈之下,我们便成了朋友。我心中已有七八分跟老板入山;二三分还想觅车向都匀走。

次日,老板拿出一副大红闪金纸对联来,要我写字。说:"老父今年七十,蛰居山中。做儿子的糊口四方,不能奉觞上寿，欲乞名家写联一副，托人带去，聊表寸草之心，可使蓬荜生辉！"我满口答允。就到楼下客厅中写对。墨早磨好，浓淡恰到好处，我提笔就写。普通庆寿的八言联，文句也不值得记述了。那闪金纸是不吸水的，墨渖堆积，历久不干。门外马路边太阳光作金黄色。他的管账提议：抬出门外去晒，老板反对，说怕被人踏损了。管账说："我坐着看管！"就由茶房帮同，把墨迹淋漓的一副大红对联抬了出去。我写字时，暂时忘怀了逃难。这时候又带了一颗沉重的心，上楼去休息，岂知一线生机，就在这里发现。

　　老板亲自上楼来，说有一位赵先生要见我。我想下楼，一位穿皮上衣的壮年男子已经走上楼来了。他握住我的手，连称"久仰""难得"。我听他的口音，是无锡、常州之类，乡音入耳，分外可亲。就请他在楼上客间里坐谈。他是此地汽车加油站的站长，来得不久。适才路过旅馆，看见门口晒着红对子，是我写的，而墨迹未干，料想我一定在旅馆内，便来访问。我向他诉说了来由和苦衷，他慷慨地说："我有办法。也是先生运道太好：明天正有一辆运汽油的车子开都匀。所有空位，原是运送我的家眷，如今我让先生先走。途中只说我的眷属是了。"我说："那么你自己呢？"他说："我另有办法。况且战事尚未十分逼近，我是要到最后才好走的。"讲定了，他起身就走，说晚上再同司机来看我。

　　我好比暗中忽见灯光，惊喜之下，几乎雀跃起来。但一刹那间，我又消沉，颓唐，以至于绝望。因为过去种种忧患伤害了我的神经，使它由过敏而变成衰弱。我对人事都怀疑。这江苏人与我萍水相逢,他的话岂可尽信?况在找车难于上青天的今日,我岂敢盼望这种侥幸!他的话多分是不负责的。我没有把这话告诉我的家人,免得她们空欢喜。

岂知这天晚上,赵君果然带了司机来了。问明人数,点明行李,叮嘱司机。之后,他拿出一卷纸来,要我作画。我就在灯光之下,替他画了一幅墨画。这件事我很乐愿,同时又很苦痛。赵君慷慨乐助,救我一家出险,我写一幅画送他留个永念,是很乐愿的。但在作画这件事说,我一向欢喜自动,兴到落笔,毫无外力强迫,为作画而作画,这才是艺术品,如果为了敷衍应酬,为了交换条件,为了某种目的或作用而作画,我的手就不自然,觉得画出来的笔笔没有意味,我这个人也毫无意味。故凡笔债——平时友好请求的,和开画展时重订的——我认为一件苦痛的事。为避免这苦痛,我把纸整理清楚,叠在手边。待兴到时,拉一张来就画。过后补题上款,送给请求者。总之,我欢喜画的时候不知道为谁而画,或为若干润笔而画,而只知道为画而画。这才有艺术的意味。这掩耳盗铃之计,在平日可行,在那时候却行不通。为了一个情不可却的请求,为了交换一辆汽车,我不得不在疲劳忧伤之余,在昏昏灯火之下,用恶劣的纸笔作画。这在艺术上是一件最苦痛,最不合理的事!但我当晚勉力执行了。[1]

次日一早,赵君亲来送行,汽车顺利地开走。下午,我们老幼五人及行李十二件,安全地到达了目的地都匀。汽车站壁

---

[1] 从"故凡笔债……"至此的数行,编入 1957 年版《缘缘堂随笔》时有删改。

上贴着我的老姐及儿女们的住址,他们都已先到了。全家十一人,在离散了十六天之后,在安全地带重行团聚,老幼俱各无恙。我们找到了他们的时候,大家笑得合不拢嘴来。正是"人世难逢开口笑,茅台须饮两千杯!"这晚上十一人在中华饭店聚餐,我饮茅台酒大醉。

一个普通平民,要在战事紧张的区域内舒泰地运出老幼五人和十余件行李,确是难得的事。我全靠一副对联的因缘,居然得到了这权利。当时朋友们夸饰为美谈。这就是张其昀先生所谓"艺术的逃难"。但当时那副对联倘不拿出去晒,赵君无由和我相见,我就无法得到这权利,我这逃难就得另换一种情状。也许更好;但也许更坏:死在铁蹄下,转乎沟壑……都是可能的事。人真是可怜的动物!极微细的一个"缘",例如晒对联,可以左右你的命运,操纵你的生死。而这些"缘"都是天造地设,全非人力所能把握的。寒山子诗云:"碌碌群汉子,万事由天公。"人生的最高境界,只有宗教。所以我说,我的逃难,与其说是"艺术的",不如说是"宗教的"。人的一切生活,都可说是"宗教的"。

赵君名正民,最近还和我通信。

三十五〔1946〕年四月二十九日于重庆[1]

---

[1] 在作者自编的1957年版《缘缘堂随笔》中,篇末误署为:1946年9月于沙坪坝。

博士见鬼

（〔上海〕儿童书局一九四八年二月初版）

子愷

吃糕的话——代序

我小时候要吃糕,母亲不买别的糕,专买茯苓糕给我吃。很甜,很香,很好吃。后来我年稍长,方才知道母亲专买茯苓糕给我吃的用意:原来这种糕里放着茯苓。茯苓是一种药,吃了可以使人身体健康而长寿的。

后来我年纪大了,口不馋了,茯苓糕不吃了;但我作画作文,常拿茯苓糕做榜样。茯苓糕不但甜美,又有滋补作用,能使身体健康。画与文,最好也不但形式美丽,又有教育作用,能使精神健康。数十年来,我的作画作文,常以茯苓糕为标准。

这册子里的十二篇故事[1],原是对小朋友们的笑话闲谈。但笑话闲谈,我也不欢喜光是笑笑而没有意义。所以其中有几篇,仍是茯苓糕式的:一篇故事,背后藏着一个教训。这点,希望读者都乐于接受,如同我小时爱吃茯苓糕一样。

一九四七年九月二十日子恺于西湖记

---

[1] 原书《大人国》分两篇,故此处说是十二篇故事。

博士见鬼 [1]

林博士,是研究数学的人。他曾经留学西洋,发明一个数学定理,得到国际学术研究会的奖。回国以后,他在国立大学当理学院院长,一方面继续研究。他是一个光明正大的科学家。然而他曾经看见鬼,而且吃了鬼的许多苦头。你们倘不相信,请听我讲来。

林博士回国后,就同一位王女士结婚。这王女士也是研究数学的,曾在大学数学系毕业,成绩十分优良。两人志同道合,夫妻爱情比海更深。博士曾对他的太太说:"倘没有了你,我不能继续研究。"太太也说:"倘没有了你,我不能做人!"两人爱情之深,由此可以想见。

哪里晓得结婚的后一年,林太太忽然生病,是一种伤寒症,非常沉重,百计求医,毫无效果。眼见得生命危在旦夕了。有一天,林博士坐在病床上摸她的脉搏,觉得异常微弱,吃惊之下,掉下泪来。王女士看见了,心知绝望,悲伤之余,紧握林博士的手,呜咽起来。林博士安慰她。她和泪说道:"我这病不会好了……我死后,你……"说不下去了。林博士感动

---

[1] 本篇原载 1947 年 3 月《儿童故事》第 4 期。

至极，接着说："你一定会好的。假定你真个死了，我永远不再结婚。"两人默默地哭泣，不久之后，林太太果然一命呜呼，与林博士永别了。林博士抱着林太太的尸体，号啕大哭，他用嘴巴贴着林太太的耳朵，哀哀地告道："我永远为你守节！我永不再和别人结婚，请你安眠在地下等候我吧！"旁边的人都揩眼泪。

林太太死时，正是阴历年底。林博士忙着办丧葬，一直忙到开年，方始了结。林博士鳏居，起初很悲伤，后来渐渐忘情，哀悼也淡然了。过了一二个月，独行独坐，独起独卧，觉得非常寂寞。他渐渐感到没有太太的苦痛了。后来，觉得饮食起居，一切日常生活，都非常不便。他渐渐感到没有太太的不合理了。他不免向亲戚朋友诉说独居的苦处。亲戚朋友就劝他续弦。他想起了王女士临终时他所发的誓言，起初坚决否定。后来他想，人已经死了，对她守信，于她毫无益处，而于我却实在有碍。这可说是愚笨的，不合理的行为。况且她生前如此爱我，死而有知，一定也不愿意叫我独居受苦。我死守信用，反而使她在地下不安。……他的心念一转，就决意续弦。其实他是科学家，根本不相信有鬼的。

亲戚朋友介绍亲事的很多；他终于爱上了一位李女士。清明过后，就是他的前太太王女士死后约三个月，他就和李女士结婚。李女士是大学教育系毕业的，循规蹈矩，非常贤淑，当一个著名学者的太太，是最合格的。两人情爱，又是很深。但在林博士方面，对后妻的爱，终不似对前妻的爱那样纯全。他每逢欢喜的时候，往往忽然敛住笑容，陷入沉思；或者颦眉闭目，若有所忧。晚上睡梦中，他又常常呓语，语音悲哀，沉痛，甚至呜咽。李女士推他醒来，问他做什么噩梦，他总笑着说："没有做噩梦，不知怎的会梦呓。"

林博士这种忧愁和梦呓，后来越发增多，使得李女士惊奇。李女士屡次盘问他有何心事。他起初总是推托没有心事，后来自己觉得太苦，就坦白地说了出来："不瞒你说，我的前妻临终时，我曾对她起誓：永不再娶。后来我背了誓约，和你结婚。我想起此事心甚抱歉。最近的忧愁和梦呓，便是为此。"

李女士是十分贤淑的人，一听此话，大为惊骇。她是循规蹈矩的人，以为失信背约，是一大罪恶。她又是半旧式女子，不能完全破除迷信，就疑心林博士的忧愁和梦呓，是前太太的鬼在作祟。她就后悔，自己不该和林博士结婚。因此想起，前太太的鬼对她一定也很妒恨。她怕极了！从此她也常常忧愁，常常梦中哭喊。从此林博士夫妇二人，常常见鬼。有一天晚上，李女士看见门角落里仿佛有一只面孔，正与王女士的遗像相似。有一天晚上，电灯熄了，她仿佛看见一个女人走上楼梯，忽然不见了。又有一天半夜里，她同林博士共同听见一个女子的啜泣声，林博士说声音很像他的前妻的。又有一天半夜里，二人同时从梦中惊醒，因为大家梦见王女士披头散发，血流满面，来拉他们二人同到阴司去。……幸福的家庭，变成了忧愁苦恨的牢狱！

年关到了。王女士逝世，已经周年。冬至那一天晚上，林博士夫妇二人，请和尚来诵经；在灵座前，二人虔诚地膜拜。李女士拜下去，口中喃喃有词，意思是向死者道歉，请她原谅她误嫁林博士的罪过。林博士默默祷告,请死者原谅他的背约。和尚诵经到夜深始散。

次日早晨,李女士走到灵前,"啊哟!"惊叫一声,全身发抖,倒在椅上。林博士追出来看,李女士用手指着灵座,不作一声。一看,原来灵座上的纸牌位,已经反身,写着"先室王某某女士之灵位"的一面向着墙壁了!这在李女士看来,明明是死者的显灵,表示痛恨他们,不受他们的道歉,不要看他们。终于两人恭敬地将牌位反过来,点上香烛,又是虔诚地膜拜。

谁知第二天早晨,纸牌位又是面向墙壁了!毕生研究科学而不信鬼的林博士,这回也信心动摇起来。他小心地将纸牌位旋转,然后上香烛,二人双双跪下,一拜,再拜。

岂料第三天早晨,纸牌位又是面向墙壁了!二人又把它扶正,又是焚香礼拜。此时林博士已确信有鬼,李女士更不消说。从此以后,二人见鬼更多,一切黑暗的地方,都有王女士的脸孔,而且相貌狰狞。李女士忧惧过度,寝食不调,不久竟成了病。医生说是心脏病;只要营养好,可以康复。但李女士在病床上日夜见鬼,吓也吓饱了,哪有胃口去吃参药粥饭?因此,身体越弄越瘦,病势越来越重。病了一春一夏,

病到这一年的秋末冬初,李女士又是一命呜呼!临终时连声地喊:"来讨命了,来讨命了!"

前妻的灵座还没有撤除,第二妻又死。林博士堂前设了两个灵座,两个纸牌位。这一年又到冬至,照例又祭祀。和尚经忏散后,林博士独自在灵堂前,看看两个灵座,觉得这两年来好似一场恶梦,现在方始梦醒。他想,我毕生研究学术,读破万卷,从未知道鬼神存在的理由。难道世间真有鬼吗?他发一誓愿:我今晚不睡,在两妻的灵前坐守一夜。倘真有鬼,即请今晚显灵,当面旋牌位给我看!

他正襟危坐在灵前荧荧的烛光之下,注视两个纸牌位,目不转睛。夜深了,鸦雀无声,但闻邻家农夫打米的声音。这地方农夫很勤谨,利用冬日的夜长,冬至前后必做夜工。林博士耳闻打米"砰,砰"之声,眼看两个牌位。他忽然兴奋,立起身来。因为他亲眼看见两个纸牌位在桌上一跳一跳地转动。每一跳与打米的每一"砰"相合拍;而转动的速度很小,与时表上长针转动的速度相似。于是他明白了:原来邻家打米,使地皮震动;地皮影响到桌子,使桌子也震动;桌子影响到纸牌位,使纸牌位跟着跳动。又因桌子稍有点儿倾斜,故纸牌位每一跳动,必转变其方向;转得很微,每次不过

一度的几分之一。然而打米继续数小时，振动不止千百次；纸牌位跳了千百次，正好旋转一百八十度，便面向墙壁了。

林博士恍然大悟，他拍着灵座，大声地独白："鬼！鬼！原来逃不出物理！"继续又慨叹道，"倘使去年就发见这物理，我的后妻是不会死的！她死得冤枉！"

[1947年]

伍元的话[1]

我姓伍,名元。我的故乡叫做"银行"。我出世后,就同许多弟兄们一齐被关在当地最高贵的一所房屋里。这房屋铜墙铁壁,金碧辉煌,比王宫还讲究。只是门禁森严,我不得出外游玩,很不开心。难得有人来开门,我从门缝里探望外界,看见青天白日,花花世界,心中何等艳羡!我恨不得插翅飞出屋外,恣意游览。可是那铁门立刻紧闭,而且上锁。这时候我往往哭了。旁边有个比我年长的人,姓拾,名字也叫元的,劝慰我说:"不要哭,你迟早总有一天出门的。你看,他们给你穿这样新的花衣服,原是叫你出外游玩的。耐心等着,说不定明天就放你出去了。"我听从这位拾大哥的话,收住眼泪,静候机会。

果然,第二天,一个胖胖的人开了铁门,把我们一大群弟兄一齐拉了出去。"拾大哥再会!"我拉住胖子的手,飞也似的出去了。外面果然好看:各式各样的人,各式各样的景致,我看得头晕眼花了。不知不觉之间,胖子已把我们一群人交给一个穿制服的人。这人立刻把我关进一个黑皮包中,我大喊:

---

[1] 本篇原载 1947 年 2 月《儿童故事》第 3 期。

"不要关进，让我玩耍一会！"但他绝不理睬，管自关上皮包，挟了就走。我在皮包内几乎闷死！幸而不久，皮包打开，那穿制服的人把我们拖出来，放在一个桌子上。我看见桌子的边上有一块木牌，上写"出纳处"三字。又看见一堆信壳，上面印着"中心小学缄"五个字。还有一只铃，闪亮地放在我的身旁。我知道，他是带我们来参观学校了。我想，他们的操场上一定有秋千，浪木和网球，篮球，倒是很好玩的！谁知他并不带我们去参观，却把我们许多弟兄们一一检点，又把我们分作好几队：有的十个人一队，也有八个人一队、六个人一队……只有我孤零零地一个，被放在桌子的一旁。

"这是什么意思？"我一边看那人打算盘，一边心中猜想。忽见那人把我们的弟兄们，一队一队地装进信壳里，且在每个信壳上写字。只有我一人未被装进，还可躺在桌上看风景。我很高兴，同时又很疑惑。那人在每个信壳上写好了字，就伸手按铃。"叮叮叮叮……"声音非常好听！我想，他大约对我特别好，要和我一起玩耍了。岂知忽然走来一个麻子，身穿一件破旧的粗布大裰，向那人一鞠躬，站在桌旁了。那人对麻子说："时局不好，学校要关门。这个月的工钱，今天先发了。"就把我交给他，又说："这是你的。你拿了就回家去吧。校长先生已经对你说过了吗？"那麻子带了我，皱着眉对那穿制服的说："张先生，学校关了门，教我们怎么办呢？"那人说："日本鬼子已经打到南京了，你知道么？我们都要逃难，大家顾不得了。你自己想法吧！"麻子哭丧着脸，带我出门。

麻子非常爱护我。他怕我受寒，从怀中拿出一块小小的毛巾来，把我包裹。嘴里说："可恶的日本鬼，害得你老子饭碗打破。这最后的五块钱做什么呢？还是买了一担米，逃到山乡去避难吧。"我在他怀里的温暖的毛巾内睡觉了。等到醒来，不见麻子，只见一个近视眼，正在把我加进许多弟兄的队伍里去。旁边坐着一个女人，愁眉不展，近视眼一面整理我们的队伍，一面对那女人说："听说松江已经沦陷，鬼子快打到这里来了。市上的店都已关门，我们只好抛弃了这米店，向后方逃难。但是总共只有这点钱（他指点我们），到后方去怎么生活呢？"这时候我才明白：人们已在打仗，而逃难的人必须有我们才能生活。我很自傲！我不必自己逃难，怕他们不带我走？怕他们不保护我？我又睡了。

我睡了一大觉醒来，觉得身在一个人的衣袋里，这衣袋紧贴着那人的身体，温暖得很。那人在说话，正是那近视眼的口音："听船老大说，昨天这路上有强盗抢劫，一船难民身上的钞票尽被搜去，外加剥了棉衣。这怎么办呢？"他说时用手把我们按一按。又听见一个女人的声音，低声的讲些什么，我听不清楚。但觉一只手伸进袋来，把我和其他许多弟兄拉了出去。不久，我们就分散了。我和其他三个弟兄被塞进一个地方，暗暗的，潮湿的，而且有一股臭气的地方。忽然上面的一块东西压下来，把我们紧紧地压住。经我仔细观察，才知道这是脚的底下，毛线袜的底上！我苦极了！那种臭气和压力，我实在吃不消。我大喊"救命"，没有人理睬。我昏昏沉沉地睡着了。

我醒来，发现我和其他许多同伴躺在油盏火下的小桌上。那近视眼愁眉不展地对那女人说："听说明天的路上，盗匪更多,怎么办呢?钞票藏在脚底下,也不是办法。听说强盗要搜脚底的。"女人想了一会,兴奋地说:"我有好办法了。我们逃难路上不是带粽子吗?我们把粽子挖空,把钞票塞进,依旧裹好,提着走路。强盗不会抢粽子的。"两人同意了。女的就挖空一只粽子,首先把我塞进,然后封闭了。这地方比脚底固然好些。糯米的香气也很好闻。可是弄得我浑身黏湿,怪难过的!我被香气围困,又昏沉地睡着了。

一种声音将我惊醒,原来他们又在打开我的粽子来了。但听那女人说:"放在这里到底不是久长之计。路上要操心这提粽子,反而使人起疑心;况且钞票被糯米粘住,风干了展不开来,撕破了怕用不得。你看,已经弄得这样了!据我的意思,不如把钞票缝在裤子里。强盗要剥棉衣,裤子总不会剥去的。还是这办法最稳妥。"两人又同意了。我就被折成条子,塞进一条夹裤的贴边里,缝好。近视眼就穿了这裤子。其他同伴被如何处置,我不得而知了。这里比粽子又好些;可是看不见一点风景,寂寞得很!我只是无昼无夜地睡。

这一觉睡得极长,恐怕有四五年!我醒来时,一个女人正在把我

从夹裤的贴边里拉出来,但不是从前的女人,却是一个四川口音的胖妇人了。她一边笑着说:"旧货摊上买一条夹裤来,边上硬硬的,拆开一看,原来是一张五元钞票!"把我递给一个红面孔男人看。男人接了我,看了一会,说:"唉,想必是逃难来的下江人,路上为防匪劫,苦心地藏在这裤子里,后来忘记了的。唉,这在二十六年(指一九三七年),可买一担多米呢!但是现在,只能买一只鸡蛋!可怜可怜!"他把我掷在桌上了。我听了这话,大吃一惊。我的身价如此一落千丈,真是意外之事!但也有一点好处:从此没有人把我藏入暗处,只是让我躺在桌上,睡在灯下,甚或跌在地上。我随时可以看看世景,没有以前的苦闷了。

有一天,扫地的老太婆把我从地上捡起,抖一抖灰尘,说:"地上一张五元票,拿去买开水吧!"就把我塞进衣袋中。我久已解放,一旦再进暗室,觉得气闷异常!我打着四川白说:"硬是要不得!"她不听见。幸而不久她就拉我出来,交给一个头包白布,手提铜壶的男人。这男人把我掷在一只篮子里。里面已有许多我的同伴躺着,坐着,或站着。我向篮子外一望,真是好看!许多人围着许多桌子吃茶,有的说,有的笑,有的正在吵架,我从来没有见过这样热闹的光景,我乐极了!我知道这就是茶店。我正想看热闹,那头包白布,手提铜壶的男人把我一手从篮中拉出,交给一个穿雨衣戴眼镜的人,说道:"找你五元!"那人立刻接了我,把我塞入雨衣袋里。从此我又被禁闭在暗室里了!无聊至极,我只有昏睡。

这一觉又睡得极长,恐怕又有四五年!一只手伸进雨衣袋内,把我拉出,我一看这手的所有者,就是当年穿大衣戴眼镜的人。他笑着对一青年人说:"啊!雨衣袋里一张五元钞票!还是在后方时放进的。我难得穿这雨衣,就一直遗忘了它,到今天才发现!"他把我仔细玩弄,继续说:"不知哪一年,在哪一地,把这五元钞票放进雨衣袋内的。"我大声地喊:"在四五年之前,在四川的茶店内,那头包白布,手提铜壶的人找你的!"但他不听见,管自继续说:"在抗战时的内地,这张票子有好些东西可买(我又喊:"一只鸡蛋!"他又不听见),但在胜利后的上海,连给叫花子都不要了!可怜可怜!"坐在他对面的青年说:"我倒有一个用处;我这桌子写起字来摇动,要垫一垫脚。用砖瓦,嫌太厚;把这钞票折起来给我垫桌子脚,倒是正好。"他就把我折叠,塞入桌子脚下。我身受重压,苦痛得很!幸而我的眼睛露出在外面,可以看看世景,倒可聊以解忧。

我白天看见许多学生进进出出。晚上看见戴眼镜的人和青年睡在对面的两只床铺里。我知道这是一个学校的教师宿舍,而这学校所在的地方是上海。原来我又被从四川带回上海来了。从戴眼镜的人的话里,我又知道现在抗战已经"胜利";而我的身价又跌,连给叫花子都不要,真是一落万丈了!想到这里,不胜感叹!

我的叹声,大约被扫地的工人听见了。他放下扫帚,来拉我的手。我仔细一看,大吃一惊:原来这人就是很久以前拿我去买一担米的那个麻子!他的额上添了几条皱纹,但麻点还是照旧。"旧友重逢",我欢欣至极,连忙大叫:"麻子伯伯,你

还认得我吗?从前你曾经爱我,用小毛巾包裹我,后来拿我去换一担米的!自从别后,我周游各地,到过四川,不料现在奏凯归来,身价一落万丈,连叫花子都不要我,只落得替人垫桌子脚!请你顾念旧情,依旧爱护我吧!"他似乎听见我的话的,把我从桌子脚下拉出来,口中喃喃地说:"罪过,罪过!钞票垫桌脚!在从前,这一张票子可换一担白米呢!我要它!"他就替我抖一抖灰尘,放在桌上;又用粗纸叠起来,叫它代替了我的职务,他扫好了地,带我出门。

麻伯伯住在大门口一个小房间内,门上有一块木牌,上写"门房"二字。里面有桌椅,床铺。床铺上面有一对木格子的纸窗。麻伯伯带我进门,把我放在桌上。他坐在床上抽旱烟。一边抽,一边看我。后来他仰起头来看看那纸窗上的一个破洞,放下旱烟袋,拿出一瓶糨糊来。他在窗的破洞周围涂了糨糊,连忙把我贴上。喃喃地说:"窗洞里的风怪冷,拿这补了窗洞,又坚牢,又好看。"窗洞的格子是长方的。我补进去,大小正合适。麻伯伯真是好人!他始终爱护我,给我住在这样的一个好地方。我朝里可以看见麻伯伯的一切行动,以及许多来客,朝外更可以看见操场上的升旗、降旗、体操和游戏。我长途跋涉，受尽辛苦，又是身价大跌，无人顾惜，也可以说是"时运不济，命途多舛"了！如今得到这样的一个养老所，也聊可自慰。但望我们宗族复兴起来，大家努力自爱，提高身份，那时我就可恢复一担白米的身价了。

卅五〔1946〕年十二月十三日于南京

一篑之功[1]

古人有一句话,叫做"为山九仞,功亏一篑"。就是说造一座山,已经造到九仞(八尺)高了,再加一篑泥土,山就成功。一篑就是一畚箕,缺乏这一点就不成山。故凡事差一点点就不成功,叫做"功亏一篑"。譬如小学六年毕业,你读了五年半不读了,便是"功亏一篑",这一篑之功,是很大的!

我逃难到大后方,曾经听见一件"一篑之功"的故事,现在讲给小朋友们听听:

四川省西部,有一个地方,叫做自流井。这地方产盐有名。我曾经去参观过自流井的盐井。我们海边上的人,从海水中取盐。他们山乡的人,从井中取盐。但这井不是随地可开的,只有自流井等地方可开。这井的口,不是同普通井这么大的,只有饭碗口大小。但是深得很,有数十丈的,有数百丈的。用一个长竹筒,吊下井去。吊到井底,竹筒里便灌满了盐水。拉起竹筒来,把盐水放出,用火烧干,便成为盐。竹筒数分钟上下一次,每天每井出产的盐,很多很多!自流井地方共有数百口盐井。所以盐的产量,非常之大!抗战期间海边被敌

---

[1] 本篇原载 1947 年 1 月《儿童故事》第 2 期。

人封锁,没有盐进来。大后方的大部分人民的食盐,是全靠自流井等处供给的。每个盐井上面,建立一个很高的架子,是挂竹筒用的。自流井地方有几百个架子,远望风景很好看。

在讲故事之前,我们必须先讲盐井的掘法。要掘盐井,先须请内行专家来看地皮,同看风水一样。专家说:这地下有盐,就可以开掘。但他的话不一定可靠。因为多少深的地方有盐水,是说不定的。究竟有没有盐水,也是说不定的。所以掘盐井竟是一桩冒险的事业。你要晓得,掘井的工夫很大:饭碗大小的一个洞,要打下数十百丈深,必需许多人,用许多工具,费许多日子,慢慢地打下去。打几个月,然后有分晓。如果打了几个月,果然有了盐水,那功就是成了。如果打了几个月,毫无盐水,这工夫就白费!自流井的地底下虽然多盐水,但并非可以到处开盐井。白费工夫的实在不少!

我到自流井游玩,本地的友人陪我去参观各大盐井。其中有一个产量最大的盐井。叫做"金钗井"。我问本地人,为什么叫"金钗井",他们就告诉我一个奇离的故事。现在我转述给诸位小朋友听:

从前,自流井有一位寡妇。她的家境并不好,却有许多子女。她为子女打算,决定把所有财产变卖了,去请掘井专家来掘盐井。她想,如果掘得成功,子孙世世代代,吃用不尽。于是她实行了:先请专家来看地;看定了地,再请掘井工人来动手。她每天供给工人工钱和饮食。掘了数十天,掘出来的只是石屑,并没有盐水。再掘下去,仍是石屑!掘了一百多天,总是不见盐水!工人告诉寡妇:"老板娘,这工作没有成功的希望了,还是作罢,免得再白费金钱了!"老板娘不甘心,回答说:"你们再掘三天吧。如果再掘三天没有盐水,我甘心作罢。因为我还有几匹布,可以卖脱了当作三天的工本。"工人依她的话,再掘三天。但盐水仍是没有。工人们再要求老板娘罢手。老板娘说:"请你们再掘三天吧。我还有几担谷,可以卖脱了当作工本。"工人也依她的话,再掘三天。掘出来的依然是石屑,却没有盐水。

其实最后一天,老板娘卖谷的钱已经用完,伙食开不成了。但这寡妇是很仁慈而慷慨的。她觉得工人们很辛苦,最后一天非款待不可。于是她拔下头上的金钗来,典质了钱,去买酒和肉,来答谢工人们的辛苦。她说:"掘井不成功,是我的命运不好之故,与你们无关。我仍要答谢你们的辛苦。"工人们吃了她金钗换来的酒肉之后,大家觉得感激和抱歉。这晚上,工头同工人们商量:"我们替老板娘掘了几个月井,毫无成功。她白费了许多钱,又典金钗来请我们吃酒肉,实在太客气了。我的意思,我们从明天起,替她再掘三天,不要工钱,作为奉送。如果掘出盐水,大家欢喜;如果依然没有盐水,我们也对得起她了。你们意思如何?"工人们一致赞成。

于是工人们尽义务,再掘三天。第一天没有盐水,第二天又没有盐水。到了第三天的傍晚,忽然大量的盐水来了!工人们大家欢呼:"老板娘万岁!"老板娘也欢呼:"老司务万岁!"于是皆大欢喜。原来因为三天三天地延长,这井掘得特别的深,已经掘通了盐水的大源泉。所以盐水的产量特别的大。自流井所有的盐井,都比不上它。于是这井就变成了自流井最大的一个盐井。这寡妇和她的子女，因此发了大财，现在还是当地的一大财主呢。

因为寡妇典质金钗来款待工人，所以工人奉送三天。因为奉送三天，所以掘井成功。因此这井就称为"金钗井"。假使寡妇不典金钗来买酒肉款待工人，不会再延长三天。那么这盐井就变成"功亏一篑"了！由此可知一篑之功，非常伟大！

有人说："这是善的报应。因为老板娘良心好，待人好，所以天公给她一个好的报应。"但我不喜欢这样说，我以为这完全是科学的问题，与毅力的结果。假如地下真个没有盐水，即使工人们奉献十天，也是不成功的。地下真有盐水，人们真有毅力，就自然会成功了。小朋友们大概都赞成我的话吧。人类文明的进步，全靠科学，全靠毅力！

卅五〔1946〕年十月十八日在杭州作

油　钵 [1]

古代，在南方的一个国家里，曾经有这样一个故事。

国王要选一个赤胆忠心的人来做宰相，为人民谋幸福。怎样选法呢？他确信凡专心致志，坚定不移的人，必定能够尽忠报国，成就大事。他就照这标准去选人。他找了很久，发现有一个小官，最为合格。但他不敢决定，还要考考他看。有一天，他做错了一件小事，国王大发雷霆，要办他的罪。那是个专制国家，不像我们的有法律，一切由国王作主。国王说要怎样，就怎样，没有人敢反对。那天，国王就对这小官说："你犯罪了！现在我要罚你做一件事：我有一钵油，你捧了这油钵，从国都的北门走到南门，路上只要不掉出一滴油。这样，不但可以免罪，而且封你做宰相。如果掉出一滴油，立刻在当地斩首！"

兵士把他押送到北门，他看见地上放着满满的一钵油，约有十余斤重。这一钵油，满到不能再满，钵的口上，几乎溢出来。油钵旁边站着一个刽子手，拿着一把闪亮的大刀。这刽子手是押送他捧油钵走路的。从北门到南门有二十里路。

---

[1] 本篇原载1947年10月《儿童故事》第11期。

这小官心想，这回一定死了！这样重而满的油钵捧着走几步，早已滴了；何况二十里，更何况这样闹热纷乱的街道！他最初觉得非常恐怖而且悲伤；后来他想：准备死了！但我要尽我平生之力去做这件难事。万一成功，还有活的希望。"尽人力以听天命！"

他下了这样的决心之后，就振作精神，走上前来，不慌不忙地双手捧起油钵，开始走路。最初，油面略起波浪，幸而没有滴出。他两眼注视油钵，绝不看别处！他两耳对于周围一切声音，如同不闻。总之，他全身之力，集中在油钵上，他心中只有一个"油"字，其他一概不知。这样，他果然顺利地开始进行了。岂知一路困难很多。

这消息震动了全城。许多人跑来看这奇怪的刑罚。他的前后左右，簇拥了大群男女老幼。大家跟着他走，一边看他捧油，一边纷纷议论。有的人说："你们看这个人，生得一脸苦相，他一定是个杀头犯。这样满的油钵，这样远的路程，怎么会不掉呢？"有的人说："你看，他的脸色发青了！他的手上青筋突起了，他的手就要发抖了！"有的人说："前面的坡，高低不平。他上坡的时候，油一准会掉出。唉，他就要死了！……"你一声，我一句，说得可怕至极。但他全不听见，专心一意，只管捧着油钵，一步一步的走。

这消息传到了他的家族和亲戚那里。他们大为惊骇，大家跑来探看。他的亲戚们在他身边悲叹吊慰。有的说："唉，你真命苦，犯了这样的罪！我对你有无限的同情！"有的说："你要小心，千万不可掉出油来呢！"他的父母在他身边呜咽呜咽地说:"我的儿呀!你死得这样苦,做父母的肝肠寸断了!"他的夫人在他身边号啕大哭:"啊呀!我苦命的丈夫呀!我同你恩爱夫妻,如今不能到头了!啊呀!我要和你一同死呀!"就滚倒在他身旁的地上。他的孩子们在他背后哭:"爸爸不要捧油!和我们一同回家去呀!……"哭得旁边的人都掉下泪来。但他的油,没有掉下来。因为他的心中只有"油",没有别的,所以一切悲叹号哭,他都没有听见。这样,他已经走了五里路,到了繁华的大街。

忽然前面有人叫喊:"标准美人来了,大家看!"原来这国有十个美女,是国王选定的,叫做标准美人。这一天,标准美人打扮得十分艳丽,乘车在市中游行。观者人山人海。看捧油的人们就转向去看美人。有的说:"啊!你看她们的脸庞儿,个个像盛开的桃花呢!"有的说:"你看她们的胸脯多么白嫩!腰身多么窈窕!她们的腿都是透明的呢!"还有些人说:"近看更加漂亮了!竟是天上的仙子呢!""看了这样的美人,我死也情愿了!""不看这样的美人而死,才是冤枉死呢!""嗄!美人在车上舞蹈了!大家看!"……这种话声就在他的耳边,照理他都听见。但他如同不闻,他目不转睛,只管注视着手中的油钵,一步一步地,稳健地向前进行。此时他已走了十里路,到了市中心区。

标准美女过去了不久,忽然前面发生一片惊喊之声,路上的人纷纷逃避,店铺纷纷关门,好像我们抗战期中来了警报。原来是一只疯象,逃出槛门,闯进市内,踏伤行人,撞破房屋,真是可怕得很!有几个胆大的人,拿出刀枪来驱象;谁知那象一点不怕，张开大口，好像一扇血门，翘起鼻头，在空中乱舞，吓得人们东西乱窜，大喊救命。忽然又有人喊："象师来了！"原来南国地方多象，有一种人专门管象的，叫做象师。凡有疯象、凶象，象师都能救治镇压。这回，他们把象师请到。象师手拿着法宝，口里唱一种奇怪的歌，来镇压这疯象。逃避的人大家又走出来，争看象师治象。象师唱了许多歌，（他们本地人说，念了许多咒。）疯象渐渐静起来了，后来把头垂下了，最后它跪倒了。看的人大家拍手，喝彩。象跪倒的地方，就在捧油的罪人的身旁。但一切惊呼，号哭，骚乱，歌唱，喝彩，对他没有丝毫影响，在他如同不闻。因为他心中只有"油"，别无他物。这样，他已经走了十五里路，不曾掉下一滴油。

走了一会，前面又传来一片哭喊奔逃之声，比前更加惨哀，原来这大街上失了火，两座大楼正在焚烧，火光烛天，爆声震地。许多人被火灼伤，许多人被屋压倒，正在大声哭喊；许多人正在抢救人命，搬运货物；还有许多消防队员正在救火，许多水龙尽量地喷射，好像许多小瀑布。水沫溅在捧油的罪人的头上，火星飞到罪人的衣上，烟气迷漫在罪人的眼前，哭声起伏在罪人的耳

旁。但他对于一切没有感觉。因为他心中只有"油",没有其他。这时候,他已经走了十八里路。再走两里,就是南门了。

刽子手在后面喊了:"到了,把油钵放下!"但他没有听见,只管捧了油钵出南门去。直到刽子手放下了刀,伸手去接他的油钵,他方才喊道:"你不得打翻我的油!性命交关!"刽子手笑着对他说道:"国王指定的地点已经到了!你已经是一个无罪的人了!"这时候他方才从"油"中惊醒过来。他向四面一看,摸摸自己的头,问道:"唉!果然到了?"刽子手恭敬地答道:"而且可去做大官了!"就指着旁边的大车说:"请宰相爷上车!这是国王预先派来等候着的。"

原来国王预料这人有绝大的毅力,无论何事,能够专心一志,坚定不移地去办,一定办得成功,所以预先派了御用的大车,在南门等候他。经过这番考核,国王更加信任他。车子到了王宫,国王就拜他为丞相,把国家大事全权委托他。后来这个国家迅速进步,非常昌盛。

〔1947 年〕

赤 心 国[1]

抗战时期中,有一个军官,在近海的某城中服务。他有临危不惧的镇静;清楚灵敏的头脑;不屈不挠的精神;刻苦耐劳的毅力和爱好和平的天性。他天天努力训练他的军队,预备将来率领了去杀敌人。这地方离前线很近,故敌机时常来滥施轰炸。幸而城外有一个坚固可靠的山洞,而且非常之深,可以容很多的人。有人说这洞是无底的,但无人知道它的究竟。

有一个初夏的午后,炎热的太阳照遍了大地。忽然警报响了。"呜——",声音凄惨可怕得很。许多居民都纷纷逃到这山洞里去。那军官也跟着众人逃避在这洞里。这平时冷静得可怕的山洞,现在顿时热闹起来。那些胆大的,不耐烦的和头脑不清的人们,都拥挤在洞口,不愿躲到里面去,虽然他们知道里面很深。

不一会,敌机果然来了,架数很多,炸弹立刻像雨一般落下。大概是看得惯了的缘故吧,洞口的那批人依旧拥在洞口,

---

[1] 本篇原载 1947 年 8 月 1 日《论语》第 134 期。作者以此题材另写一篇《明心国》,载 1947 年 9 月 22 日《天津民国日报》。《博士见鬼》一书中原来收《明心国》,最初编文集时,将题材相同的《赤心国》编入,以代替原来的《明心国》。

心以为他们的地点已很安全。忽然一个重磅炸弹飞下,正落在洞口。那一批可怜的无辜者顿时血肉横飞,化为乌有。军官幸而没有被难。他的身体跳了丈把高,但是他竭力保持镇定。在这一刹那间,他眼看见无数平民变成了血浆和肉块。这景象吓得他不知如何是好。本能指使他往里钻,其余的许多平民也都争着往里面挤。小孩的号哭声,妇人的惊喊声,嘈杂的脚步声,都混成一片。数千人挤成一团。

那军官终究年富力强,他走在最前面,钻进洞的深处;无数男女老幼都跟着他向里面挤。忽然又是震天一声响,不料洞上面的岩石压了下来。把洞口封住了!一刹那间,哭声喊声和脚步声同时骤然中止。军官忽然觉得异样,忙回头拿电筒一照,只见跟在他后面的大队民众已尽数被岩石压死,他自己离开岩石落下的地方仅三尺,侥幸不死!他吓得大喊起来,可是这喊声没有人响应,只有岩石间的回声跟着他的喊声作悠长而凄惨的反响。"呀,只留下我一个!"他不禁喊出这句话,同时又听见一个短促而可怕的回声。他立刻觉得绝望。再用电筒照时,只见岩石的隙缝间参差露着被压死的人们的手、脚和小孩的头、小手等。有的头颅被压碎,脑浆淋漓;有的只露着一个头,两个眼球仿佛两个胡桃,向外突出;有的因为肚子和胸部被岩石突然重击,肠胃等竟从口中吐了出来!……军官再也不忍看了。他熄了电筒,两腿站不住,便倒在地上,几乎昏过去。

不一会,他清醒了。他想,在这情形之下应当怎么办?他知道这山很高很大,简直是一条长岭。要掘一条通路呢,他身边没有家伙；况且这山都是岩石，即使有家伙，也是不容易的。大声喊救呢，便是震断了声带，外面也无论如何听不到。向洞的深处走呢，只觉里面阴气袭人，好像伏着可怕的鬼怪。况且这里面十有八九是绝路呢！他想到这里，觉得完全绝望。他想到不如像那些平民一样被炸死或压死了干净。像他现在的情形，正是不死不活，使他万分焦虑而难受。后来他想，与其这样活活地饿死，还不如现在撞死在石上了痛快。打定了主意，他便站起身来，用尽平生之力向岩石上撞去。

但是，他忽然把头缩回。他想道："就这样撞死了，未免太不甘心。我何不冒着险向洞里走，或有一线希望。如果这是绝路，到那时再撞死还不迟。"他就开始实行他的计划。他很经济地使用他那唯一的光源——电筒。幸而前面并没有可怕的阻碍物，又并不是绝路。不过路很崎岖，而且黑得伸手不见五指。但是这些他都不怕，因为他能刻苦耐劳，他有不屈不挠的精神。他一刻不停地前进，希望能发现生路。

可是，一个阻碍来了——就是肚子饿了。他伸手向衣袋里一摸，幸而带有一包糕，这是平时备着逃警报时吃的。他拿出来省省地吃，一面又不断地前进。他用电筒照照前途，依旧有通路，但依旧是黑暗，依旧是崎岖。在这里不知白昼和黑夜，但照他的经验估计，大约已经走了一天光景了。在平时，他一天能走七八十里路。现在他在黑暗中走这崎岖的路，大约只走四五十里。他只管前进。可是，又有一个不可避免的阻碍来了——他疲倦了。于是只好随地躺下来休息。不一会，他就昏昏睡去。

他醒来的时候，起初还以为睡在自己寝室里的行军床上。疑虑了好一会，他才觉察了：原来自己正处在这绝境里，前途渺茫至极。悲哀和绝望立刻笼罩了他的全身。幸而勇气出来把它们赶走了。他起来继续前进。可是肚里饿得难受。他又伸手向袋里搜寻食物，但只有不可吃的钥匙和一些钞票。这时候，电也用完了。他只好弃了电筒，暗中摸索爬行。他像狗一样地向前爬去。忽然他的头在岩石上撞了一下。"呀，不通了？"他惊恐地自语，忙举起双手向前摸索，果然前面都是凹凸不平的岩石，没有通路。他忙转身向左去摸，又都是岩石。他慌极了，心想右边也许通的，急转至右边，双手向前乱摸。果然，天无绝人之路，两手明明没有碰到阻碍物。他才透了一口大气，不觉自言道："原来转了一个弯！真吓得我要死。"

转弯之后，他忽然看见很细的一线阳光从远处射来。他忙上前去把手放入光线中，居然看见了五指。他欢喜极了，心中立刻充满了快乐和希望，顿时忘记了饥饿和疲劳，急向着光明前进。后来洞渐渐狭小，只能容一人通过。

不久，他便到了洞口。他向洞外一望，只见一片平原，平原外面是汪洋大海。好久不见阳光了的他，一时觉得异常兴奋。起初他觉得非常耀眼，不能正视洞外的景物，但不久也就惯了。于是他便想钻出洞去。可是他忽然又把身子缩回来，因为他看见那平原上有许多野人般的东西在来往工作。他想道："奇怪，这些是什么东西？会不会害我呢？"为了小心起见，他暂时不出去，躲在洞口探望，想等那些野人走后再出去。可是他等了好久，野人们只管不走。他饿得实在难当，疲倦得再也不能支持了。他想，若再不出去，便要饿死在这里了。不如冒着险出去，如果他们对我凶，我可用手枪吓他们。这样，或者还有生望。心中想着，便钻出洞来。

军官刚出洞，就被野人注意了。他们都停止了工作，惊异地向他看。其中有几个急忙逃去报告一个胸部很高的野人，这大概是他们的王。野人王来了，他向军官叽里咕噜地问，军官一句也不能懂。他看见野人并不凶，才放了心。于是他便以手指口，表示饥饿。野人王懂得他的意思，就向旁边的野人叽咕了一会，他们立刻跑去拿了两大碗热腾腾的东西来。军官一看，两碗都是煮熟的马铃薯。尝一尝，原来一碗是咸的，一碗是甜的。他已饿得很，便不顾一切，狼吞虎咽地把两大碗马铃薯一顿吃完，觉得味道真好。野人王见他吃完了，便过来指着碗，又指着他的嘴，叽咕地问了些话，军官懂得他的意思，便摇摇头，又指自己的肚子，表示"已经吃饱"。他见野人待他这样好，心里好欢喜。

吃饱之后，他才开始认识他的环境。原来这地方很好：中央一片半圆形的平原，三面是崇山峻岭，一面是茫茫大海。世间的人永不知道有这地方。这里很有些像桃源洞，真是所谓"峡里谁知有人事，世中遥望空云山"。可是这位军官终不免"尘心未尽思乡县"。他望着大海，心想："如果遥见有海船驶过，我可以大声喊救，叫他们把我载回去。"他又回转身来看那些山岭，只见岩石间有许多洞，一层层排着，好像大洋房的窗子。在每个洞里，住着男女老幼的野人。他们身上都有毛，外面穿着棕榈制的衣服。岩石的中央有一个较狭长的小洞，他就是从这洞里出来的。只见这洞口的地上植着几排形似蜡烛的植物,又放着几个棕榈制造的蒲团。他初出洞的时候却没有注意到。他不懂这是什么意思,难道他们向这洞礼拜的吗?这洞的左边有一个精致的小洞。那野人王一手拉着他,一手指这小洞,他知道意思是叫他住这洞,便点点头。天色渐黑,众野人都各自钻进洞里去睡,他也就钻进自己的洞里去躺下。因为几日来身心都很辛苦,故躺下来就昏昏睡去。

次日,军官到海边去眺望,希望有海船驶过。但近岸一带水很浅,故航线离这里一定很远。他望穿了眼,也不见有船只驶过。于是他觉得绝望,心想只好永远住在这里了。幸而野人们都待他很好。他们一天吃三餐马铃薯。早上是淡的,中午是甜的,晚上是咸的。吃之前,有一野人用木锤击石器数下,几十个洞里的野人听见了都纷纷出来,排成圆形,坐在地上。国王坐在圆形的中央。每人手里捧了一碗马铃薯,大家欢乐地吃。他们很客气,请军官同国王并坐。

他在这里住了几天,渐渐知道了他们的组织:胸部最高的一个是王,还有六个是官,胸部比王稍低,其余的都是平民,他们的胸部又比官稍低,但和世间的人相比,还是高得多。六个官各有其职,其中一个专管"衣"的事,其余五个分管"食"的事。"食"的事共分五项,即马铃薯、甘蔗、糖、海盐、土器皿及柴火,每个官担任其中一项。每天,这六个官各向人民中轮选数十人去工作,官在旁监督,指挥和教导。他们工作的地方是海边和左边山坡上。这里中央及右边都是岩石造成的峭壁,上有无数的洞,独有这左边的山上却是一片肥沃的土地，上面种满了植物。

军官常到海边去散步，看野人们做晒盐的工作；或是坐在洞口闲眺风景。他到左边山坡上去参观他们工作：有的在剥下棕皮，有的在缝成棕衣。官在林间来往发令，指挥他们。众野人无不绝对服从。棕林外面是数百亩马铃薯地，他们正在收获。管马铃薯的官在旁监督并教导。棕林旁边是一大丛的甘蔗林，他们也正在收获，后面的山上隐约可望见许多野人在丛苇及茂林间樵柴。山的左边有一个天然的岩石的平台，上面建着一个大窑，窑口冒着火焰和浓烟。这是烧碗盏的。平台上有野人们在工作。有的打粘土，有的制器皿，有的烧火。这里俨然是一个小工场，他们所制造的器皿虽粗，形式却很美观，可用以盛马铃薯、盛盐、盛糖。他们工作都很认真而尽责，从不偷闲，永无争吵。军官看了这分工合作的办法，这忠勤简朴的民众，和这和平欢乐的景象，他觉得真可佩而可羡。他想，这正是一个理想的国家的缩型。

光阴如箭。军官虽没有日历，但由他的经验和时节气候的变迁，他知道在野人国已过了四五个月。这时候已是秋天了。他渐渐懂得他们的言语，现在他差不多已能和他们随意闲谈了。有一次，野人王工作完毕，便来找他闲谈。他们两人坐在地上晒太阳，一面就开始谈话：

"你们这里真好！地方又好，人又好！"军官真心的称赞。

"地点的确很好！至于人民，就是大家能互相帮助，互相爱护罢了。"野人王说。

"你们究竟共有几百人？我还没有清楚。"军官问。

"约有五百人呢！"野人王回答，"你们呢？你们世界上大约有几千人吧？""不止！有几万万呢！军官心中不觉好笑。

"万？什么是万？"野人王很奇怪。

"一万就是十千。我们共有几万万！"军官解释给他听。

"啊，真多！"他似乎不能相信，因为多得不能想象。"那么，都是像你这样身上没有毛的吧？"

"自然都没有毛的。"军官回答。他觉得太阳晒得怪热，便把自己的衣服脱下。里面穿的是一件织得特别细致的夹棕衣，中间还填满了芦花。这是野人王叫他的人民为军官特制的。因为恐怕他身上没有毛，禁不起冷，所以特制这夹棕衣给他。他把脱下的衣服在地上一丢，同时发出"汀零"一声。

"什么东西？你袋里有什么东西？"野人王听到这声音便问。

"这是我袋里的钥匙，是从前带来的。钥匙！你知道？"军官恐他不懂这名字，故反复问一句。

"什么是钥匙？"他果然不懂。

"这就是——"军官觉得有些难以解释，他一面拿起衣服从袋里取出那串钥匙。"你看，是这样的东西。我们的衣服等藏在箱子里，箱子关好后，一定要在上面加一个'锁'。锁好之后，箱子便不能再开。要开的时候，一定要用这种钥匙才行。"军官以为已解释得很清楚。

"那么为什么一定要把箱子锁好呢？"野人王还是不懂。

"因为如果不锁好，别的人便要来偷。"他看见野人王听到"偷"字茫然不解，便继续说："'偷'就是有些不好的人等物主不在的时候，把箱子里的衣服等东西私下拿了去。倘使——"

"有这样的事吗？"野人王打断了他的话，很惊奇地问。"怎么可以偷呢？哈哈，你们世界上的事真奇怪！"这时，站在旁边的几个野人都惊奇得笑起来。

"是的，你们听了原要奇怪。"军官脸上不觉有羞惭之色，"我们的世界没有你们这样好，故我们的箱子一定要锁好，不锁便有人要偷。倘使我的衣服被人偷了去，我便没得穿，便要觉得冷。"

"你冷了，偷的人难道不冷吗？别的人难道都不冷吗？"野人王惊异地问。

"哦？"军官不懂他的意思。"我冷了，别的人怎么会冷呢？"

"咦！你们的世界真太奇怪了。怎么一个人冷了，别的人都不冷呢？"野人王说。这时旁听的野人都表示异常的惊奇。

"我是我，别人是别人。我冷了，与别人有什么关系？偷的人既已得了衣服，哪里还会冷呢？别的人只要有衣服，当然是不冷的。"

"啊，原来你们和我们不同。我们五百人中，若有一人冷了，其余的人大家觉得冷。因为我们个个都有赤心！"他说着便解开棕衣，露出他的赤心。"你看，是这样的东西。"

军官看时，只见他胸前突出一个很大的心形，鲜红得非常可爱。

"我们五百人都有赤心,不过大小稍异。"他继续说。"我是他们的王,故我的赤心最大。那六个是官,赤心比我略小。其余的都是民众,他们的赤心又比官的略小。赤心越大,感觉越灵敏。譬如五百人中有一人没有衣服而冷了,我最先有同感,其次是官觉得冷了,然后人民都觉得冷了。"

"啊,有这样的事吗?"军官奇怪至极,几乎不能相信。

"这有什么奇怪?我们觉得这是很平常,很合理的事。你们世界上的事才真奇怪呢!什么'钥匙',什么'偷'……啊,你还有什么奇怪的东西从世界中带来吗?"

"还有——"军官迟疑了一会。可是野人王早已拿起地上的衣服,自己伸手在袋里搜寻了。他取出一叠钞票来。

"这是什么东西?"他问,一面把手里的钞票分给旁边的野人鉴赏,大家翻来翻去地细细地看。

"多么精美的东西!"旁边一个野人不觉喊道。"我知道了,这一定是你们玩的!"

"不是玩的,这是我们世界上最重要的东西。这叫做'钞票'!"军官为他们解释。

"有什么用处呢?"他们齐声问道。

"这可以拿了去买东西。'买'就是拿这种钞票去向别人交换你所需要的东西。譬如你想吃马铃薯,你便可拿钞票去买。"

"那么没有钞票呢?"他们又问。

"没有钞票便不能买,只好挨饿。我们世界上很不好,有些人有很多的钞票,有些人一张也没有。没有钞票的人便只好挨饿。"军官说到这里，不觉现出愤恨。

"没有钞票的人饿了，别的人难道不饿吗？"他们又很奇怪。

"别的人有钞票，要吃东西只要去买，自然不会饿的。"军官还是现着愤恨。

"哈哈，你们又和我们不同了；我们五百人中若有一人饿了，其余的人都觉得饿，心里都很不安。一定要等那人吃饱了，方才大家都舒服。因为我们都有赤心，五百个胃都相关的。"

"原来如此！"军官不胜羞惭，又不胜羡慕。这时野人们都要去工作了。军官却还是坐在那里独自出神。他想：

"这里真是一个理想的世界！我以前因为见他们身上有毛，故把他们当作野人看，这真是亵渎了他们。原来这里不是野人国，这里是赤心国！那个胸部最高的不是野人王，他是理想世界的领袖，是赤心国的国王！那些钥匙，钞票，的确是奇怪的东西，是可耻的东西！"他忽然想起了裤袋里的手枪。"啊，还有这东西！这是何等野蛮，何等可耻的东西！幸亏这手枪还没被他们看见。如果给他们知道了它的用处，他们将怎样地笑我们，我将何等地羞耻！他们若知道我以前曾把他们当作野人看，他们一定要说：'你们痛痒不关，自相残杀，你们才是野人！'啊，我必须小心藏好这手枪，无论如何不能给他们看见。"他觉得手枪硬硬地在他身边，怪不舒服。

可是有一次，军官不小心把手枪落在地上。恰巧被赤心国的国民看见了。他们忙拾起来，喧哗地争着看，一面问他是什么东西。赤心国的国王也来了。

"多么精致的东西！这是做什么用的？"国王好奇地问，似乎希望再听到一些奇怪的事。

"这是——"军官现出很狼狈的样子。"这不过是一种装饰品罢了。"他说谎了，态度很不自然。

"啊，多美丽的装饰品！你们的世界上真好，有这么精美的装饰品！"他们齐声真心地称赞，大家轮流把手枪在身上试挂，现出很高兴的样子。军官在旁看了，现出尴尬的神情。幸而他们只拿来挂挂，就还了他，并没有细玩。他才放心了。

自此军官不再把手枪拿出来。他安心地在赤心国里和他们共享和平幸福的生活。

有一个半夜里，天气很冷。军官正睡得很熟。忽听见五百人都起来，喧哗不住。军官被他们惊醒，忙跑出洞来问。只见围着一个不穿棕衣的青年，正在关心地向他什么。那管衣的官忙拿了一件新的棕衣来给他披上。原来这人夜里起来到洞口小便，忽然一阵大风把他身上的棕衣吹了去，他冷得发抖，使得所有洞里的人都觉得冷，所以大家起来查问。他们见军官也起来了，大家问他："对不起得很！你也觉得冷了吗？"军官回答说，他并不觉得冷，不过听见他们喧哗，所以起来问问。

又有一天的正午，大家正在吃马铃薯。忽然中央的国王皱着眉头高声问周围的人：

"我觉得很饿，你们都觉得吗？"

"啊，果然饿得很！"大家仿佛被提醒了，齐声回答。

"你们赶快去调查，不知有谁没吃饱呢！"国王关心地吩咐那些管食事的官。

他们不等国王说完,早已跑去侦查了。不久,他们拉着一个孩子来了。

"这孩子到山上去采花,迷了路不能回来,肚子饿得很!"他们一面拉着他过来,一面报告国王和大家。

那管马铃薯的官忙捧了一碗马铃薯来给那孩子吃。他便捧着碗大吃。他吃饱后,大家方才觉得饱了,现出舒服的样子。

又有一次,潮水来了。声音宏大而可怕,像狮吼,又像打雷。在海边工作的人来不及逃避,几乎被潮水卷去。他们拉住海边的芦苇,拼命挣扎。忽然国王慌张地从洞里出来,四顾而大喊:

"有谁遇着灾难了?大家快去查!"

他没有说完,许多人民都纷纷从洞里出来,脸上都有惊慌之色,一齐叫道:"我们身上也觉得不安,一定是谁遭遇祸患了!"于是大家忙向四处寻找。

"呀!你们看,潮水里不是有人在挣扎吗?"国王同那盐务官同声喊起来。

民众看见如此,忙去拿竹竿来救。海边的人拉住了竹竿,爬上岸来。管衣的官早已拿了新的棕衣来给他们换。大家都去慰问。军官和国王也去问讯。幸而没有被潮水卷去。

军官看了这种现象,觉得惊奇,羞惭,又欢喜。他想:"我虽然没有赤心,但我要竭力仿他们做。"自此军官和他们同欢乐,共患难。他每天帮他们做些轻便的工作。除了身上没有毛和赤心之外,他简直和他们一样了。

这一天,天气很好。军官和许多人民在棕榈树间工作。和暖的太阳射入林中,晒在他们身上,温暖得全身很舒服。他们一面工作,一面闲谈:

"你们的世界真好!我希望永远住在这里。"军官说。

"我们也希望你永远和我们在一起!"他们高兴地说。

"前几天潮水几乎把你们的同胞卷了去,我看见你们大家立刻现出不安和惊慌。难道你们不仅是冻和饿大家同感,连灾难也有同感的吗?"军官想起了前几天的事,便问。

"当然啰!只要一个人遭了灾祸,我们大家便觉得有亲自遭灾祸似的感觉。"他们回答。

"那么你们之中若有一个人生了病,五百人便都生病吗?"军官暂停了工作,奇怪地问。

"生病?是什么意思?"他们望着军官,不懂这话。

"你们有人死的时候,怎么样呢?"军官不答而问。

"我们凡到了很老的时候,便安然死了,一点苦痛也没有。我们把尸体缚在板上,大家唱着悲哀的歌送他到海里去。"

"啊,原来你们都是无病而逝的!"军官不觉自语。

"……?"他们疑惑地向他望,不懂他的话。

"如果你们的国王死了,谁即王位呢?"他忽然想起了这问题。

"如果国王死了,人民中自然有人的赤心变大起来。谁的赤心最大,谁便是我们的王。因为做王的应该有最大的赤心。"他们回答。这时候,平原上传来敲石器的声音。大家便停止了工作,一同去用午餐。

军官觉得这种生活有趣得很。他跟着他们日出而作,日入而息。闲时散散步,看看风景,或是和他们谈谈天。度着这种和平幸福的生活,他的身体一天健康一天了。

光阴如飞,时候已到严冬了。山上那株大橘子树已经结实累累。果实又大又红又可爱。有一天,国王指着这橘子树对军官说:

"你看,这些橘子都已成熟了!等我们每人尝了一个后,便把所有的橘子采下来,剥出来,放了糖,烧甜羹吃。这时候便要开一个大的宴会。你一定欢喜参加的。"

军官很高兴。他想,这和我们的过年无异。

没有几天之后,第一个橘子落下来了。他们拾得后,便拿去献给国王先尝。第二个落下后,便拿来送给军官尝。其次的给六个官。以后便按着年纪的大小,顺次分给人民。所有的人都尝到后,树上还有许多橘子没有落下。于是他们便爬上去尽数采了下来。这一天,大家停止每日的工作,围着橘子堆剥皮。剥好之后,放入一个很大的砂锅里,加了许多甘蔗糖烧起来。酸甜的香气从锅中喷出,散遍了满个平原。

不久,橘子羹烧好了。他们把大锅子放在中央,请国王,军官和六个官坐在锅旁。几百人民绕着他们围成圆形。各人手里捧着一大碗橘子羹,欢乐地吃。军官觉得的确好吃。又甜,又酸,又香,又鲜。这时候,没有一个人不喜形于色。有时候,他们放下碗,手搀着手,绕着国王等跳舞,口里唱着庆祝的歌。国王也欢乐至极,哈哈大笑。

"呀,我想起了,你不是有一件很精美的饰品吗?当这快乐的时候,为什么不把它拿出来挂着?"国王忽然问军官。

军官没法,只好把手枪从衣服里取出。国王一面细细玩赏,一面亲自替他挂上。忽然"砰"的一声,军官倒下了。原来国王不知道,碰动了那扳机。子弹飞出,却巧穿过军官的喉边,流血不止。他立刻昏了。众人非常惊骇,忙聚集拢来。幸而子弹没有伤及喉管,只是在其旁的肉里通过。不一会,他略略清醒了些,但不能讲话,也不能动。他隐约听见众人惊骇及诧异:

"这不是装饰品吧?这究竟是什么呢?"有的怀疑了。

"他们的世界到底不好!怎么有这样危险可怕的东西?"有的摇着头太息。

"他有没有死?我们怎么救他呢?"大家同情的说。

众人纷纷地议论了好久,终于没有办法。有的说,他一定死了,为什么他不动呢?国王起初也惊慌,但不久就镇静了。他问众人:

"我想他一定痛苦,你们都觉得痛吗?"

"奇怪,我们都不觉得痛。"众人回答。

"我也不觉痛苦。大概他和我们没有关系的。我想,他一定就要死了。"国王说到这里,现出悲哀样子。众人也都悲伤起来。不一会,国王又说:

"现在,你们大家静听我讲!你们都知道,这人是从中央的小洞里出来的。以前我常常吩咐你们,大家应该向这小洞礼拜,祈祷上苍保佑我们,切不可进去窥探。但我没有把这理由告诉你们。现在我告诉你们这理由:每当一个王传位给另一个王的时候，必定将一句话传下。这话就是'中央的小洞里万不可去窥探，因为这洞通一个不好的世界。'我以前不把这事告诉你们，是因为恐怕你们知道这洞是通另一个世界的，心中起了奇异之感而偷偷地去窥探。当我初见这人时，我以为他一定很坏。哪知后来看他倒很好。但从他的口中，你们一定相信那世界的确是很坏的。

况且他们竟有这种可怕的杀人的家伙！现在这人既已无知觉，我们赶快把他送入海中，现在，我告诉你们，让我们赶快把这危险的洞封了，免得再有后患。好，大家听我的命令！你们几十个人快去封洞！喂，你们几个人来，把这不幸的人缚在木板上！"国王结束了他的说话。

军官没有完全昏去，他听见国王的话，但他不能动，只好任他们缚。他很不愿离开这地方，心中很悲伤，恨不得立刻挣扎起来，告诉他们："我虽是从那坏世界中来的，但我不是坏人！"可是他没有气力。

"不要忘记把那可怕的'装饰品'给他带回去！"他隐约听见国王的声音。于是他听见他们齐声唱追悼歌，遂即觉得身入水中，他又昏过去了。

当他醒来的时候，发现自己安卧在船舱里的床上。原来他已被一只大轮船上的水手们救了起来，伤口已被搽上药膏，绷上纱布。床的周围站着医生，看护妇和别的人，他们都注视着他。现在他完全清醒了。大家忙问他是怎么一回事。他便断断续续地把他所遇的一切完全告诉他们。

全船的人都知道了这军官的奇遇。有的人不信；有的人半信半疑；有的完全相信，并且说一定要亲自驾驶了帆船去寻找这赤心国。

军官不管他们信与不信，他心里永远憧憬着赤心国里的和平幸福的生活。当这大轮船泊岸之后，他便回到家乡，把他因躲警报而得的奇遇讲给人们听，并且希望把我们的社会改成同赤心国的一样。人们听他讲到胸前那颗赤心，大家都笑他发痴。有的人说，他大约被炸弹吓坏了，所以讲这些疯话。但他不同人争辩，管自努力考虑改良的办法。他到现在还在努力考虑着。

卅六〔1947〕年十月[1] 于杭州

---

[1] 十月，疑误。因此文已于当年8月1日出版的《论语》刊登。

生死关头[1]

小朋友听了我这故事,恐怕要心惊肉跳。但只要你聪明,也就不可怕了。

往年我逃难到大后方,有一回住在荒山之中。附近的山都是峭壁,高数千丈,无人爬得上去,只有鸟可以飞上飞下。其中有一种鸟,名叫"神鸦"的,常在峭壁的凹处作窠,那些凹处,好像一个平台,约有一张床这么大小。鸟蛋生在这里,也不会滚下去。而且没有人或其他动物,能够上去偷它们的蛋。

住在这附近的土人,有一种信念:神鸦的蛋,可以医治一切疑难杂症,是一种世间无双的良药。但是因为没有取得神鸦的蛋,无法证明其是真是假,所以这信念在土人们的心里愈加坚定。凡有人生重病的,总要想起或说起"神鸦的蛋";可是无法办到,只得听其死亡。我曾经听土人说过这样的一个故事:

有一个青年土人,姓王名毅的,从小确信神蛋的灵效。他家里有一母亲,他非常孝顺母亲。但母亲年已六十多岁,常常多病。有次病得非常危险,王毅买各种良药给母亲吃,都无效

---

[1] 本篇原载 1946 年 12 月《儿童故事》第 1 期。

果。忽然他想：若能取到神鸦的蛋，给母亲吃了，病一定痊愈。他便下个决心，一定要取得神鸦的蛋。他就独自深入荒山去找寻。

他跑到峭壁底下，仰望神鸦的窠。但见峭壁中央有一处凹进的石床，离地大约有一百多丈。两只神鸦衔着泥和草，正在飞进飞出，这证明它们就要生蛋了。但这峭壁不止垂直，又且向外扑出，神鸦的窠离地一百多丈，从下面无论如何走不上去。他徘徊观望，望见峭壁的顶上，有一株老树，枝干向外扑出，好像巨人的两臂。这两臂离开神鸦的窠，大约也有数十丈。他仰望这株老树，计上心来：若得从后面的山坡，爬上峭壁的顶点，用几十丈索子从老树干上挂下来，用荡秋千的方法荡过去，一定可以站在石床上而取得神鸦的蛋。这是唯一的办法，他想。

他回家去，准备一根又坚又长的索子。又做一只布袋，准备盛了蛋挂在身上的。他再走进荒山，看见神鸦不再衔泥衔草，只是轮流出来觅食，知道蛋已经生下了，他连忙回家。次日早晨，他带了索子、布袋和干粮，向峭壁后面的坡上进发。他爬山过岭，走了许多崎岖的路，下午方才走到了峭壁顶上，老树的旁边。他向下窥探，看见数百丈之下的地面，一片模糊。他打个寒噤；但坚贞的孝心，恢复了他的勇气。他把布袋挂在背上。他把索子的一端牢牢地缚住在老树的干上。他把数十丈的索子往下抛。于是他两手紧握索子，一把一把地缘下去。他的眼睛不看下面，恐怕看了要心慌。前面说过，这石壁是不止垂直，又且向外扑出的。所以他的身体愈缘下去，离开石壁愈远。到了石壁凹处神鸦生蛋的地方，他的身体离开神鸦的蛋已有大约两丈的距离。但见两只神鸦正在孵蛋，看见人从上面挂下来，吃惊飞去。王毅就看见雪白的两个大蛋，放在石床里边的草窝里。他想，取得这两颗神蛋，给母亲吃了，母亲的病霍然若失，我们母子永远团聚，岂非人间之至福！于是他用荡秋千的本领，将绳索前后摇摆。绳索摆荡的幅度愈来愈大，终于使他的脚踏住了峭壁凹处的石床。他站住了，抽一口气。他把索子的下端打一个圈，套在头颈里。于是他俯身下去取蛋。

他把蛋装进布袋里，挂在背上。不料一个失手，他把头颈里的索子圈摆脱，那索子圈飞也似的荡了开去。他一时心慌意乱，不知所措。眼看见那索子又荡回来，荡到离开石床两三尺的地方，又荡开去。随后又荡回来，荡到离开石床两三尺的地方，又荡开去。

在这数秒钟之间，他的聪明来了。他想：如果再不握住索子，这索子愈荡愈远，将终于垂直地挂在离开他两丈的空中，无论如何拿不到手。到那时，喊破喉咙无人听见，跳下去粉身碎骨，只有坐在这里饿死。想到这里，他胸中豁然开悟。他想，索子第三次回来的时候，若不拿到，就永远拿不到手，他只有死路一条。这是他的生死关头了!——这些念头只在一两秒钟之间掠过他的脑际。

索子第三次回来了,离开石床有三四尺之远。他毅然决然,奋身一跃,果然抓住了索子。他两脚踏在圈子里,抱住索子,抽一口气,然后慢慢地缘上去。他爬上树干,走下老树,坐在地上,放声大哭了一回;接着又放声大笑起来。然后背了神蛋,下坡回去。他的性命是他的毅然决然的果敢力所换来的,是他的聪明所给予的。

至于神蛋,是否真能医好他母亲的病,我没有详细查明,诸位小朋友也不必追究。我讲这故事的兴味,全在抱住索子这一段。诸位小朋友设身处地地想想,也许要心惊肉跳。但只要你有毅然决然的果敢力,只要你聪明,也就不可怕了。

卅五〔1946〕年十一月五日于上海作

夏天的一个下午[1]

暑假中，上午温课，下午休息。休息，在孩子们是一件苦事。赤日当空，阳光满室，索然地枯坐一个下午，在孩子们看来真像一年有期徒刑呢！

小妹先喊无聊，向午睡起来的爸爸诉苦。二男大男就附和。爸爸一想，说："我有一种游戏，教你们玩。"他就取纸笔，写出一首六言诗来：

　　公子章台走马，老僧方丈参禅。
　　少妇闺阁刺绣，屠夫市井挥拳。
　　妓女花街卖俏，乞儿古墓酣眠。

三个孩子嚷道："读诗上午读过了，有什么好玩？不要！"爸爸说："且慢，这是很好玩的，看我来做。"他向抽斗里寻出三粒大骰子来，用白纸把每粒骰子的六面糊上。然后用笔在每粒的每面上写字：在第一粒的六面上，写"公子""老僧""少妇""屠夫""妓女""乞儿"，六个人物。在第二粒的六面上，

---

[1] 本篇原载 1947 年 9 月《儿童故事》第 10 期。

写"章台""方丈""闺阁""市井""花街""古墓"六处地方。在第三粒的六面上，写"走马""参禅""刺绣""挥拳""卖俏""酣眠"六个动作。写好以后，就去拿一只碗来，把三粒骰子放在碗里，教三个孩子来掷，爸爸说："你们轮流掷，看哪个掷得好，我来评定分数。"

小妹抢先，掷出来一看，是"公子闺阁酣眠。"爸爸说："还好还好。公子原来是在章台走马的。如今到闺阁里来酣眠，也许这闺阁就是他的夫人的房间，也就无妨。小妹是及格的，定六十分。二男掷！"

二男兴味津津地一掷，一看，是"少妇古墓参禅。"爸爸想一想说："这太奇怪了！参禅就是静坐念佛。这少妇怎么到古墓里去参禅呢？"二男说："这是她的祖母的坟呀！"大家笑起来。爸爸说："倒也说得通，不过很稀有，不及格，只能定三十分。"

大男很有把握地掷骰子。爸爸最先看到，就说："哼！岂有此理！"大家去看，原来是"妓女方丈走马！"爸爸说："方丈是和尚的房间，妓女怎么可去？况且方丈是小房间，根本不能走马！这句话是不通的，只有零分！"就在纸上大男的名下画一个大烧饼。小妹高兴得很，翘起大拇指说："我分数最高！我第一，大哥押尾！"

大男失败之后，要求再来。仍旧从小妹掷起，小妹乘兴一掷，展出的文句是"老僧市井卖俏！"大家笑得弯腰。小妹张大了眼睛，莫明其妙，反抗道："难道老和尚卖不得俏的？"大家笑得更响，小妹却要哭出来了。爸爸就替她解说："卖俏，就是妆粉，点胭脂，烫头发，穿了很摩登的衣服，给男人们看，向他们笑，引他们去爱她。你看老和尚能不能？"小妹也笑了，说："我以为是卖硝磺，或者卖一种纱布。"大家又笑起来。爸爸说："小妹零分！二男再掷。"

二男掷出来的是"屠夫花街刺绣。"这回小妹要先问明白了:"屠夫是什么人?"爸爸就把它翻作白话:"杀猪屠在妓女们所住的街上绣花。"说罢大家笑起来。妈妈从房里洗好澡走出来,听了这句话,也来参加这笑的团体,她说:"这杀猪屠大约是妓女的哥哥吧?"爸爸说:"就算是哥哥吧,杀猪的人怎么会绣花呢?"小妹拍手说:"零分,零分!"二男辩道:"隔壁的黄木匠自己拿针线补衣服,昨天我看见的。杀猪屠难道一定不会绣花的?"爸爸说:"勉强讲得通,不过又太奇怪了,也算你三十分吧。"二男说:"我两次都是三十分。"

最后大男来掷。掷出来的是"乞儿章台挥拳。"爸爸解释说:"一个叫花子在京城的大街上打拳头。"大家说:"很好,很好。"爸爸就定他六十分。

小妹在分数单上看了一回,大声喊道:"咦,奇怪,掷了两回,每人共得六十分,平均大家都是三十分!"她就把碗捧到妈妈前面,要她掷一把看。妈妈一掷,居然掷出原句"公子章台走马"来。大家拍手喊"妈妈一百分!"爸爸说:"既然妈妈手运好,让她同你们玩吧!"就把三个孩子和一碗骰子移交给妈妈,自己走到廊下,躺在藤椅里看报了。

妈妈同三个孩子掷骰子,一直掷到晚凉。闷热的一个下午,就在笑声中爽快地过去了。这天晚上,三个孩子又从这骰子游戏中想出另一种新的游戏。这新的游戏是怎样的?以后有机会再讲吧。

卅六〔1947〕年七月二日于杭州作

种兰不种艾[1]

吃过夜饭,母亲到灶间里去了,父亲和五个孩子坐在客间里休息。五个孩子的名字,是一号,二号,三号,四号和五号。一号是十二岁的男孩。二号是十一岁的女孩。三号是十岁的男孩。四号是八岁的女孩。五号是六岁的男孩。

父亲点着一支香烟。四号先开口:"讲故事了!"五号喊一声:"大家听故事!"一号,二号,三号大家坐好,眼睛看着父亲。

父亲说:"今天不要我一个人讲,要大家讲。"一二三号同时嚷起来:"我们不会讲的!爸爸讲。"四五号模仿着喊:"我们不会讲的!爸爸讲。"

爸爸说:"我先讲。今天讲一首诗。"就抽开抽斗,拿出铅笔纸张来,把诗写给他们看:

"种兰不种艾,兰生艾亦生;
根荄相交长,茎叶相附荣。
香茎与臭叶,日夜俱长大;

---

[1] 本篇原载 1947 年 7 月《儿童故事》第 8 期。

>锄艾恐伤兰,溉兰恐滋艾。
>兰亦未能溉,艾亦未能除。
>沉吟意不决,问君合何如?"

一号,二号看了略略懂得;三号以下,字还没有完全识得,爸爸就替他们解说:"这是唐朝的诗人白居易做的诗。意思是说:他种兰草,并不种艾草。因为兰草是香的,而艾草是臭的。但是兰草的旁边,自己生出许多艾草来。兰草的根和艾草的根搞在一起;兰草的茎叶和艾草的茎叶也混杂了生长。香的茎和臭的叶,日日夜夜一同长大起来。他想用锄头把艾草锄去,但恐怕伤了兰草。他想用水浇兰草,又恐怕艾草得到水更长大了。于是乎,兰草也不能浇,艾草也不能除。他想来想去,决不定办法,问你应该怎么办。"

二号四号两个孩子说:"把艾草一根一根地拔去。"爸爸说:"他们的根搞在一起,拔艾草的根,兰草的根会带起来!"一号三号两个男孩子说:"统统拔起,另外种过兰草!"爸爸说:"连兰草也拔,很可惜,这办法不好。"五号说:"叫艾草也变成香的。"爸爸和一二三四号大家笑起来。爸爸说:"它不肯变的!"

二号这女孩子最聪明,她眼睛看着天花板,笑嘻嘻地若有所思。爸爸问:"二号想什么?"二号说:"这首诗真好!他是比方世间的事。世间有许多事,同这一样难办。"爸爸点头说:"对啊!"一三四号大家点头,说:"对啊!"五号这六岁的男孩子想了一想,也点点头说:"对啊,对啊!"

爸爸说:"你们大家说对,现在要每人说出一件事体来,同这事一样难办的。五号先讲!"五号不假思索地说:"妈妈裹的肉粽子,肉很好吃,糯米不好吃。我想只吃肉,不吃糯米,妈妈说:'不行,要吃统统吃,不要吃统统不吃。'"说到这里,五号一脸悲愤。

一二三四号大家笑起来。四号这女孩子笑得最多,她旋转头去低声问五号:"糯米也很好吃的呀,你为什么不要吃呢?"大家又笑起来。爸爸说:"五号讲得很好。不管糯米好不好吃,总之,这件事说得很对,正同种兰不种艾一样。这回要四号讲了。"

四号想了一想,怕难为情,不肯讲。大家催促她。她终于讲了。"我昨天对王老师说:我只要上唱歌、游戏和图画,不要上国语和算术。王老师说:'不行,要上统统上,不上统统不上,你回家去吧。'我气死了。"

大家又笑起来。二号向四号白一眼说:"你不上国语、算术,将来不能毕业,老是一个小学生。"爸爸说:"二号的话是对的。不过四号这件事,比方得也很对。四号很乖。以后用功学国语、算术,还要乖起来呢。如今要三号讲。"

三号早已预备好,眼睛看着电灯,说道:"我最喜欢电灯的光,但最不喜欢那些飞虫(注:他们的家住在西湖边,天气一热,有小虫群集,在电灯四周飞舞)。它们会撞到我眼睛里,钻进我鼻子里,又要掉在菜碗里。我关了电灯,它们都去了。我开了电灯,它们又来了。我要电灯,不要飞虫,有什么办法呢?"他接着吟起诗来:"要光不要虫,光来虫亦来——"把来字拖得很长,好像爸爸读诗的调子,引得大家大笑起来。

爸爸说:"三号说得好!如今要二号说了。二号是最会讲话的,一定说得更好!"二号不慌不忙地说了:

"我倒想起了逃难到大后方的一件事;我们为了怕警报,住在重庆乡下的荒村里的时候,房东人家养了一只凶狗,为了防强盗(注:四川人称窃贼为强盗)。有了凶狗,果然强盗不敢来了。但是客人也不敢来了。除了房东家熟悉的常来的几个人以外,其他的生客,它一见就要咬。我们的客人都是生客,一个也不敢来看我们。弄得我们好寂寞!当时我想,最好这狗能分别强盗和客人,咬强盗不咬客人。但它不行。"三号又做诗了:"不要强盗要客人,强盗不来客人也不来。"大家笑起来。二号说:"这两句不成诗,哪有九个字一句的?"三号说:"我这是白话诗!你问爸爸,白话诗随便几个字都可以的,爸爸是么?"

"你不要胡闹!"爸爸说:"二号讲的果然更好。如今一号最后讲了。"

一号说:"我讲的也是抗战期间的事:那时我们的美国飞机到沦陷区汉口等地方炸日本鬼。那些日本鬼很调皮,和中国人住在一起。我们的美国飞机——"二号模仿一句:"我们的美国飞机。"

一号旋转头去看她说:"美国是我们的盟国!难道不好说'我们'的?"二号说:"好,好,你讲下去!"一号续说:"盟军的飞机想炸死日本鬼,就连中国人也炸死。想不炸死中国人,就连日本鬼也不炸死。"爸爸拍手说:"一号说得最好。到底是一号!"

母亲从灶间走出来了:"我一边收拾灶间,一边听你们讲故事呢。你们讲的都很好。你爸爸说一号说得顶好,我道是五号说得顶好。"她拉五号到怀里,摸他的头,说:"你要吃肉,不要吃糯米,明天我烧一大碗肉给你吃。"

卅六〔1947〕年五月二日于杭州作

有情世界 [1]

阿因的爸爸坐在椅子里看书，忽然对着书笑起来，阿因料想，书里一定有好听的故事了，就放下泥娃娃，走到爸爸面前来问：

"爸爸笑什么？讲给我听！"

爸爸指着书，又指着阿因，说道：

"我笑的是他和你。你们两人一样。你替凳子的脚穿鞋子，同泥娃娃讨相骂，给枕头吃牛奶。这位宋朝的大词人辛弃疾，就同你一样，他同松树讲话，你看。"

说着，指着书上一段，读给阿因听：

"昨夜松边醉倒，问松'我醉如何？'只疑松动要来扶，以手推松曰'去！'"

又解给阿因听："辛弃疾喝酒醉了，倒在松树旁边的草地上。他就问松树：'喂，老松！你看我醉得什么样了？'松树不答话，它的身体动起来了，似乎要把辛弃疾扶起来。辛弃疾很疲倦，想躺在松树旁边的草地上休息一会，不要它来扶起。就用手推开松树的身子，喊道：'不要来扶我，你去！'"

---

[1] 本篇原载 1947 年 6 月《儿童故事》第 7 期。

阿因听了，很奇怪。他张大眼睛想了一会，也笑起来。他的笑是表示高兴。他想：大人们都说我痴。哪知大人们也是痴的。他们的痴话还要印在书上给大家看呢。自今以后，如果再有人说我痴，我就可回驳："你们大人也是痴的，有辛弃疾的书为证。"

这天晚上，阿因就去遨游"有情世界"。

他吃过夜饭，正被母亲迫着去睡的时候，忽然看见地上一块白布。他想把布拾起来。先用脚踢它一下，白布不动。仔细一看，原来是窗外照进来的月光。他抬头向窗外望，但见月亮正在对他笑，好像有话要说。他高兴极了，先向窗外喊一声："月亮姐姐，我就来了。"飞也似的跑出去了。

他跑到门外草上，仰起头来一望，月亮姐姐的脸孔比窗里看见的更加白，更加圆，更加大了。同时笑得更加可爱了。但听她说：

"阿因哥儿，到山上去野餐，他们都在等候你呢。快去拿了小篮出来，我陪你同去吧。"

阿因不及回答，三步并作两步，回进屋里，走到床前，向枕头边去取出小篮。一看，里面有半篮花生米，两包巧克力，是白天爸爸买给他的，现在正好拿上山去

野餐。他提了小篮出门,说声:"月亮姐姐,同去,同去!"就快步上山。月亮姐姐走得同他一样快,两人一边说话,一边上山。忽然路旁一群小声音在喊:

"阿因哥哥,月亮姐姐,我们也要去野餐,带我们同去!"

阿因回头一看,原来是一群蒲公英。阿英站住了,月亮姐姐也站住了。阿因说:

"好极,好极,我正想多几个人携着手,一同上山。月亮姐姐高高地在上面走,不肯同我携手呢!"

他便伸手拉蒲公英。蒲公英们齐声叫道:

"拉不得,拉不得,我们痛得很!"

阿因一看,知道他们都是生根的,便皱着眉头,想不出办法。月亮姐姐喊道:"阿因哥儿,他们是走不动的,你给他们吃些东西吧!"阿因觉得这话不错,便从小篮里取出花生米来,给蒲公英们一人一粒。蒲公英们都笑了,大家鞠一个躬,谢谢他。阿因再走上山,月亮姐姐又跟着他走,快慢完全一样。虽然不能携手,一路上都好谈话,不知不觉,已到山顶。山顶上有方平原,平原中央有一块大石,一块小石。阿因坐了小石,就把小篮里的花生米和巧克力倒在大石上,开始野餐了。他叫道:"大家来吃东西!"山顶四周围站着的松树一齐"哗啦哗啦"地笑起来。阿因向四周一望,但见他们一个长,一个短,一个蓬头,一个尖头,大家正在探头探脑地望着石桌上的花生米和巧克力,嘴里都滴着口水呢。忽然附近发出一阵娇嫩的喊声,原来是睡在石桌周围的杜鹃花们:

"阿因哥哥,你这时候还来野餐?我们早已睡着,被你惊醒了!谁带你上来的呀?"

阿因点着上面说:"月亮姐姐带我上来的!杜鹃花妹妹,你们睡得这么早,真是无聊!大家快点起来吃东西吧?今晚月亮姐姐这样高兴,你们不可不陪她。你们看,她的脸孔从来没有这样地白,这样地圆,这样地大;从来没有这样地可爱的呢!"

白云听见了阿因、杜鹃花们、松树们的笑语声,慢慢地从远方跑过来,也要来参加这野餐大会了。白云走到了石桌顶上,望着花生米和巧克力吞唾液。忽然松树们、杜鹃花们,一齐喊起来:

"白云伯伯,让开点,不要遮住月亮姐姐!"同时月亮姐姐也在上面喊起来:

"白云伯伯最讨厌!他老是欢喜站在我的面前,使我看不到你们。"

松树们大家同情月亮姐姐,接着说道:

"对啊!白云伯伯不但欢喜遮住我,有时竟会走下来,蒙住我们的头,气闷得很!这人真讨厌!"

杜鹃花们也娇声娇气地喊起来:

"白云伯伯怕你们吃东西,所以拿他那个庞大的身体来遮住你们。他想一人独吃这花生米和巧克力呢!"

白云被他们说得难为情起来,只好让开。但他的身体实在庞大,行动很不自由,过了好一会,阿因方才看见月亮姐姐的脸。白云伯伯被骂,阿因觉得太可怜了。他就劝道:

"白云伯伯,你下次站在月亮姐姐的后面,就好了。何必一定站在她前面呢?你横竖身体伟大,她遮不到你的呢!"

月亮姐姐扑嗤地笑起来。白云伯伯说:

"阿因哥儿,你不知道我的苦处,我是不能走到她后面去的。她的身体实在太娇小,我的身体实在太庞大,一不小心,就要遮住她。如今我有办法:我把身体变个样子,站在她的周围,好不好?"

阿因、松树、杜鹃花们大家赞美。白云就慢慢地变样子,先把身子伸长,变成一条,然后弯转来,变成一个白环,绕在月亮姐姐的四周。底下的人们看了这变态,大家拍手喝彩,大家吃东西,高兴得很!从此大家不讨厌白云伯伯,而且请他多吃点东西了。

大家吃饱了东西,月亮姐姐的身体渐渐地横下去,好像想休息的样子。阿因说:

"我们散会吧,月亮姐姐疲倦了,大家明天再会!"月亮姐姐要送他下山。阿因说:

"你要休息了,不必送我下山。就叫松树哥哥送我下去吧!"

杜鹃花们一齐笑起来。松树说:

"阿因弟弟,要是我们走得动,我们很想送你下去,看看世景,可惜我们是走不动的呀!我有办法:叫我们的溪涧妹妹代送吧。她是一天到晚欢喜跑路的。"

溪涧接着说话了:

"我因为忙得很,没有参加你们的野餐会。但你们的谈话我都听见;而且风伯伯把你们的花生米和巧克力包纸都带给我吃了。香气倒很好。谢谢你们。我原要下山去,就由我代表你们,陪送阿因哥儿下山吧。"

阿因就跟了溪涧妹妹一齐下山。溪涧妹妹会唱许多的歌,在路上唱给阿因听,一直唱到阿因家的门前的河岸边,方始"再会"分手。阿因在路上,从溪涧妹妹学得了一曲最好听的歌。他一边唱着,一边走进屋里去,直到听见他母亲的声音:"阿因,你睡梦里唱的歌真好听!"他方始停唱。张开眼睛一看,只见母亲坐在床前的椅子上,泥娃娃笑嘻嘻地站在他的枕头旁边,等候他起来同她玩呢。

卅六〔1947〕年清明于西湖作

赌的故事 [1]

我做小孩子的时候,每逢新年,镇上开放赌博四天。无论大街小巷,到处都有赌场。公然地赌博,警察看见了也不捉。非但不捉,警察自己参加也不要紧。因为这四天是一年一度,人人同乐的日子;而警察也是人做的。那是前清末年的事,大家用阴历,警察局叫做团防局。警察叫做团丁。

后来民国光复,废止阴历。改用阳历。公开赌博也废止,虽然人家家里及冷僻的地方,仍有偷偷地赌博的。我向大后方逃难,去了十年。我重归故乡,今年过第一个新年,我很奇怪:胜利后的阴历新年,比抗战前的阴历新年过得更加隆重,好比是倒退了十年。记得抗战以前,阴历新年虽然没有尽废,但除了十分偏僻的地方以外,大都已经看轻,淡然处之。岂知胜利以后,反而看重起来:公然地休市,公然地拜年,有几处小地方,竟又公然地赌博。这显然是沦陷区遗留下来的腐败相,这便是战争的罪恶。

我好比返老还童,今年在乡间的朋友家里(我自己已无家可归)过了一个隆盛的阴历年。在炉边吃糖茶年糕的时候,听

---

[1] 本篇原载 1947 年 4 月《儿童故事》第 5 期。

别人谈赌经，想起了儿时不知从哪里听来的一个故事。我讲了一遍，围炉的人听了都很纳罕。我现在就写出来，再在纸上谈给诸位小朋友听。

赌博之中，有一种叫做"打宝"。其赌法是这样：有一只有盖的四方匣子，匣子里面有一块四方的木片，木片的一边上有一个"宝"字。摆赌的主人秘密地将木片放入匣中，使"宝"字向着一边，然后将匣子盖好，拿出来放在桌上，叫人猜度"宝"字在哪一边。赌客中有的猜度"宝"字在东面，就在东面打一笔钱；有的猜度在南面，就在南面打一笔钱；有的猜度在西面，北面，就在西面、北面打一笔钱。打齐了，主人把匣子的盖揭开，一看，"宝"字在南面。于是打在南面的人就赢了，主人加三倍配他，例如他打十个铜板，主人要配他三十个铜板。打在东面，西面，北面的钱，都归主人没收。——但我所讲的，不过是一种原理。因为我不懂得赌，所以只能讲个原理。他们有种种名称，什么天门，地门，青龙，白虎……我都弄不清楚。久住在沦陷区的乡间的小朋友，看惯赌博的，也许比我内行，要笑我讲不清楚。但我情愿被笑，而且希望大家不要把这种东西弄清楚。因为这是低级的而且有害的玩耍，我们不可参加。我们现在的兴味，在于一个奇离的故事。

有一个人想靠赌发财。他借了一笔大款子作本钱。在新年里大规模地摆宝。在一个大房间里设一张大桌子，桌子上放着宝匣，许多人围着匣子打宝。大房间里面还有个小房间，小房间与大房间之间的壁上开一个窗洞，他自己住在小房间里做宝。他雇用一个伙计，叫他住在大房间里大桌子旁边开宝，收付银钱。开赌的时候,他先在小房间内把宝做好(就是把匣内的木片上的宝字旋向某一边)。把盖盖上,把宝匣放在窗洞缘上。窗洞的外面挂一个布幕。伙计撩开布幕,取出宝匣,放在桌上,让赌客们大家来打。打齐了,伙计嘴里唱着,把宝匣的盖揭开。一看,宝字在哪一边,打在哪一边的钱都要加配三倍;打在其他三边的钱一概吃进。收付完毕,伙计再撩开布幕,把宝匣还放在窗洞缘上,让主人去做宝。主人自己不出来对付赌客,但他可从布幕里静听赌场的情形,知道赢输的消息。

这一天开赌,主人运气不好,连输了三次。到第四次上,有两个大赌客,拿一笔大钱来打在"天门"上,数目我已忘记,总之是很多的,比方是现在的几千万或几万万。主人从幕里听见这情形,大吃一惊。因为这回的宝正做在"天门"上!他听见伙计开宝,他听见一片欢呼声,他听见伙计把他所有的钱配给这两大赌客还不够,又亏欠了一笔大债,而他的赌本完全是借来的,他这一急,非同小可!他急得发晕了!

伙计照常办事:他借债来配了钱,仍旧撩开布幕,把宝匣放在窗缘边,让主人去做。过了一会,又撩开布幕,把宝匣取出,再叫赌客们来打宝。赌客们一想,上次"天门"上庄家大输,这次决不再在"天门",大家打其余的三门。谁知伙计开出宝来,宝字又在"天门"上!于是庄家统统吃进,上次所负的债,还清了一半。

伙计又撩开布幕,把宝匣放在窗缘上,让主人去做。过了一会,又撩开布幕,取出宝匣来赌。赌客们想:"天门"上一连两次，如今决不再在天门上了。于是大家坚决地打其余三门。谁知伙计开宝，第三次又是"天门"！大批银钱全部吃进，庄家还清了债，还赢了不少。

伙计又撩开布幕，把宝匣放在窗缘上，让主人去做。过了一会，又撩开布幕，取出宝匣来赌。这回赌客想："天门"上一连三次了，决不会再联第四次。于是更坚决地打其他三门，而且打的钱数更多。有许多人同时打三门，因为他们计算，吃两门，配一门，还是赢的。谁知伙计开宝，第四次又是"天门"！更大批的银钱全部吃进，庄家发了财！

伙计又撩开布幕，把宝匣放在窗缘上，让主人去做。过了一会，又撩开布幕，取出宝匣来赌。赌客们看见过去四次都是"天门"，料想他赌五次决不敢再做"天门"。于是大家打其他三门，一人同时打三门的比前次更多。谁知伙计开宝，第五次又是天门！赌客们大声地喧嚣起来，但也无可奈何，只是惊讶庄家好大胆而已。庄家又发了一笔财。

到了第六次，赌客们纷纷议论了。有人说："恐怕第六次又是天门？"但多数赌客不相信，说："从来没有这样的戆大[1]。"于是大家又打其他三门。结果开出宝来，第六次又是"天门"。大批的钱，又归庄家吃进。

如此下去，一连十次，统统是天门。庄家发了大财，银钱堆了两大桌子。赌客们大嚷起来，都说："从来没有这种赌法。"一定要叫主人出来讲话。伙计也被弄得莫名其妙，就推

---

[1] 戆大，江南一带方言，意即愚蠢的人。

进门去看主人。但见主人躺在榻上,一动不动,手足冰冷,早已气绝了!

原来第一次天门上大输的时候,主人心里一急,竟急死了!后来伙计每次撩开布幕,把宝匣放在窗缘上的时候,主人早已死去,并未拿宝匣去从新做过。所以一连十次,都是"天门"。这无心的奇计,竟能使主人大赢;只可惜赢来的这笔大财,主人已经享用不着了!

卅六〔1947〕年二月九日于西湖招贤寺

大 人 国 [1]

我讲的大人国,和一般童话里所讲的不同。所谓大人,并不是身体比山还高,脚比船还大,把房子当凳子坐,而在烟囱上吸烟的那种大人,却是和我们一样的人。那么为什么他们的国叫做"大人国"呢?诸位小朋友读后,也许会相信他们的确是大人。

这个国在什么地方?我忘记了。但我曾经去玩过,觉得很特别,所以讲给诸位小朋友听。这国内的社会状态,与我们的国内相同,有农夫,有工厂,有市场,有学者和公教人员,而且也有叫花子,贼骨头[2],和强盗。他们也有语言文字,但是他们对于有几个字的解释,意义与我们相反。譬如物价涨的"涨"字,他们当作"跌"字讲。福利的"利"字,他们当作"害"字讲。"吃亏"两字,他们当作"便宜"讲。……这样一来,他们的人事就和我们不同,简直使我们笑煞。我先把他们的商卖和公教的情形讲给你们听:

我们买东西,总希望多得东西,少出铜钱。他们却相反:

---

[1] 本篇原连载于1947年1月和8月的《儿童故事》第6期和第9期。
[2] 贼骨头,江南一带方言,意即小偷、贼。

我看见有一人去买米,问"多少钱一斗?"店主说:"顶多八千[1]块钱一斗,再贵没有了!"买主惊奇地说:"哪里的话?别人都卖一万二千元一斗,为什么你只卖八千?我是老主顾,你要客气点,算一万二千吧!"店主不肯:"你放心,不会亏待老主顾的!既然说了,就算八千五吧!"买主也不肯:"你这老板太精明了,只加五百块钱,差得太多了!顶少顶少,我出一万一,总好卖了!"再三讲价,最后店主说:"爽爽气气,一万块钱,再多一个铜板也不卖!"买主勉强答允了。店主拿斗去量米,买主赶过去监督:"量好一点,不要量得太满!"店主说:"放心,不会叫你吃亏的。"说时斗的上面已经戴了一个高帽子。买主连忙抢上去,用手把米撸平[2],又挖了一个深的窟窿。店主连忙拦住他的手,愤愤地说:"这变成半斗了!这样我吃亏不起……"双手把米捧进斗去。买主又来抢住。结果,用木棒来夹,公平交易,米才量成功。买主拿了米出去,嘴里还在叽里咕噜,嫌他们的斗太大。店主点一点钞票,追上去说:"喂喂,这里是一万一千五百元,多了一千五,不相信你自己去点!"买主惊奇地接了钞票,点过一遍,果然多了一千五百元,只得收回,悻悻然地说:"是别人当作一万元给我的,我没有点过,不是有心欺骗你的啊!"这交易方才完成。

小孩子去买东西,最易受商人欺侮。常常有父亲或母亲去向商店交涉。我曾见一个母亲,同一家酱园吵架。母亲手提一

---

[1] 八千,指当时的"法币",下同。

[2] 撸平,江南一带方言,意即抹平。

瓶菜油，点着瓶说："我叫我家的宝宝拿了一千六百块钱来，买半斤菜油，怎么你们给她装了这满满的一瓶，一斤半还不止？而且只收她一千块钱，退还了六百元来。你们大字号，做生意应该童叟无欺！怎样好欺骗我家这个小孩子呢？不成！"她定要店伙把油倒出，而且定要补送六百块钱。店伙辩解："没有这回事的！这两天菜油跌价，你不相信可以去问。半斤油收她一千块钱，已经二千元一斤了。别家卖一千六的也有！至于斤两，你这瓶装满也不过半斤多一点点，我们的秤本来是这样大的。"说过，略为倒出一点油。母亲赶上去握住了瓶，狠命地一竖，倒出了小半瓶，店伙连忙抢住。母亲把六百块钱丢在柜上，三脚两步走了。店伙拿了六百块钱追出去，硬要还她："这不行，我们做生意说一不二的！"讲之再三，母亲收回三百块钱，店伙只得拿了其余三百块钱回店，口里不绝地喊："蚀本生意。"

有一次我看见他们的市教育局门前，有大批群众示威请愿。这批人都穿制服，原来是学校的教师。他们手里都拿着旗子，旗子上面写着："要求减低待遇！""要求政府保证以后不再预发薪水！"我看了纳罕。但他们非常认真，高呼口号，群情激昂。后来里面出了一个代表，对群众解释："并非教育局不肯减低，只因政府拨给的教育经费，有增无减。物价一天一天地低落，而政府的教育经费毫不减少；不但不减，而且还有增的消息。至于预发，不瞒你们说，我们已经受了政府五个月预发教育经费，而我们对学校只预发两个月，并不算多。希望诸位体谅国库经济过剩的困难，暂且忍耐。只要国库渐渐空松起来,总有一天接受你们的请愿,而实行减低待遇的。"群众被他搪塞,也只得解散回校。中有一位校长,似乎认识我,就在路上同我谈天。他恳切地告诉我:"你是外客,不知道我们的教育界的苦况。我们并非嚣张,实在到这地步,非示威请愿不可了。就照我所管的初中说:底薪五百万,薪水一倍多,平均每人有一千多万,而教师们大都单身青年,担负很轻的,这许多钱叫他们怎么用?最可恶的,物价一天一天地跌落,这一个月来米价跌了一倍多,十二万一担忽然变成五万,猪肉又大跌,五千元一斤的已经跌到两千!听说就要卖一千五呢!你想,这种时局,叫他们做教师的怎么过日子?我们的会计处,天天有人来存薪水,接受了一个人,其他的人都来,那位体育教师,敲台拍桌,硬要存进三个月的薪津,竟同会计先生吵起架来。你看,这时局怎么得了!……"走了一会,他又说了:"实在,我们的教师的生活,的确为难!第一,政府拨给的房屋太大。一个单身教师,派到两幢三层楼洋房,叫他怎么支配?勉强雇了三四个工役,还是空得很,许多沙发椅子上积满灰尘,空房里老鼠夜夜猖獗!第二,衣服,政府不断地按月赠送。不是三件哔叽料,就是四匹士林布[1]。堆在家里,鼠咬虫伤。拿出去送人,受的人一定要出钱,出的比市价高几倍!第三,食物更是一大问题:政府把军政界不放在心上,而对于我们教育界太偏爱了。薪水吃用不完,还要每星期发给公粮。不是面粉,就是奶粉。许多教师家里,面粉堆积如山,都在虫蛀;奶粉堆积

---

[1] 士林布,指当时以"阴丹士林"为牌子的一种棉布。

日久,发了霉,也只得喂猪;自己又不养猪,拿去送给人家,人家定要付很多的钱。第四,行也是一个问题:街上公共汽车,电车,这样多,这样空,政府还要送给每个教师一辆小包车,弄得汽车、电车竟无一人搭乘,常常空车开来开去!……总之,我们今天的示威游行,决不是嚣张,好事,真是万不得已的啊!"讲到这里,我和他分手了。

*　　　*　　　*

我和那校长分手之后,在街上漫步,想再找点花样看看。忽然看见一家公馆门口,有一个男人在那里表示要求,公馆里的主人在那里表示拒绝。我走近去,靠在一根电杆上,仔细观看。旁边又来了一个人,一个瘦长子,也站着观看。他自言自语地说道:"叫花子这样多,不得了!"我才知道这是叫花子。我看见这叫花子手里拿一只大袋,从袋里摸出一束钞票来,鞠躬如也地向主人哀求:

"谢谢你,好先生!收了这一点点!我实在太多了。送了半天,只送掉二百万。家里还有一屋子的万元钞票呢!先生做做好事,收了这一点点,不过一百万,不在乎的!有福有寿的好先生!"

公馆主人厉声地说:"不要,不要,走,走!昨天受了你一大束,你今天又来了,宠不起的!以后一点也不再受了!快走,快走!"

叫花子把钞票分出一半,又哀求道:"好先生,受了五十万吧!以后我不再来了,只此一回,谢谢你好先生!"主人说:"你年纪轻轻,不晓得自己去享用,来推给别人;不要,一个钱都不要！快走，快走！"那叫花子只得收了钞票，垂头丧气地走了。

主人刚想关门，忽又来了一个女人。她手提一只篮，向主人鞠躬，看样子又是一个叫花子。我听她说道："大老板，修福修寿的吃了这一点！"她揭开篮盖，露出一大碗红烧蹄膀，和一大碗鱼翅来。"我实在吃得太饱，不能再吃了！大老板做做好事吧！"接着就伸手去拿出碗来。主人的太太出来了，骂道："叫花子走！又不是吃饭时光，谁有胃口吃你的？走，走，走！"就把门关上了。女叫花子咕噜咕噜地走开了。

我看得出神，忽然觉得，手里的皮包为什么重起来了？提起来一看，发现皮包上已割了一条缝，约有半尺来长。打开来一看，原来的一副衬衣和毛巾，牙刷，牙膏之外，多了两条金条，怪不得这样重！我正在惊讶，一位老人走过，看见我皮包一条缝，就站住了，对我说："你可是遭扒手？这几天扒手多得很，要当心呢！"他问我多了什么东西，我说："两根金条！"他愤然地说："岂有此理！这损失太大了，我替你去报警察。"老人就陪我去告诉岗警。岗警检点我的皮包，问："什么时候被扒的？"我说："我看得出神，竟不觉得。"他说："那很难查，叫我哪里去捉人呢？"我说："我疑心是一个脸有麻点的瘦长子扒的，因为他曾与我一同站着观看叫花子。"警察说："有麻点的瘦长子不止有一个，也很难捉。你留下地址，捉到时再通知你好了。"我说："那么，我把金条给了你，你捉到时还了他吧！"警察双手乱摇："那不行，我们当警察的受不起！"他就去指挥汽车了。

我和老人只得走开。老人边走边对我说:"算了吧!你的皮包横竖空空的,受了这两根金条吧。你这损失不算大。我告诉你,上一个月,我家遭贼偷,这损失才大呢……"我请教他怎样大,他继续说道:"那一天,风雨之夜,我半夜里起来小便,两脚从床上挂不下来,似觉有物阻挡了。点上灯一看,大吃一惊:满屋子都是钞票,凳上,桌上,地上,床前踏脚板上,纯是钞票。家人被我喊起,大家喊'捉贼',东寻西找,发现墙脚上一个大洞,可容一个人进出,贼便是从那里送进钞票来的,这一次损失浩大!大大小小,共有二三十捆,而且都是万元大钞票,顶小的也是五千元票子。总数是有几百亿呢!"老人言下不胜悲愤。我说:"你报警察吗?"他说:"当然!我雇一辆大卡车,装了这些钞票,直送警察局。"我说:"他们受了么?"他说:"哪里肯受,同你刚才一样:他们说我们警察只能给你们通缉,不能赔偿损失。我只得仍旧把钞票载回。但他们始终没有给我捉到这贼骨头。唉,现在的警察也办得不好!"他不胜悲愤。

谈谈说说,不觉已经走到市梢。忽然听见前面大吹警笛。老人说:"又发生事体了!"我跟他上前去看,看见许多武装警察,向公路那边出发。这里公路上停着一辆大卡车,车中满装着米,堆得比黔桂路上逃难的车子还高。一个司机哭丧着脸,向一个警察告诉:"我这卡车从君子县开出,本来是空的。不料开到谦让乡附近,突有暴徒十余人从路旁草中跃出,手持木壳枪,迫我停车,将预藏草中的白米两百余袋,如数堆入车中,又用木壳枪迫我开车。我是替老板当司机的,负不起这个责任,务请赶快抓住强盗,退还赃物!"警察说:"已经派一小队前去剿缉了。不过谦让乡离此有二十里路,深怕强盗已经匿迹。你何不就近告警察呢?"司机说:"没有警察,叫我哪里去告诉?"警察看看车上堆得高高的米,皱一皱眉头,安慰他说:"你暂且运去,我们负责侦缉是了。"司机看看米,号哭起来:"这许多米叫我怎么办呢!"路上的人都来安慰他。最后他没精打采地上车,把车子开走。

老人又悲愤地对我说:"警察办得不好!二十里内没有一个警察,无怪盗贼蜂起了!"至此我就和他分手。因为有要事,我在这一天就离开大人国,回到我自己的中华民国来。被扒来的两根金条,依旧存在我的破皮包里。我回进中国,搭上火车。下车的时候,觉得皮包忽然又轻了。打开一看,只有衬衣,毛巾,牙刷,牙膏。那两根金条已经不见了。我记起了,我在火车中看《申报》时,觉得旁座的人摸索摸索,金条一定是他拿去的。我高兴得很,我想:"到底是中国!我们的乘客比他们的警察更好。他知道我被扒了,自动替我还赃,而且不告诉我,免得我报谢他。到底是中国!"

卅六〔1947〕年五月三十日于杭州作

《儿童故事》连载

子愷

姚晏大医师 [1]

从前，在一个城市里，有一家报馆。这报馆每日出一张大报，所记载的新闻，一向非常公正，非常确实，全城的民众都爱读，而且信赖。

有一天，报馆的编辑，接到某一市民的一封信，信里面说：

近来民国路一带的小孩子，发生了一种很可怕的病。这病的来势很轻微，不易注目；但日子长久了，不可救药，心碎肠断而死。染到这病的人，口中多唾液，常常想吐口水，或者背脊上发痒，常常想搔。或者手拿了东西容易发抖。病的时候，就是这三件事，此外一点也看不出。但日久以后，其人忽然心痛，肚痛，痛不可当，终于心碎肠断而死。该处门牌某号某姓家等，已有儿童患此病而死者两人，传染此病而未死者不少。因为病的征候轻微，不易注目，故病者忽略求医。即使求医，医生亦看不出病，没有药可给他。这事对于公众卫生，祸害甚大，为此函请

---

[1] 本篇原载 1948 年 1 月《儿童故事》第 2 卷第 1 期。

报馆,将这事在报上公布,使市民大家注意,当局设法防止。

编者看了信,一想,这决不是造谣,造这谣有什么好处呢?况且即使不确,关于公众卫生的事,预防越周到越好。有则赶快医治,无则岂不顶好!他就把这信在报上发表了。

民国路一带的市民,看了这新闻,大为惊骇。有几个人特地到某号某姓家去问。果然,数日前有两小孩患急病而死,死得很惨,很快,医生也说不出是什么病。问他们的家人,"死前是否有上述三种征候?"家人们回想一下,都说"似乎对的"。有几个女人惊愕地说:"对了!我原觉得奇怪,为什么这孩子常常吐馋唾[1]。"有的说:"我似乎记得,他睡着时常常转侧不安。"

又有的说:"这孩子拿碗时,手似乎的确有点发抖。"于是一传二,二传三,不到一日,街上的人个个知道,大家不知道这叫什么病,就称它做"心病"。

大家恐怕传染这心病,惧怕得很。这街上最热闹的地方,有一家姓哀的人家,兄弟三个,都在学校上学。父母亲钟爱他们,天天用包车送上学,用包车接回家。他们听到有可怕的传染病,便叫三儿停学,把他们关在家里,不准出门。父母的意思,读书事小,性命事大。三儿的性情都像父母,个个同意,情愿牺牲学业。哀先生和哀太太都是胆小的,时时刻刻的

---

[1] 馋唾,作者家乡话,意即唾液。

留心,查看三儿的举动。有一次看见大男吐一朵口涎,便大惊失色,扼开他的嘴来查看,是否唾液过多。又有一次看见二男拿木手插进衣领里,在背脊上搔痒,又大惊失色,脱开他的衣服来查看,背上有否异样。又有一次,看见七岁的三男提起茶壶来倒茶,抖抖曳曳的,又大惊失色,便教他试拿种种东西,是否规定要抖。一天之内,要查问数次,察看数次。母亲和父亲,一天到晚眉头紧皱,提心吊胆。外面来一个人,父母两人首先便问"心病是否蔓延?"回答多数是有,"某家的小姑娘传染了,两手抖得厉害""某家的男孩子也传染了一天到晚搔痒""某家的婴儿也传染了,一天到晚流口水"。……这种消息,报上也天天登载。

　　大男、二男和三男,自己也着急。吐出一朵口涎,好似吐出一口血,吓了一跳。舌头连忙在嘴里打滚,看看还有唾液生出来没有。果然又生出唾液来,又吐了一朵。于是悲观起来,疑心自己确已染上"心病"。背脊上呢,感觉更是异样,似乎常常有蚤虫在爬,爬到后来咬你一口,就痒起来,不得不弯过手去抓。越抓越痒,越痒越抓,于是又悲观起来,疑心自己确已染上"心病"。手拿东西呢,拼命用劲,防它发抖。越是用劲,越是要抖。悲观和疑心,一天一天的大起来。后来,三个孩子都躺在床上,不能起身,变成正式的心病患者了。远近知道这事,宣传开去,报上也登出来,"民国路某号哀姓家三男孩,同时患心病,起初出口水,背脊痒,两手发抖。近来病势加重,卧床不起,医生皆束手。"第二天,第三天,同类的消息陆续登出,眼见得病势蔓延,全城充满了恐怖的空气。政府当局,召集全城中西医生，开会讨论。医生们毫无办法，大家说，从来没有见过这种病，实在没有药可医。有几个医生，家里也有子女患这种病，都在那里等死呢。

有一天，救星到了。报上登出大字广告来："姚晏大医师专治心病"，下面小字说："本医师亲赴四川峨眉山，采取灵药，专治心病，保证痊愈，不灵还洋。"远近病家，闻知这消息，争先恐后，来请教这姚医生。姚医生看病不须按脉，但用两拳将病人全身敲打，好像剃头人的敲背。敲过之后，给你一点药，嗅入鼻孔，打了无数的喷嚏。然后给药三包，收费三十元。病人走出姚医生的诊所，似乎觉得病已霍然。回家去吃了一包药，果然口里唾液减少了；再吃一包药，背脊上也不痒了；吃过第三包药，手也不抖了，病完全好了。

哀先生和哀太太，用小包车载了三男孩，来请姚晏医生诊病。每人被敲了一顿，打了无数的喷嚏，拿了九包药，付了九十块钱。回到家里病已好了一半。各人吃完三包药，就变成了健康的孩子，依旧上学去了。不消多天，满城的病人个个痊愈，"心病"从此绝迹。政府当局，褒奖姚晏医生的功劳，想聘他做市立医院的院长。全城的医师佩服姚晏医师的妙技，想推他做公会的会长。哀先生哀太太感谢姚晏医师的再造之恩，想替他上一块匾。但他们去访问姚晏医师时，看见屋中空空如也，并无一人。问邻近的人，方才知道姚医生昨夜迁出，不知去向了。追问过去，邻人们说，这医生租住这屋，一共不过半个月，不知从何处来，也不知向何处去。大家惊诧得很。有的人说：恐怕这是峨眉山的修道者，下山来救我们的？有的人说：恐怕这是天上的仙人，下凡来救我们的？又有人怀疑：这很像是一个骗子。因为姚晏医生这几天之内，收了上千上万的钱。但他的确医好了无数人的病，又不能说是骗子。究竟这是怎么一回事呢？新闻记者们大伤脑筋，弄得莫名其妙。

　　姚晏医生突然失踪之后，满城议论纷纷。大家说这医生来得神秘。又有人说，这"心病"也来得神秘。曾经患病的人听了这些话，觉得自己从前所患的病，的确神秘；到底是不是一种病，还是问题。哀先生从茶楼上听到这种消息和议论，回家来对太太和三男儿说了，三男儿也都怀疑。大男说："我现在只要心里想口水，口中也会生水。"二男说："对啦，我现在只要疑心背上痒，果真会痒起来。"三男更直率，他说："我的手拿重的东西，本来要抖，现在也要抖，你看！"他就拿起一方砚子来，当场表演。果然两手抖抖曳曳，同从前患病时一样。三男又说："我实在没有病，因为爸爸妈妈说我病，我就病了。"哀先生说："我因为看见别家的孩子都患病，所以怕你们病呀！"三男说："我只吃一包药呢。我觉得自己已经好了，我就懒得吃了。"他就把偷藏在袋里的两包药拿出来。哀先生打开药包来看，见的是白色的粉末，他就包好了，藏在自己袋里。

　　第二天哀先生上茶楼，茶桌上都在讨论"心病"和"姚晏大医师"的事。大家细心研究，怀疑没有这病，都是谣言造成。哀先生就把三男儿的话讲出来，又拿出两包药来供大众研究。座上一位医生，立刻拿去化验。回来报告，这两包都是苏打粉！饭后吃了助消化的苏打粉！这消息传播开去，曾经患病的人听见了，细心研究，发觉是心理作用——吐口涎、身发痒、手发抖,都会因为疑心而加剧的。原来是上当啦!报馆的记者听见了,要知道他的究竟,就回到报馆里,找出第一次寄来的新闻的原稿来,又找出姚晏医生的广告的原稿来。两下一对,笔迹相同,所用的纸也相同。于是恍然大悟,这原来是一个人造成的骗局!无风起浪,使得许多孩子冤枉生病,许多家长冤枉操心,又冤枉花钱。姚晏大医师原来是个谣言大家!原来是个骗子!

斗火车龙头[1]

这是我小时候听人讲的故事。三十多年前的事，现在讲给小朋友们听。

火车龙头，其实应该称为"机关车"。那时的中国人对龙有兴味，曾把邮票称为龙头，又把机关车称为龙头。现在我讲的是斗，称为龙头，有趣一点。火车龙头，是钢铁制造的一架大机器，我想多数小朋友是见过的；即使没有见过，在常识书中，一定是大家读到过，而且大约知道其构造和作用的。

话说：某大都市铁道辐辏，比我们的上海复杂得多。他们所用的龙头，也比我们多得多。有一年，铁路局里的人发现有四个火车龙头用得太久，已经很旧；再用几个月，就不能用了。龙头虽然用钢铁制成，但天下没有不坏的物质，龙头用得太久了，寿命也会告终的。铁路局就须得另造四个新龙头来代替它们。但是，造新龙头工本浩大。铁路局觉得有点肉痛。他们就用心思，动脑筋，希望不费一文，而拿四个旧龙头去掉换四个新龙头；最好呢，掉换之后再倒贴一笔钱。他们真是死要便宜。

---

[1] 本篇原载 1948 年 2 月《儿童故事》第 2 卷第 2 期。

但是小朋友们不要笑,他们死要便宜,果然能够达到目的。非但四个旧龙头换得四个新龙头,又赚了一笔钱;却又不是偷来的,不是抢来的。你们想,用什么方法得来?其方法便是"斗火车龙头",这真是挖空了心思而想出来的玩意儿。

他们在郊外选一块广大的空地。在这空地上,临时造起铁路来。铁路长六十里。在六十里的中点的轨道两旁,临时搭起竹篱笆来。竹篱笆是圆形的,把铁路圈在里头。也就是铁路穿过这圆形,成了这圆形的直径。竹篱笆很大,其直径大约有两里长。这场子的情状,小朋友们大约可以想象:就是六十里的铁轨的正中央,造一个直径两里的圆竹篱,其直径上造着铁轨,铁轨的两端,各自圆外延长二十九里。因为铁轨的共长为六十里。

于是在圆篱笆内,铁轨两旁,离开铁轨两旁各半里的地方,用绳索拦成界线。表明界线以内,看客不可进去。再去借些木梢木板来,在竹篱和界线之间,临时造起几排长凳来,后面一排最高,前面的几排逐渐减低,好像马戏场内的座位。不过坐在这座位上看的,不是马戏,而是斗火车龙头。

于是大登广告。标题:

请看斗火车龙头!
轰轰烈烈,天下伟观!
破天荒大表演!

广告里详细说道:火车龙头,有世间最大的力,可抵七万匹马力。因此，又有世间最高的速度，开足速率时，每秒钟可行××里。故火车，一方面使交通便利，为人类造福；另一方面危险性极大，非当心管理不可。因此，铁路各站，对于行车，管理非常认真。一不小心，设有两车互撞，一定死伤许多人命，毁坏许多物资，其结果之残惨，不可想象。

但人类是万物之灵，既有伟大的创造力来创造火车，又有伟大的好奇心，想要看看火车互撞而不残惨的奇景。为满足人类这好奇心起见，本局不惜工本，情愿牺牲四个火车龙头。并且在郊外某处特辟车场，铺设铁轨六十里，专为表演斗车。今定于某月某日，星期日，下午二时，在该场举行。四个龙头，分两次表演。两龙头相隔六十里，开足最大速率，相对而来，在场的中央互相猛撞。一刹那间，轰声震地，山鸣谷应；火光烛天，烟气冲霄。真是轰轰烈烈的天下奇观，破天荒的大表演。同时经物理专家仔细研究，对看客保证绝无危险。今世科学昌明，机械万能！机械的建设力伟大，早为吾人所目睹；而机械破坏力的伟大，世人实难得看到。欲广眼界，请到××处预购入场券，每位五元，可看两次斗车。座位无多，欲购从速，万勿坐失良机！

那时那地方的五元，大约与中国抗战前的五元相近。照现在物价指数五万倍算，就是廿五万元一看。梅兰芳演戏，票子卖到五十万，一百万，外加买不到票，有人出加倍钱买黑市票。倘使现在有斗火车龙头，肯出廿五万元看一看的人，一定也很多。况且那时那地方的人的生活比我们安定得多，谁都拿得出五块钱。所以这广告登出之后，买票的人非常拥挤。十个人五十元，一百个人有五百元，一千个人有五千元，一万个人有五万元。十万个人有五十万元。那场子很大，能容不止十万人！铁路局的收入，也不止五十万，那时的五十万，照物价指数五万倍算，就是现在的二百五十亿。造龙头工本虽然浩大，四个龙头总要不到二百五十亿。造了四个新龙头，铁路局还有很多钱可赚。

这表演，我虽然没有亲眼看见，但听人说，的确是很好看的。那天下午，人山人海，手持入场券挤进竹篱笆的入口去，霎时间把场中的座位都占满。四个旧火车龙头，远远地放在六十里铁轨的两端，起初是看不到的。龙头里的煤，特别加得足，好比给处死刑的犯人吃最后一餐酒肉，特别丰富。煤燃透了，火力大极了。司机走下龙头来，等候发车。沿着六十里轨道，临时装着电话。轨道两端的司机，随时可与轨道中央篱笆内斗车场上的司令部通电话。两端的龙头都已准备，司令部就用电话接洽，以炮声为号，叫两个龙头同时出发。"砰"的一炮，两个司机就将预先布置的机关开动，司机不必在车头内，车头自己会开出了。从出发到相遇，有三十里之遥。这龙头由于特别装置，会越开越快起来。走第一个十里时，已经比寻常载客的特别快车快得多了；走第二个十里时，又快一倍。场内观众万头攒动，遥见两个龙头相向而来的时候，其速度实在异乎寻常。

从观众望见龙头，到双龙相斗，其间不过二三十秒钟！忽然霹雳一声，惊心动魄！但见火光一团，五色缤纷，惊地动天，满天烟雾迷漫，金光闪烁，好比放一个极大的万花筒；又好比照片上见到的原子弹爆炸。真是天下之伟观！天空中的烟雾，据说要过二十分钟方才散尽。天空散下来的，都只是细小的碎片，没有整块的铁；更找不到轮盘、螺旋等机件的痕迹。这两个龙头真是粉身碎骨，化作灰尘！这冲击的猛烈，实在使人不能想象！

这样表演两次。十万观众紧张两次，兴奋两次，拍手欢呼两次；然后带了满足的心情和欢乐的疲劳，而缓缓地回家去。次日，铁路局把这铁轨和斗车场拆去，拿了大笔的收入，去造四个新的火车龙头。

〔1947—1948 年〕

骗　子[1]

　　这回讲一个骗子的故事给小朋友们听。骗子是下流人。但我讲的骗子，表面上是上流人，实际上却是做骗子的。你们将来长大了，到社会里做人，说不定会碰到这样的坏人。大家留心，不要受他的骗。

　　我所讲的骗子，是一个当地有名的大画家。事情是这样：

　　有一处地方，很大的城市里，有一个富翁。他家里钱很多。但他从小不曾读书，他的家财，是做生意运气好而赚来的。他既然不读书，便无知识。但他有很多的钱，一定要装作有知识的富翁，好在别人面前作威风。他便拿出一大笔钱来，造大房子。他的房子非常高大，非常讲究，同王宫差不多。房子里面的设备，更是富丽堂皇。红木的桌子椅子、大理石的屏风、高贵的地毡、画栋、雕梁、朱栏、长廊，无所不有。只是缺少一样东西：堂前最好挂一幅名笔的古画，这才古色古香，高雅至极了。他的房子非常之高大，堂前的古画，必须要八尺长的中堂。小的画就不配挂。于是他到处托人，找求这幅八尺长的名笔的古画。

---

[1]　本篇原载 1948 年 4 月《儿童故事》第 2 卷第 4 期。

话说当地有个大画家。他的名气非常之大,不但本地人知道,外埠的人也都仰慕他,常有人远道而来,拿很多的钱送他,求他作画的。这大画家很有研究,他看见过许多古画,明朝的、元朝的、宋朝的、甚至唐朝的古画,他都见过,家中还藏着不少古画。因此他学得古人的画法,画出来的非常古雅,有人称赞他说:"画法直追古人。"凡是爱好古画的人,要买一幅古画,一定去请他看定,是真是假。他说真,人就买了。他说假,人就不要买了。人们对他的"法眼",是十分信仰的。

富翁到处托人访求八尺长的名笔的古画。有一天,有一个"掮客",果然替他找到了一幅。(掮客,就是代人买卖的人。譬如我有古画想卖掉,就托掮客去找买的人。卖脱之后,譬如卖一百万块钱,我就拿出十万或廿万来送给掮客,酬谢他的辛苦。)这一天,这掮客替富翁找到的,是一幅八大山人画的八尺大中堂。"八大山人"这名字,小朋友们也许在茶碗、花瓶等瓷器上面看见过。这是清朝初年的人,姓朱,名字很奇怪,"大"字底下一个"耳"字,即"耷",读作"答"。他原是明朝皇帝的本家,所以姓朱。后来明朝亡了,他做了和尚。他这和尚,专门吃酒,作画。他的别名叫做"八大山人"。他的画粗枝大叶,笔力非常强大,气势非常雄浑。当时就很有名,死后名气更大。他的遗作变成了宝贝,卖得非常之贵。有钱的人都想收藏,当作传家之宝。烧窑的人也知道他名气大,在碗上,花瓶上画画的时候,借用他的大名,写"八大山人"四字,假作这碗上、花瓶上的画是大名鼎鼎的"八大山人"画的。这明明是假的。我看一半是为了"八大山人"这几个字笔画简单,

都是两笔，三笔的，写起来容易，所以烧窑的人爱借用他。这些闲话不必多说。且讲那一天，那捐客拿了八大山人的八尺大中堂去给富翁看，说："这是中国最有名的大画家的真笔，我好容易从某县某姓人家访来的。"富翁毫无知识，对画更看不懂。他哪里晓得"八大山人""七大山人"呢？他一看，果然纸色黄焦焦，笔致很粗大的一幅古画，便问价钱多少。捐客说："八大山人的东西，因为年代太古了，世界上流传的已经不多。小小的一幅，也要一两亿，（那时的价钱数目，我已经忘记了，现在假定这数目，是照最近物价。）这幅八尺大中堂，更加难得，至少需价四亿元，不能再少了。"富翁有的是金条，四亿元也不在乎。但他也不肯上当，要查一查这画是真笔还是假造的。他自己没有眼睛，要请别人看。他说："放在这里，等我去请大画家看一看。若是假的，我不要；若是真的，就出四亿元同你买。"捐客高兴得很，连连点头，说："很好，很好，请大画家看，再好没有。他说真便真，假便假，是不会错的。"捐客就把画交给富翁。

富翁办了一桌酒，请大画家来吃，同时请他鉴定这幅八大山人的画。画家果然到了。酒筵非常丰盛，主人非常客气。吃到半酣，主人立起身来，双手一拱，对大画家说："今天大画家光临，小弟有一幅八大山人的古画要法眼鉴别，是真是假。这是别人拿来卖的。若是真笔，便可收买。费心了！"大画家满口答允："便当，便当！八大山人的画，兄弟见过不知多少，家里收藏的也不少。是真是假，一看就可看出，容易得很，便当，便当！"于是画家叫两个二爷[1]，把画挂起来。大画家戴上眼镜，站起身来，先立在远处一望，再走近去看各部，再退回远处，向画一望。他就哈哈大笑，连忙回到他的座位里去，喝他的酒。富翁问："怎么样？怎么样？"大画家不说话，只是哈哈大笑。富翁再问："到底是真的，是假的？"大画家摇摇头，干脆地说："假！假！假之至了！这不必细看，一望而知是假的！买不得，买不得。"他又哈哈大笑，喝酒，大说八大山人的真笔的好处。他的话都是专门的术语，都是有古典的。富翁张大了嘴巴静听，一点也不懂，只懂得"这画是假的"一句话。他决定不买这假画。他向大画家表示感谢："亏得法眼鉴定！不然，我大上其当了。"吃过之后，大画家就告辞，富翁送到门口，千谢万谢。

第二天，捎客来了。富翁把画交还他，决然地对他说："这画我不要。大画家说是假的。你拿回去吧！"捎客吓了一跳，诧异地说："怎么是假的？大画家怎么会说假的？你老人家不要开玩笑！"富翁说："谁同你开玩笑。假的硬是假的，不要硬是不要。你不相信，去问大画家就是了。"富翁说过就回进内房去。捎客只好捎了那幅八尺长的八大山人大中堂，垂头丧气地

---

[1] 二爷，作者家乡话，指高级侍者。

回去。

　　这回富翁虽然靠了大画家的指点而没有上当,但画始终没有买到,大厅的壁上仍是空荡荡的。他总想买到一幅真的。他又到处托人,定要访到一幅八尺长的名笔的古画。但是,古画一定要名笔的,而且要八尺的,实在很难得。过了个把月,他仍未买到画。他想:"还是再叫那个掮客来问问看。他那幅虽然是假的,但也许还有真的。别人连假的都没有拿来,万一没有真的,我就暂时买了那幅假的,挂挂再说。价钱要打大折扣。"于是他又派人去叫掮客来。掮客来了,他问:"我要真的古代名人的大画,你有没有办到?"掮客说:"老爷,这样大的古代名画,我其实办不到了。我只有那天办到的那一幅。"富翁说:"那天的那一幅现在还在吗?你真个办不到,就是那一幅假画吧;不过价钱要打大折扣。"掮客说:"老爷,没有了!那天的那一幅,你说不要,早已被别人买去了!"富翁说:"哦!哪个买去的?出多少钱?"掮客说:"是大画家买去的,出四亿元,一个少不得呀!他说这是真的,他并没有对你老人家说这是假的。你老人家被欺骗了!"掮客表示愤慨而得意的样子,又说:"那幅画卖四亿,我到手四千万,有得用了,不想再做生意了。你老人家托别人去找吧!"说过,转身就走。富翁想了一想,一把拉住他,说:"不行,他欺骗我了!他明明对我说是假的,劝我切不可买;原来是他自己要买!他用欺骗手段来抢我的古董!不行,不行,我定要收回那幅画来。你替我去拿回来,我多给些钱你亦可。不然我要同他打官司!"掮客惊诧地说:"原来如此?是他要抢买你老人家的?我一定去说,不过他既已买去，能不能拿回来，我不敢负责。"捐客匆匆地去了。富翁愤愤地走进内房，口中自言自语："真真岂有此理，这家伙抢我的宝贝。我非取回不可。我有的是钱！"他老人家气得发昏了。

第二天捐客又来了。讲了一大套话："昨天我从这里走出，立刻去向大画家说，要赎回画来。岂知他对我说：'我是出四亿元买来的！他不要买，我买了。我并不犯法，有什么官司好打？'我说：'你骗他这是假画，所以他不买。你就抢买了去。这明明是欺骗罪。如果打官司，你名誉损失。我劝你还是让给他买吧。'我说过后，他脸上有点儿红。迟疑了一会，被我逼不过了，他才对我说：'他要买，拿出八亿元来，我卖给他。少一个我不肯卖，让他同我打官司吧。'我再三辩解，要他照原价卖给你，他无论如何也不肯，说了许多'打官司吧'。我看，真个打起官司来，你老人家不见得赢。因为他骗你是没有凭据的，谁叫你相信他的话呢？况且为一张画打官司，也不好听。我看，你老人家是大富翁，只要画是真的，多出三四亿元不在乎此。就出八亿买它回来吧。"富翁听了这一大套话，觉得有理，就出八亿元向大画家买了那幅八大山人的八尺大中堂。又赏了捐客二千万元。

故事好像完结了，其实还没有，小朋友们，以为我讲的骗子故事就是用欺骗手段抢买一幅古画这件事么？不然！不然！骗子的故事还在下文呢。原来这幅画是大画家假造的。大画家看过许多古画，他手法很巧，能够照样画一幅来冒充古画。起初，富翁托掮客访求八尺长的有名的古画时，掮客就去告诉大画家。大画家就用一张八尺长的旧纸来假造古画。造好了，叫掮客拿去。富翁请客时，大画家故意哈哈大笑，说是假的，劝他切不可买。次日富翁把画退回掮客，说大画家说是假画所以不要，掮客弄得莫名其妙。他想，"怎么你自己假造出来的画，对人老实说是假的？莫非自己不要生意？"后来去问大画家，大画家把奸计告诉他，叫他静静地等候，富翁再来叫他时，就说大画家买去了。如此，富翁一定确信这画是真笔，一定要买回去。那时就好敲他一倍的竹杠。结果，富人果然中了大画家的奸计，出八亿元买了一张假画。倘然当初出四亿买了，富翁疑心是假画，心中不高兴。如今出八亿元买了，富翁确信是真笔，心中很高兴了。

〔1948年〕

银　窖[1]

江南有个镇,抗战时是游击区。日本鬼同我们的游击队打进打出,打了四五次,打得镇上的房屋全部变为焦土!胜利后,居民无法还乡,都迁居到他处。这镇就变成一片荒土,只有拾荒的贫民,常常到瓦砾堆中去翻垦。有时垦出一把铜茶壶,有时垦出一把火钳,有时垦出一个秤锤。……

有一次,一群贫民,在一处石墙脚的旁边,竟垦出一只银窖来。石板底下,有一只铁箱子,箱子里尽是银洋钿。共有七大麻布包,每包内有皮纸封好的十封,每一封内有银洋一百块。就是每封一百元,每包一千元。一共是七千元。贫民们大家抢银洋,一会儿就抢光了。

七千元,在现在只能买三根半油条。但在从前,是可以造一所大房子的,这是谁埋在地下的?人们都不知道。我却是知道的。

---

[1] 本篇原载 1948 年 5 月《儿童故事》第 2 卷第 5 期。

三十多年以前，我做青年的时候，这镇上有一家杂货店，就开在那石墙脚的地方。店主人姓王，人都叫他王老板。王老板在民国初年就死去。他的老板娘比他先一年死。只剩一个儿子，是没淘剩[1]的，滥吃滥用，把店和房子都卖了。买房子的人，抗战以后不知去向了。这荒地就没有主人。银窖呢，正是王老板做的。这七千块银洋，便是王老板一生节省下来的，他看见儿子没淘剩，竟没有告诉他地下有财产。买屋的人，也不知道地下有银窖。因此，王老板遗产就被这群贫民分得了。

王老板怎样积得这七千块钱的？我知道的，现在讲给小朋友们听听。这真是很可怜的一个故事！

王老板是非常会当家的人。吃的也省，穿的也省，用的也省。他等青菜最便宜的时候，买许多来，做成咸菜，一年的菜蔬就有了。鱼、肉，他是从来舍不得买来吃的。他买最粗最牢的布来做衣服，一件衣可穿一世。他不游玩，不看戏，不喝酒。他的唯一的"靡费"，是每天吸几筒烟。他买最便宜、最凶的老烟，（最凶的烟，容易过瘾，每天可以少吃几筒，就节省了。）装在一支毛竹烟筒里，每天饭后吸几筒。这是他平生唯一的享乐。另外，他还有一件更大的乐事，便是积钱。

他的积钱，真是用尽心血，一个一个地积起来的。那时候还没有钞票，只有铜板、银角子和银洋钱。读这故事的小朋友们，恐怕都是没有见过的。我告诉你们：三十个铜板换一个银角子。十二个银角子换一块银洋钱。（大约如此。有时多

---

[1] 没淘剩，作者家乡话，意即没出息。

些，有时少些，没有一定。）王老板的杂货店很小，每天赚的钱不多。但他一天一天的积存起来，积了三十个铜板，就去换一个银角子。积了十二个银角子，就去换一块银洋钱。他身上有两只袋，一只在大褂上，一只在衬衣上。他规定：铜板藏在大褂袋里，银角子藏在衬衣袋里。大褂袋里的铜板积满了三十个，他就拿出来，去换一个银角子，藏在衬衣袋里，大褂袋就空了。衬衣袋里的银角子积满了十二个，他就拿出来，去换一块银洋钱，藏在枕头底下，衬衣袋就空了。枕头底下的银洋钱积满了十块，他就拿出来，用纸包好，藏在箱子里，枕头底下就空了。箱子里的银洋钱积满了十包，就是一百元，他就用皮纸封好，藏在地窖里，箱子里就空了。地窖里的皮纸包积满了十包，就是一千元，他就用麻布包好，叫做"丁包"。丁包就是一千块银洋钱的包。那些贫民在荒地的石墙脚旁边掘出来的，便是七个"丁包"，就是七千块钱。这七千块钱，都是王老板在几十年间由铜板、角子、洋钱，一个一个地积存起来的。可怜他自己省吃省用，苦苦地把钱藏在地窖里，如今白白地送给素不相识的人！然而这样还算是幸运的。因为分得这些银洋的人都是拾荒的贫民，他们本来饥寒交迫；如今得了这些钱，也可以暂时安乐一下；他们虽然不认识王老板，他们的心里大家感谢这位藏银洋的人的。假如永没有人去发掘这地窖，让这些银洋在地下埋了几千万年，变作泥土，那时王老板的心血才真是冤枉呢！这样说来，王老板并不可怜。但是，在他生前，为了积钱，确是受了不少的苦。你听我说来：

他的大褂里，铜板最多是二十九个。这是他铜板最多的时候,有时看见糖担挑过,也许买一两个铜板糖吃。但一到了积满三十个的时候他就等于没有铜板了。因为三十个如数取出,换成银角子,藏在衬衣袋里,他决舍不得再拿出来兑作铜板而买糖吃了。夏天日子长,王老板中午吃了两碗咸菜下饭,到下午肚子里"各鹿各鹿"地响。他看见茴香豆卖过,心里想买几个铜板茴香豆来充充饥。但是这一天他正好积满三十个铜板,早已换成银角子,藏在衬衣袋里,大褂袋里空空如也,一个铜板也没有了。他只得忍着饥饿,看一看茴香豆篮,吞一口唾液。

有时街上羊肉上市,乡下人杀了羊掮了羊肉到街上来卖。王老板天天吃咸菜饭,几个月不吃油水了,看见了羊肉口中生津。他指着一只羊腿问问价钱,那人说八角银洋。但这一天,王老板的衬衣里正好积满十个银角子,早已换成一块银洋,藏在枕头底下,他的衬衣袋里只积得两只角子,不够买羊肉了。

他只得向那人摇摇手，反背了两手走开了。

有一年冬天特别冷。王老板的棉袍已经穿过十多年，像木板一样硬了。他扛起两肩，缩拢两手，站在店门口的西北风里发抖。他很想买一件新的棉袍。探听价钱，大约要七八块银洋。但这时候，正好他枕头底下的银洋积满十块，早已包成小包，藏在箱子里，他的枕头底下空空如也，一块钱也没有了。他只得忍着寒冷，早些儿钻在被里睡觉了。等到他枕头底下再积到七八块银洋的时候，冬天已经过去，他就舍不得再买新棉袍了。

有一次，王老板生病了。生的是伤寒病，病势非常沉重。王老板这人家，舍不得请有名的良医，舍不得买贵重的药。他起初只叫老板娘到庙里去求求菩萨，拿点"仙方"（就是香灰）来吃吃。后来旁人劝不过，只得请个医生来开方吃药。医生说，这病很重，须得吃贵重的药，大约要六七十元。但这时候，王老板的箱子早已积满十小包，即一百块银洋，用皮纸封好，藏在地窖里，箱子里所剩的只有两个小包，即二十块钱了。王老板对老板娘说，"请医，买药，只能尽此二十块钱，再多我拿不出了。你看我的箱子里，不是只有二十块钱了吗？"老板娘知道他的老脾气，不劝他开地窖。因为银洋一进地窖就等于没有了。但是二十块钱请不到好医生，买不出好药，王老板只得任他生病。总算侥幸，没有病死。他在床里躺了两个多月，起来的时候骨瘦如柴，从此身体就变坏了。但他仍旧省吃省用，把铜板积成银角子，银角子积成银洋钱，银洋钱满了十块藏进箱子里，满了一百块藏进地窖里。

后来有一年，老板娘生病死了。王老板要买棺材，请和尚道士，做丧事，安葬，大约一共要花四五百块钱。地窖本来是不开的，因为王老板平常决没有上一百块钱的用度。如今死了人，用度非上百不可，只得忍痛打开地窖，取出皮纸封的银包来用。但这时候，王老板的地窖中共有七个丁包，和两个皮纸小包。这就是七千元，和二百元。王老板看见丁包，同没有看见一样，因为他认为丁包是"无论如何不可动用的"。他就关了地窖，哭丧着脸对人说："我只有这两百块钱！老太婆的丧葬，只能尽两百元为度，不能再多用了。"于是只得去买一个最薄的棺材，和尚道士也省了，草草的安葬。这样已经用了两百元。王老板从来没有这样肉痛的！王老板死了老婆，又花了两百块，悲伤而且肉痛。他把他的不长进的儿子逐出门外，让他去讨饭，免得多花家里的钱。但他终于年纪老了，身体坏了。杂货店的生意又难做，他不能多赚钱了。等到箱子里积到九小包（就是九十元）的时候，他就死了。他的儿子回来了，打开箱子一看，只有九十块钱，就统统拿了。他拿三十块钱去买一个最薄的棺材，把老子的尸体装进，叫人扛到义冢上，就无事了。他先把店中家中所有的东西变卖，拿卖来的钱去喝酒，赌钱，嫖妓女。一会儿花完，就把店和房子统统卖光，拿到钱流荡到他处，不知下落了。那藏着七个丁包的地窖，只有老头子和老太婆两人知道。现在两人都死去，世间就没有人知道。所以他的儿子没有去掘，买屋的人也没有去掘。直到日本鬼子打进来，全镇变成焦土之后，才让拾荒的贫民无意中发掘出来，而给他们受用。故事就这样完了。

〔1948年〕

猎　熊 [1]

这一天正是阳春三月，风和日暖。猎人走出门来看看天色，就叫唤他的儿子，准备猎枪、子弹和干粮，到山中去打猎。他的儿子是个小猎人，最爱打猎，本领比他父亲还高。因此他父亲非常欢喜他，每次出猎，必定带他同去。

小猎人兴高采烈地准备用具和食物，就跟了大猎人一同入山。因为天气太好，他们父子两人准备在山中打一天猎，中饭也不回来吃，所以要带干粮。他们的干粮是两个面包、两只粽子、两只广橘和一袋水果糖。小猎人在路上想：这一个上午，可以打得许多鸟雀，说不定可以打得一只野鸡。肚子饿了，选一块青草地，同爸爸两人坐着吃粽子，吃面包，吃广橘和水果糖，吃饱就躺在青草地上休息一会。下午再打许多鸟雀，说不定可以打得最好吃的斑鸠。然后背着许多野味回家，晚上还有一餐最美味的夜饭呢！

果然，这一上午打得了许多野味，有麻雀，有野鸡，有斑鸠。大猎人提了一部分，小猎人背了一部分。两人走到一处山腰里，一道小溪的旁边，太阳光照着的青草地上，放下东西，

---

[1] 本篇原载 1948 年 6 月《儿童故事》第 2 卷第 6 期。

相对坐着开始野餐了。大猎人检点一只一只的死鸟,计数一下,还是小猎人打来的多,而他自己打来的少。他称赞他的儿子能干,握住他的两手,表示疼爱。小猎人心中高兴,对着父亲微笑,两人就合唱《幸福的家》的小曲。太阳和暖地照着,溪水潺湲地流着,山上的杜鹃花默默地笑着,蝴蝶翩翩地飞着,父亲和儿子亲爱地唱着。这光景真是一幅美丽、和平、慈祥、幸福的图画。

吃饱了干粮,唱完了歌,小猎人立起身来,站在溪边看风景。他向小溪的上流眺望,忽然轻轻地叫道:"爸爸,你来看,这雪白的一团是什么东西?在那里动呢!"大猎人立刻从草地上爬起来,走到溪边向上流一望,说声:"啊哟,不得了!"小猎人忙问:"什么?"大猎人不作声,向腰间拉出望远镜来一窥,就递给小猎人。小猎人一窥,也叫一声:"啊哟,不得了!"原来是一只大白熊,坐在溪边饮水!幸而两人没有被它发现。假如他们父子二人正在欢笑唱歌的时候,被这熊听见,它一定悄悄地走到这山腰里来,把父子两人吃掉!熊的脚底下有一块肥厚的肉,叫做熊掌,踏在山地上,好像我们穿软底鞋子,毫无声音。父子两人不曾提防,来不及抵抗,一定死在它手里的!好危险啊!如今父子两人先发现熊,而熊不曾注意他们。他们都是有枪的,熊就一定要死在他们手里了。

父子两人,大家装上枪弹,缓步低声,靠溪边的乱草掩护,悄悄地走向熊坐的地方去。同时张大眼睛,密切地注意熊的动作,不要被它发现了追赶过来。熊的后足坐在溪边的石上,前足在溪中弄水,有时向左,有时向右,好像在捞取什么

东西。因为距离还远,望不清楚。熊头转向这边的时候,父子两人一齐蹲下来,伏在草间,防它看见,熊的头转向那边的时候,父子两人就站起来走。越走越近,到了枪弹打得中的距离,父子两人停步,蹲在一大丛茅草后面,把枪口插在茅草中间,向熊瞄准。熊并没有注意,管自弄水。

"砰"的一声,小猎人一枪弹正中在熊的项颈里。但见熊身略略颤抖,以后就兀坐不动。又是"砰"的一声,大猎人的枪弹正中在熊的肚皮上。但见一条鲜血,从伤口涌出,流到石上,在雪白的熊毛上画出一根根很粗很红的垂直线。但是那熊依旧兀坐石上,两前足伸起,如像一个人拜揖的样子,一动也不动。随后项颈里的创口也流出一条血来,又在雪白的熊毛上画出一根很粗很红的垂直线。两个猎人都觉得很奇怪。这两枪明明是致命伤,何以这熊不倒下去,却兀坐不动呢?难道这不是熊而是无生命的东西么?再用望远镜细看,一点不错,正是一只大白熊,两眼紧闭,两前足缩起作拜揖状,两后足蹲在石上,两条血汩汩地流着,在望远镜里都可以明白地看出。然而为什么兀坐不动呢?小猎人想走上前去看个究竟,大猎人阻住他,说"再开一枪,打中它的头部,方才可以放心走近去。"小猎人眼睛好,"砰"的一声,正打在熊的脑袋上。熊仍旧兀坐不动。

两个猎人走出茅草，向着熊一步一步地走近去。他们在溪岸上走，走到离熊约一百步的地方，站定了。向下望去，那熊好像冬天孩子们玩的雪菩萨[1]，一动不动地坐着。向侧面看看，创口里的血还不住地流出。大猎人大喊一声，熊如同没有听见。小猎人拾起一块石子，抛到熊的背上。熊不动。再拾一块更大的石子抛到熊的臀部。熊又不动。两个猎人就放心地爬下岸，走到熊的身边去细看。

一看，熊的两眼紧闭，似乎早已死去。两手（就是两前足）捧着一块大石头，死不放手，好像和尚捧着经跪在佛前默祷的样子。猎人觉得非常奇怪，就在离开熊二三尺的地方大喊，又用枪柄敲熊的背脊。但熊仍是不动。猎人用枪柄抵他的身体。熊身太重，动摇不得。到这时候，猎人已不把它当作熊看，两人放下枪杆，走上前去，两手撑住熊的右侧，把熊的身体用力的推。推了好久，熊的身体方才向左倾倒，翻在溪水滩上。它的手里依然紧紧地抱着那块大石头。这可证明熊确已死了。但是，何以它绝不抵抗、咆哮，或挣扎，而死活抱住那块大石头呢？小猎人向大猎人看看，大猎人向小猎人看看，大家弄得莫名其妙。

大猎人正在纳罕，眼梢头觉得水里有什么东西正在活动，转身一看，忽见大熊坐的那块石头的旁边，有两只小白熊蹲在浅溪底上的石缝里找小动物吃。这两只小白熊比白兔大些，生

---

[1] 雪菩萨，即雪人。

得肥头胖脑,雪球似的,十分可爱!它们俩所蹲的地方,正在大白熊手里捧的大石头的底下。这时候,大猎人恍然大悟,长叹一声"啊——哟——",摇头,悲恸,掉下眼泪来。小猎人到底年纪轻,还没有明白这个道理,慌忙地问:"爸爸!怎么了?"他爸爸看看捧着大石头的已死的大白熊,又看看可爱的小白熊,抬起头来,仰望青天,凄惨地叫道:"天啊,我做了最残忍的事了!我犯了很大的罪过了!请你饶恕我!"又掉下很大的泪珠来。小猎人弄得莫名其妙,连问:"爸爸,究竟为什么?究竟为什么?"他也哭了起来。

大猎人定一定神,皱着眉头,指着浅滩上的石头说道:"你看:那边溪水深,小熊们渡不过去。大熊想把这边的大石头搬几块过去,好让小熊们爬过去找小动物吃。你看,它已经搬了两块去。它正在搬第三块的时候,你的枪弹就打中了它的项颈。这是致命伤,它一定很痛苦,想要挣扎了。但它手里捧着一块大石头,如果挣扎,必须把大石头放手;如果放手,大石头一定掉在小熊身上,而把小熊压死!因此,它忍着痛苦,紧紧地抱住大石头,不使它掉下去。它宁愿自己忍痛而死,舍不得把它的两个儿子压死!我们后来再开两枪的时候,其实它已经死了。只因它的爱子之心太坚,所以死了还能紧抱石头。你看，它现在被我们推倒了，两手还是紧抱着石头呢！啊，父母爱子之心，比石还坚，比死还强！这是何等神秘而伟大的一件事！天啊！我们做了最残忍的事了！我们犯了很大的罪过了！请你饶恕我们！"说着，父子两人大声哭起来。大白熊紧抱石头倒在一旁，一动也不动。两只小白熊还在浅溪里捉鱼虾吃，爬来爬去，十分可爱。它们全然没有知道它们的慈母已被人打死了！

　　父子两人对小熊看了一会，不约而同地大家蹲下去，每人抱了一只小熊，带回家去，好好抚养。父子两人把猎枪折断，从此不再打猎了。

一九四八年三月四日于杭州作

毛厕救命[1]

大约是一九三九年的事,日本打中国打得正凶,天天用几十架飞机来轰炸重庆。他们想我们被炸得害怕,向他们无条件投降。这时候我不在重庆,我住在广西的深山里。有一天有一位朋友从重庆逃到广西来,一看见我,就说:"我的性命是毛厕救得的!"我笑道:"怎么毛厕会救命呢?"他就把他的故事讲给我和我家的人听。下面的话是他说的。

重庆天天放警报,天天有几十架日本飞机来轰炸。住在重庆的人,每天一早吃饱了饭,把门锁好,带了午饭,到山洞里去过一天,晚上才回来。天天如此。因为每天上午下午都有一次轰炸。免得临时仓皇,大家一早先逃。好像天天全家去"野餐"。

我在公司做事。公司在江边上,离市区远。日本飞机炸的地方,常在市区里,我住的一带地方,从来没有被炸过。我一向胆子很大,从来不逃警报。公司里的人大家逃,我独不逃。他们笑我冒险,我笑他们胆小。我并非看轻自己的生命,实因我有一个道理:敌机虽然多,究竟重庆地方大,我的身体不过

---

[1] 本篇原载 1948 年 7 月《儿童故事》第 2 卷第 7 期。

五尺，哪里一定炸到我身上？况且我们江边这带地方，房屋稀少，东一间，西一间，零零落落的。投下一个炸弹，不过炸坏一间房子，不会影响别的房子。炸弹的价钱比房子大得多。日本人很小气，一定不肯在这里浪费炸弹的。我因为确信这个道理，所以一向不逃警报。

有一天晚上，他们逃警报回来，带了一只蹄膀来。是一家肉店被炸，猪肉四处飞散，这只蹄膀飞在一道小巷里的地上，被他们拾得的。他们本来不走这小巷，第一天因为有一位同事的手表交一家钟表店在修理，而那家钟表店正在那小巷口头。这位同事想去看看钟表店有没有被炸，因此穿走这条小巷，拾得了这蹄膀。我拿来一嗅，果然新鲜。我说："你们有蹄膀，我有老酒。今晚你们请我吃蹄膀，我请你们喝老酒。"就把藏着的一瓮"渝酒"（就是重庆人仿造的绍兴酒）拿出来请客。这晚上大家吃得烂醉。我喝了两斤酒，睡在床上，好困得很。

哪晓得日本鬼子坏得很，这一天后半夜有月亮，天没有亮，他们就来轰炸。警报一发，同事们大家逃走。我照例不逃，管自睡觉。但是飞机声，炸弹声很大，扰得我睡不着。忽然肚痛起来，肚里咕噜咕噜地响，好像养着许多青蛙。原来昨夜蹄膀吃得太多，把肚子吃坏了。我们的毛厕在后院中，我只得披了一件大衣，急忙下楼，走

了大约一百步，到后院去登坑。

我正在坑上肚痛，忽听见"豁朗"一响，好像山崩地裂。同时一阵热的灰尘，冲进毛厕房来。毛厕房里的四根柱子动摇起来，墙壁豁裂，掉下许多石灰和瓦片来，把我的头和背脊打得很痛。一块瓦正好打在我的屁股上，皮都打开！（讲到这里，听的人笑煞了。）我的眼睛被灰尘所迷，张不开来。我连忙起身，屁股也不揩了。（听的人又笑。）这时东方已白，天快亮了。我连忙逃出毛厕门外，一看，烟雾迷漫，看不清楚。过了一会，才看见：我住的房子已经没有了，变成了一片瓦砾场！敌机还在我头上盘旋，别的地方还在丢炸弹。我怕起来，附近没有山洞，我索性回进毛厕里去躲避。（听的人又大笑。）

躲了很久，警报解除了。我走出毛厕，去看我们的房子的地方，但见砖石瓦砾，楼板门窗，桌面凳脚，横七竖八，一塌糊涂！墙脚还在，我依墙脚认识了我所睡的床铺的地方，但见一个深坑，足有一丈多深。原来炸弹正炸在我的床铺的地方！假如我睡在床上，现在早已粉身碎骨，化作灰尘了！（听的人的嘴巴和眼睛都张大了。）

你看，我的性命不是毛厕救得的吗？（大家又大笑。）

* * *

这朋友讲完了他的故事之后,大家静了一会。因为大家在想象他那时的情状。我先说话了:"其实,你讲的不是毛厕救命,应该说是蹄膀救命。倘使你上一晚不吃蹄膀,你不会坏肚子。倘使不坏肚子,轰炸的时候你一定躺在床上,不会到毛厕里去。这不是蹄膀救命吗?"

这朋友想了一想,说:"那么,也不能说蹄膀救命。应该说逃警报救命。因为,这蹄膀是我的同事们逃警报而拾来的。假使他们不逃警报,不会拾得蹄膀。没有蹄膀,那天晚上我不会吃坏肚子。我不坏肚子,不会上毛厕去,我不上毛厕去,一定被炸死。这不是逃警报救命吗?"

我说:"不对!你说过,你的同事们逃警报,一向不走这条小巷;这天因为有一位同事的手表交巷口的钟表店修理,想去看看那店有没有被炸,所以穿走小巷,拾得蹄膀,使你吃坏肚子,清早起床登坑,因此救了你的性命。假如你的同事不修表,他们就不走这小巷,就没有蹄膀;没有蹄膀,你不会吃坏肚子;不吃坏肚子,你不去登坑;不去登坑,你一定被炸死了!这样说来,这不是手表救命吗?"

我的朋友想了一想,笑笑,说:"这样说来,也不是手表救命,而是乒乓球救命。因为这同事有一天晚上和我打乒乓球。他的习惯,是用左手发球的。

打得起劲,把左腕向柱上一碰,手表上的玻璃碰破,长短针都不见,因此拿去修的。假如不打乒乓球,手表不必修;手表不修,不必走小巷;不走小巷,不会拾蹄膀;不拾蹄膀,不会吃坏肚子;不坏肚子,不会登坑;不登坑,我一定被炸死。——这不是乒乓球救命吗?"

我问:"你们是不是天天晚上打乒乓球的?"他说:"不,难得玩玩的。"我说:"那么,那一天晚上打乒乓球,是谁发起的呢?"他想了一想说:"是我发起的。我欢喜打乒乓球,他也喜欢这个。我一发起,他就赞成了。"我说:"那么,也不是乒乓球救命,却是你自己救自己的命。假如你不发起,他不会打破手表;手表不打破,不会去修;不修手表,不会走小巷;不走小巷,不会拾蹄膀;没有蹄膀,不会吃坏肚子;不坏肚子,你不会登坑;不登坑,你一定被炸死——这不是自己救自己吗!"我的朋友和旁听的人,大家大笑。

这朋友想了一想,又说:"也不是我自己救自己,却是老天救命。因为那天晚上下雨,闷坐无聊,因此我发起打乒乓球。要是老天不下雨,我们的同事们一定三五成群地到山城夜市中去散步,不会关在屋子里打乒乓球的。这不是老天救命吗?"

我拍手称赞:"对啦对啦!老天救命,这才对啦!我们刚才那种追究,其实都靠不住。因为还有许多旁的原因,我们没有顾到。譬如说,假使你的朋友没有用左手打球的习惯,手表也不会碰破。假使你的朋友的手表不交付小巷口的钟表店修,而交别的店修,也不会走小巷而拾蹄膀。假使那家肉店的蹄膀不飞到这小巷里,你们也不会拾得。假使日本鬼的炸弹不丢在肉店上，蹄膀也不会飞出来。假使你不爱吃或少吃些蹄膀，也不会坏肚子。……旁的原因，追究起来就无穷尽。所以我的意思，说'老天救命'最为不错。一个人的生死，都操在'运命之神'手里。'运命之神'就是老天呀！"

我的朋友若有所思，后来决然地说："你的说法果然很对。但是太笼统，太玄妙了。我看还是大家不要向上面追究，讲最近的一个原因：'毛厕救命'吧！"

我又拍手赞善："好极，好极！要追究，一直追到老天。不追究，就讲最近一原因，这是最不错的。'毛厕救命'就是'老天救命'。"

一九四八年万愚节于杭州作

为了要光明 [1]

有一个人姓万，名叫夫，家住在乡村里。他家的房子造得很坚固，每个窗子都有三层：外面玻璃，中间铁纱，里面板窗。板窗上又有铁锁，晚上锁好，教偷儿爬不进来。早上开锁开窗，放光明进来。

有一天晚上，万夫锁好了窗，把钥匙藏在衣袋里，到附近朋友家去吃喜酒。吃得烂醉，由别人扶着回家，倒在床上就睡。第二天起来，想打开窗子，放光明进来，找来找去，找不到钥匙。这一定是昨夜吃酒醉了，把钥匙掉在外头。万夫连忙到做喜事的人家去问，"有没有在地上捡到钥匙？"人都说"没有。"他在归家的路上仔细寻找，哪里找得到呢？他的钥匙是很特别的，不能向别人借钥匙来开。为了他的卧室里要光明，他只得去请铜匠师傅来开锁。

村里没有铜匠，须得坐了船，摇十里路，到镇上去请。万夫自家没有船。他到隔壁航船户家里去借船。航船户说："这只小船是空的，可是篙子被人借去了。只有一把橹，没有篙子，怎么办呢？"原来这十里水路很曲折，又很浅，非用篙子

---

[1] 本篇原载 1948 年 8 月《儿童故事》第 2 卷第 8 期。

撑，不能行船。万夫说："那么，让我到竹林里去砍一支竹竿来，就有篙子了。"

为了要砍竹竿，万夫先到灶房里去找柴刀。找来找去找不到。他问他的太太："我们的柴刀哪里去了？"太太皱着眉头说："真糟糕，昨天我在井边上削一根木柄，一个失手，把柴刀掉在井里了！我正要想法子拿它出来呢。"万夫想了一想，说："我有办法。东村李先生家里有一块大吸铁石。我去把它借来，用长绳缚牢了，挂到井底里，柴刀被吸铁石吸牢，就好拉出来了。"他的太太说："好极，好极，你去借吧。"

为了要取井里的柴刀，万夫走到东村李先生家去借吸铁石。李先生对万夫说："真不巧，我那块吸铁石掉在地板洞里，还没有取出来呢。因为昨天我的太太把一只绣花针掉在地上，寻来寻去寻不着，想是落在地板缝里了，就用吸铁石去吸。谁知绣花针没有吸到，一个失手，反把吸铁石掉进地板洞里了。

这洞虽然很大,可以伸手进去,可是地板下面非常之深,手臂摸不到底,因此无法取出。你要借用只有请木匠来,把地板拆开,取出吸铁石来。我本来早想请木匠来把这个洞修补呢。"万夫说:"那么,我到西村去把王木匠请来。"

为了要拆地板取吸铁石,万夫走到西村去请王木匠。刚走进门,不见王木匠,只看见王大嫂坐着,正在发愁。万夫问道:"王大嫂,王司务在家吗?"王大嫂说:"他今天老毛病又发作,好端端地倒在地上,我刚把他扶到床上,现在还没有醒呢。"原来王木匠有一种老毛病,叫做"羊癫风",一年之中,要发好几次。发的时候,突然倒在地上,不省人事,口中吐出白沫来,须得别人把他抬到床上,躺着静养,半天之后,方可起身。倘使要他早醒,须得到北村去请老郎中来,替他按摩一下,便起身了。万夫晓得他这老毛病,便说:"那么,我到北村去请老郎中来。"

为了要医好王木匠的羊癫风,万夫走到北村去请老郎中。刚走进老郎中家的门,天下起雨来。万夫说:"老郎中,王木匠又发羊癫风了!请你劳驾,去救救他!"老郎中说:"我一定去的。但是天下雨了,我家的雨伞被客人借去,没有还来;须得到邻家去借一把伞来,方可出门去看病。"万夫说:"是的是的,我到隔壁人家去借,借一顶大伞,我们两人合用吧。"

为了要请老郎中出门去看病,万夫傍着屋檐,走到邻家去借伞。隔壁的老婆婆正在念阿弥陀佛,看见万夫进来,站起来说:"万夫哥冒雨来!坐坐,躲雨吧。"万夫说:"我是从隔壁老郎中家过来的,想请老郎中出门去看病,没有伞,想请你老人家借我们一顶,大一点的。"老婆婆说:"伞吗?有是有的,很大的一顶;可是放在阁楼上,那梯子昨天被泥水司务借了去,不能爬上去拿,怎么办呢?"万夫看看阁楼,果然很高,非用梯子,爬不上去。他想了一想说:"那么,我去借把梯子来吧。"

为了要上阁楼去取伞,万夫穿过田塍,到对面的土地庙里去借梯子。土地庙里的小和尚看见万夫进来,就请他坐。万夫说:"不坐了,我要借一把梯子,用一用就拿来还的。"小和尚说:"梯子吗?有是有的,放在后院子里。后院子的大门锁着,钥匙放在老师父身边,老师父到小桥头张家去念经了。张家的老太太今天断七[1]呢!"万夫搔搔头,想一想,说:"那么,我到小桥头张家去找你的老师父拿钥匙吧!"他就走出土地庙,向小桥头去。其实这时候天早已晴了,用不着伞了。但是万夫只顾目前的需要,从不追究根本的意义,所以管自奔向小桥头去。

为了取土地庙后院大门的钥匙,万夫辛辛苦苦地跑到小桥

---

[1] 按照作者家乡风俗,人死之后七七四十九天,谓之"断七",要为死者诵经念佛。

头张家，找到了老和尚。老和尚正在念经，万夫不便打扰，只得坐着等他念完。等了一个钟头，老和尚还没有念完。其实这时候，王木匠的羊癫风早已发完，早已起来了。但是万夫只顾目前的需要，从不追究根本的意义，所以管自坐着等候。约莫等了两个钟头，老和尚方才念完经。万夫就告诉他，要借庙里的梯，请他把后院大门的钥匙拿出来，好去开门拿梯。老和尚一口答允。但是，他在他的衲裰衣里摸来摸去，摸了半个钟头，摸不到钥匙。后来把和尚衣解开来，细细寻找，连裤子腰里，袜筒里，都寻到，寻不见钥匙。老和尚说："啊哟！我老昏了，把钥匙都掉到不知哪里去了！怎么办呢！"万夫说："你也许放在庙里没有放在身上？你念经已经念好了，我和你一同回去找找看吧。"老和尚说："没有放在庙里，一向放在身上这个袋里的。"但是没有办法，姑且答应他回庙去找。老和尚收拾经书袈裟，交庙祝背了，又算了张家的经忏钱，然后同万夫一同走回土地庙去。走到庙里，就寻找钥匙。寻来寻去，终于寻不到。老和尚说："我这铁锁很坚牢，要扭也扭不断；又很特别，没处去借钥匙。只有请铜匠司务来开了。但是，村里没有铜匠，只有到镇上去请。镇上去，有十里水路，向你们隔壁的航船户家去借一只小船吧。"万夫说："好的，好的，我就去借。"

为了要请铜匠开土地庙后院大门的铁锁，取梯，上阁楼拿伞，陪老郎中去医好王木匠的羊癫风，请王木匠去拆开李先生家的地板，取出吸铁石，吸起井底里的柴刀，到竹林里去砍竹竿，当作篙子，撑船到镇上去请铜匠，来开万夫卧室板窗上的锁，使卧室光明，——万夫又走到航船户家去借船。航船户笑着说："我早上对你说过了：这只小船是空的，可是没有篙子。你不是说，去砍根竹竿来当篙子吗？你竹竿砍来了没有？"到这时候，万夫方才想起他这一天的种种行动的根本意义。他似乎恍然大悟了一下。但是过了一会，他又把根本意义忘却，而努力追求目前的需要了。他毅然决然说："是的，是的，我去砍竹吧！"说过，就回家去找柴刀。……

一九四八年五月六日于杭州

缘缘堂新笔 [1]

---

[1] 本集原名《新缘缘堂随笔》（作于 1956—1963 年）。系作者于 1962 年应人民文学出版社上海分社之约编成，当时共收文章 32 篇。因其中《阿咪》一篇在《上海文学》杂志发表后受批判，集子终于未能出版。1963 年 9 月，作者又增收最后二篇，共 34 篇。其中《怀梅兰芳先生》内容与其他同类文章重复，故不再收录；《金华游记》（1962 年 7 月 18 日作者寄给《人民文学》杂志时曾改名为《花不知名分外娇——金华游草》）未发表过，原稿已遗失，无法编入。其余 32 篇均发表过，并曾于作者去世后收入丰一吟编《缘缘堂随笔集》（浙江文艺出版社 1983 年 5 月初版）。作者生前曾经将原编就的《续缘缘堂随笔》易名为《缘缘堂续笔》；根据作者的这一思路，在 1992 年出版的《丰子恺文集》中将此集改名为《缘缘堂新笔》。

子愷

新缘缘堂随笔 丰子恺著

目次

1. 伤寒散礼
2. 进风代画
3. 扬州话
4. 西湖春游
5. 杭州写生
6. 中国话剧首创者李叔同先生
7. 先器识而后文艺
8. 李叔同先生的爱国精神
9. 李叔同先生的教育精神
10. 怀悼萧芳芳先生
11. 威武不能屈
12. 野草随笔
13. 胜读十年书
14. 幸福儿童
15. 谈儿童画
16. 闲牛画
17. 随笔漫画
18. 伯牙鼓琴
19. 曲高和众
20. 重游和她的艺术
21. 庐山游记之一 12行观感
22. 庐山游记之二 九江印象
23. 庐山游记之三 庐山面目
24. 黄山松
25. 黄山印象
26. 上天都
27. 饮水思源
28. 化作春泥更护花
29. 有头有尾
30. 与日本人民谈"源氏物语"翻译工作
31. 阿咪
32. 金华游记

增送：
33. 太虚章礼赞歌
34. 不肯去观音陆

共附插画11幅
（连画目内）
字数共约七万好

除最后一幕外，都是发表过的。

敬　礼 [1]

　　像吃药一般喝了一大碗早已吃厌的牛奶，又吞了一把围棋子似的、洋纽扣似的肺病特效药。早上的麻烦已经对付过去。儿女都出门去办公或上课了，太太上街去了，劳动大姐在不知什么地方，屋子里很静。我独自关进书房里，坐在书桌面前。这是一天精神最好的时光。这是正好潜心工作的时光。

　　今天要译的一段原文，文章极好，译法甚难。但是昨天晚上预先看过，躺在床里预先计划过句子的构造，所以今天的工作并不很难，只要推敲各句里面的字眼，就可以使它变成中文。右手握着自来水笔，左手拿着香烟。书桌左角上并列着一杯茶和一只烟灰缸。眼睛看着笔端，热衷于工作，左手常常误把香烟灰敲落在茶杯里，幸而没有把烟灰缸当作茶杯拿起来喝。茶里加了香烟灰，味道有些特别，然而并不讨厌。

　　译文告一段落，我放下自来水笔，坐在椅子里伸一伸腰，眼梢头觉得桌子上右手所靠的地方有一件小东西在那里蠢动。仔细一看，原来是一个受了伤的蚂蚁：它的脚已经不会走路，

---

[1] 本篇原载 1956 年 12 月 26 日上海《文汇报》。

然而躯干无伤，有时翘起头来，有时翻转肚子来，有时鼓动着受伤的脚，企图爬走，然后一步一蹶，终于倒下来，全身乱抖，仿佛在绝望中挣扎。啊，这一定是我闯的祸！我热衷于工作的时候，没有顾到右臂底下的蚂蚁。我写完了一行字，迅速地把笔移向第二行上端的时候，手臂像汽车一样突进，然而桌子上没有红绿灯和横道线，因此就把这蚂蚁碾伤了。它没有拉我去吃警察官司，然而我很对不起它，又没有办法送它进医院去救治，奈何，奈何！

然而反复一想，这不能完全怪我。谁教它走到我的工场里来，被机器碾伤呢？它应该怪它自己，我恕不负责。不过，一个不死不活的生物躺在我眼睛面前，心情实在非常不快。我想起了昨天所译的一段文章："假定有百苦交加而不得其死的人；在没有生的价值的本人自不必说，在旁边看护他的亲人恐怕也会觉得杀了他反而慈悲吧。"（见夏目漱石著《旅宿》。）我想：我伸出一根手指去，把这百苦交加而不得其死的蚂蚁一下子捻死，让它脱了苦，不是慈悲吗？然而我又想起了某医生的话：延长寿命，是医生的天职。又想起故乡的一句俗话："好死勿抵恶活。"我就不肯行此慈悲。况且，这蚂蚁虽然受伤，还在顽强地挣扎，足见它只是局部残废，全体的生活力还很旺盛，用指头去捻死它，怎么使得下手呢？犹豫不决，耽搁了我的工作。最后决定：我只当不见，只当没有这回事。我把稿纸移向左些，管自继续做我的翻译工作。让这个自作孽的蚂蚁在我的桌子上挣扎，不关我事。

翻译工作到底重大，一个蚂蚁的性命到底藐小；我重新热衷于工作之后,竟把这事件完全忘记了。我用心推敲,频频涂改,仔细地查字典,又不断地抽香烟。忙了一大阵之后,工作又告一段落,又是放下自来水笔,坐在椅子里伸一伸腰。眼梢头又觉得桌子右角上离开我两尺光景的地方有一件小东西在那里蠢动。望去似乎比蚂蚁大些,并且正在慢慢地不断地移动,移向桌子所靠着的窗下的墙壁方面去。我凑近去仔细察看。啊哟,不看则已,看了大吃一惊!原来是两个蚂蚁,一个就是那受伤者,另一个是救伤者,正在衔住了受伤者的身体而用力把他(排字同志注意,以后不用它字了)拖向墙壁方面去。然而这救伤者的身体不比受伤者大,他衔着和自己同样大小的一个受伤者而跑路,显然很吃力,所以常常停下来休息。有时衔住了他的肩部而走路,走了几步停下来,回过身去衔住了他的一只脚而走路;走了几步又停下来,衔住了另一只脚而继续前进。停下来的时候,两人碰一碰头,仿佛谈几句话。也许是受伤者告诉他这只脚痛,要他衔另一只脚;也许是救伤者问他伤势如何,拖得动否。受伤者有一两只脚伤势不重,还能在桌上支撑着前进,显然是体谅救伤者太吃力,所以勉力自动,以求减轻他的负担。因为这样艰难,所以他们进行的速度很缓,直到现在还离开墙壁半尺之远。这个救伤者以前我并没有看到。想来是埋头于翻译的期间,他跑出来找寻同伴,发现这个同伴受了伤躺在桌子上,就不惜劳力,不辞艰苦,不顾冒险,拼命地扶他回家去疗养。这样藐小的动物,而有这样深挚的友爱之情、这样慷慨的牺牲精神、这样伟大的互助精神,真使我大吃一惊!同时想起了我刚才看不起他,想捻死他,不理睬他,又觉得非常抱歉，非常惭愧！

　　鲁迅先生曾经看见一个黄包车夫的身体大起来。我现在也如此：忽然看见桌子角上这两个蚂蚁大起来，大起来，大得同山一样，终于充塞于天地之间，高不可仰了。同时又觉得我自己的身体小起来，小起来，终于小得同蚂蚁一样了。我站起身来，向着这两个蚂蚁立正，举起右手，行一个敬礼。

一九五六年十二月十三日于上海作

代　画[1]

马路旁边有一件很触目的东西,可以入画。屡次想画,然而画兴阑珊,提不起笔来。不画又难过,就写一篇文章来代画吧。

每次走过附近马路旁边的画廊,总看到这样的光景:装潢华丽布置精美的画廊上,照耀着闪亮的电灯。电灯所照明的玻璃窗里展示着社会主义先进国家的人民的光明幸福和平美丽的生活状态。离开玻璃窗五六尺地方的人行道旁边立着一根电线木。电线木脚上靠着一架小巧的人字梯。一根很粗的铁链条束住电线木和梯脚。一把很大的铁锁锁住铁链条的两端。——如此而已。

如此而已,一点也不触目,何必大惊小怪?——和我一同走路的朋友听见我说它触目,怪我多事。他又质问我:垃圾箱箕踞在人行道上,废物桶矗立在马路旁边,里面都包藏着各种各样的很龌龊、很肮脏的东西,你倒不讨厌它们,而对于这架很美观很干净的小巧的人字梯反而嫌它触目,是何道理?我

---

[1] 本篇原载 1956 年 12 月 10 日上海《文汇报》。

回答他说：异哉！我所见的和你完全相反呢。我觉得垃圾箱和废物桶都很美观、很干净；而这架小梯却很龌龊，很肮脏；非但触目，甚至惊心呢！请你想一想：为什么要有垃圾箱，为什么要有废物桶？因为我们要享受美味的食物，要度送清洁的生活，所以要垃圾箱和废物桶来接受我们所废弃的东西。垃圾箱和废物桶是使生活美化的，是使生活幸福的，是可爱的。因此我觉得它们都很美观、很干净。然而这架梯表示什么意思呢？为什么要用铁链条束住呢？为什么要用铁锁锁住呢？这把铁锁上方的两只钉好像两只睁圆的眼睛，下方的一个钥匙孔好像一张撑开的嘴巴。它用这副狰狞的面目来对付马路上来来往往的一切行人。它疑心每一个行人都是偷梯贼。它侮辱所有的行人，包括我和你在内。而你还要称赞它很美观、很干净？据我所见，这东西不但触目，竟又惊心。我们的同类中，一定存在着表面雅观而内心丑恶的分子，因此马路上有这件东西的出现。这不是触目惊心的东西吗？你看，这东西同在闪亮的电灯光中展示着社会主义先进国家的人民的光明幸福和平美丽的生活状态的画廊多么不调和！我的朋友语塞。

我想起了三十年前所作的一幅画[1]：两间贴邻的楼房，楼上都有阳台。一个阳台上站着一个男子，身穿洋服，两手搭在栏杆上，正在向楼下闲眺。隔壁的阳台上坐着一个男人，背脊向着邻家的人，一手靠在栏杆上，正在远眺。两个人中间的界壁上装着一把很大很大的铁扇骨，每一根扇骨的头都很尖锐，

---

[1] 此画实为1930年即二十六年前所作。

好像丈八蛇矛的头。这幅画的题目叫做《邻人》。这也是我在马路上看到的光景。记得三十年前这张画发表在报纸上的时候,正是日本军阀肆力侵略中国的当儿。那一天我到北四川路底的内山书店去买书,有一个日本顾客看见了我,不知怎的认识我是这画的作者,就悄悄地向内山完造先生讲了些话。内山完造先生就苦笑着,展开那张报纸来,皱着眉头问我:"他想问你,这两个邻人就是中国和日本吗?"那个日本顾客就看着我等候答复。我漫然地答应了一声"soudeska。"这一句日本话在这时候真得用,又唯唯,又否否。中国话没有相当的译法。勉强要译,只有用古人的话:"其然,岂其然欤!"这幅画中的两个邻人真像那时的中国和日本,所以应该唯唯。然而我作这幅画的动机里还含有更深更广的意义,比邦交恶劣更为深广,超乎时事漫画之上,所以又应该否否。我这幅画所讽喻的主要是人生,是广大的人生,邦交等不过是其中的一部分而已。

现在我所看到的用铁链条锁住的人字梯,和那把铁扇骨一样触目惊心。没有作画,没有冠用像《邻人》之类的画题,不会引起人们的褊狭的鉴赏,也不会被看作时事漫画吧。假定要画出来，我准备不用画题。然而不用画题便是"无题"。无题教人联想起李商隐。我这幅辛酸丑恶的漫画，怎么可以僭用风韵闲雅的"锦瑟无端五十弦"和"凤尾香罗薄几重"的题名呢？这样说来，如果作画，必须另外考虑画题。

烧了几支牡丹香烟，喝了一杯葡萄酒，忽然想出了一个画题："人间羞耻的象征"。太辛酸了，太丑恶了，要不得，要不得！隐约听见耳朵边有恳切的低语声："要得，要得！中国在进步，人类在进步，世界在进步。只要大家努力，这把铁锁终有一天会废除，这个人间羞耻的象征终有一天会消灭！你从前所作的讽刺画上不是有一个'速朽之作'的图章吗？希望你在这幅画上也盖上这个图章，希望它速朽。"我也语塞。

一九五六年十二月五日在上海作

扬 州 梦 [1]

在格致中学高中三年级肄业的新枚患了不很重的肺病,遵医嘱停学在家疗养。生活寂寞,自己发心乘此机会读些诗词,我就做了他的教师,替他讲解《唐诗三百首》和《白香词谱》,每星期一二次。暮春有一天,我教他读姜白石的《扬州慢》:

淮左名都,竹西佳处,解鞍少驻初程。过春风十里,尽荠麦青青。自胡马窥江去后,废池乔木,犹厌言兵。渐黄昏,清角吹寒,都在空城。

杜郎俊赏,算而今,重到须惊。纵豆蔻词工,青楼梦好,难赋深情。二十四桥仍在,波心荡冷月无声。念桥边红药,年年知为谁生。

这孩子兴味在于词律,一味讲究平平仄仄。我却怀古多情,神游于古代的维扬胜地,缅想当年烟花三月,十里春风之盛。念到"二十四桥仍在",我忽然发心游览久闻大名而无缘拜

---

[1] 本篇原载 1958 年 5 月 1 日《新观察》杂志第 9 期。

识的扬州，立刻收拾《白香词谱》，叫他到八仙桥去买明天到镇江的火车票。傍晚他拿了三张火车票回来。同去的是他和他的姐姐一吟。当夜各自准备行囊。

第二天下午，一行三人到达镇江。我们在镇江投宿，下午游览了焦山寺，认识了镇江的市容。下一天上午在江边搭轮船，渡江换乘公共汽车，不消两小时已经到达扬州。向车站里的人问询，他们介绍我们一所新开的公园旅馆。我们乘车投奔这旅馆，果然看见一所新造房子，里面的家具和被褥都是新的。盥洗既毕，斟一杯茶，坐下来休息一下。定神一想：现在我身已在扬州，然而我在一路上所见和在旅馆中所感，全然没有一点古色；但觉这是一个精小的近代都市，清静整洁；男女老幼熙攘往来，怡然操作，悉如他处；其中并无李白、张祜、杜牧、郑板桥、金冬心之类的面影。旅馆的招待员介绍我们到富春去吃中饭。富春是扬州有名的茶点酒菜馆，深藏在巷子里，而入门豁然开朗，范围甚广。点心和肴馔都极精美，虽然大都是荤的，我只能用眼睛来欣赏，但素菜也做得很好，别有风味。我觉得扬州只是一个小上海、小杭州，并无特殊之处。这在我似乎觉得有些失望，我决定下午去访问大名鼎鼎的二十四桥。我预期这二十四桥能够满足我的怀古欲。

到大街上雇车子，说"到二十四桥"。然而年青的驾车人都不知道，摇摇头。有一个年纪较大的人表示知道，然而他忠告我们："这地方很远，而且很荒凉，你们去做什么？"我不好说"去凭吊"，只得撒一个谎，说"去看朋友"。那人笑着说："那边不大有人家呢！"我很狼狈，支吾地回答他："不瞒你

说，我们就想看看那个桥。"驾车的人都笑起来。这时候旁边的铺子里走出一位老者来，笑着对驾车人说："你们拉他们去吧，在西门外，他们是来看看这小桥的。"又转向我说："这条桥从前很有名，可是现在荒凉了，附近没有什么东西。"我料想这位老者是读过唐诗，知道"二十四桥明月夜"的。他的笑容很特别，隐隐地表示着："这些傻瓜！"

车子走了半小时以上，方才停息在田野中间跨在一条沟渠似的小河上的一爿小桥边。驾车人说："到了，这是二十四桥。"我们下车，大家表示大失所望的样子，除了"啊哟！"以外没有别的话。一吟就拿出照相机来准备摄影。驾车的人看见了，打着土白交谈："来照相的。""要修桥吧？""要开河吧？"我不辩解，我就冒充了工程师，倒是省事。驾车人到树荫下去休息吸烟了。我有些不放心：这小桥到底是否二十四桥？为欲考证确实，我跑到附近田野里一位正在工作的农人那里，向他叩问："同志，这是什么桥？"他回答说："二十四桥。"我还不放心，又跑到桥旁一间小屋子门口，望见里面一位白头老婆婆坐着做针线，我又问："请问老婆婆，这是什么桥?"老婆婆干脆地说:"廿四桥。"这才放心,我们就替二十四桥拍照。桥下水涧,最狭处不过七八尺,新枚跨了过去,嘴里念着"波心荡冷月无声",大家不觉失笑。

车子背着夕阳回城去的时候,我耽于冥想了。我首先想到李白"烟花三月下扬州"的名句,觉得正是这个时候。接着想起杜牧的诗:"青山隐隐水迢迢,秋尽江南草未凋;二十四桥明月夜,玉人何处教吹箫?""落魄江湖载酒行,楚腰纤细掌中轻。十年一觉扬州梦,赢到青楼薄幸名。""娉娉袅袅十三余,豆蔻梢头二月初;春风十里扬州路,卷上珠帘总不如。"又想起徐凝的诗句:"天下三分明月夜,二分无赖是扬州。"又想起王建的诗词:"夜市千灯照碧云,高楼红袖客纷纷。"又想起张祜的诗:"十里长街市井连,月明桥上看神仙;人生只合扬州死,禅智山光好墓田。"我在吟哦之下,梦见唐朝时候扬州的繁华。我又想起清人所作的《扬州画舫录》,这书中记述着乾隆年间扬州的繁盛景象,十分详尽。我又记起清朝的所谓"扬州八怪",想象郑板桥、金冬心、罗聘、李方膺、汪士慎、高翔、黄悟、李鱓等潇洒不羁的文人画家寓居扬州时的风流韵事。最后想到描写清兵屠城的《扬州十日记》,打一个寒噤,不再想下去了。

回到旅馆里,询问账房先生,知道扬州有素菜馆。我们就去吃夜饭。这素菜馆名叫小觉林,位在电影院对面。我们在一个小楼上占据了一个雅座。一吟和新枚吃饱了饭,到对面看电影去了。我在小楼中独酌,凭窗闲眺,"十里长街""夜市千灯",却全无一点古风。只见许多穿人民装的男男女女,熙攘往来，怡然共乐，比较起上海的市街来，特别富有节日的欢乐气象。这是什么原故呢？我想了好久，恍然大悟：原来扬州市内晚上没有汽车，马路上很安全，所有的行人都在马路中央幢幢往来，和上海节日电车停驶时的光景相似，所以在我看来特别富有欢乐的气象。我一方面觉得高兴，一方面略感失望。因为我抱着怀古之情而到这邗左名都来巡礼，所见的却是一个普通的现代化城市。

晚餐后我独自在街上徜徉了一会，回到旅馆已经九点多钟。舟车劳顿，观感纷忙，心身略觉疲倦，倒身在床，立刻睡去。

忽然听见有人敲门。拭目起床，披衣开门，但见一个端庄而壮健的中年妇人站在门口，满面笑容，打起地道扬州白说："扰你清梦，非常抱歉！"我说："请进来坐，请教贵姓大名。"她从容地走进房间来，在桌子旁边坐下，侃侃而言："我姓扬名州，号广陵，字邗江，别号江都，是本地人氏。知道你老人家特地来访问我，所以前来答拜。我今天曾经到火车站迎接你，又陪伴你赴二十四桥，陪伴你上酒楼，不过没有让你察觉。你的一言一动，一思一想，我都知道。我觉得你对我有些误解，所以特地来向你表白。你不远千里而枉驾惠临，想必乐于听取我的自述吧？"我说："久慕大名，极愿领教！"她从容地自述如下：

"你憧憬于唐朝时代、清朝时代的我，神往于'烟花三月''十里春风'的'繁华'景象，企慕'扬州八怪'的'风流韵事'，认为这些是我过去的光荣幸福，你完全误解了！我老实告诉你：在一九四九年以前，一千多年的长时期间，我不断地被人虐待，受尽折磨，备尝苦楚，经常是身患痼疾，体无完肤，畸形发育，半身不遂；古人所赞美我的，都是虚伪的幸福、耻辱的光荣、忍痛的欢笑、病态的繁荣。你却信以为真，心悦神往地吟赏他们的诗句，真心诚意地想象古昔的盛况，不远千里地跑来凭吊过去的遗迹，不堪回首地痛惜往事的飘零。你真大上其当了！我告诉你：过去千余年间，我吃尽苦头。他们压迫我，毒害我，用残酷的手段把我周身的血液集中在我的脸面上，又给我涂上脂粉，加上装饰，使得我面子上绚焕灿烂，富丽堂皇，而内部和别的部分百病丛生，残废瘫痪，贫血折骨，臃肿腐烂。你该知道：士大夫们在二十四桥明月下听玉人吹箫，在月明桥上看神仙，干风流韵事，其代价是我全身的多少血汗！

"我忍受苦楚，直到一九四九年方才翻身。人民解除了我的桎梏，医治我的创伤，疗养我的疾病，替我沐浴，给我营养，使我全身正常发育，恢复健康。我有生以来不曾有过这样快乐的生活，这才是我的真正的光荣幸福！你在酒楼上看见我富有节日的欢乐气象，的确，七八年来我天天在过节日似的欢乐生活，所以现在我的身体这么壮健，精神这么愉快，生活这么幸福！你以前没有和我会面，没有看到过我的不幸时代，你也是幸福的人！欢迎你多留几天，我们多多叙晤，你会更了解我的光荣幸福，欢喜满足地回上海去，这才不负你此行的跋涉之劳呢！时候不早，你该休息了。我来扰你清梦，很对不起！"她说着就站起身来告辞。

我听了她的一番话，恍然大悟，正想慰问她，感谢她，她已经夺门而出，回头对我说一声"明天会！"就在门外消失了。

我走出门去送她，不料在门槛上绊了一下，跌了一跤，猛然醒悟，原来身在旅馆里的簇新的床铺上的簇新的被窝里！啊，原来是一个"扬州梦"！这梦比元人乔梦符的《扬州梦》和清人嵇留山的《扬州梦》有意思得多，不可以不记。

一九五八年春日作

西湖春游[1]

我住在上海,离开杭州西湖很近,火车五六小时可到,每天火车有好几班。因此,我每年有游西湖的机会,而时间大都是春天。因为春天是西湖最美丽的季节。我很小的时候在家乡从乳母口中听到西湖的赞美歌:"西湖景致六条桥,间株杨柳间株桃。……"就觉得神往。长大后曾经在西湖旁边求学,在西湖上作客,经过数十寒暑,觉得西湖上的春天真正可爱,无怪远离西湖的穷乡僻壤的人都会唱西湖的赞美歌了。

然而西湖的最美丽的姿态,直到解放之后方才充分地表现出来。解放后每年春天到西湖,觉得它一年美丽一年,一年漂亮一年,一年可爱一年。到了解放第九年的春天,就是现在,它一定长得十分美丽,十分漂亮,十分可爱。可惜我刚从病院出来,不能随众人到西湖去游春;但在这里和读者作笔谈,亦是"画饼充饥",聊胜于无。

西湖的最美丽的姿态,为什么直到解放后才充分表现出来呢?这是因为旧时代的西湖,只能看表面(山水风景),不能想

---

[1] 本篇原载 1958 年《旅行家》杂志第 4 期。

人民的西湖
子恺 林挺悦

内容（人事社会）。换言之，旧时代西湖的美只是形式美丽，而内容是丑恶不堪设想的。

譬如说，你悠闲地坐在西湖船里，远望湖边楼台亭阁，或者精巧玲珑，或者金碧辉煌，掩映出没于杨柳桃花之中，青山绿水之间。这光景多么美丽，真好比"海上仙山"！然而你只能用眼睛来看，却切不可用嘴巴来问，或者用头脑来想。你倘使问船老大"这是什么建筑？""这是谁的别庄？"因而想起了它们的主人，那么你一定大感不快，你一定会叹气或愤怒，你眼前的"美"不但完全消失，竟变成了"丑"！因为这些楼台亭阁的所有者，不是军阀，就是财阀；建造这些楼台亭阁的钱，不是贪污来的，便是敲诈来的，剥削来的！于是你坐在船里远远地望去，就会隐约地看见这些楼台亭阁上都有血迹！隐约地听见这些楼台亭阁上都有被压迫者的呻吟声——这真是大煞风景！这样的西湖有什么美？这样的西湖不值得游！西湖游春，谁能仅用眼睛看看而完全不想呢？

旧时代的好人真可怜！他们为了要欣赏西湖的美，只得勉强摒除一切思想，而仅看西湖的表面，仿佛麻醉了自己，聊以满足自己的美欲。记得古人有诗句云："小事闲可坐，不必问谁家。"我初读这诗句时，认为这位诗人过于浪漫疏狂。后来仔细想想，觉得他也许怀着一片苦心：如果问起这小亭是谁家的，说不定这主人是个坏蛋，因而引起诗人的恶感，不屑坐他的亭子。旧时代的人欣赏西湖，就用这诗人的办法，不问谁家，但享美景。我小时候的音乐老师李叔同先生曾经为西湖作一首歌曲。且不说音乐，光就歌词而论，描写得真是美丽动人！让我抄录些在这里：

    看明湖一碧，六桥锁烟水。
    塔影参差，有画船自来去。
    垂杨柳两行，绿染长堤。
    飐晴风，又笛韵悠扬起。

    看青山四围，高峰南北齐。
    山色自空濛，有竹木媚幽姿。
    探古洞烟霞，翠扑须眉。
    霁暮雨，又钟声林外起。

    大好湖山如此，独擅天然美。

明湖碧，又青山绿作堆。
漾晴光潋滟，带雨色幽奇。
靓妆比西子，尽浓淡总相宜。

这歌曲全部，刊载在最近出版的《李叔同歌曲集》中。我小时候求学于杭州西湖边的师范学校时，曾经在李先生亲自指挥之下唱这歌曲的高音部（这歌曲是四部合唱）。当时我年幼无知，只觉得这歌词描写西湖景致，曲尽其美，唱起来比看图画更美，比实地游玩更美。现在重唱一遍，回味一下，才感到前人的一片苦心：李先生在这长长的歌曲中，几乎全部是描写风景，绝不提及人事。因为那时候西湖上盘踞着许多贪官污吏，市侩流氓；风景最好的地位都被这些人的私人公馆、别庄所占据。所以倘使提及人事，这西湖的美景势必完全消失，而变成种种丑恶的印象。所以李先生作这歌词的时候，掩住了耳朵，停止了思索，而单用眼睛来观看，仅仅描写眼睛所看见的部分。这样，六桥烟水、塔影垂杨、竹木幽姿、古洞烟霞、晴光雨色，就形成一种美丽的姿态，好比靓妆的西施活美人了。这仿佛是自己麻醉，

自己欺骗。采用这种办法，虽然是李先生的一片苦心，但在今天看来，实在是不足为训的！

然而李先生在这歌曲中，不能说绝不提及人事。其中有两处不免与人事有关：即"有画船自来去""笛韵悠扬起"。坐在这画船里面的是何等样人？吹出这悠扬的笛声的是何等样人？这不可穷究了。李先生只能主观地假定坐在画船里的是一群同他一样风流潇洒的艺术家，吹笛的是同他一样知音善感的音乐家；或者坐在画船里的是一群天真烂漫的游客，吹笛的是一位冰清玉洁的美人。这样，才可以符合主观的意旨，才可以增加西湖的美丽。然而说起画船和笛，在我回忆中的印象很不好。记得有一次我和几个朋友买舟游湖。天朗气清，山明水秀，心情十分舒适。忽然邻近的一只船上吹起笛来，声音悠扬悦耳，使得我们满船的人都停止了说话而倾听笛韵。后来这只船载着笛声远去，消失在烟波云水之间了。我们都不胜惋惜。船老大告诉我们：这船里载着的是上海来的某阔少和本地的某闻人，他们都会弄丝弦，都会唱戏，他们天天在湖上游玩……原来这些阔少和闻人，都是我们所"久闻大名"的。我听到这些人的"大名"，觉得眼前这"独擅天然美"的"大好湖山"忽然减色；而那笛声忽然难听起来，丑恶起来，终于变成了恶魔的啸嗷声。这笛声亵渎了这"大好湖山"，污辱了我的耳朵！我用手撩起些西湖水来洗一洗我的耳朵。——这是我回忆旧时代西湖上的"画船"和"笛韵"时所得的印象。

我疏忽了，李先生的西湖歌中涉及人事的，不止上述两处，还有一处呢，即"又钟声林外起"。打钟的是谁？在李先生的主观中大约是一位大慈大悲、大智大慧的高僧，或者面壁十年的苦行头陀，或者三戒具足的比丘。然而事实上恐怕不见得如此。在那时候，上述的那些高僧、头陀和比丘极少住在西湖上的寺院里。撞钟的可能是以做和尚为业的和尚，或者是公然不守清规的和尚。

李先生作那首西湖歌时，这些人事社会的内情是不想的，是不敢想的。因为一想就破坏西湖风景的美，一想就煞风景。李先生只得屏绝了思索和分辨，而仅用眼睛来看；不谈西湖的内容情状，而仅仅赞美西湖的表面形式。我同情李先生的苦心。我想，如果李先生迟生三十年，能够躬逢解放后的新时代，能够看到人民的西湖，那么他所作的西湖歌一定还要动人得多！

在这里我不免要讲几句题外的话：我记得资本主义社会的美学中，有一个术语叫做"绝缘"，英文是 isolation。所谓绝缘，就是说看到一个物象的时候，断绝了这物象对外界（人事社会）的一切关系，而孤零零地欣赏这物象本身的姿态（形状色彩）。他们认为"美感"是由于"绝缘"而发生的。他们认为：看见一个物象时，倘使想起这物象的内容意义，想起这物象对人类社会的关系、作用和意义，就看不清楚物象本身的姿态，就看不到物象的"美"。必须完全不想物象对人类社会的关系、作用和意义，而仅用视觉来欣赏它的形状和色彩，这才能够从物象获得"美感"。——这种美学学说的由来，现在我明白了：只因为在旧社会中，追究起事物的内容意义来，大都是卑鄙龌龊、不堪闻问的，因此有些御用的学者就造出这种学说来，教人屏绝思索，不论好坏，不分皂白，一味欣赏事物的外表，聊以满足美欲，这实在是可笑、可怜的美学！

闲话少说，言归本题。旧时代的西湖春游，还有一种更切身的苦痛呢。上述那种苦痛还可以用主观强调、自己麻醉等方法来暂时避免，而另有一种苦痛则直接袭击过来，使你身心不安，伤情扫兴，游兴大打折扣。这便是西湖上的社会秩序的混乱。游西湖的主要交通工具是游船，即杭州人所谓"划子"。这种划子一向入诗、入词、入画，真是风雅不过的东西；从红尘万丈的都市里来的人，坐在这种划子里荡漾湖中，真有"春水船如天上坐"的胜概。于是划划子的人就奇货可居，即杭州人所谓"刨黄瓜儿"。你要坐划子游西湖，先得鼓起勇气来，同划划子的人作一场斗争，然后怀着余怒坐到划子里去"欣赏"西湖景致。划划子的人本来都是清白的劳动者，但因受当时环境的压迫和恶劣作风的影响，一时不得不如此以求生存了。上船之后，照例是在各名胜古迹地点停船：平湖秋月、中山公园、西泠印社、岳坟、三潭印月、雷峰夕照、刘庄、汪庄……这些名胜古迹的确是环肥燕瘦，各有其美，然而往

往不能畅游，不能放心地欣赏。因为这些地方的管理者都特别"客气"，一看到游客，立刻端出茶盘来；倘使看到派头阔绰的游客，就端出果盒来。这种"盛情"，最初领受一二，也还可以；然而再而三，三而四，甚至而五、而六、而七……游客便受宠若惊，看见茶盘连忙逃走，不管后面传来奚落的、讥讽的叫声。若是陪着老年人游玩，处处要坐下来休息，而且逃不快，那就是他们所最欢迎的游客了，便是最倒霉的游客了。

游西湖要会斗争，会逃走——这是我数十年来的"宝贵"经验。直到最近几年，解放后几年，这"宝贵"经验忽然失却了效用。解放后有一年我到杭州，突然觉得西湖有些异样：湖滨栏杆旁边那些馋涎欲滴的划子手忽然不见了，讨价还价的斗争也没有了，只看见秩序井然的买票处和和颜悦色的舟子。名胜古迹中逐客的茶盘也不见了，到处明山秀水，任你逍遥盘桓。这一次我才自足地享受了西湖春游的快美之感！

"西子蒙不洁，则人皆掩鼻而过之。"解放前数十年间，我每逢游湖，就想起这两句话。路过湖滨的船埠头时，那种乌烟瘴气竟可使人"掩鼻"。解放之后，这西子"斋戒沐浴"过了。"大好湖山如此"，不但"独擅天然美"，又独擅"人事美"，真可谓尽善尽美了！写到这里，我的心已经飞驰到六桥三竺之间，神游于山明水秀、桃红柳绿之乡，不能再写下去了。

一九五八年春日作

杭州写生

我的老家在离开杭州约一百里的地方,然而我少年时代就到杭州读书,中年时代又在杭州作"寓公",因此杭州可说是我的第二故乡。

我从青年时代起就爱画画,特别喜欢画人物,画的时候一定要写生,写生的大部分是杭州的人物。我常常带了速写簿到湖滨去坐茶馆,一定要坐在靠窗的栏杆边,这才可以看了马路上的人物而写生。湖山喜雨台最常去,因为楼低路广,望到马路上同平视差不多。西园少去,因为楼高路狭,望下来看见的有些鸟瞰形,不宜于写生。茶楼上写生的主要好处,就是被写的人不得知,因而姿态很自然,可以入画。马路上的人,谁仰起头来看我呢?

为什么喜欢在茶馆楼上画呢?因为在路上画有种种不便:第一,被画的人看见我画他,他就戒备,姿态就不自然。如果其人

是开通的，他就整一下衣服，装一个姿势，好像坐在照相馆里的镜头面前一样。那时画出来就像一尊菩萨，不是我所需要的画材。画好之后他还要走过来看，看见寥寥数笔就表示不满，仿佛损害了他的体面。如果其人是不开通的，看见我画他，他简直表示反对，或竟逃脱。因为那时（四五十年前）有一种迷信，说拍照伤人元气，使人倒霉。写生与拍照相似，也是这些顽固而愚昧的人所嫌忌的。当时我有一个画同志，到乡下去写生，据说曾经被夺去速写簿，并且赶出村子外，差一点儿没有被打。我没有碰到这种情况，然而类乎此的常常碰到。有一次我看见一老妇和一少妇坐在湖滨，姿态甚好，立刻摸出速写簿来写生。岂知被老妇瞥见，她一把拉住少妇就跑，同时嘴里喃喃地骂。少妇临去向我白一眼，并且"呸"的吐一口唾沫，仿佛我"调戏"了她。诸如此类……

第二种不方便，是在地上写生时，往往有许多闲人围着我看画。起初一二个人，后来越聚越多，同看戏法一样。而这些人有时也竟把我当作变戏法：有的站在我面前，挡住视线；有的挤在我左右，碰我的手臂；有的评长说短，向我提意见；有的小孩子大叫"看画菩萨头！"（他们称画人物为画菩萨头。）这些时候我往往没有画完就走，因为被画的人，看见一堆人吵吵闹闹，他也跑过来看了！我走了，还有几个小孩子或闲人跟着我走，希望我再"表演"，简直同看戏法一样。

为了有这种种不方便，所以我那时最喜欢在茶楼上写生。

延龄大马路[1]上车水马龙,行人如织,都是很好的写生模特儿!——这是我青年时代的事。

最近,我很少写生。主要原因之一,是眼力差了,老花眼看近处必须戴眼镜,看远处必须除去眼镜。写生时必须远处看一眼,近处看一眼,这就使眼镜戴也不好,不戴也不好。有些老花眼镜是两用的,上面是平光,下面是老光。然而老光只有小小一部分,只能看一小块,不能看全面,而画画必须顾到纸张全面。这种眼镜只宜于写字,不宜于画画。因此,我老来很少写生了。一定要写,只有把眼镜搁在眼睛底下鼻孔上面,好像滑稽画中的老头子。但这很不舒服,并且要当心眼镜落地。

然而我最近到杭州游玩时,往往故态复萌,有时不免要摸出笔记簿子来画几笔。这一半是过去习惯所使然,好像一到杭州就"返老还童"了。

使我吃惊的,是解放后在人民的西湖上写生,和从前在旧西湖上写生情形显然不同,上述的两种不方便大大地减少了。被画的人知道这是"写生",不讨厌我,女人决不吐唾沫。反之,他们有的肯迁就我,给我方便。有一次我坐在湖滨的石凳上,看见一个老舟子坐在船头上吸烟,姿态甚佳,我就对他写生。他衔着旱烟筒悠然地看山水,似乎没有发觉我在画他。忽然一个女小孩子跑来,大叫一声"爷爷!"那老舟子并不向她回顾,却哼喝她:"不要叫我!他在画我!"原来他早已发觉我画他了。这固然是一个特殊的例子,然而一般地说,人都开通

---

[1] 延龄路,即今杭州延安路。

了。这在写生者是一大方便。

围着看的人当然也有,然而态度和从前不同了。大都知道这是"写生",就不用看戏法的态度对待我了。大都肃静地站在我后面,低声地互相说话:"壁报上用的。""上海去登报的。"(他们从我同游的人身上看得出我们是上海来的。)有时几个青年还用"观摩"的态度看我作画,低声地说"内行"的话;倘有小孩子吵闹,他们代我阻止,给我方便。这些青年大概也会作画。现在作画的不一定是美术学校学生,一般机关团体里都有画家,壁报上和黑板报上不是常常有很好的画出现吗?

由此可知解放后人民知识都增加了,思想都进步了,态度都变好了。在"写生"这一件小事情中,也可以分明地看出。

一九五九年六月九日于上海记

中国话剧首创者李叔同先生[1]

话剧家徐半梅先生告诉我,说明年是中国话剧创行五十周年纪念。他要我物色中国话剧首创者李叔同先生的戏装照片。我答允他一定办到。我虽然不会话剧,却知道李叔同先生。所以想在五十周年纪念的前夕说几句话,作为预祝。

李叔同先生,是我在杭州浙江两级师范的美术音乐教师。我毕业的一年,亲送他进西湖虎跑寺出家为僧,此后他就变成了弘一法师。弘一法师卅九岁上出家为僧,专修净土宗和律宗二十余年,六十三岁(一九四二)上在福建泉州逝世。他出家以前是一位艺术家,今略叙其生平如下:

李先生于光绪九年(一八八二)阴历九月二十日生于天津。父亲是从事银钱业的,六十八岁上才生他。母亲是侧室,生他的时候还只二十

---

[1] 本篇原载 1956 年 11 月 3 日上海《文汇报》。

多岁。不久父亲逝世。他青年时候奉母迁居上海,曾入南洋公学,从蔡元培先生受业,与邵力子、谢无量先生等同学。同时参加沪学会、南社。所发表的文章惊动上海文坛。他后来所作的《金缕曲》中所谓"二十文章惊海内,毕竟空谈何有",便是当时的自述。不久母亲逝世,他就东游日本,入东京美术学校研习油画,又从师研习钢琴音乐,同时又在东京创办"春柳剧社";共事者有曾存吴、欧阳予倩、谢抗白、李涛痕等。所演出的话剧有《黑奴吁天录》《茶花女遗事》《新蝶梦》《血蓑衣》《生相怜》等。李叔同先生自己扮演旦角:《黑奴吁天录》中的爱美柳夫人及《茶花女遗事》中的茶花女。

这时候中国还没有话剧。李先生在东京创办春柳剧社,是中国人演话剧的开始。据我所知,他在东京时为了创办话剧社,曾经花了不少钱。他父亲给他的遗产不下十万元,大半是花在美术音乐研究和话剧创办上的。后来李先生回国,春柳剧社也迁回中国。但他回国后不再粉墨登场,先在故乡天津担任工业专门学校教师,后来又回到上海,担任《太平洋报》文艺编辑,转任南京高等师范和杭州浙江两级师范美术音乐教师。春柳社在中国演出时,上海市通志馆期刊第二年第三期上曾经登载一篇《春柳剧场开幕宣言》,宣言中说:"民国三年四月十五日,春柳剧社假南京路外滩谋得利开幕。……溯自乙巳、丙午间,曾存吴、李叔同、谢抗白、李涛痕等,留学扶桑,慨祖国文艺之堕落,亟思有以振之,顾数人之精力有限,而文艺之类别綦繁。兼营并失,不如一志而冀有功。于是春柳社出现于日本之东京。是为我国人研究新戏之始,前此未尝有也。未几，徐淮告灾，消息传至海外，同人演巴黎茶花女遗事，集资赈之。日人惊为创举，啧啧称道，新闻纸亦多谀词。是年夏，休业多暇，相与讨论进行之法，推李叔同、曾存吴主社事，得欧阳予倩等为社员。次年春，春阳社发现于上海，同人庆祖国响应有人，益不敢自菲薄，谋所以扩大之。……"这便是五十年前的中国话剧界情况。

李先生虽然回国后不再演剧，但他对剧艺富有研究，为欧阳予倩先生所称道。他说："老实说，那时候对于艺术有见解的，只有息霜（李叔同先生的别号——作者原）。他于中国词章很有根底，会画，会弹钢琴，字也写得好。……他往往在画里找材料，很注重动作的姿势。他有好些头套和衣服，一个人在房里打扮起来照镜子，自己当模特儿供自己研究，得了结果，就根据着这结果，设法到台上去演……"（见林子青编《弘一大师年谱》第二十七页。）因此他上台表演也非常出色，为日本人所赞誉。当时日本的《芝居杂志》（即戏剧杂志）中曾经登载日本人松居松翁[1]所写的一篇文章，其中说："中国的俳优，使我佩服的，便是李叔同君。当他在日本时，虽然仅是一位留学生，但他所组织的'春柳社'剧团，在乐座上演《椿姬》（即《茶花女》——作者原）一剧，实在非常好。不，与其说这个剧团好，宁可说就是这位饰椿姬的李君演得非常好。……李君的优美婉丽，决非日本的俳优所能比拟。"（见《弘一大师年谱》第三十页。）

---

[1] 松居松翁（1870—1933）是日本的剧作家。

这是我所知道的中国话剧首创者李叔同先生。话剧在中国已经创行了近五十年。在这期间，尤其是在解放后，由于许多话剧专家的研究改良，发扬光大，现在已经大大地进步，成为一种最有表现力、最容易感动人、最为全国人民所喜欢的艺术。然而饮水思源，我们不得不纪念它的首创者李叔同先生。五十年前，欧化东渐的时候，第一个出国去研习油画、西洋音乐和话剧的，是李叔同先生。第一个把油画、西洋音乐和话剧介绍到中国来的，是李叔同先生。只因他自己的油画和作曲不多，而且大都散失，又因为他自己从事话剧的时期不长，而且三十九岁上就摒文艺，遁入空门，因此现今的话剧观者大都不知道李叔同先生，所以我觉得有介绍的必要。

李先生的骨灰供在杭州西湖虎跑寺，十年不得安葬。前年，一九五四年，我和叶圣陶、章雪村、钱君匋诸君各舍净财，替他埋葬在虎跑寺后面的山坡上，又在上面建造一个石塔[1]，由黄鸣祥君监工，宋云彬君指导，请马一浮老先生题字，借以纪念这位艺僧。并且请沪上画家画了一大幅弘一法师遗像，又请好几位画家合作两巨幅山水风景画，再由我写一副对联，挂在石塔下面的桂花厅上，借以装点湖山美景。（然而不知为什么，遗像早已被谁除去了。）为了造塔，黄鸣祥君向杭州当局奔走申请，费了不少的麻烦，好容易获得了建塔的许可。然而我们几个私人的努力，总是有限，不过略微保留一些遗念，仅乎使这位艺坛功人不致湮没无闻而已。这是西湖的胜

---

[1] 石塔于1953年秋筹建，1954年1月10日举行落成典礼。

迹，杭州的光荣！我很希望杭州当局能加以相当的注意、保护、表扬，所以乘此话剧五十周年纪念前夕，写这篇文章纪念李叔同先生，并且庆祝话剧艺术万岁！

一九五六年十月十六日于上海

先器识而后文艺
——李叔同先生的文艺观[1]

李叔同先生,即后来在杭州虎跑寺出家为僧的弘一法师,是中国近代文艺的先驱者。早在五十年前,他首先留学日本,把现代的话剧、油画和钢琴音乐介绍到中国来。中国的有话剧、油画和钢琴音乐,是从李先生开始的。他富有文艺才能,除上述三种艺术外,又精书法,工金石(现在西湖西泠印社石壁里有"叔同印藏"),长于文章诗词。文艺的园地,差不多被他走遍了。一般人因为他后来做和尚,不大注意他的文艺。今年是李先生逝世十五周年纪念,又是中国话剧五十周年纪念,我追慕他的文艺观,略谈如下:

李先生出家之后,别的文艺都摒除,只有对书法和金石不能忘情。他常常用精妙的笔法来写经文佛号,盖上精妙的图章。有少数图章是自己刻的,有许多图章是他所赞善的金石家许霏(晦庐)刻的。他在致晦庐的信中说:

---

[1] 本篇原载 1957 年 4 月 19 日《杭州日报》。发表在《弘一大师纪念册》(1957 年 10 月新加坡出版)上时,题名为《李叔同先生的文艺观——先器识而后文艺》。

> 晦庐居士文席：惠书诵悉。诸荷护念，感谢无已。朽人剃染已来二十余年，于文艺不复措意。世典亦云："士先器识而后文艺"，况乎出家离俗之侣！朽人昔尝诫人云："应使文艺以人传，不可人以文艺传"，即此义也。承刊三印，古穆可喜，至用感谢……（见林子青编《弘一大师年谱》第二〇五页。）

这正是李先生文艺观的自述。"先器识而后文艺"，"应使文艺以人传，不可人以文艺传"，正是李先生的文艺观。

四十年前我是李先生在杭州师范[1]任教时的学生，曾经在五年间受他的文艺教育，现在我要回忆往昔。李先生虽然是一个演话剧，画油画，弹钢琴，作文，吟诗，填词，写字，刻图章的人，但在杭州师范的宿舍（即今贡院杭州一中）里的案头，常常放着一册《人谱》（明刘宗周著，书中列举古来许多贤人的嘉言懿行，凡数百条），这书的封面上，李先生亲手写着"身体力行"四个字，每个字旁加一个红圈，我每次到他房间里去，总看见案头的一角放着这册书。当时我年幼无知，心里觉得奇怪，李先生专精西洋艺术，为什么看这些陈猫古老鼠[2]，而且把它放在座右，后来李先生当了我们的级任教师，有一次叫我们几个人到他房间里去谈话，他翻开这册《人谱》来指出一节给我们看。

---

[1] 杭州师范，指在杭州的浙江省立第一师范学校。
[2] 陈猫古老鼠，作者家乡话，意即陈旧的东西。

唐初，王（勃），杨，卢，骆皆以文章有盛名，人皆期许其贵显，裴行俭见之，曰：士之致远者，当先器识而后文艺。勃等虽有文章，而浮躁浅露，岂享爵禄之器耶……（见《人谱》卷五，这一节是节录《唐书·裴行俭传》的。）

他红着脸，吃着口（李先生是不善讲话的），把"先器识而后文艺"的意义讲解给我们听，并且说明这里的"贵显"和"享爵禄"不可呆板地解释为做官，应该解释道德高尚，人格伟大的意思。"先器识而后文艺"，译为现代话，大约是"首重人格修养，次重文艺学习"，更具体地说："要做一个好文艺家，必先做一个好人。"可见李先生平日致力于演剧、绘画、音乐、文学等文艺修养，同时更致力于"器识"修养。他认为一个文艺家倘没有"器识"，无论技术何等精通熟练，亦不足道，所以他常诫人"应使文艺以人传，不可人以文艺传"。

我那时正热衷于油画和钢琴的技术，这一天听了他这番话，心里好比新开了一个明窗，真是胜读十年书。从此我对李先生更加崇敬了。后来李先生在出家前夕把这册《人谱》连同别的书送给我。我一直把它保藏在缘缘堂中，直到抗战时被炮火所毁。我避难入川，偶在成都旧摊上看到一部《人谱》，我就买了，直到现在还保存在我的书架上，不过上面没有加红圈的"身体力行"四个字了。

李先生因为有这样的文艺观，所以他富有爱国心，一向关

心祖国。孙中山先生辛亥革命成功的时候,李先生(那时已在杭州师范任教)填一曲慷慨激昂的《满江红》,以志庆喜:

皎皎昆仑,山顶月有人长啸。看叶底宝刀如雪,恩仇多少!双手裂开鼷鼠胆,寸金铸出民权脑。算此生不负是男儿,头颅好。

荆轲墓,咸阳道。聂政死,尸骸暴。尽大江东去,余情还绕。魂魄化成精卫鸟,血花溅作红心草。看从今一担好河山,英雄造。(见《弘一大师年谱》第三十九页。)

李先生这样热烈地庆喜河山的光复,后来怎么舍得抛弃这"一担好河山"而遁入空门呢?我想,这也仿佛是屈原为了楚王无道而忧国自沉吧!假定李先生在"灵山胜会"上和屈原相见,我想一定拈花相视而笑。

一九五七年清明过后于上海作

李叔同先生的爱国精神[1]

三月七日的《文汇报》上载着黄炎培先生的一篇文章《我也来谈谈李叔同先生》。我读了之后,也想"也来谈谈"。今年正是弘一法师(即李叔同先生)逝世十五周年,我就写这篇小文来表示纪念吧。

黄炎培先生这篇文章里指出李叔同先生青年时代的爱国思想,并且附刊李叔同先生亲笔的自撰的《祖国歌》的图谱。我把这歌唱了一遍,似觉年光倒流,心情回复了少年时代。我是李先生任教杭州师范时的学生,但在没有进杭州师范的时候,早已在小学里唱过这《祖国歌》。我的少年时代,正是中国外患日逼的时期。如黄先生文中所说:一八九四年甲午之战败于日本,一八九五年割地赔款与日本讲和,一八九七年德占胶州湾,一八九八年英占威海卫,一八九九年法占广州湾,一九〇〇年八国联军占北京,一九〇一年订约赔款讲和。——我的少年时代正在这些国耻之后。那时民间曾经有"抵制美货""抵制日货""劝用国货"等运动。我在小学里唱到这《祖国歌》的时候,正是"劝用国货"的时期。我唱到"上下

---

[1] 本篇原载 1957 年 3 月 29 日《人民日报》。

数千年，一脉延，文明莫与肩；纵横数万里，膏腴地，独享天然利"的时候，和同学们肩了旗子排队到街上去宣传"劝用国货"时的情景，憬然在目。我们排队游行时唱着歌，李叔同先生的《祖国歌》正是其中之一。但当时我不知道这歌的作者是谁。

后来我小学毕业，考进了杭州师范，方才看见《祖国歌》的作者李叔同先生。爱国运动，劝用国货宣传，依旧盛行在杭州师范中。我们的教务长王更三先生是号召最力的人，常常对我们作慷慨激昂的训话，劝大家爱用国货，挽回利权。我们的音乐图画教师李叔同先生是彻底实行的人，他脱下了洋装，穿一身布衣：灰色云章布（就是和尚们穿的布）袍子，黑布马褂。然而因为他是美术家，衣服的形式很称身，色彩很调和，所以虽然布衣草裳，还是风度翩然。后来我知道他连宽紧带也不用，因为当时宽紧带是外国货。他出家后有一次我送他些僧装用的粗布，因为看见他用麻绳束袜子，又买了些宽紧带送他。他受了粗布，把宽紧带退还我，说："这是外国货。"我说："这是国货，我们已经能够自造。"他这才受了。他出家后，又有一次从温州（或闽南）写信给我，要我替他买些英国制的朱砂（vermilion），信上特别说明：此虽洋货，但为宗教文化，不妨采用。因为当时英国水彩颜料在全世界为最佳，永不褪色。他只有为了写经文佛号，才不得不破例用外国货。关于劝用国货，王更三先生现身说法，到处宣讲；李叔同先生则默默无言，身体力行。当时我们杭州师范里的爱国空气很浓重，正为了有这两位先生的缘故。王更三先生现在健在上海，一定能够回味当时的情况。

李叔同先生三十九岁上——这正是欧洲大战发生,日本提出二十一条,袁世凯称帝,粤桂战争,湘鄂战争,奉直战争,国内乌烟瘴气的期间——辞去教职,遁入空门,就变成了弘一法师。弘一法师剃度前夕,送我一个亲笔的自撰的诗词手卷,其中有一首《金缕曲》,题目是《将之日本,留别祖国,并呈同学诸子》。全文如下:

披发佯狂走。莽中原暮鸦啼彻几株衰柳。破碎河山谁收拾,零落西风依旧。便惹得离人消瘦。行矣临流重太息,说相思刻骨双红豆。愁黯黯,浓于酒。漾情不断淞波溜。恨年年絮飘萍泊,遮难回首。二十文章惊海内,毕竟空谈何有!听匣底苍龙狂吼。长夜凄风眠不得,度群生那惜心肝剖!是祖国,忍孤负!

我还记得他展开这手卷来给我看的时候,特别指着这阕词,笑着对我说:"我作这阕词的时候,正是你的年纪。"当时我年幼无知,漠然无动于衷。现在回想,这暗示着:被恶劣的环境所迫而遁入空门的李叔同先生的冷寂的心的底奥里,一点爱国热忱的星火始终没有熄灭!

在文艺方面说,李叔同先生是中国最早提倡话剧的人,最早研究油画的人,最早研究西洋音乐的人。去年我国纪念日本的雪舟法师的时候,我常常想起:在文艺上,我国的弘一法师和日本的雪舟法师非常相似。雪舟法师留学中国,把中国的宋元水墨画法输入日本；弘一法师留学日本，把现代的话剧、油画和钢琴音乐输入中国。弘一法师对中国文艺界的贡献，实在不亚于雪舟法师对日本文艺界的贡献！雪舟法师在日本有许多纪念建设。我希望中国也有弘一法师的纪念建设。弘一法师的作品、纪念物，现在分散在他的许多朋友的私人家里，常常有人来信问我有没有纪念馆可以交送，杭州的堵申甫老先生便是其一。今年是弘一法师逝世十五周年纪念，又是他所首倡的话剧五十周年纪念。我希望在弘一法师住居最久而就地出家的杭州，有一个纪念馆，可以永久保存关于他的文献，可以永久纪念这位爱国艺僧。

一九五七年三月十二日于上海作

李叔同先生的教育精神 [1]

在四十几年前,我做中小学生的时候,图画、音乐两科在学校里最被忽视。那时学校里最看重的是所谓英、国、算,即英文、国文、算术,而最看轻的是图画、音乐。因为在不久以前的科举时代的私塾里,画图儿和唱曲子被先生知道了要打手心的。因此,图画、音乐两科,在课程表里被认为一种点缀,好比中药方里的甘草、红枣;而图画、音乐教师在教职员中也地位最低,好比从前京戏里的跑龙套的。因此学生上英、国、算时很用心,而上图画、音乐课时很随便,把它当作游戏。

然而说也奇怪,在我所进的杭州师范里(即现在贡院前的杭州第一中学的校址),有一时情形几乎相反:图画、音乐两科最被看重,校内有特殊设备(开天窗,有画架)的图画教室,和独立专用的音乐教室(在校园内),置备大小五六十架风琴和两架钢琴。课程表里的图画、音乐钟点虽然照当时规定,并不增多,然而课外图画、音乐学习的时间比任何功课都勤:下午四时以后,满校都是琴声,图画教室里不断的有人在那里练习石膏模型木炭画,光景宛如一艺术专科学校。

---

[1] 本篇原载 1957 年 5 月 14 日《杭州日报》。

这是什么原故呢？就因为我们学校里的图画音乐教师是学生所最崇敬的李叔同先生。李叔同先生何以有这样的法力呢？是不是因为他多才多艺，能演话剧，能作油画，能弹贝多芬，能作六朝文，能吟诗，能填词，能写篆书魏碑，能刻金石呢？非也。他之所以能受学生的崇敬，而能使当时被看轻的图画音乐科被重视，完全是为了他的教育精神的关系：李叔同先生的教育精神是认真的，严肃的，献身的。

夏丏尊先生曾经指出李叔同先生做人的一个特点，他说："做一样，像一样。"李先生的确做一样像一样：少年时做公子，像个翩翩公子。中年时做名士，像个风流名士；做话剧，像个演员；学油画，像个美术家；学钢琴，像个音乐家；办报刊，像个编者；当教员，像个老师；做和尚，像个高僧。李先生何以能够做一样像一样呢？就是因为他做一切事都"认真地，严肃地，献身地"做的原故。

李先生一做教师，就把洋装脱下，换了一身布衣：灰色布长衫，黑布马褂，金边眼镜换了钢丝边眼镜。对学生态度常是和蔼可亲，从来不骂人。学生犯了过失，他当时不说，过后特地叫这学生到房间里，和颜悦色，低声下气地开导他。态度的谦虚与郑重，使学生非感动不可。记得有一个最顽皮的同学说："我情愿被夏木瓜骂一顿，李先生的开导真是吃不消，我真想哭出来。"原来夏丏尊先生也是学生所崇敬的教师，但他对学生的态度和李先生不同，心直口快，学生生活上大大小小的事情他都要管，同母亲一般爱护学生，学生也像母亲一般爱他，深知道他的骂是爱。因为他的头像木瓜，给他取个绰号叫做夏木瓜,其实不是绰号,是爱称。李先生和夏先生好像我们的父亲和母亲。

李先生上一小时课,预备的时间恐怕要半天,他因为要最经济地使用这五十分钟,所以凡本课中所必须在黑板上写出的东西,都预先写好。黑板是特制的双重黑板,用完一块,把它推开,再用第二块,上课铃没有响,李先生早已端坐在讲坛上"恭候"学生,因此学生上图画、音乐课决不敢迟到。往往上课铃未响,先生学生都已到齐,铃声一响,李先生站起来一鞠躬,就开始上课。他上课时常常看表,精密的依照他所预定的教案进行,一分一秒钟也不浪费。足见他备课是很费心力和时间的。

吃早饭以前的半小时,吃午饭至上课之间的三刻钟,以及下午四时以后直至黄昏就睡——这些都是图画音乐的课外练习时间。这两课在性质上都需要个别教学,所以学生在课外按照排定的时间轮流地去受教,但是李先生是"观音斋罗汉",有时竟一天忙到夜。我们学生吃中饭和夜饭,至多只费十五分钟,因为正午十二点一刻至一点,下午六点一刻至七点,都是课外练习时间。李先生的中饭和夜饭必须提早,因为他还须对病发药地预备个别教授。李先生拿全部的精力和时间来当教师,李先生的教育精神真正是献身的!这样,学生安得不崇敬他,图画、音乐安得不被重视?!

李先生的献身的教育精神,还不止上述,夏丏尊先生曾经有一段使人吃惊的记述,现在就引证来结束我的话:"我担任舍监职务,兼修身课,时时感觉对学生感化力不足。他(指李先生——作者原)教的是图画、音乐两科。这两种科目,在他未到以前,是学生所忽视的。自他任教以后,就忽然被重视起来,几乎把全校学生的注意力都牵引过去了。课余但闻琴声歌声,假日常见学生出外写生,这原因一半当然是他对这二科实力充足,一半也由于他的感化力大。只要提起他的名字,全校师生以及工役没有人不起敬的。他的力量,全由诚敬中发出,我只好佩服他,不能学他。举一个实例来说,有一次宿舍里学生失了财物,大家猜测是某一个学生偷的,检查起来,却没有得到证据。我身为舍监,深觉惭愧苦闷,向他求教;他所指示我的方法,说也怕人,教我自杀!他说:'你肯自杀吗?你若出一张布告,说作贼者速来自首,如三日内无自首者,足见舍监诚信未孚,誓一死以殉教育,果能这样,一定可以感动人,一定会有人来自首。——这话须说得诚实,三日后如没有人自首,真非自杀不可。否则便无效力。'这话在一般人看来是过分之辞,他说来的时候,却是真心的流露;并无虚伪之意。我自惭不能照行,向他笑谢,他当然也不责备我。……"(见夏丏尊所写《弘一法师之出家》一文)

〔1957 年〕

威武不能屈[1]
——梅兰芳先生逝世周年纪念

> 日月忽其不淹兮，春与秋其代序。
> 惟草木之零落兮，恐美人之迟暮。（《离骚》）

日月不居，回忆去秋在兰心吊梅，匆匆又是一年。而斯人音容，犹宛在目前。春秋代序，草木可以零落，而此"美人"永远不会迟暮。只因此君不仅是个才貌双全的艺人，又是个威武不能屈的英雄。他的名字长留青史，永铭人心。

我是抗战胜利后才认识梅先生的。最初在上海思南路梅寓，后来在北京怀仁堂，最后在兰心大戏院灵堂瞻仰遗容。每次看到他，我总首先想起他嘴上的胡须。我觉得这不是胡须，这是英雄的侠骨。他身上兼备儿女柔情与英雄侠骨！

设想日寇侵占上海之时，野心勃勃，气势汹汹，有鲸吞亚东大陆之概。我中国人民似乎永无翻身之一日了。于是"士夫"之中，倒戈者有之，媚敌者有之，所欲无甚于生者，不知凡几。梅先生在当时一"优伶"耳，为"士夫"所不齿，独

---

[1] 本篇原载 1962 年 8 月 8 日上海《文汇报》。

能毅然决然，蓄须抗战，此心可与日月争光！此人真乃爱国英雄！

梅先生以唱戏为职业，靠青衣生活。那么蓄须便是自己摔破饭碗，不顾生活。为什么如此呢？为了爱国。茫茫青史，为了爱国而摔破饭碗，不顾生活者，有几人欤？假定当时有个未卜先知的仙人，预先通知梅先生：一九四五年八月十日日寇一定屈膝投降，于是梅先生蓄须抗战，忍受暂时困苦，以博爱国荣名。那么，我今天也不写这篇文章了。然而当时并无仙人通知，而中原寇焰冲天，回忆当日之域中，竟是倭家之天下，我黄帝子孙似乎永无重见天日之一日了。但梅先生不为所屈，竟把私人利害置之度外，将国家兴亡负之仔肩。试问：非有威武不能屈之大无畏精神，曷克臻此？

抗战胜利酬偿了梅先生的大志；人民解放彰明了梅先生的光荣。今后正期自由发挥其才艺，为人民服务，为祖国增光；岂料天不假年，病魔忌才，竟于去年秋风秋雨之时，与世长辞，使艺术界缺少了一位大师，祖国丧失了一个瑰宝，可胜悼哉！然而"英雄自古谁无死？留取丹心照汗青"，梅先生的威武不能屈的英雄精神，长留青史，永铭人心。春秋代序，草木可以零落，但此"美人"永远不会迟暮。梅兰芳不朽！

壬寅〔1962〕年乞巧作于上海

新年随笔

一九六一年的新年即将来到了。上海解放已经十一年半了。在十一年半以前,上海一向戴着"万恶社会"的帽子。我是浙江乡下人,乡下有一句描写上海社会的话,叫做"打呵欠割舌头"。这是极言上海社会之混乱,人心之险恶,恶霸流氓扒手之多,出门行路之难:在路上开口打个呵欠,舌头会被割掉的。然而十一年来,由于政治教育的移风易俗,"万恶社会"这顶帽子已经摘掉,上海早已变成一个光明幸福的亚东大都市了。从下面这段记事里便可窥见一斑。

前天我出门访友。走到弄口,看见一辆三轮车停在路旁,驾车员正坐在车上看报。他看见我来雇车,就跳下车来,把报纸折好,藏进坐垫底下,然后扶我上车。(雇车早已不须问价,按照路程远近,划一规定。从前那种讨价还价和敲竹杠,早已没有了。)开进一条横路,地方僻静,行人稀少,驾车员就和我谈话:"老先生今年高寿?贵姓?"我回答了,接着同样地问他。他说姓邱,今年三十岁。又说:"丰这个姓很少。我只知道一个老画家丰子恺,是不是您本家?"我问:"你怎么知道他?"他说:"我在报上常常看到他的画。"我向他表明就是我。他停了车,回过头来,看着我说:"啊,我真荣幸……"我们就攀谈起来。他说出我所作的几张画来,评论画中的意义,表示他的看法,都很有见解。接着谈到他的身世。原来他只读过几年小学,解放后学习文化,现在已经能够读书看报。我推想这个人一定很聪明,很用功,并且爱好文艺。我望着他的背影出神,回想十一年半以前上海的"黄包车夫",和这个人比较一下,心中发生剧烈的感动。十一年半以前,上海的"黄包车夫"在重重的压迫和剥削之下喘不过气来,口食难度,衣衫褴褛,哪里谈得到学习文化、读书看报,乃至欣赏图画?我在黑暗社会里度过了几十年,在垂老的时候能够看到这光明幸福的世界,心中感到说不出的欢欣。

　　车子经过热闹的马路,又转入一条横路。忽然他放缓了速度,回转头来,不好意思似的笑着说:"丰老先生!我想请您签个名,最好画几笔画,好吗?机会难得啊……"我说:"我很愿意。这里清静,你停一停车,我就在这里替你画吧。"他说:"不,我要买本手册来。四马路有文具店,待我买了再请您画。"车子开到四马路,在一家大文具店门口停下了。他连忙进去,一会儿带了一本很漂亮的手册回来。我接了手册,问他花多少钱。他说八角。我说:"这里太热闹,到了那边再画。"车子继续前进。我又望着他的背影出神地想:一本手册八角钱,足见他的生活很充裕。要是从前的"黄包车夫",血汗换来的钱买米还不够,哪里会拿出八角钱来买手册?

　　不久车子在目的地停下了。地方很清静,我就坐在车子上展开手册来,用钢笔作画。我画一个儿童,手掌上停着一只和平鸽,题上"和平幸福"四个字,又加上他的上款,签了我的姓名。我又和他交换了一个地址,希望以后再见,然后下车。我问他车资多少,他摇摇手说:"哪里哪里……谢谢您……"就想跨上驾车台去了。我拉住了他,说:"很远的路,怎么可以叫你白费劳力?"就拿出一张五角钞票来,定要塞进他手里。他一定不受,用力推我的手。我也用力推他的手,然而要他不过[1]。我就左手抓住了他的一只臂膀,右手把钞票塞进他的衣袋里去。岂知他气力很大,一下子摆脱了我抓住他臂膀的手,双手阻挡我的钞票。正在不得开交的时候,一个人民警察走来了。我就喊警察。警察走过来,惊惶地问:"什么事?"我说:"他从沪西踏我到这里,这么多的路,不肯受我车钱,请您……"他不等我说完,抢着对警察说:"我,我应该……"警察脸上的惊惶之色变成了笑容。我乘他们对话的时候突然把钞票丢在车子里,快步走进门去了。但听见背后警察在阻止他追赶:"老先生客气,你莫推却了吧!"接着是他的咕哝声和警察的笑声。

我通过朋友家的长长的走廊时心中想:刚才这一幕很像"君子国"里的情景。"万恶社会"已经变成"君子国"了。地狱已经变成天堂了。我就用这句话来庆祝一九六一年的新年。

这三轮车驾车员姓邱,名以广,家住闸北共和路二百六十弄三十五号。

一九六〇年十一月二十九日为中国新闻社作

---

[1] 要他不过,作者家乡话,意即拗不过他。

胜读十年书[1]
——欢迎四川省革命残废军人演出队志感

我怀着最热诚、最虔敬的心,到火车站去欢迎四川省革命残废军人演出队。在路上我想:这是世界上最可感谢的人,因为他们为了保护我们的安全和幸福,不惜牺牲了自己的肢体;这是世界上最可钦佩的人,因为他们受了敌人的伤害,还用残废的身体来为社会主义建设服务。他们都具有最高尚的共产主义道德和最可贵的革命乐观主义精神。他们是我们的恩人兼导师。他们今天到上海来,是上海的光荣;我能够到站参加欢迎,是我的骄傲!

我到车站时,月台上已经挤满了许多欢迎者:有的拿着乐器,有的捧着鲜花,有的带着爆竹,有的背着照相机。大家不时伸长了脖子向轨道的西端探望。不

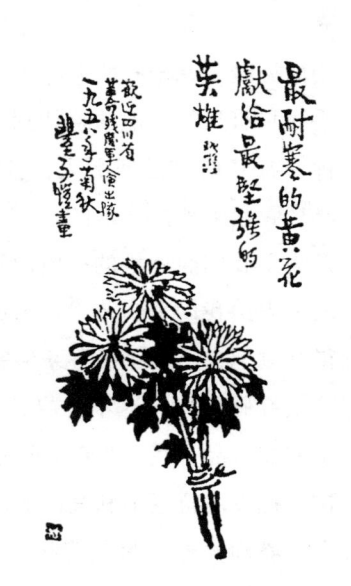

---

[1] 本篇原载 1958 年 11 月 21 日上海《文汇报》。

久，火车居然开到了。从最后的一节车厢里，我们所热望的英雄们慢慢地陆续下车。这时候月台上充满了欢呼声、鼓掌声和爆竹声，几乎连说话都听不清楚。月台上所有的人的目光都集注在这车厢上。这车厢显得特别注目，好像比别的车厢特别高大，特别美丽，似乎发散着光彩。我一面拍手，一面在想：这车厢真有功，会载着这许多可爱的人来给我们。这队英雄下车后，一一和我们握手。欢呼声、鼓掌声和爆竹声妨碍了我们的说话，难得听清楚。但见欢迎者和被欢迎者大家脸上堆着无限的笑容，表示真心的欢喜。英雄们有的走路跷拐，有的由人扶着，有的由人背着，有的脸上带着伤疤。然而个个精神勃勃，喜气洋洋。我和有一位英雄握手的时候，我的手感觉得特别贴切而温暖。原来我所握的不是他的手，而是他的腕。他是没有手而只有腕的。他的腕特别温暖，足证他的身体非常健康，精神非常旺盛；足证敌人只能摧残他的手，万万不能摧残他的心！我紧紧地握住他的腕，一时不肯放手。我心中想：他这手是为了我们而牺牲的；但他不但绝不怨恨我们，却还要用无手的腕来给我们表演艺术！这使我多么惭愧，多么感谢！我恨不得立刻把自己的手扯下来装在他的腕上。这时候我禁不住两行热泪夺眶而出。这不是寻常的眼泪，这是惭愧、感激、钦佩、崇仰的结晶，我平生没有淌过这样高贵的眼泪。所以我不肯揩拭，挂着两行老泪和其次的一位英雄握手。她伏在另一人的背上，满面笑容，紧握着我的手，剧烈地摇动，一面对我说话。我从鼓掌声和爆竹声的间隙中听出了她的话中的三个字："老人家……"。我猜想是"老人家也来迎接我们……"，是表示谦虚的意思。我想回答她说:"倘使没有你捍卫祖国,我这副老骨恐怕早已委诸沟壑,今天轮不到来欢迎了。"又是两行热泪夺眶而出。

不久英雄们全部下车,通过月台上的长长的音乐队和献花队徐徐出站。五彩的纸片和纸条天花乱坠,撒在英雄们的头上和身上。我和周信芳同志紧跟在被背着的女英雄后面,两人头上和身上也积了许多五彩的天花。走出站的时候,我看见不戴帽子的徐平羽部长的头发已经变成五彩,周信芳同志的肩上挂着长长的红条子,回看我自己身上也绕着一条鲜艳的绿带子。大家相视而笑。这真是"人世难逢开口笑"!

送一队英雄上汽车赴寓所休息之后,我们各自回家。我在归途上想:我今天不是来欢迎,是来上课。我上了一堂最充实的社会主义教育大课。上这一堂课,胜读十年书!

一九五八年十一月二十日晨写于上海

幸福儿童

邻家的小朋友黄昏到我家来玩，看见了我总说"公公讲故事！"公公肚里的故事讲完了，只得回忆过去，把旧时的见闻讲给他们听，聊以塞责。有一晚，讲解放前黑暗社会里的儿童的不幸，我说："我们现在所住的地方，从前是外国人管的，叫做法租界。住在这里的外国人很凶，中国人很苦。我有一个朋友，家住在这里。他出门到远地方去了，家里只剩一个妈妈和两个孩子，一个男的八岁，一个女的六岁。有一次，这两个孩子饿了三天，没有吃饭！"小朋友睁大了眼睛问："为什么？为什么？"我继续讲："那一天早上，两个孩子还没有起来，妈妈提了篮出门去买米。有一个外国小孩在路上跌了一跤，外国小孩的妈妈看见她走在小孩旁边，就硬说是她把他推倒的，拉住了她，喊起巡捕来。那巡捕见外国人怕，见中国人欺侮，就把这妈妈拉到巡捕房里，把她关进牢监里，关了三天。两个孩子在家里等妈妈回来烧早饭吃，等了一天不回来，等了两天不回来；等到第三天晚上，妈妈才哭着回来，一看，两个孩子躺在地板上，一动也不动，快饿死了，因为三天没有吃饭了。"小朋友大家提出质问。有一个说："他们为什么不到隔壁人家去吃饭呢？"我说："那时候隔壁人家是不来往的，死了人也不管。"另一个问:"他们为什么不到食堂里去吃饭呢?"我说:"那时候没有食堂,要吃饭只有自家烧。"第三个小朋友问:"那么他们为什么不到你家去吃饭呢?"我说:"我家住的地方很远,正像小冰家到这里一样远,两个孩子自己怎么会去呢?"——小冰者,就是我外孙,他的弟弟叫毛头,那时两人都不满十岁,星期天常常自己乘电车到我家来玩,和邻家的小朋友很要好的。——这小朋友就反驳:"那么,小冰和毛头为什么自己会来?"我说:"那时候上海坏人多,小孩子独自出门要被人欺侮,或者被人拐去,不像现在那样……"我说到这里,心中赫然地显出一幅新旧社会明暗对比图,就不期地拍着这几个小朋友的肩膀说:"你们真是幸福儿童啊!"

在现今的新社会里,儿童真幸福呢!就像今晚,里弄里的儿童到我家来玩,要公公讲故事,这种情况恐怕也是住过旧上海的人所不能想象的吧。在从前,上海地方五方杂处,良莠不齐。邻人一概不认识。即使一家住在楼上,一家住在楼下,也绝不往来,绝不招呼。所以居民一有缓急,除非有亲戚朋友来支援,邻人是死活不管的。现在呢,这个中国最大的都市里,不止五方杂处,然而人们都互相亲善了。里弄居民守望相助,痛痒相关。所谓"远亲不及近邻"这句古话,在黑暗的旧社会里一时失却了意义,在光明的新社会里重新恢复其真理了。

里弄有食堂可以供居民吃饭,这也是新社会居民的新幸福之一。在从前,各家必须各自买菜、生火、煮饭。即使一家只有一两个人,也得另起炉灶。即使十分烦忙,也得自己造饭。现在各里弄都有了食堂。居民如果有空,或者欢喜自己弄点小菜吃吃，就在自己家里做饭；如果人少或很忙，没有工夫买菜、生火、煮饭、洗碗，那么就可到食堂里去吃。这真是价廉物美、童叟无欺的。因为食堂是居民自己办的，没有人从中剥削。如果母亲不回来，孩子可以自由地到食堂吃饭。食堂里的服务员就是邻人，都认识孩子们，就像母亲一样照顾孩子们。所以我邻家的小朋友们都不相信我那朋友家的两个孩子饿了三天。

新上海的电车、汽车的司机和售票员，和旧上海的大大地不同了。他们都照顾乘客，尤其是老人和小孩。像我这样的老人，无论电车怎样拥挤，一上车就有人让座位。我的外孙小冰和毛头，住在虹口四平路，离开我家十多里路，来时要转两次或三次电车。然而小冰八九岁上就独自乘电车来望外公外婆。有时吃了夜饭，玩了一会，到八九点钟才回家。然而一向平安无事。因为司机、售票员和乘客都照顾小孩，他们就同跟着父母出门一样。有一个星期天早晨，他的七岁的弟弟毛头忽然一个人来了。我吃惊地问："你一个人会来的？"他说："哥哥有事，我一个人来了。"我问："你会上电车的？"他说："有一次人多，上车是一个解放军叔叔抱我上去的；下车是售票员抱我下来的。"

这种社会状况我现在已经看惯，不以为奇了。那天晚上被邻家的几个小朋友一问，我才深切地感到新旧社会的明暗之别，和新旧时代儿童的幸不幸之差，就在儿童节上写这篇随笔，告诉侨居海外的家长和儿童。

一九六一年儿童节前于上海

谈儿童画[1]

儿童对图画富有兴味,而拙于技术。因此儿童描绘物象,往往不正确,甚至错误。资产阶级的反动的教育论认为这是符合生物进化论的,应该听他们按照本能而作画,不可加以干涉。这是错误的图画教育论。我们固然不可强迫幼年的儿童立刻像成人一样正确地描写物象,然而我们必须仔细研究儿童画的不正确和错误的原因,而在图画课中循循善诱,因势利导,使他们自然而然地正确起来。从这里刊登的作品看来,儿童画并不一定像人们想象的那么稚拙的,他们的年龄虽然很小,但已经能够比较正确掌握住物象的体形了,有些已经画得很好,这不正是证明从旁教导的作用吗?

儿童画的不正确和错误的原因,大约有二。第一,儿童观察物象时喜欢注意其"作用"。例如幼儿画人,往往把头画得很大,手和脚画得很显著,而把躯干画得很小,甚至不画。因为他们注意"作用",头和手脚都能起作用:头上的眼睛会看,嘴巴会讲会吃,手会拿东西,脚会走路;而躯干不起什么作用。他们画头部,往往把眼睛和嘴巴画得很大而明显,而忽略其他

---

[1] 本篇原载 1958 年 6 月 1 日《解放日报》。

部分，也是由于眼睛和嘴巴能起作用，而眉毛、鼻子、耳朵等不大起作用的原故。儿童画桌子，一定把桌子面画得很大，因为桌子面上要摆东西（起作用）的。

第二，儿童观察物象时喜欢注意其"意义"。例如幼儿画一只菜篮，往往把篮里的东西统统画出来：几个鸡蛋、一条鱼、几棵菜等等。如果画不下，他们就把篮子看作透明的，画在篮子边上，好像一只玻璃篮。他们的用意是要表出篮子的意义——盛东西。幼儿画猫往往把身子画成侧面形，而把头画成正面形。因为身子的侧面形可以表出猫的躯体和尾巴，而头的正面形可以表出它有两只眼睛、两只耳朵和两朵胡须。这仿佛埃及太古时代的壁画。幼儿画房子，往往把墙内的人物统统画出来，使墙壁变成玻璃造的。曾见有一个幼儿画一个母亲，在母亲的衣服上画两个乳房，颇像近代资本主义国家所流行的立体派、未来派等的绘画。这种错误的原因，无非是由于幼儿十分注意物象的意义，所以连看不见的东西也要画它们出来。

由于年龄和教养程度的关系，儿童画中这种错误是难免的，是必然的。教师不能粗暴地要求三四岁的幼儿画得同他自己一样，同时也不能一味听其本能发展而不加指导。教师应该按照儿童的年龄和教养程度而作适当的指导。最好的方法是诱导他们观察自然物，使他们逐渐对物象的形状感到兴味，那么，画的时候错误自然会消失了。例如幼儿画人像，只画一个头、两只手和两只脚，而不画躯干。有一天，教师看见有一个幼儿穿一件新衣服，就可利用这机会，教他们画一个穿新衣服的人。这样，他们就会渐渐地注意到人是有躯干的了。又如画一只猫,幼儿把猫身画成侧面形,猫头画成正面形,教师可以捉一只猫来,先把猫头正面向着幼童,问他"你看见猫有几只眼睛?"然后把猫头的侧面向着幼儿,再问他"你看见猫有几只眼睛?"这样,他们也会渐渐地悟到"不看见的东西不画"的道理了。

〔1958年〕

斗 牛 图 [1]

唐朝时候有一位名画家,叫做戴嵩。他学画的老师叫做韩滉。戴嵩专长画牛,为老师韩滉所不及。所以戴嵩是唐朝画牛专家,时人称他为"独步"。

宋朝有一位叫做杜处士的,家里收藏一幅戴嵩的真迹《斗牛图》。这是几百年前的古画,杜处士非常珍惜。有一天他挂起这幅古画来欣赏,被一个牧童看见了。牧童笑着说:

"这画画错了:牛斗的时候,全身气力用在两只角上。这时候,尾巴一定贴紧,夹在两腿中间,这才用得出力。现在这幅画里的两头牛都翘起尾巴,画错了!"(见《东坡志林》)这位唐朝独步的画牛专家所绘的古画斗牛图,竟被一个牧童看出了很大的错误!由此可以想见:做画家真不容易,必须结合实际,必须有切身的生活经验,加以巧妙的技法,然后才能作出正确而美观的表现。倘使没有切身的实际经验,而徒有手指头上的技法,就容易犯错误。唐朝的戴嵩大约是士大夫之流,养尊处优,没有过过牧童的生活,但凭偶然的短时间的观察,加以空想而作画,这就犯了错误。可能他认为牛的尾巴翘起,可

---

[1] 本篇原载 1957 年 12 月 23 日《大公报》。

以表示威风，而且在形式上好看；这就徒有形式的美观而不顾事实的错误，变成了一幅不健全的绘画。由此又可想见：古代的绘画艺术大都为士大夫、知识阶级——像杜处士之类——所专有，工农不得过问。所以这幅斗牛图从唐朝传到宋朝，一直没有一个人能够看出它的错误，而被当作名画宝藏着。直到这一天偶然被牧童看见了，其中错误才能得到指正。由此还可想见：不独绘画如此，其他文艺学术，恐怕也有类乎此的情形吧。

在各界热烈参加下乡上山的时候，我想起了《斗牛图》的逸话，觉得这运动更加富有意义了。

〔1957 年〕

随笔漫画[1]

随笔的"随"和漫画的"漫",这两个字下得真轻松。看了这两个字,似乎觉得作这种文章和画这种绘画全不费力,可以"随便"写出,可以"漫然"下笔。其实决不可能。就写稿而言,我根据过去四十年的经验,深知创作——包括随笔——都很伤脑筋,比翻译伤脑筋得多。倘使用操舟来比方写稿,则创作好比把舵,翻译好比划桨。把舵必须掌握方向,瞻前顾后,识近察远;必须熟悉路径,什么地方应该右转弯,什么地方应该左转弯,什么时候应该急进,什么时候应该缓行;必须谨防触礁,必须避免冲突。划桨就不须这样操心,只要有气力,依照把舵人所指定的方向一桨一桨地划,总会把船划到目的地。我写稿时常常感到这比喻的恰当:倘是创作,即使是随笔,我也得预先胸有成竹,然后可以动笔。详言之,须得先有一个"烟士比里纯[2]",然后考虑适于表达这"烟士比里纯"的材料,然后经营这些材料的布置,计划这篇文章的段落

---

[1] 本篇原载 1957 年 2 月 12 日上海《文汇报》,当时题名为《呓语》,后由作者删去开头和结尾部分,改为此名。

[2] 英文 inspiration 的译音,意即灵感。

和起讫。这准备工作需要相当的时间。准备完成之后,方才可以动笔。动笔的时候提心吊胆,思前想后,脑筋里仿佛有一根线盘旋着。直到脱稿之后,直到推敲完毕之后,这根线方才从脑筋里取出。但倘是翻译,我不须这么操心:把原书读了一遍之后,就可动笔,逐句逐段逐节逐章地把外文改造为中文。考虑每句译法的时候不免也费脑筋。然而译成了一句,就可透一口气,不妨另外想些别的事情,然后继续处理第二句。其间只要顾到语气的连贯和畅达,却不必顾虑思想的进行。思想有作者负责,不须译者代劳。所以我做翻译工作的时候不怕旁边有人。我译成一句之后,不妨和旁人闲谈一下,作为休息,然后再译第二句。但创作的时候最怕旁边有人,最好关起门来,独自工作。因为这时候思想形成一根线索,最怕被人打断。一旦被打断了,以后必须苦苦地找寻断线的两端,重新把它们连接起来,方才可以继续工作。近来我少创作而多翻译,正是因为脑力不济而"避重就轻"。

　　这时候我想起了三十多年前的生活情况:屋子小,没有独立的书房。睡觉,吃饭,工作,同在一室。我坐在书桌旁边写稿,我的太太坐在食桌旁边做针线。我的写稿倘是翻译,我欢迎她坐在这里,工作告段落的时候可以同她闲谈一下,作为调剂。但倘是创作,我就讨厌她。因为她看见我搁笔不动,就用谈话来打断我的思想线索。但这也不能怪她,因为她不知道我写的是翻译还是创作;也许她还误认我的写稿工作同她的针线工作同一性状,可以边做边谈的。后来我就预先关照:"今天你不要睬我。"同时把理由说明:我们石门湾水乡地方,操舟的人有一句成语，叫做"停船三里路"。意思是说：船在河中行驶的时候，倘使中途停一下，必须花去走三里路的时间。因为将要停船的时候必须预先放缓速度，慢慢地停下来。停过之后再开的时候，起初必须慢慢地走，逐渐地快起来，然后恢复原来的速度。这期间就少走了三里路。三里也许夸张一点，一两里是一定有的。我正在创作的时候你倘问我一句话，就好比叫正在行驶的船停一停，我得少写三行字。三行也许夸张一点，一两行是一定有的。我认为随笔不能随便写出，理由就如上述。

漫画同随笔一样，也不是可以"漫然"下笔的。我有一个脾气：希望一张画在看看之外又可以想想。我往往要求我的画兼有形象美和意义美。形象可以写生，意义却要找求。倘有机会看到了一种含有好意义的好形象，我便获得了一幅得意之作的题材。但是含有好意义的好形象不能常见，因此我的得意之作也不可多得。记得有一次，我在院子里闲步，偶然看见石灰脱落了的墙壁上的砖头缝里生出一枝小小的植物来，青青的茎弯弯地伸在空中，约有三四寸长，茎的头上顶着两瓣绿叶，鲜嫩袅娜，怪可爱的。我吃了一惊，同时如获至宝。因为这美丽的形象含有丰富深刻的意义，正是我作画的模特儿。用洋洋数万言来歌颂天地好生之德，远不及用寥寥数笔来画出这枝小植物来得动人。我就有了一幅得意之作，画题叫做"生机"。记得又有一次，我去访问一位当医生的朋友，走进他的书室，看见案上供着一瓶莲花，花瓶的样子很别致，仔细一看，原来是一尺来长的一个炮弹壳，我又吃一惊，同时又如获至宝。因为这别致的形象也含有丰富深刻的意义，也是我作画的模特儿。用慷慨激昂的演说来拥护和平，远不如默默地画出这瓶莲花来得动人。我又有了一幅得意之作，画题叫做"炮弹作花瓶……"。我的找求画材大都如此。倘使我所看到的形象没有丰富深刻的意义，无论形状色彩何等美丽，我也懒得描写；即使描写了，也不是我的得意之作。实在，我的作画不是作画，而仍是作文，不过不用言语而用形象罢了。既然作画等于作文，那么漫画就等于随笔。随笔不能随便写出，漫画当然也不得漫然下笔了。

一九五七年一月十八日于上海作

伯牙鼓琴[1]

我们中国在三千年之前音乐早已非常发达。只因乐谱失传,所以我们不能听到古代的乐曲。但是从古书的记载里,可以想见古代音乐发达的盛况。有一个小故事为证。

周朝时候,有一个学者叫做列御寇的,后人称他为列子。他告诉我们这样的一个音乐故事:有一个人叫做伯牙的,善于弹琴。他有一个好朋友,叫做钟子期,善于欣赏音乐。有一天,伯牙在琴上弹一个即兴曲,即临时作曲而演奏。他的作曲的主题是"高山"。他在琴上用音乐来描述他对于高山的感想。钟子期听他弹完了说:"你这乐曲峨峨然若泰山!"这就是说,曲趣雄伟,好像泰山一般峨峨巍巍,高不可仰。后来伯牙又弹一个即兴曲,用音乐来描述他对于流水的感想。钟子期听他弹完了说:"你这乐曲洋洋然若江河!"这就是说,曲趣流畅,好像江河滔滔洋洋,一泻千里。这两个人,一个是优秀的作曲家,一个是高明的音乐鉴赏家,所以是好朋友。后来钟子期死了,伯牙从此不再弹琴,因为没有"知音"了,即没有人能够欣赏他的作曲了。

这故事的意思,是说"知音难得"。后人常常拿伯牙和钟

---

[1] 本篇原载 1957 年《音乐生活》8 月号。

子期来比方互相深切了解的知心朋友。但在我们爱好音乐的人，另有一种看法：这里说明着我国古代音乐发达的盛况。西洋十九世纪初才盛行的"标题音乐"，在我们中国周朝时候，即纪元前几世纪，早已发达了。

所谓"标题音乐"，像字面上所表示，就是在乐曲上标明一个题目，而用一种特殊的作曲法来描写题目所表示的事象。这种作曲法，在西洋是十九世纪初才发达的，即德国大音乐家贝多芬所首先提倡的。在贝多芬以前，西洋音乐界盛行的是"绝对音乐"，又名"纯音乐"。所谓绝对音乐，就是用音符来表达一种纯粹的抽象的感情，而不叙述或描写某种客观事象。像中世纪的宗教音乐和贝多芬以前的室内乐等，都是绝对音乐。贝多芬开始把音乐从绝对音乐的象牙塔中解放出来，即开始用音符来叙述描写客观事象，使音乐变得同文学或绘画一样，可以叙述事件，可以描写风景，当然可以抒发感情。这是音乐艺术的进步，所以贝多芬以后，西洋许多大音乐家都致力于标题音乐的创作。他们所作的乐曲叫做"音诗""音画"，或"交响诗"。

贝多芬的标题音乐中，描写技术最高妙而最著名的，是他的《第三交响乐》，即《英雄交响乐》，和《第六交响乐》，即《田园交响乐》。《英雄交响乐》本来是为赞颂法国革命英雄拿破仑作的。后来拿破仑自己做了皇帝，贝多芬大怒，把乐谱撕破，丢在地上。但他的朋友把破乐谱拾起来保存了，因为这是一首表现英雄精神的名曲。第一乐章描写英雄的力量，英雄的活动。第二乐章描写英雄临到危机，因此得切磋磨炼，完成其圆满的人格。第三乐章描写战胜了悲哀的英雄的快乐。第四乐章描写英雄一生的总体。《田园交响乐》开头描写田园风景的优美,和愉快的印象。其次描写静静地流着的小川两旁的自然风景,其中常常听见鸟声。又其次描写乡村的农民的飨宴和舞蹈,狂欢的情景如在目前。接着描写飨宴之后忽然雷电交作,大雨滂沱。最后描写雨收云散,天色放晴,遥闻牧童的歌声和村人庆幸雷雨过去的欢笑声。

贝多芬以后,许多著名的标题音乐作品中,最脍炙人口的是俄国的柴科夫斯基的《一八一二年序曲》。一千八百十二年,就是拿破仑进攻俄京莫斯科,遭逢大火和大雪,又被剽悍的哥萨克军所袭击,这盖世英雄终于大败的一年。《一八一二年序曲》就是描写这经过的。乐曲的开始,描写俄国人民对拿破仑来袭的恐怖,奏出俄国正教的赞美歌。其次描写拿破仑军队长驱直入和可怕的战争。起初法国国歌马赛曲歌声很响亮,后来渐渐地低沉下去,表示法军的败北;而俄罗斯国歌的声音渐渐地高起来。于是听见莫斯科寺院的钟声和对胜利的欢呼感谢声。最后在嘹亮的俄罗斯国歌声中,响出堂皇的胜利进行曲。一场大战的描写于是告终。这种剧的描写,可说是标题音乐的登峰造极!

我想,我国二三千年前伯牙在古琴上演奏的"高山"和"流水",大概也是《英雄交响乐》《田园交响乐》《一八一二年序曲》之类的标题音乐吧。不然,为什么钟子期听得出"峨峨然若泰山""洋洋然若江河"呢?可惜乐谱失传,我们无法欣赏了。

〔1957 年〕

曲高和众[1]

俄罗斯大文豪托尔斯泰曾经说:"凡最伟大的音乐、最有价值的杰作,一定广泛地被民众所理解,普遍地受民众的赞赏。"

托尔斯泰这句话,和我国的一句古话"曲高和寡"正好相反。这是什么缘故呢?让我先把我国那句古话的出典说明一下:

楚襄王问宋玉:"你大概有不良行为吧。为什么人们都说你坏话呢?"宋玉回答:"请大王原谅,让我说明这道理:有一个人在郢中唱歌,起初唱的歌曲是《下里巴人》,地方上和着他唱的有几千个人。后来唱《阳阿薤露》,地方上和着他唱的有几百个人。再后来唱《阳春白雪》,地方上和着他唱的不过几十个人。最后他'引商刻羽,杂以流徵'(就是用非常艰深的技术),地方上和着他唱的不过几个人而已。由此可知,其曲弥高,其和弥寡(即乐曲越是高深,和唱的人越是稀少。)……"我国"曲高和寡"这句话,便是从这古典故事中出来的。

我们仔细研究宋玉的话,便可知道他所谓"高",是"艰

---

[1] 本篇原载 1958 年《群众音乐》第 2 期。

深"的意思，不一定是"良好"的意思。

中国古代音乐所谓"宫、商、角、徵、羽"，大约相当于我们现在的"音阶"，即"上、尺、工、凡、六、五、乙"或"do、re、mi、fa、so、la、si"。故他所谓"引商刻羽，杂以流徵"，便是应用艰深的技巧和复杂的变化。那人所唱的是一个"艰深"的乐曲，但不一定是"良好"的乐曲。听说宋玉是一个很风流的美男子，说不定他的确有不良行为，所以人们都说他坏话。他又是很会做文章的人，所以楚襄王责问他的时候，他就卖弄这巧妙的诡辩，拿来文饰他自己的不良行为。巧就巧在一个"高"字。因为"高"可以说是"难"的意思，但又可以说是"好"的意思。他就用"曲高和寡"这一句话来马虎过去，蒙混过关了。

艰深的乐曲不一定良好，良好的乐曲不一定艰深。我认为曲的"高下"，不在乎"难易"，而在乎和者的"众寡"。因此我赞成托尔斯泰的话："凡最伟大的音乐、最有价值的杰作，一定广泛地被民众所理解，普遍地受民众的赞赏。"因此我反对宋玉的话，主张"曲高和众"。

托尔斯泰曾经根据这信念，替音乐下一个定义："音乐是结合人与人的手段。"我也赞成这定义。这就是说：音乐是使人民团结的手段。

一九五八年一月十日

雪舟和他的艺术 [1]

雪舟是日本的"画圣"。他的画风从十五世纪中开始，一直在日本画坛上占据主要的地位。欧洲人也崇仰他的艺术，他在世界艺坛上也是名人。而在今天，雪舟逝世四百五十周年的纪念展览会在上海开幕的时候，我们中国人感到特殊的荣幸，因为雪舟和中国有特别密切的关系。

雪舟生于十五世纪初。他十二三岁的时候就出家为僧。他一面弘扬佛法，一面勤修绘画。他是一个所谓"画僧"。日本十二世纪时就有一个画派，叫作"宋元水墨画派"，就是取法我国宋元诸大画家的画风的。这宋元水墨派的始祖叫做荣贺。然而在荣贺的时代，只是模仿日本商人、禅僧从中国带回去的宋元画家作品，未能发挥水墨画的精神。到了雪舟手里，水墨画方才大大地进步，方才体得了马远、夏圭的真精神。这当然是雪舟的伟大天才的成果，但也是因为雪舟曾经亲自留学中国的原故。

公历一四六七年，即中国明宪宗成化三年，雪舟从日本来到中国。他先到北京，向当时的宣德画院的画家学习。后来离

---

[1] 本篇原载 1956 年 12 月 12 日《解放日报》。

开北京，南游江浙。他曾经在宁波的天童寺做和尚，名为天童第一座。他搜求宋元杰作的真迹，努力研究。同时又邀游中国名山大川，研究宋元画家的杰作的模特儿。这时期他恍然悟得了画道的真理："师在于我，不在于他。"这就是说："与其师法别人的画，不如直接师法大自然。"荣贺等从纸面上模仿宋元画笔法，雪舟却从山川风景上学习宋元画的表现法。他的师法宋元，不是死的模仿，而是活的应用。雪舟作品的高超就在于此，雪舟的伟大就在于此。

雪舟以前，日本水墨画派中有一个画僧叫做宁一山，是中国元朝的和尚归化日本的。还有一个水墨派画家叫做李秀文，是中国明朝人归化日本的。雪舟曾经师法宁一山和李秀文；后来亲自来到中国，探得了源头活水，画道就青出于蓝。他在中国留学数年，回到日本，大展天才，宣扬真正的宋元精神。于是日本水墨画大大地昌明。所以日本画史中说："水墨画始于荣贺，盛于雪舟。"雪舟之后，日本水墨画界著名的云谷派的领导者云谷等颜自称"雪舟三世"。长谷川派的领导者长谷川等伯自称"雪舟五代"。两人为了争取雪舟正统，曾经涉讼，结果长谷川败诉。于此可见雪舟在日本画坛上的权威。直到现在，雪舟的画风还在日本画坛上占据主要的地位。所以日本人尊雪舟为"画圣"，全世界崇雪舟为"文化名人"。

如上所述，这位画圣和文化名人的养成，与我们中国有密切的关系。这使我们中国人在今天的纪念展览会上感到特殊的光荣。同时雪舟这种治学精神，"师在于我，不在于他"，给我国美术家以宝贵的启示，值得我们学习。而且今天这个纪念展览会，还有一点更可贵的意义：我们举办这个展览会，正好与日本商品展览会同时。这可使中国艺术和日本艺术的关系越发密切起来，这可使爱好和平与美的中国人民和日本人民更加亲密起来。这是促进中日友好的一股很大的力量。这一点意义最可宝贵。

我衷心地、热诚地祝贺中日友好万岁！

〔1956 年〕

庐山游记之一 [1]

江行观感

译完了柯罗连科的《我的同时代人的故事》第一卷三十万字之后,原定全家出门旅行一次,目的地是庐山。脱稿前一星期已经有点心不在稿;合译者一吟的心恐怕早已上山,每天休息的时候搁下译笔(我们是父女两人逐句协商,由她执笔的),就打电话探问九江船期。终于在寄出稿件后三天的七月廿六日清晨,父母子女及一外孙一行五人登上了江新轮船。

胜利还乡时全家由陇海路转汉口,在汉口搭轮船返沪之后,十年来不曾乘过江轮。菲君(外孙)还是初次看见长江。站在船头甲板上的晨曦中和壮丽的上海告别,乘风破浪溯江而上的时候,大家脸上显出欢喜幸福的表情。我们占居两个半房间:一吟和她母亲共一间,菲君和他小娘舅新枚共一间,我和一位铁工厂工程师吴君共一间。这位工程师熟悉上海情形,和我一见如故,替我说明吴淞口一带种种新建设,使我的行色更壮。

---

[1] 本篇原载 1956 年 10 月 1 日上海《文汇报》。

江新轮的休息室非常漂亮：四周许多沙发，中间好几副桌椅，上面七八架电风扇，地板上走路要谨防滑跤。我在壁上的照片中看到：这轮船原是初解放时被敌机炸沉，后来捞起重修，不久以前才复航的。一张照片是刚刚捞起的破碎不全的船壳，另一张照片是重修完竣后的崭新的江新轮，就是我现在乘着的江新轮。我感到一种骄傲，替不屈不挠的劳动人民感到骄傲。

新枚和他的捷克制的手风琴，一日也舍不得分离，背着它游庐山。手风琴的音色清朗像竖琴，富丽像钢琴，在云山苍苍、江水泱泱的环境中奏起悠扬的曲调来，真有"高山流水"之概。我呷着啤酒听赏了一会，不觉叩舷而歌，歌的是十二三岁时在故乡石门湾小学校里学过的、沈心工先生所作的扬子江歌：

> 长长长，亚洲第一大水扬子江。
> 源青海兮峡瞿塘，蜿蜒腾蛟蟒。
> 滚滚下荆扬，千里一泻黄海黄。
> 润我祖国千秋万岁历史之荣光。

反复唱了几遍，再教手风琴依歌而和之，觉得这歌曲实在很好；今天在这里唱，比半世纪以前在小学校里唱的时候感动更深。这歌词完全是中国风的，句句切题，描写得很扼要；句句叶音，都叶得很自然。新时代的学校唱歌中，这样好的歌曲恐怕不多呢。因此我在甲板上热爱地重温这儿时旧曲。不过在这里奏乐、唱歌,甚至谈话,常常有美中不足之感。你道为何:各处的扩音机声音太响,而且广播的时间太多,差不多终日不息。我的房间门口正好装着一个喇叭,倘使镇日坐在门口,耳朵说不定会震聋。这设备本来很好:报告船行情况,通知开饭时间,招领失物,对旅客都有益。然而报告通知之外不断地大声演奏各种流行唱片,声音压倒一切,强迫大家听赏,这过分的盛意实在难于领受。我常常想向轮船当局提个意见,希望广播轻些,少些。然而不知为什么,大概是生怕多数人喜欢这一套吧,终于没有提。

轮船在沿江好几个码头停泊一二小时。我们上岸散步的有三处:南京、芜湖、安庆。好像有一根无形的绳索系在身上,大家不敢走远去,只在码头附近闲步闲眺,买些食物或纪念品。南京真是一个引人怀古的地方,我踏上它的土地,立刻神往到六朝、三国、春秋吴越的远古,阖闾、夫差、孙权、周郎、梁武帝、陈后主……都闪现在眼前。望见一座青山。啊,这大约就是诸葛亮所望过的龙蟠钟山吧!偶然看见一家店铺的门牌上写着邯郸路,邯郸这两个字又多么引人怀古!我买了一把小刀作为南京纪念,拿回船上,同舟的朋友说这是上海来的。

芜湖轮船码头附近没有市街,沿江一条崎岖不平的马路旁边摆着许多摊头。我在马路尽头的一副担子上吃了一碗豆腐花就回船。安庆的码头附近很热闹。我们上岸,从人丛中挤出,走进一条小街,逶迤曲折地走到了一条大街上,在一爿杂货铺里买了许多纪念品,不管它们是哪里来的。在安庆的小街里许多人家的门前，我看到了一种平生没有见过的家具，这便是婴孩用的坐车。这坐车是圆柱形的，上面一个圆圈，下面一个底盘，四根柱子把圆圈和底盘连接；中间一个座位，婴儿坐在这座位上；底盘下面有四个轮子，便于推动。座位前面有一个特别装置：二三寸阔的一条小板，斜斜地装在座位和底盘上，与底盘成四五十度角，小板两旁有高起的边，仿佛小人国里的儿童公园里的滑梯。我初见时不解这滑梯的意义，一想就恍然大悟了它的妙用。记得我婴孩时候是站立桶的。这立桶比桌面高，四周是板，中间有一只抽斗，我的手靠在桶口上，脚就站在抽斗里。抽斗底上有桂圆大的许多洞，抽斗下面桶底上放着灰箩，妙用就在这里。然而安庆的坐车比较起我们石门湾的立桶来高明得多。这装置大约是这里的子烦恼的劳动妇女所发明的吧？安庆子烦恼的人大约较多，刚才我挤出码头的时候，就看见许多五六岁甚至三四岁的小孩子。这些小孩子大约是从子烦恼的人家溢出到码头上来的。我想起了久不见面的邵力子先生。[1]

---

[1] 邵力子先生曾提倡节育。

轮船里的日子比平居的日子长得多。在轮船里住了三天两夜，胜如平居一年半载，所有的地方都熟悉，外加认识了不少新朋友。然而这还是庐山之游的前奏曲。踏上九江的土地的时候，又感到一种新的兴奋，仿佛在音乐会里听完了一个节目而开始再听另一个新节目似的。

庐山游记之二 [1]

九江印象

九江是一个可爱的地方,虽然天气热到九十五度[2],还是可爱。我们一到招待所,听说上山车子挤,要宿两晚才有车。我们有了细看九江的机会。

"家临九江水,来去九江侧。同是长干人,生小不相识。"(崔颢)"浔阳江头夜送客,枫叶荻花秋瑟瑟。"(白居易)常常替诗人当模特儿的九江,受了诗的美化,到一千多年后的今天风韵犹存。街道清洁,市容整齐;遥望岗峦起伏的庐山,仿佛南北高峰;那甘棠湖正是具体而微的西湖。九江居然是一个小杭州。但这还在其次。九江的男男女女,大都仪容端正。极少有奇形怪状的人物。尤其是妇女们,无论群集在甘棠湖边洗衣服的女子,提着筐挑着担在街上赶路的女子,一个个相貌端正,衣衫整洁,其中没有西施,但也没有嫫母。她们好像都是学校里的女学生。但这也还在其

---

[1] 本篇原载 1956 年 10 月 3 日上海《文汇报》。
[2] 九十五度,指华氏度。

次。九江的人态度都很和平，对外来人尤其客气。这一点最为可贵。二十年前我逃难经过江西的时候，有一个逃难伴侣告诉我："江西人好客。"当时我扶老携幼在萍乡息足一个多月，深深地感到这句话的正确。这并非由于萍乡的地主（这地主是本地人的意思）夫妇都是我的学生的原故，也并非由于"到处儿童识姓名"（马一浮先生赠诗中语）的原故。不管相识不相识，萍乡人一概殷勤招待。如今我到九江，二十年前的旧印象立刻复活起来。我们在九江，大街小巷都跑过，南浔铁路的火车站也到过。我仔细留意，到处都度着和平的生活，绝不闻相打相骂的声音。向人问路，他恨不得把你送到了目的地。我常常惊讶地域区别对风俗人情的影响的伟大。萍乡和九江，相去很远。然而同在江西省的区域之内，其风俗人情就有共通之点。我觉得江西人的"好客"确是一种美德，是值得表扬，值得学习的。我说九江是一个可爱的地方，主要点正在于此。

九江街上瓷器店特别多，除了瓷器店之外还有许多瓷器摊头。瓷器之中除了日用瓷器之外还有许多瓷器玩具：猫、狗、鸡、鸭、兔、牛、马、儿童人像、妇女人像、骑马人像、罗汉像、寿星像，各种各样都有，而且大都是上彩釉的。这使我联想起无锡来。无锡惠山等处有许多泥玩具店，也有各种各样的形象，也都是施彩色的。所异者，瓷和泥质地不同而已。在这种玩具中，可以窥见中国手艺工人的智巧。他们都没有进过美术学校雕塑科，都没有学过素描基本练习，都没有学过艺用解剖学，全凭天生的智慧和熟练的技巧，刻画出种种形象来。这些形象大都肖似实物，大多姿态优美，神气活现。而瓷工比较起泥工来,据我猜想,更加复杂困难。因为泥质松脆,只能塑造像坐猫、蹲兔那样团块的形象。而瓷质坚致,马的四只脚也可以塑出。九江瓷器中的八骏,最能显示手艺工人的天才。那些马身高不过一寸半,或俯或仰,或立或行,骨骼都很正确,姿态都很活跃。我们买了许多,拿回寓中,陈列在桌子上仔细欣赏。唐朝的画家韩幹以画马著名于后世。我没有看见过韩幹的真迹,不知道他的平面造型艺术比较起江西手艺工人的立体造型艺术来高明多少。韩幹是在唐明皇的朝廷里做大官的。那时候唐明皇有一个擅长画马的宫廷画家叫做陈闳。有一天唐明皇命令韩幹向陈闳学习画马。韩幹不奉诏,回答唐明皇说:"臣自有师。陛下内厩之马,皆臣师也。"我们江西的手艺工人,正同韩幹一样,没有进美术学校从师,就以民间野外的马为师,他们的技术是全靠平常对活马观察研究而进步起来的。

我想唐朝时代民间一定也不乏像江西瓷器手艺工人那样聪明的人，教他们拿起画笔来未必不如韩幹。只因他们没有像韩幹那样做大官，不能获得皇帝的赏识，因此终身沉沦，湮没无闻；而韩幹独侥幸著名于后世。这样想来，社会制度不良的时代的美术史，完全是偶然形成的。

我们每人出一分钱，搭船到甘棠湖里的烟水亭去乘凉。这烟水亭建筑在像杭州西湖湖心亭那样的一个小岛上，四面是水，全靠渡船交通九江大陆。这小岛面积不及湖心亭之半，而树木甚多。树下设竹榻卖茶。我们躺在竹榻上喝茶，四面水光艳艳，风声猎猎，九十度以上的天气也不觉得热。有几个九江女郎也摆渡到这里的树荫底下来洗衣服。每一个女郎所在的岸边的水面上，都以这女郎为圆心而画出层层叠叠的半圆形的水浪纹，好像半张极大的留声机片。这光景真可入画。我躺在竹榻上，无意中举目正好望见庐山。陶渊明"采菊东篱下，悠然见南山"，大概就是这种心境吧。预料明天这时光，一定已经身在山中，也许已经看到庐山真面目了。

庐山游记之三[1]

庐山面目

"咫尺愁风雨,匡庐不可登。只疑云雾里,犹有六朝僧。"(钱起)这位唐朝诗人教我们"不可登",我们没有听他的话,竟在两小时内乘汽车登上了匡庐。这两小时内气候由盛夏迅速进入了深秋。上汽车的时候九十五度,在汽车中先藏扇子,后添衣服,下汽车的时候不过七十几度了。赴第三招待所的汽车驶过正街闹市的时候,庐山给我的最初印象竟是桃源仙境:土地平旷,屋舍俨然;有茶馆、酒楼、百货之属;黄发垂髫,并怡然自乐。不过他们看见了我们没有"乃大惊",因为上山避暑休养的人很多,招待所满坑满谷,好容易留两个房间给我们住。庐山避暑胜地,果然名不虚传。这一天天气晴明。凭窗远眺,但见近处古木参天,绿荫蔽日;远处岗峦起伏,白云出没。有时一带树林忽然不见,变成了一片云海;有时一片白云忽然消散,变成了许多楼台。正在凝望之间,一朵白云冉冉而来,钻进了我们的房间里。倘是幽人雅士,一定大开窗户,欢

---

[1] 本篇原载 1956 年 10 月 4 日上海《文汇报》。

迎它进来共住；但我犹未免为俗人，连忙关窗谢客。我想，庐山真面目的不容易窥见，就为了这些白云在那里作怪。

庐山的名胜古迹很多，据说共有两百多处。但我们十天内游踪所到的地方，主要的就是小天池、花径、天桥、仙人洞、含鄱口、黄龙潭、乌龙潭等处而已，夏禹治水的时候曾经登大汉阳峰，周朝的匡俗曾经在这里隐居，晋朝的慧远法师曾经在东林寺门口种松树，王羲之曾经在归宗寺洗墨，陶渊明曾经在温泉附近的栗里村住家，李白曾经在五老峰下读书，白居易曾经在花径咏桃花，朱熹曾经在白鹿洞讲学，王阳明曾经在舍身岩散步，朱元璋和陈友谅曾经在天桥作战……古迹不可胜计。然而凭吊也颇伤脑筋，况且我又不是诗人，这些古迹不能激发我的灵感，跑去访寻也是枉然，所以除了乘便之外，大都没有专程拜访。有时我的太太跟着孩子们去寻幽探险了，我独自高卧在海拔一千五百公尺的山楼上看看庐山风景照片和导游之类的书，山光照槛，云树满窗，尘嚣绝迹，凉生枕簟，倒是真正的避暑。我看到天桥的照片，游兴发动起来，有一天就跟着孩子们去寻访。爬上断崖去的时候，一位挂着南京大学徽章的教授告诉我："上面路很难走，老先生不必去吧。天桥的那条石头大概已经跌落，就只是这么一个断崖。"我抬头一看，果然和照片中所见不同：照片上是两个断崖相对，右面的断崖上伸出一根大石条来，伸向左面的断崖，但是没有达到，相距数尺，仿佛一脚可以跨过似的。然而实景中并没有石条，只是相距若干丈的两个断崖，我们所登的便是左面的断崖。我想：这地方叫做天桥，大概那根石条就是桥，如今桥已经跌落了。我们在断崖上坐看云起，卧听鸟鸣，又拍了几张照片，逍遥地步行回寓。晚餐的时候，我向管理局的同志探问这条桥何时跌落，他回答我说，本来没有桥，那照相是从某角度望去所见的光景。啊，我恍然大悟了：那位南京大学教授和我谈话的地方，即离开左面的断崖数十丈的地方，我的确看到有一根不很大的石条伸出在空中，照相镜头放在石条附近适当的地方，透视法就把石条和断崖之间的距离取消，拍下来的就是我所欣赏的照片。我略感不快，仿佛上了资本主义社会的商业广告的当。然而就照相术而论，我不能说它虚伪，只是"太"巧妙了些。天桥这个名字也古怪，没有桥为什么叫天桥？

　　含鄱口左望扬子江，右瞰鄱阳湖，天下壮观，不可不看。有一天我们果然爬上了最高峰的亭子里。然而白云作怪，密密层层地遮盖了江和湖，不肯给我们看。我们在亭子里吃茶，等候了好久，白云始终不散，望下去白茫茫的，一无所见。这时

候有一个人手里拿一把芭蕉扇,走进亭子来。他听见我们五个人讲土白,就和我招呼,说是同乡。原来他是湖州人,我们石门湾靠近湖州边界,语音相似。我们就用土白同他谈起天来。土白实在痛快,个个字入木三分,极细致的思想感情也充分表达得出。这位湖州客也实在不俗,句句话都动听。他说他住在上海,到汉口去望儿子,归途在九江上岸,乘便一游庐山。我问他为什么带芭蕉扇,他回答说,这东西妙用无穷:热的时候扇风,太阳大的时候遮荫,下雨的时候代伞,休息的时候当坐垫,这好比济公活佛的芭蕉扇。因此后来我们谈起他的时候就称他为济公活佛。互相叙述游览经过的时候,他说他昨天上午才上山,知道正街上的馆子规定时间卖饭票,他就在十一点钟先买了饭票,然后买一瓶酒,跑到小天池,在革命烈士墓前奠了酒,游览了一番,然后拿了酒瓶回到馆子里来吃午饭,这顿午饭吃得真开心。这番话我也听得真开心。白云只管把扬子江和鄱阳湖封锁,死不肯给我们看。时候不早,汽车在山下等候,我们只得别了济公活佛回招待所去。此后济公活佛就变成了我们的谈话资料。姓名地址都没有问,再见的希望绝少,我们已经把他当作小说里的人物看待了。谁知天地之间事有凑巧:几天之后我们下山,在九江的浔庐餐厅吃饭的时候,济公活佛忽然又拿着芭蕉扇出现了。原来他也在九江候船返沪。我们又互相叙述别后游览经过。此公单枪匹马,深入不毛,所到的地方比我们多。我只记得他说有一次独自走到一个古塔的顶上,那里面跳出一只黄鼠狼来,他打湖州白说:"渠被俉吓了一吓,俉也被渠吓了一吓!"我觉得这简直是诗,不过没有叶韵。宋杨万里诗云："意行偶到无人处，惊起山禽我亦惊。"岂不就是这种体验吗？现在有些白话诗不讲叶韵，就把白话写成每句一行，一个"但"字占一行，一个"不"也占一行，内容不知道说些什么，我真不懂。这时候我想：倘能说得像我们的济公活佛那样富有诗趣，不叶韵倒也没有什么。

在九江的浔庐餐厅吃饭，似乎同在上海差不多。山上的吃饭情况就不同：我们住的第三招待所离开正街有三四里路，四周毫无供给，吃饭势必包在招待所里。价钱很便宜，饭菜也很丰富。只是听凭配给，不能点菜，而且吃饭时间限定。原来这不是菜馆，是一个膳堂，仿佛学校的饭厅。我有四十年不过饭厅生活了，颇有返老还童之感。跑三四里路，正街上有一所菜馆。然而这菜馆也限定时间，而且供应量有限，若非趁早买票，难免枵腹游山。我们在轮船里的时候，吃饭分五六班，每班限定二十分钟，必须预先买票。膳厅里写明请勿喝酒。有一个乘客说："吃饭是一件任务。"我想：轮船里地方小，人多，倒也难怪；山上游览之区，饮食一定便当。岂知山上的菜馆不见得比轮船里好些。我很希望下年这种办法加以改善。为什么呢，这到底是游览之区！并不是学校或学习班！人们长年劳动，难得游山玩水，游兴好的时候难免把吃饭延迟些，跑得肚饥的时候难免想吃些点心。名胜之区的饮食供应倘能满足游客的愿望，使大家能够畅游，岂不是美上加美呢？然而庐山给我的总是好感，在饮食方面也有好感：青岛啤酒开瓶的时候，白沫四散喷射，飞溅到几尺之外。我想，我在上海一向喝光明啤酒，原来青岛啤酒气足得多。回家赶快去买青岛啤酒，岂知开出来同光明啤酒一样,并无白沫飞溅。啊,原来是海拔一千五百公尺的气压的关系!庐山上的啤酒真好!

一九五六年九月作于上海

黄 山 松[1]

没有到过黄山之前,常常听人说黄山的松树有特色。特色是什么呢?听别人描摹,总不得要领。所谓"黄山松",一向在我脑际留下一个模糊的概念而已。这次我亲自上黄山,亲眼看到黄山松,这概念方才明确起来。据我所看到的,黄山松有三种特色:

第一,黄山的松树大都生在石上。虽然也有生在较平的地上的,然而大多数是长在石山上的。我的黄山诗中有一句:"苍松石上生。"石上生,原是诗中的话;散文地说,该是石罅生,或石缝生。石头如果是囫囵的,上面总长不出松树来;一定有一条缝,松树才能扎根在石缝里。石缝里有没有养料呢?我觉得很奇怪。生物学家一定有科学的解说;我却只有臆测:《本草纲目》里有一种药叫做"石髓"。李时珍说:"《列仙传》言邛疏煮石髓。"可知石头也有养分。黄山的松树也许是吃石髓而长大起来的吧? 长得那么苍翠,那么坚劲,那么窈窕,真是不可思议啊!更有不可思议的呢:文殊院窗前有一株松树,由于石头崩裂,松根一大半长在空中,像须蔓一般摇曳着。而

---

[1] 本篇原载 1961 年 5 月 25 日上海《文汇报》。

这株松树照样长得郁郁苍苍，娉娉婷婷。这样看来，黄山的松树不一定要餐石髓，似乎呼吸空气，呼吸雨露和阳光，也会长大的。这真是一种生命力顽强的生物啊！

　　第二个特色，黄山松的枝条大都向左右平伸，或向下倒生，极少有向上生的。一般树枝，绝大多数是向上生的，除非柳条挂下去。然而柳条是软弱的，地心吸力强迫它挂下去，不是它自己发心向下挂的。黄山松的枝条挺秀坚劲，然而绝大多数像电线木上的横木一般向左右生，或者像人的手臂一般向下生。黄山松更有一种奇特的姿态：如果这株松树长在悬崖旁边，一面靠近岩壁，一面向着空中，那么它的枝条就全部向空中生长，靠岩壁的一面一根枝条也不生。这姿态就很奇特，好像一个很疏的木梳，又像学习的"习"字。显然，它不肯面壁，不肯置身丘壑中，而一心倾向着阳光。

　　第三个特色，黄山松的枝条具有异常强大的团结力。狮子林附近有一株松树，叫做"团结松"。五六根枝条从近根的地方生出来，密切地偎傍着向上生长，到了高处才向四面分散，长出松针来。因此这一束树枝就变成了树干，形似希腊殿堂的一种柱子。我谛视这树干，想象它们初生时的状态：五六根枝条怎么会合伙呢？大概它们知道团结就是力量，可以抵抗高山上的风吹、雨打和雪压，所以生成这个样子。如今这株团结松已经长得很粗，很高。我伸手摸摸它的树干。觉得像铁铸的一般。即使十二级台风，漫天大雪，也动弹它不了。更有团结力强得不可思议的松树呢：从文殊院到光明顶的途中，有一株松树，叫做"蒲团松"。这株松树长在山间的一小块平坡上，前面的砂土上筑着石围墙，足见这株树是一向被人重视的。树干不很高，不过一二丈，粗细不过合抱光景。上面的枝条向四面八方水平放射，每根都伸得极长，足有树干的高度的两倍。这就是说：全体像个"丁"字，但上面一划的长度大约相当于下面一直的长度的四倍。这一划上面长着丛密的松针，软绵绵的好像一个大蒲团，上面可以坐四五个人。靠近山的一面的枝条，梢头略微向下。下面正好有一个小阜，和枝条的梢头相距不过一二尺。人要坐这蒲团，可以走到这小阜上，攀着枝条，慢慢地爬上去。陪我上山的向导告诉我："上面可以睡觉的，同沙发床一样。"我不愿坐轿，单请一个向导和一个服务员陪伴着，步行上山，两腿走得相当吃力了，很想爬到这蒲团上去睡一觉。然而我们这一天要上光明顶，赴狮子林，前程远大，不宜耽搁；只得想象地在这蒲团上坐坐，躺躺，就鼓起干劲，向光明顶迈步前进了。

一九六一年五月十日记

黄山印象

看山，普通总是仰起头来看的。然而黄山不同，常常要低下头去看。因为黄山是群山，登上一个高峰，就可俯瞰群山。这教人想起杜甫的诗句"会当凌绝顶，一览众山小！"而精神为之兴奋，胸襟为之开朗。我在黄山盘桓了十多天，登过紫云峰、立马峰、天都峰、玉屏峰、光明顶、狮子林、眉毛峰等山，常常爬到绝顶，有如苏东坡游赤壁的"履巉岩，披蒙茸，踞虎豹，登虬龙，攀栖鹘之危巢，俯冯夷之幽宫"。

在黄山中，不但要低头看山，还要面面看山。因为方向一改变，山的样子就不同，有时竟完全两样。例如从玉屏峰望天都峰，看见旁边一个峰顶上有一块石头很像一只松鼠，正在向天都峰跳过去的样子。这景致就叫"松鼠跳天都"。然而爬到天都峰上望去，这松鼠却变成了一双鞋子。又如手掌峰，从某角度望去竟像一个手掌，五根手指很分明。然而峰回路转，这手掌就变成了一个拳头。他如"罗汉拜观音""仙人下棋""喜鹊登梅""梦笔生花""鳌鱼驮金龟"等景致，也都随时改样，变幻无定。如果我是个好事者，不难替这些石山新造出几十个名目来，让导游人增加些讲解资料。然而我没有这种雅兴，却听到别人新起了两个很好的名目：有一次我们从西海门凭栏俯瞰，但见无数石山拔地而起，真像万笏朝天；其中有一个石山由许多方形石块堆积起来，竟同玩具中的积木一样，使人不相信是天生的，而疑心是人工的。导游人告诉我：有一个上海来的游客，替这石山起个名目，叫做"国际饭店"。我一看，果然很像上海南京路上的国际饭店。有人说这名目太俗气，欠古雅。我却觉得有一种现实的美感，比古雅更美。又有一次，我们登光明顶，望见东海（这海是指云海）上有一个高峰，腰间有一个缺口，缺口里有一块石头，很像一只蹲着的青蛙。气象台里有一个青年工作人员告诉我：他们自己替这景致起一个名目，叫做"青蛙跳东海"。我一看，果然很像一只青蛙将要跳到东海里去的样子。这名目起得很适当。

翻山过岭了好几天，最后逶迤下山，到云谷寺投宿。这云谷寺位在群山之间的一个谷中。由此再爬过一个眉毛峰，就可以回到黄山宾馆而结束游程了。我这天傍晚到达了云谷寺，发生了一种特殊的感觉，觉得心情和过去几天完全不同。起初想不出其所以然，后来仔细探索，方才明白原因：原来云谷寺位在较低的山谷中，开门见山，而这山高得很，用"万丈""插云"等语来形容似乎还嫌不够，简直可用"凌霄""逼天"等字眼。因此我看山必须仰起头来。古语云："高山仰止"，可见仰起头来看山是正常的，而低下头去看山是异常的。我一到云谷寺就发生一种特殊的感觉，便是因为在好几天异常之后突然恢复正常的原故。这时候我觉得异常固然可喜，但是正常更为可爱。我躺在云谷寺宿舍门前的藤椅里，卧看山景，但见一向异常地躺在我脚下的白云，现在正常地浮在我头上了，觉得很

自然。它们无心出岫,随意来往;有时冉冉而降,似乎要闯进寺里来访问我的样子。我便想起某古人的诗句:"白云无事常来往,莫怪山僧不送迎。"好诗句啊!然而叫我做这山僧,一定闭门不纳,因为白云这东西是很潮湿的。

此外也许还有一个原因:云谷寺是旧式房子,三开间的楼屋。我们住在楼下左右两间里,中央一间作为客堂;廊下很宽,布设桌椅,可以随意起卧,品茗谈话,饮酒看山,比过去所住的文殊院、北海宾馆、黄山宾馆趣味好得多。文殊院是石造二层楼屋,房间像轮船里的房舱或火车里的卧车:约一方丈大小的房间,中央开门,左右两床相对,中间靠窗设一小桌,每间都是如此。北海宾馆建筑宏壮,房间较大,但也是集体宿舍式的:中央一条走廊,两旁两排房间,间间相似。黄山宾馆建筑尤为富丽堂皇,同上海的国际饭店、锦江饭店等差不多。两宾馆都有同上海一样的卫生设备。这些房屋居住固然舒服,然而太刻板,太洋化;住得长久了,觉得仿佛关在笼子里。云谷寺就没有这种感觉,不像旅馆,却像人家家里,有亲切温暖之感和自然之趣。因此我一到云谷寺就发生一种特殊的感觉。云谷寺倘能添置卫生设备,采用些西式建筑的优点:两宾馆的建筑倘能采用中国方式,而加西洋设备,使外为中用，那才是我所理想的旅舍了。

这又使我回想起杭州的一家西菜馆的事，附说在此：此次我游黄山，道经杭州，曾经到一个西菜馆里去吃一餐午饭。这菜馆采用西式的分食办法，但不用刀叉而用中国的筷子。这办法好极。原来中国的合食是不好的办法，各人的唾液都可能由筷子带进菜碗里，拌匀了请大家吃。西洋的分食办法就没有这弊端，很应该采用。然而西洋的刀叉，中国人实在用不惯，我们还是用筷子便当。这西菜馆能采取中西之长，创造新办法，非常合理，很可赞佩。当时我看见座上多半是农民，就恍然大悟：农民最不惯用刀叉，这合理的新办法显然是农民教他们创造的。

一九六一年五月二十日于上海记

上 天 都[1]

从黄山宾馆到文殊院的途中，有一块独一无二的小平地，约有二三十步见方。据说不久这里要造一个亭子，供游人息足，现在已有许多石条乱放着了。我爬到了这块平地上，如获至宝，立刻在石条上坐下，觉得比坐沙发椅子更舒服。因为我已经翻了两个山峰，紫云峰和立马峰，尽是陡坡石级，羊肠坂道，两腿已经不胜酸软了。

坐在石条上点着一根纸烟，向四周望望，看见一面有一个高峰，它的峭壁上有一条纹路，远望好像一条虚线。仔细辨认，才知道是很长的一排石级，由此可以登峰的。我不觉惊讶地叫出："这个峰也爬得上的？"陪我上山的向导说："这个叫做天都峰，是黄山中最陡的一个峰；轿子不能上去，只有步行才爬得上。老人家不能上去。"

昨夜在黄山宾馆时，交际科的郝同志劝我雇一乘轿子上山。她说虽然这几天服务队里的人都忙着采茶，但也可以抽调出四个人来抬你上山。这些山路，老年人步行是吃不消的。我考虑了一下，决定谢绝坐轿。一则不好意思妨碍他们的采茶工

---

[1] 本篇原1961年北京出版社《江山多娇》杂志。

作，二则设想四个人抬我一个人上山，我心情的不安一定比步行的疲劳苦痛得多。因此毅然地谢绝了，决定只请一个向导老宋和一个服务员小程陪伴上山。今天一路上来，老宋指示我好几个险峻的地方，都是不能坐轿，必须步行的。此时我觉得：昨夜的谢绝坐轿是得策的。我从过去的经验中发见一个真理：爬山的唯一的好办法，是像龟兔赛跑里的乌龟一样，不断地、慢慢地走。现在向导说"老人家不能上去"，我漫应了一声，但是心中怀疑。我想：慢慢地走，老人家或许也能上去。然而天色已经向晚，我们须得爬上这天都峰对面的玉屏峰，到文殊院投宿。现在谈不到上天都了。

在文殊院三天阻雨，却得到了两个喜讯，第 26 届世界乒乓球锦标赛，男女单打，中国都获得了冠军；苏联的加加林乘飞船绕地球一匝，安然回到本国。我觉得脸上光彩，心中高兴，两腿的酸软忽然消失了。第四天放晴，女儿一吟发兴上天都，我决定同去。她说："爸爸和妈妈在这里休息吧，怕吃不消呢。"我说："妈妈是放大脚[1]，固然吃不消；我又不是放大脚，慢慢地走！"老宋笑着说："也好，反正走不动可以在半路上坐等的。"接着又说："去年你们画院里的画师来游玩，两位老先生都没有上天都。你老人家兴致真好！"大概他预料我走不到顶的。

从文殊院走下五六百个石级，到了前几天坐在石条上休息的那块小平地上，望望天都峰那条虚线似的石级，不免有些心

---

[1] 放大脚，指缠足陋习逐渐废绝而裹足后半途放松的小脚。

慌。然而我有一个法宝，就是不断地、慢慢地走。这法宝可以克服一切困难。我坐在平地的石条上慢慢地抽了两根纸烟，精神又振作了，就开始上天都。

这石级的斜度，据导游书上说，是六十度至八十度。事实证明这数字没有夸张。全靠石级的一旁立着石柱，石柱上装着铁链，扶着铁链才敢爬上去。我规定一个制度：每跨上十步，站立一下。后来加以调整：每跨上五步，站立一下。后来第三次调整：每跨上五步，站立一下；再跨上五步，在石级上坐一下。有的地方铁链断了，或者铁链距离太远，或者斜度达到八十度，那时我就四条"腿"走路。这样地爬了大约一千级，才爬到了一个勉强可称平地的地方。我以为到顶了，岂知山上复有山，而且路头比过去的石级更曲折，更险峻。有几个地方，须得小程在前面拉，老宋在后面推，我的身子才飞腾上去。

老宋说："过了鲫鱼背，离开山顶不远了。"不久，眼前果然出现了一个巨大的"鲫鱼"。它的背脊约有十几丈长，却只有两三尺阔，两旁立着石柱，柱上装着铁链。我两手扶着铁链，眼睛看着前面，能够堂皇地跨步；但倘眼睛向下一望，两条腿就不期地发起抖来，畏缩不前了。因为望下去一片石壁，简直是"下临无地"。如果掉下去，一定粉身碎骨。走完了鲫鱼背，我连忙在一块石头上坐下，透一口大气。我抽着纸烟，想象当初工人们立石柱、装铁链时的光景，深切地感到劳动人民的伟大，惭愧我的卑怯：扶着现成的铁链还要两腿发抖！

再走几个险坡，便到达了天都峰的最高处。这里也有石柱和铁链，也是下临无地的。但我总算曾经沧海了，并不觉得顶上可怕，却对于鲫鱼背特别感兴趣。回去的时候，我站在鱼背顶点，叫一吟拍一张照。岂知这照片并无可观。因为一则拍照不能摄取全景，表不出高和险；二则拍照不能删除芜杂、强调要点，所以不能动人。在这点上绘画就可以逞强了：把不必要的琐屑删去，让主要的特点显出，甚至加以夸张或改造，表现出对象的神气，即所谓"传神写照"，只有绘画——尤其是中国画——最擅长。

上山吃力，下山危险——这是我登山的经验谈。下天都的时候，我全靠倒退，再加向导和服务员的帮助，才免除了危险。回到文殊院，看见扶梯害怕了。勉强上楼，倒在床里。两腿酸痛难当，然而回想滋味极佳。我想：我的法宝"像乌龟一样不断地、慢慢地走"，不但适用于老人登山，又可普遍地适用于老弱者的一切行为：凡事只要坚忍不懈地进行，即使慢些，也终于能获得成功。今天我的上天都已经获得成功了。欢欣之余，躺在床上吟成了一首小诗：

结伴游黄山，良辰值暮春。

美景层层出,眼界日日新。
奇峰高万丈,飞瀑泻千寻。
云海脚下流,苍松石上生。
入山虽甚深,世事依然闻。
息足听广播,都城传好音。
国际乒乓赛,中国得冠军。
飞船绕地球,勇哉加加林!
客中逢双喜,游兴忽然增。
掀髯上天都,不让少年人。

　　　　　　　　一九六一年五月十一日于上海记

饮水思源[1]
——参观江西革命根据地随笔

你看，我衣襟上挂着一个金碧辉煌的徽章，这是我在参观瑞金革命根据地的时候，当地人送我的。瑞金地方，革命纪念地独多，前往瞻仰的人不绝，所以当地人特制一种徽章，赠送给参观者，让他们也沾一些光。

这徽章红地金边，浮雕着一个"红军烈士纪念塔"和一个五角星，题着"参观瑞金纪念"六个金字。这红军烈士纪念塔建设在瑞金附近的叶坪地方。我曾经到叶坪参观。这是一个乡村，青山环绕，古木参天。这些古木都是合抱不交的大樟树，根枝盘曲，形似虬龙。其中有当年的临时中央工农民主政府遗址，有毛主席的故居，都是些旧式老屋，土墙板壁，泥地纸窗；和我们在瑞金寓居的高大华丽而卫生设备齐全的洋楼比较起来，相差足有两个世纪。这里面有当时领导同志们所住的房间、所用的办公室以及会议厅等，都有牌子标志着。室中动用器杂，都照老样，有些确是原物，有些是曾经损坏而照原样修补或仿制的。我目睹这些光景，回想当年斗争中的艰苦生活和

---

[1] 本篇原载 1961 年 10 月 14 日上海《解放日报》。

坚毅精神，对照着目前新中国的巨大胜利和辉煌建设，抚今思昔，不觉愧感交集，五体投地。我们现在幸福地享受着胜利果实，原来这果实是这样艰辛地培植出来的！

红军烈士纪念塔建设在一个广场上，对面是一个阅兵台。塔和台之间，地上用水门汀砌出九个大字："踏着先烈的血迹前进！"附近便是毛主席的故居。这故居是一间非常陈旧而低小的楼屋，房间都只有一个窗洞，装着几根木栅。屋外有三株老樟树，都是合抱不交的，那些枝干交错纵横，望去形似假山。据说当年毛主席常常在这些大树底下读书。如果我当时看到这情景，一定当他是个隐士。岂知这隐士胸中正在旋转乾坤，决胜千里之外！

附近还有一株极大的樟树，那些根形成一个环门，环门里面掘着一个很深的洞，是当时躲避敌人飞机用的防空洞兼金

库。现在遍布全国各地的人民银行，都是由这个洞变成的！

瑞金附近还有一个乡村，叫做沙洲坝。这地方有一个井，名叫"红井"，是当年毛主席亲自参加挖掘的。那口井旁边立着一块牌子，上面题着字："吃水不忘挖井人，时刻想念毛主席。"后面记着："一九五一年三月沙洲坝全体人民敬立"。我在这井畔俯仰徘徊，不忍遽去。前几天我道经南昌的时候，参观"八一纪念馆"，看见里面陈列着八一起义时的各种纪念物：盛茶水的缸、马灯、手电筒、杯盏、刀枪、衣服等，都是极粗陋的，充分说明当时斗争中的艰苦生活。我的愧感达到了惶恐的程度。参观后，主管人拿出册子来要我题字，我乘着兴奋题了"饮水思源"四个大字。现在看到这个红井，心中纳罕：这真是饮水思源了！我就摸出手册来替这红井画了一幅图画。在瑞金的寓楼里，我听当地一位书记的报告：当时毛主席和人民一起生活，一起劳动。当农民们插秧休息的时候，毛主席下田去帮他们插。沙洲坝的人民至今传为美谈。

回到瑞金城内参观"革命纪念馆"的时候，我又受到了极大的感动。这纪念馆楼上有一个房间里陈列着一块破旧了的暗红色的招牌，上面题着"中央内务人民委员会"九个大字。这是当年被"围剿"的时候老百姓偷藏起来，保存到今天的。大概偷藏在阴暗潮湿的地方，所以边缘都腐烂了，红色都晦暗了，字迹也有些模糊了。这偷藏是一件极大的冒险工作！如果被反动派查出，全家性命交关呢！人民肯冒极大的危险，拼全家性命来保藏这块招牌，足证人民对革命政府的爱护之心，深切到无以复加了！全仗着毛主席的英明领导和这些人民的忠诚拥护，革命才能成功，中国才能解放，我们才能享福！

革命纪念馆里还有一只玻璃柜子，也引起我强烈的感动。这里面陈列着各种草，是当年斗争中红军当饭吃的。因为他们常常躲藏在深山中，粮食供应断绝，就采这些草来当饭吃。草有五种，叫做"人参果""艾子菜""秋鱼菜""野苋菜""车藤草"。这些草陈列在柜子里，现在当然枯焦了，但看形状，可以想见是一般人不要吃的野草。我们这次访问瑞金，蒙当局隆重招待，吃的是鸡鸭鱼肉。我和夏理彬医生虽然吃素，但用眼睛来享受了荤菜，又用嘴巴来享受精美的素菜，想起了当年红军吃这五种野草，真惭愧得背上流汗！

这种艰苦奋斗的精神，给了我很大的革命教育，而且当场就应验：有一次我们去参观一个矿山，为了有些同人进矿穴去参观，出来得迟了，我们到两点多钟才吃午饭。我着实觉得肚饥；然而一想起当年战士们艰苦奋斗的精神，肚子就不饿了，觉得即使不吃一餐中饭，也算不了一回事。又有一次，我在上井冈山的途中患病了，在兴国的招待所里躺了一天。虽然是医生照顾得好，但一半是江西人民的革命精神的感召，使我次日就退热，终于赶上队伍，上井冈山。我平日在家里，一经发烧，就要缠绵床褥至十余天之久；这次立刻复健，显然是受了革命精神的感召了。

我感谢江西革命根据地的人民，我决心学习他们的革命精神，为社会主义建设做出更大的贡献。我在归车里作了一首小诗；附录于此：

闻道瑞金好，雄名震四方。
当年鏖战地，今日富饶乡。
红井千秋泽，青山百世芳。
功成遗迹在，抵掌话沧桑。

一九六一年十月六日记于上海

化作春泥更护花 [1]
—— 参观江西革命根据地随笔

我平生——孩童时代不算——难得流眼泪；但这次在南昌的烈士纪念堂里，竟流了不少。这里面的灵堂里，左右两排玻璃柜子，里面陈列着许多装潢很隆重的册子，是当年江西各地为解放战争而牺牲的烈士的名册。翻开来一看，里面记录着烈士的姓名、年岁、籍贯等；各村、各乡分别造册，有的一村牺牲数千名，有的一乡牺牲数万名，都用工整的楷书历历地记载着。楼上几个大房间的墙壁上，挂着许多烈士的照片，鲁迅先生记录过的刘和珍女烈士亦在其内。玻璃柜子里陈列着各烈士的遗物，有书册、信件、器什、血衣等，教人看了更是悲愤交集。

江西人民为革命付出了巨大的代价！据报道：第一次大革命时期江西全省人口有二千六百多万。到了一九四九年解放的时候，只剩下一千三百万。这就是说，在革命的斗争中被反动派摧残了一半人口。长征开始之后，国民党在江西各革命根据地进行了疯狂的烧杀。他们提出三句口号，叫做"茅厕要过

---

[1] 本篇原载 1961 年 10 月 13 日上海《文汇报》。

火,石头要过刀,人要换种"。这期间江西人民死在敌人屠刀之下的共有七十多万。宁都县满门抄斩的有八千三百家。井冈山的村落全部被烧光。兴国一县参军者有六万多人,参加长征者有三万多人;解放时只剩三百多人。

江西人民用千百万生命来换得了胜利!这些烈士的血化作了革命的动力,激励了全国人民的心,取得了巨大的胜利。我瞻仰烈士纪念堂之后,想起了古人的两句诗:"落红不是无情物,化作春泥更护花。"这两句诗看似风雅优美,其实沉痛悲壮;看似消沉的,其实是积极的。这就是"化悲愤为力量!"我把这两句诗吟了几遍,胸中的郁勃才消解了些。

我在南昌又参观了"八一纪念馆"。这里面陈列着"八一"起义时的各种纪念物。其中有当时所用的茶水缸、马灯、手电筒、武器以及红军的用品等,教人看了非常感动。这屋子本来是江西大旅社。周恩来、叶挺等同志当时住过的房间、用过的会议室,都照当时的原样保存着。朱德同志用过的手枪,也陈列在这里。贺龙指挥部的楼窗上,还留着当时的弹痕呢!

我又参观了当年朱德同志领导的"军官教导团"的旧址。现在这里面

住着军士,但有一个房间里保留着朱德同志当时所用的床。这只床真使人吃惊:不但没有棕绷,竟连松板也没有,只是在木框子上钉着八九条竹片,每两条之间相距约有一两寸,上面铺一条薄薄的褥子,是当时的原物。我用手按按褥子,底下的竹片就一条一条地突出来,想见身体躺在这上面,是很不舒服的。如果躺过一夜,早上起来说不定身上会起条纹呢。我想想这种艰苦奋斗的精神,觉得愧感交集。我住在南昌的江西宾馆里,睡的是席梦思床,同这只床比较起来,真是天差地远。我有什么功德,今天来享受这幸福呢?

这种艰苦奋斗的精神,普遍地贯彻在江西革命根据地人民的心中。据当地的老英雄们说:他们为了支援前线,宁可自己少吃少穿。在极艰苦的期间,他们曾经发起"每天每人节约一两米、一个铜板"的运动。当干部的每人每天只有十二两米和一角钱的菜钱。为了支援红军,还有自动提出自带粮食,不吃公粮的。当时瑞金的人民有一支歌:"白塔巍峨矗立,绵江长流向东。红色儿女前仆后继,任凭血雨腥风。"赣南区党委的第一书记刘建华同志曾经参加游击战十九年,直到解放为止。他告诉我们:那时候敌人搜山"清剿",游击队天天要从这山头转到那山头,躲避危险。特别是从一九三五年到一九三七年,最为艰苦,三年间极少有脱衣服睡觉的日子。吃的是野菜竹笋,有时简直挨饿。冬天没有棉被,坐在火堆旁边过夜。虽然敌人颁布了"通匪者杀"和"移民并村"等恶毒的办法,但是群众还是冒着生命危险,给游击队送情报,送衣服,送粮食。真是艰苦卓绝啊!

这种艰苦卓绝的精神和这种悲愤,都化作了无穷大的力量,取得了辉煌的胜利,又推动着伟大的社会主义建设。因人成事而坐享成果的我们,安得不感谢这些烈士和英雄,而尽心竭力地为社会主义建设服务呢?我在南昌填了一阕《望江南》:

> 南昌好,八一建奇勋。饮水思源怀烈士,揭竿起义忆群英。青史永留名。

[1961 年]

有头有尾[1]
——参观江西革命根据地随笔

赣州有一种名菜,叫做"鱼头鱼尾羹"。这是一碗淡黄色的羹,两边露出一个鱼头和一个鱼尾。表面看去,这碗里盛着一个鱼,鱼身淹没在羹中,鱼头鱼尾露出在外面。然而实际上只是一碗羹,里面并没有鱼身,只是一个鱼头和一个鱼尾装饰在碗的两边上。羹是用蛋和鱼肉做成的,味道非常鲜美。吃到碗底,看见一根鱼骨,鱼头鱼尾就长在这鱼骨的两端,这些是看而不吃的。据说这是"有头有尾"的意思。

我们这江西革命根据地参观团二十几个人中,我和夏理彬医师是吃素的,夏医师吃素很严格。我比他宽些:肉类绝对不能吃,不得已时吃些鱼也无妨。但是这回看到这碗鱼头鱼尾羹,非不得已也吃了。因为我喜爱这菜名的意义:有头有尾,贯彻到底。饭后我作了一首小诗:

赣州有名菜,鱼头鱼尾羹。
我爱此佳肴,教育意味深:

---

[1] 本篇原载 1961 年《人民文学》12 月号。

有头必有尾，有叶必有根；
有始必有终，坚决不变心。
革命须到底，有志事竟成。
我爱此意义，多吃一瓢羹。

八境公园里有一个地方壁上刻着三句话："以革命的意义想想过去，以革命的精神对待现在，以革命的志气创造未来。"这就是革命有头有尾的意思吧。江西革命根据地的人民的确体现了这种精神：他们过去艰苦奋斗，不惜牺牲，终于取得了胜利；现在还是本着艰苦奋斗的传统精神，努力于社会主义建设。所以解放以来十二年间，各地的建设迅速发展，有如雨后春笋；日新月异，有如百花竞放。像赣州这八境公园，设计之妥善，布置之新颖，装饰之美观，尤其是地势之优胜，在我们上海是找不出比拟的。我永远不能忘记那天在八境台上的集会：

八境台位在八境公园中曲径通幽之处，建立在一个小山上。是日也，天朗气清，凭栏远眺，可以望见章江和贡江合流的交点。细看波纹，两条江水汇合的地方隐约有界线可辨；奔腾澎湃，异途同归，仿佛是井冈山会师的象征，真是天下之伟观啊！两岸山上树木郁郁苍苍，其间处处露出红色的屋顶来，是工厂及疗养院之类的建筑物。隔江遥望郁孤台，我想起了辛稼轩"郁孤台下清江水，中间多少行人泪"之句，窃笑稼轩当年登台时情怀的凄凉，又窃喜我今天登台时心境的愉快。两江沿岸，青青的作物漫山遍野，说明着赣南土地的肥沃与生产的丰富。听说今年已经遭过两次旱灾和七次水灾,然而一点也没有灾荒的痕迹,这又说明着人民公社的伟力和赣州人民的干劲。当我们在八境台集会的时候,就有一位七十八岁的老翁陈锐朗诵一首七律来欢迎我们。诗云:

> 济济群贤集上游,登临消尽古今愁。
> 江分章贡滩声急,雨洗崆峒景色幽。
> 文化千年留胜迹,物资八面集虔州。
> 烽烟销仗东风力,世界和平不用忧。

接着有人拿出文房四宝来,要我作画留念。我想,今天这个胜会,草草画几笔不足以纪念;仔细经营描写呢,又为环境和时间所不许。怎么办呢?忽然计上心来,我利用茶会的时间,嗑着瓜子,和了一首诗;迅速地写了一条立幅交卷,并约以后作画补呈。从南昌陪我们来此的潘震亚副省长就扯起了江西调头,把我的和章当众朗诵一遍:

> 负笈迢迢胜地游,关山易越不须愁。
> 双江合处三山艳,八境台前五岭幽。
> 樟木钨沙多特产,英雄战士壮名州。
> 地灵人杰天时好,远大前程永勿忧。

回寓后我写了一幅双江合流图,送给八境台留念。同人中为此游赋诗填词者甚多。我们此次是为了接受革命传统教育而负笈来游的；但这八境台之会竟成了一个雅集，使得这参观团更加丰富多彩了。

主人殷勤招待，临行前一日又引导我们去游览通天岩。岩在市外十余里之处，不甚高，但是布置设备都很新颖整洁，这也是解放之后重修过的。岩上有石屋，宽广可容数十人坐卧。石屋外面岩壁上雕刻着无数佛像、神像和明、清以来许多游客的题词。其中有一处名曰"忘归岩"，内有两只天然的石床。我试躺一下，觉得很舒服。岩壁上刻着王守仁的题诗：

青山随地佳，岂必故园好？
但得此身闲，尘寰亦蓬岛。
西林日初暮，明月来何早？
醉卧石床凉，洞云秋风扫。

我对步韵发生了兴味，也和了他一首：

石屋何轩敞，坐憩[1]心情好。
雕像满四壁，如入群仙岛。
身在忘归岩，谁肯归去早？
仰卧石床上，碧天净如扫。

次日告别赣州，我在归车中回想：赣州人不但富有革命精

---

[1] 后来作者将"坐憩"改为"息足"。

神,又富有艺术趣味。风景区建设的优美精致和对来宾招待的殷勤风雅,充分说明着他们的生活的丰富。怪不得连筵席上的一盘羹都含有教育意义和人生情味了。这真是可佩服的,可学习的。我在归车中又填了一阕《菩萨蛮》送给赣州:

郁孤台上秋风袅,虔州圣地双江抱。草木尽生光,山川万里香。

崆峒眉样秀,章贡眼波溜。沃野绿无边,穰穰大有年。

一九六一年十月九日记于上海

我译《源氏物语》[1]

我是四十年前的东京旅客,我非常喜爱日本的风景和人民生活,说起日本,富士山、信浓川、樱花、红叶、神社、鸟居等都浮现到我眼前来。中日两国本来是同种、同文的国家。远在一千九百年前,两国文化早已交流。我们都是席地而坐的人民,都是用筷子吃饭的人民。所以我觉得日本人民比欧美人民更加可亲。过去我有许多日本人的先生和朋友。名画家藤岛武二、三宅克己、大野隆德、已故的日中友好协会副会长内山完造等,我都熟悉。我曾经翻译过日本的文学家夏目漱石、石川啄木的小说,以及德富芦花的名作《不如归》。这些译本现今在我国刊印流传,为广大人民所爱读。而在另一方面,我所著的《缘缘堂随笔》,也曾经由日本的文学家吉川幸次郎翻译为日本文;谷崎润一郎曾经在他的随笔《昨今》里评论我的随笔,并向日本读者推荐。原来我们两国人民,风俗习惯互相近似,所

---

[1] 此文原载 1962 年 10 月 10 日香港《文汇报》。作者原来编在这里的是发表于 1962 年 8 月号日文版《人民中国》上的日文稿《与日本人民谈〈源氏物语〉翻译工作》,不曾见过中文原稿。两文除开头几句略异外,其他完全相同。故此次编文集时,我们以此文代之。

以我们互读译文，觉得比读欧美文学的译文更加亲切。

　　日本在世界上是文化发达最早的国家之一。日本的《古事记》和《日本书纪》，都是一千几百年前的作品，即我国唐朝时代的作品，文章都很富丽典雅，不亚于我们汉唐的古典文学。那时候，欧洲文化还非常幼稚，美洲更谈不到。只有中日两国的文学，早就在世界上大放光辉，一直照耀到几千年后的今日。而日本文学更有一个独得的特色，便是长篇小说的最早出世。日本的《源氏物语》，是公历一〇〇六年左右完成的，是几近一千年前的作品。这是世界上最早的长篇小说。我国的长篇小说《三国演义》和《水浒》、意大利但丁的《神曲》，都比《源氏物语》迟三四百年出世呢。这《源氏物语》是世界文学的珍宝，是日本人民的骄傲！在英国、德国、法国，早已有了译本，早已脍炙人口。而在相亲相近的中国，一向没有译本。直到解放后的今日，方才从事翻译；而这翻译工作正好落在我肩膀上。这在我是一种莫大的光荣！

　　记得我青年时代，在东京的图书馆里看到古本《源氏物语》。展开来一看，全是古文，不易理解。后来我买了一部与谢野晶子的现代语译本，读了一遍，觉得很像中国的《红楼梦》，人物众多，情节离奇，描写细致，含义丰富，令人不忍释手。读后我便发心学习日本古文。记得我曾经把第一回《桐壶》读得烂熟。起初觉得这古文往往没有主语，字句太简单，难于理会；后来渐渐体会到古文的好处，所谓"言简意繁"，有似中国的《论语》《左传》或《檀弓》。当时我曾经希望把它译成中国文。然而那时候我正热衷于美术、音乐，不能下此决心，况且这部巨著长达百余万字，奔走于衣食的我，哪里有条件从事这庞大的工作呢？结果这希望只有梦想而已。岂知过了四十年，这梦想竟变成了事实。这是多么可喜可庆的事！

我国人民政府一向维护中日友好，重视日本古典文学。解放后十余年，民生安定、国本巩固之后，便大力从事文艺建设，借以弥补旧时代的缺陷。关于日本古典文学介绍方面，首先提出的是《源氏物语》。经过出版当局的研究考虑，结果把这任务交给了我。我因有上述的前缘，欣然受任，已于去年秋天开始翻译，到现在已经完成了六回。全书五十四回，预计三年左右可以译毕，一九六五年左右可以出书。我预料这计划一定会实现。

关于《源氏物语》的参考书，在日本不下数十种之多，大部分我已经办到，并且读过。在译本中，我认为谷崎润一郎最为精当：既易于理解，又忠于古文，不失作者紫式部原有的风格。然其他各本，亦各有其长处，都可供我参考。我执笔时，常常发生亲切之感。因为这书中常常引用我们唐朝诗人白居易等的诗句，又看到日本古代女子能读我国的古文《史记》《汉书》和"五经"（《易经》《书经》《诗经》《礼记》《春秋》）；而在插图中，又看见日本平安时代的人物衣冠和我国唐朝非常相似。所以我译述时的心情，和往年译述俄罗斯古典文学时不同，仿佛是在译述我国自己的古书。我相信这译文会比西洋文的译文自然些，流畅些。但也难免有困难之处，举一个例：日本文中，樱花的"花"和口鼻的"鼻"都称为"hana"。《源氏物语》中有一个女子，鼻尖上有一点红色，源氏公子便称这女子为"末摘花",而用咏花的诗句来暗中讥笑这女子的鼻子,非常富有风趣。但在中国文中,不可能表达这种风趣。我只能用注解来说明。然而一用注解便煞风景了。在短歌中,此种例子不胜枚举,我都无法对付,真是一种遗憾。为了避免注解的煞风景,我有时不拘泥短歌中的字义,而另用一种适当的中国文来表达原诗的神趣。这尝试是否成功,在我心中还是一个问题。

现在我已译完第六回"末摘花",今后即将开始翻译第七回"红叶贺"。说起红叶,我又惦念起日本来。樱花和红叶,是日本有名的"春红秋艳"。我在日本滞留的那一年,曾到各处欣赏红叶。记得有一次在江之岛,坐在红叶底下眺望大海,饮正宗酒。其时天风振袖,水光接天;十里红树,如锦如绣。三杯之后,我浑忘尘劳,几疑身在神仙世界了。四十年来,这甘美的回忆时时闪现在我心头。今后我在翻译《源氏物语》的三年之间,一定会不断地回想日本的风景和日本人民的风韵闲雅的生活。我希望这东方特有的优良传统永远保留在日本人民的生活中。

〔1962 年〕

阿　咪[1]

阿咪者,小白猫也。十五年前我曾为大白猫"白象"写文。白象死后又曾养一黄猫,并未为它写文。最近来了这阿咪,似觉非写不可了。盖在黄猫时代我早有所感,想再度替猫写照。但念此种文章,无益于世道人心,不写也罢。黄猫短命而死之后,写文之念遂消。直至最近,友人送了我这阿咪,此念复萌,不可遏止。率尔命笔,也顾不得世道人心了。

阿咪之父是中国猫,之母是外国猫。故阿咪毛甚长,有似兔子。想是秉承母教之故,态度异常活泼,除睡觉外,竟无片刻静止。地上倘有一物,便是它的游戏伴侣,百玩不厌。人倘理睬它一下,它就用姿态动作代替言语,和你大打交道。此时你即使有要事在身,也只得暂时撇开,与它应酬一下;即使有懊恼在心,也自会忘怀一切,笑逐颜开。哭的孩子看见了阿咪,会破涕为笑呢。

我家平日只有四个大人和半个小孩。半个小孩者,便是我女儿的干女儿,住在隔壁,每星期三天宿在家里,四天宿在这里,但白天总是上学。因此,我家白昼往往岑寂,写作的埋头

---

[1] 本篇原载 1962 年 8 月《上海文学》第 35 期。

写作，做家务的专心家务，肃静无声，有时竟像修道院。自从来了阿咪，家中忽然热闹了。厨房里常有保姆的话声或骂声，其对象便是阿咪。室中常有陌生的笑谈声，是送信人或邮递员在欣赏阿咪。来客之中，送信人及邮递员最是枯燥，往往交了信件就走，绝少开口谈话。自从家里有了阿咪，这些客人亲昵得多了。常常因猫而问长问短，有说有笑，送出了信件还是留连不忍遽去。

访客之中，有的也很枯燥无味。他们是为公事或私事或礼貌而来的，谈话有的规矩严肃，有的啰苏疙瘩，有的虚空无聊，谈完了天气之后只得默守冷场。然而自从来了阿咪，我们的谈话有了插曲，有了调节，主客都舒畅了。有一个为正经而来的客人，正在侃侃而谈之时，看见阿咪姗姗而来，注意力便被吸引，不能再谈下去，甚至我问他也不回答了。又有一个客人向我叙述一件颇伤脑筋之事，谈话冗长曲折，连听者也很吃力。谈至中途，阿咪蹦跳而来，无端地仰卧在我面前了。这客人正在愤慨之际，忽然转怒为喜，停止发言，赞道："这猫很有趣！"便欣赏它，抚弄它，获得了片时的休息与调节。有一个客人带了个孩子来。我们谈话，孩子不感兴味，在旁枯坐。我家此时没有小主人可陪小客人，我正抱歉，忽然阿咪从沙发下钻出，抱住了我的脚。于是大小客人共同欣赏阿咪，三人就团结一气了。后来我应酬大客人，阿咪替我招待小客人，我这主人就放心了。原来小朋友最爱猫，和它厮伴半天，也不厌倦；甚至被它抓出了血也情愿。因为他们有一共通性：活泼好动。女孩子更喜欢猫，逗它玩它，抱它喂它，劳而不怨。因为她们也有个共通性：娇痴亲昵。

写到这里，我回想起已故的黄猫来了。这猫名叫"猫伯伯"。在我们故乡，伯伯不一定是尊称。我们称鬼为"鬼伯伯"，称贼为"贼伯伯"。故猫也不妨称为"猫伯伯"。大约对于特殊而引人注目的人物，都可讥讽地称之为伯伯。这猫的确是特殊而引人注目的。我的女儿最喜欢它。有时她正在写稿，忽然猫伯伯跳上书桌来，面对着她，端端正正地坐在稿纸上了。她不忍驱逐，就放下了笔，和它玩耍一会。有时它竟盘拢身体，就在稿纸上睡觉了，身体仿佛一堆牛粪，正好装满了一张稿纸。有一天，来了一位难得光临的贵客。我正襟危坐，专心应对。"久仰久仰""岂敢岂敢"，有似演剧。忽然猫伯伯跳上矮桌来，嗅嗅贵客的衣袖。我觉得太唐突，想赶走它。贵客却抚它的背，极口称赞："这猫真好！"话头转向了猫，紧张的演剧就变成了和乐的闲谈。后来我把猫伯伯抱开，放在地上，希望它去了，好让我们演完这一幕。岂知过得不久，忽然猫伯伯跳到沙发背后，迅速地爬上贵客的背脊，端端正正地坐在他的后颈上了！这贵客身体魁梧奇伟，背脊颇有些驼，坐着喝茶时，猫伯伯看来是个小山坡，爬上去很不吃力。此时我但见贵客的天官赐福的面孔上方，露出一个威风凛凛的猫头，画出来真好看呢！我以主人口气呵斥猫伯伯的

无礼，一面起身捉猫。但贵客摇手阻止，把头低下，使山坡平坦些，让猫伯伯坐得舒服。如此甚好，我也何必做煞风景的主人呢？于是主客关系亲密起来，交情深入了一步。

可知猫是男女老幼一切人民大家喜爱的动物。猫的可爱，可说是群众意见。而实际上，如上所述，猫的确能化岑寂为热闹，变枯燥为生趣，转懊恼为欢笑；能助人亲善，教人团结。即使不捕老鼠，也有功于人生。那么我今为猫写照，恐是未可厚非之事吧？猫伯伯行年四岁，短命而死。这阿咪青春尚只三个月。希望它长寿健康，像我老家的老猫一样，活到十八岁。这老猫是我的父亲的爱物。父亲晚酌时，它总是端坐在酒壶边。父亲常常摘些豆腐干喂它。六十年前之事，今犹历历在目呢。

壬寅〔1962〕年仲夏于上海作

天童寺忆雪舟[1]

春到江南,百花齐放。我动了游兴,就在三月中风和日暖的一天,乘轮船到宁波去作旅行写生了。

宁波是我旧游之地,然而一别已有二十多年,走入市区,但觉面目一新,完全不可复识了。从前的木造老江桥现在已变成钢架大桥,从前的小屋现已变成层楼,从前的石子路现已变成柏油马路……街上车水马龙,商店百货山积。二十多年不见,这老朋友已经返老还童了!

我是来作旅行写生的,希望看看风景,首先想起有名的天童寺。这千年古刹除风景优胜之外,对我还有一点吸引力;这是日本有名的画僧雪舟等杨驻锡之处,因此天童二字带着美术的香气。我看过宁波市区后,次日即驱车赴天童寺。

天童寺离市区约五十里,小汽车一小时即到。将近寺院,一路上长松夹道,荫蔽天日;松风之声,有如海潮。走进山门,但见殿宇巍峨,金碧辉煌;庄严七宝,香气氤氲。寺屋大小不下数百间,都布置得清楚齐整,了无纤尘。寺址在山坡上,层层而上,从最高的罗汉堂中可以望见寺院全景。我凭栏

---

[1] 本篇原载 1963 年 4 月 24 日香港《新晚报》。

俯瞰，想象五百年前曾有一位日本高僧兼大画家住在这里，不知哪一个房间是他的起居坐卧作画之处。古人云："登高望远，令人心悲。"我现在是登高怀古，不胜憧憬！

在寺吃素斋后，与同游诸人及僧众闲谈，始知此寺已有千余年历史，其间两次遭大火，一次遭山洪，因此文物损失殆尽，现在已经没有雪舟的纪念物了。但同游诸人都知道雪舟之名，因为一九五六年雪舟逝世四百五十年纪念，上海曾经开过雪舟遗作展览会，我曾经作文在报上介绍。我们就闲谈雪舟的往事。僧众听了，都很高兴，庆幸他们远古时具有这一段美术胜缘。我所知道的雪舟是这样：

雪舟姓小田，名等杨，是十五世纪日本有名画僧，是日本"宋元水墨画派"的代表作家。日本人所宗奉的中国水墨画家，是宋朝的马远与夏圭。雪舟要探访这画派的发源地，曾随日本的遣唐使来华，其时正是明朝宪宗年间。明朝宫廷办有画院，画家都封官职。明代名画家戴文进、倪端、李在、王谔等，都是画院里的人。李在是马远、夏圭的嫡派，雪舟一到北京，就拜李在为师，专心学习水墨画。他一方面临摹古画，一方面自己创作。经过若干时之后，他忽然悟到：作画不能

专看古人及别人之作，必须师法大自然，从现实中汲取画材。于是离开北京，遍游中国名山大川。后来到了浙江宁波，看见这天童寺地势佳胜，风景优美，就在这寺里当了和尚。僧众尊崇他，称他为"天童第一座"。他在天童寺一面礼佛，一面研究绘画，若干时之后，画道大进。明宪宗闻知了，就召他进宫，请他为礼部院作壁画。这壁画画得极好，见者无不赞叹。于是求雪舟作画的人越来越多，使得他应接不暇。他在中国住了约四年，然后回国。他在这四年间与中国人结了不少翰墨因缘。

我又想起了雪舟的两种逸话，乘兴也讲给大家听。

有一个中国人求雪舟一幅画，要求他画日本风景。雪舟就画日本田之浦地方的清见寺的风景，其中有个宝塔，亭亭独立，非常美观。后来雪舟返国，来到田之浦，一看，清见寺旁边并没有宝塔。大约是原来有塔，后来坍倒了。雪舟想起了在中国应嘱所写的那幅画，觉得不符现实，很不称心。他就自己拿出钱来，在清见寺旁边新造一个宝塔，使实景和他的画相符合。于此可见他作画非常注重反映现实。

雪舟十二三岁就做和尚。但他不喜诵经念佛，专爱描画。他的师父命令他诵经，他等师父去了，便把经书丢

开，偷偷地拿出画具来描画。有一次他正在描画，师父忽然来了。师父大怒，拉住他的耳朵，到大殿里，用绳子把他绑在柱子上，不许他行动和吃饭。雪舟很苦痛，呜咽地哭泣，眼泪滴在面前的地上。滴得多了，形状约略像个动物。雪舟便用脚趾蘸眼泪作画，画一只老鼠。即将画成的时候，师父悄悄地走来了。他站在雪舟背后，看见地上一只老鼠正在咬雪舟的脚趾。仔细一看，原来是画。因为画得很好，师父以为是真的老鼠。这时候师父才认识了他的绘画天才，便释放他，从此任凭他自由学画。这便是这大画家发迹的第一步。

我们谈了许多旧话之后，就由寺僧引导，攀登寺旁的玲珑岩，欣赏松涛。那里有老松千百株，郁郁苍苍，犹似一片绿海。松风之声，时起时伏，亦与海涛相似。有亭翼然，署曰"听涛"，是我所手书的。寺僧告我，某树是宋代之物，某树是元代之物。我想：某些树一定是曾经见过雪舟，可惜它们不肯说话，不然，关于这位画僧我们可以得知更多的史实。

一九六三年三月于上海

不肯去观音院 [1]

普陀山,是舟山群岛中的一个岛,岛上寺院甚多,自古以来是佛教圣地,香火不绝。浙江人有一句老话:"行一善事,比南海普陀去烧香更好。"可知南海普陀去烧香是一大功德。因为古代没有汽船,只有帆船;而渡海到普陀岛,风浪甚大,旅途艰苦,所以功德很大。现在有了汽船,交通很方便了,但一般信佛的老太太依旧认为一大功德。

我赴宁波旅行写生,因见春光明媚,又觉身体健好,游兴浓厚,便不肯回上海,却转赴普陀去"借佛游春"了。我童年时到过普陀,屈指计算,已有五十年不曾重游了。事隔半个世纪,加之以解放后普陀寺庙都修理得崭新,所以重游竟同初游一样,印象非常新鲜。

我从宁波乘船到定海,行程三小时;从定海坐汽车到沈家门,五十分钟;再从沈家门乘轮船到普陀,只费半小时。其时正值二月十九观世音菩萨生日,香客非常热闹,买香烛要排队,各寺院客房客满。但我不住寺院,住在定海专署所办的招待所中,倒很清静。

---

[1] 本篇原载 1963 年 4 月 18 日香港《新晚报》。

我游了四个主要的寺院：前寺、后寺、佛顶山、紫竹林。前寺是普陀的领导寺院，殿宇最为高大。后寺略小而设备庄严，千年以上的古木甚多。佛顶山有一千多石级，山顶常没在云雾中，登楼可以俯瞰普陀全岛，遥望东洋大海。紫竹林位在海边，屋宇较小，内供观音，住居者尽是尼僧；近旁有潮音洞，每逢潮涨，涛声异常宏亮。寺后有竹林，竹竿皆紫色。我曾折了一根细枝，藏在衣袋里，带回去作纪念品。这四个寺院都有悠久的历史，都有名贵的古物。我曾经参观两只极大的饭锅，每锅可容八九担米，可供千人吃饭，故名曰"千人锅"。我用手杖量量，其直径约有两手杖。我又参观了一只七千斤重的钟，其声宏大悠久，全山可以听见。

这四个主要寺院中，紫竹林比较的最为低小；然而它的历史在全山最为悠久，是普陀最初的一个寺院。而且这开国元勋与日本人有关。有一个故事，是紫竹林的一个尼僧告诉我的，她还有一篇记载挂在客厅里呢。这故事是这样：

千余年前，后梁时代，即公历九百年左右，日本有一位高僧，名叫慧锷的，乘帆船来华，到五台山请得了一位观世音菩萨像，将载回日本去供养。那帆船开到莲花洋地方，忽然开不动了。这慧锷法师就向观音菩萨祷告："菩萨如果不肯到日本去，随便菩萨要到哪里，我和尚就跟到哪里，终身供养。"祷告毕，帆船果然开动了。随风漂泊，一直来到了普陀岛的潮音洞旁边。慧锷法师便捧菩萨像登陆。此时普陀全无寺院，只有居民。有一个姓张的居民，知道日本僧人从五台山请观音来此，就捐献几间房屋，给他供养观音像。又替这房屋取个名字，叫做"不肯去观音院"。慧锷法师就在这不肯去观音院内终老。这不肯去观音院是普陀第一所寺院,是紫竹林的前身。紫竹林这名字是后来改的。有一个人为不肯去观音院题一首诗:

借问观世音,因何不肯去?
为渡大中华,有缘来此地。

如此看来,普陀这千余年来的佛教名胜之地,是由日本人创始的。可见中日两国人民自古就互相交往,具有密切的关系。我此次出游,在宁波天童寺想起了五百年前在此寺作画的雪舟,在普陀又听到了创造寺院的慧锷。一次旅行,遇到了两件与日本有关的事情,这也可证明中日两国人民关系之多了。不仅古代而已,现在也是如此。我经过定海,参观鱼场时,听见渔民说起:近年来海面常有飓风暴发,将渔船吹到日本,日本的渔民就招待这些中国渔民,等到风息之后护送他们回到定海。有时日本的渔船也被飓风吹到中国来,中国的渔民也招待他们,护送他们回国。劳动人民本来是一家人。

不肯去观音院左旁,海边上有很长、很广、很平的沙滩。较小的一处叫做"百步沙",较大的一处叫做"千步沙"。潮水不来时,我们就在沙上行走。脚踏到沙上,软绵绵的,比踏在芳草地上更加舒服。走了一阵,回头望望,看见自己的足迹连成一根长长的线,把平净如镜的沙面划破,似觉很可惜的。沙地上常有各种各样的贝壳,同游的人大家寻找拾集,我也拾了一个藏在衣袋里,带回去作纪念品。为了拾贝壳,把一片平沙踩得破破烂烂，很对它不起。然而第二天再来看看，依旧平净如镜，一点伤痕也没有了。我对这些沙滩颇感兴趣，不亚于四大寺院。

离开普陀山，我在路途中作了两首诗，记录在下面：

一别名山五十春，重游佛顶喜新晴。
东风吹起千岩浪，好似长征奏凯声。

寺寺烧香拜跪勤，庄严宝岛气氤氲。
观音颔首弥陀笑，喜见群生乐太平。

回到家里，摸摸衣袋，发现一个贝壳和一根紫竹，联想起了普陀的不肯去观音院，便写这篇随笔。

一九六三年清明节于上海

缘缘堂续笔[1]

---

[1] 本集中诸文皆作者在"十年浩劫"期间利用凌晨时分悄悄写成。1973年修改。集名原作《往事琐记》,后改为《续缘缘堂随笔》,后又改名《缘缘堂续笔》。共33篇,作者生前未发表过。其中有17篇《眉》《男子》《牛女》《暂时脱离尘世》《酒令》《食肉》《酆都》《塘栖》《王囡囡》《算命》《清明》《吃酒》《旧上海》《歪鲈婆阿三》《囚轩柱》《阿庆》《元帅菩萨》曾收入丰一吟编《缘缘堂随笔集》(浙江文艺出版社1983年5月初版)。某些随笔中的某些人名,因不便公开,姑用代号。某些内容因不便公开,予以删节。

子愷

目次

1. 眉　　　　　　　P.1
2. 男子　　　　　　P.2
3. 牛女　　　　　　P.3
4. 新旧晚清虐世　　P.4
5. 酒令　　　　　　P.5
6. 食肉　　　　　　P.6
7. 鄙部　　　　　　P.7
8. 懒与物　　　　　P.11

9. 塘棲　　　　　　P.14
10. 中举人　　　　　P.17
11. 五爹爹爹　　　　P.22
12. 菊的桥　　　　　P.25
13. 成孝子和李居士　P.27
14. 王囝囝　　　　　P.31
15. 算命　　　　　　P.33
16. 老什锦　　　　　P.36

17. 過年
18. 清明
19. 吃酒
20. 跳春榜案
21. 三大牛生榜案
22. 陶刻榜案
23. 旧上海
24. 救赎口
25. 歪师娘阿三
26. 四轩柱

P.36 P.48 P.51 P.57 P.61 P.67 P.75 P.80 P.83

27. 阿慶
28. 中学同级生
29. 潭山姑娘
30. 樂生
31. 实盖
32. 元帅菩萨
33. 填纪

P.89 P.91 P.96 P.99 P.102 P.105 P.111

— P.123 结束

眉

少年时初学西洋画，读一册英文书 *Figure Drawing*（《人体画法》），看见其中说：成人的眼睛，都生在头的正中，但学者往往画得太高。因为他们以为眼睛下面有鼻有口，能吃，能说，而眼睛上面只有眉毛，无有作用，所以把眼睛画得高些。这便画错了。

我看到"眉毛无有作用"这句话，想见中国人和西洋人对眉毛的看法大不相同。中国人重视眉毛，而西洋人则不甚注意。大约因为他们凹目凸鼻，眉毛很不显著；而中国人脸面平坦，眉清目秀故也。所以在西洋诗文中，极少谈到眉；而中国诗文中，眉是美妙的描写对象。不但诗文中，在口头语中，也常说到眉："眉来眼去""眉飞色舞""眉头一皱，计上心来"……

张敞画眉是关于眉的佳话。画眉有深有浅，故曰："妆罢低声问夫婿，画眉深浅入时无？"画眉又有各种形式，故曰"十样宫眉捧寿觞""淡扫蛾眉朝至尊"。眉以长为美，故曰："情高意真，眉长鬓青。""借问承恩者，双蛾几许长？"眉能传情，故曰"贪与萧郎眉语，不知舞错伊州。"诗人又把眉比作远山，故曰"水是眼波横，山是眉峰聚"。

可见画眉是女子妆扮时的一种重要工作。我小时曾看见有些女子，把原来的眉毛剃光，完全画出来。汉时童谣中说："城中好广眉，四方且半额。"可见画眉之道，由来久矣。鲁迅先生说："横眉冷对千夫指"，可知男子的眉也富有表情作用。

男　子

"多福多寿多男子",是华封人对尧的祝颂。可知远古以来,人间就爱重男子。爱重男子的原因,是为了男子能使你的种子繁殖,不致无后绝嗣。而女子则嫁与别家,去繁殖别人的种子,所以人都重男轻女。

希望种子繁殖,是世间一切生物的本能。人是生物之一,当然也具有这种本能。孔子说:"不孝有三,无后为大。"耶稣《圣经》的"创世纪"中,有这样的记载:一人丧妻,有二女而无子。一女悯父无后,用酒将父灌醉,与之同房,为之生子。这奇离的故事,正是说明无后之可怕,男子之可贵。人为万物之灵,处处凌驾别种动物,独有繁殖种子一道,竟与别的动物无异。这是一种野蛮根性。世间除了极少数独身主义者之外,都具有这种根性。

我小时看见过不少爱子重嗣的实例。有一亲戚,家道小康,而两女伢伢生,老年无子。于是到处求神,拜佛,行善,许愿,果然生了一子。老夫妻爱之如拱璧,命令两女悉心护持,出必随侍,食必喂哺。此子长大到十五六岁,即计划婚事,必娶三妻,克昌厥后。岂料此子入大学后,恪守一夫一妻制,重违父命。父死之时,尚未抱孙。后来娶妻,不生子女,因故自杀,此家终于绝嗣,哀哉。

邓攸无子,古人说是天道无知。陶渊明胸怀旷达,也说"弱女虽非男,慰情聊胜无。"甚矣,男子之可贵也!

牛　女

七月七日之夜，牛郎织女鹊桥相会。这神话历史悠久，梁宗懔的《荆楚岁时记》中即有记载。织女这名词，由来更久，诗《小雅》中已见；《汉书》《天文志》中说此乃天帝的孙女，故名天孙。大约因此产生神话，说天帝将织女嫁与牛郎后，织女废织，牛郎废耕。天帝怒，将二人分置银河两岸，只许每年七月七日之夜相会一度。《荆楚岁时记》中说："是夕人家妇女结彩缕穿针，陈设几筵酒脯瓜果于庭中以乞巧。"我小时候，吾乡还盛行此风俗。我家姊妹多，祭双星时，大家在眉月光中穿针，穿进者为乞得巧。我这男孩子也来效颦，天孙总是不肯给巧。这些虽是迷信的玩意，回想起来甚有趣味。古人云："不为无益之事，何以遣有涯之生？"

七夕牛女鹊桥相会，长为诗人词客的好题材，古来佳作不计其数，各人别出心裁。有人说："多情欲话经年别，哪有工夫送巧来！"有人翻案，说："金风玉露一相逢，便胜却人间无数。"又说："两情若是久长时，又岂在朝朝暮暮！"又有人揶揄他们，说"笑问牵牛与织女，是谁先过鹊桥来？"又有人异想天开，说他们是夜夜相会的："人间都道隔年期，岂天上方才隔夜。"有道是"山中方七日，世上已千年"，则何妨说"天上方一日,世上已隔年"呢。但这些都是诗人弄笔,博人一笑。总之,牛女会少离多,常得世间旷夫怨女的同情。"天孙莫怅阻银河,汝尚有牵牛相忆"可谓沉痛之语。《古诗十九首》中也同情他们:"迢迢牵牛星,皎皎河汉女。纤纤出素手,扎扎弄机杼。终日不成章,泣涕零如雨。河汉清且浅,相去复几许。盈盈一水间,脉脉不得语。"可谓寄托深远。

暂时脱离尘世

夏目漱石的小说《旅宿》（日本名《草枕》）中有一段话："苦痛、愤怒、叫嚣、哭泣，是附着在人世间的。我也在三十年间经历过来，此中况味尝得够腻了。腻了还要在戏剧、小说中反覆体验同样的刺激，真吃不消。我所喜爱的诗，不是鼓吹世俗人情的东西，是放弃俗念，使心地暂时脱离尘世的诗。"

夏目漱石真是一个最像人的人。今世有许多人外貌是人，而实际很不像人，倒像一架机器。这架机器里装满着苦痛、愤怒、叫嚣、哭泣等力量，随时可以应用。即所谓"冰炭满怀抱"也。他们非但不觉得吃不消，并且认为做人应当如此，不，做机器应当如此。

我觉得这种人非常可怜，因为他们毕竟不是机器，而是人。他们也喜爱放弃俗念，使心地暂时脱离尘世。不然，他们为什么也喜欢休息，喜欢说笑呢？苦痛、愤怒、叫嚣、哭泣，是附着在人世间的，人当然不能避免。但请注意"暂时"这两个字，"暂时脱离尘世"，是快适的，是安乐的，是营养的。

陶渊明的《桃花源记》，大家知道是虚幻的，是乌托邦，但是大家喜欢一读，就为了他能使人暂时脱离尘世。《山海经》是荒唐的，然而颇有人爱读。陶渊明读后还咏了许多诗。这仿佛白日做梦,也可暂时脱离尘世。

铁工厂的技师放工回家,晚酌一杯,以慰尘劳。举头看见墙上挂着一大幅《冶金图》,此人如果不是机器,一定感到刺目。军人出征回来,看见家中挂着战争的画图。此人如果不是机器,也一定感到厌烦。从前有一科技师向我索画,指定要画儿童游戏。有一律师向我索画,指定要画西湖风景。此种些微小事,也竟有人萦心注目。二十世纪的人爱看表演千百年前故事的古装戏剧,也是这种心理。人生真乃意味深长!这使我常常怀念夏目漱石。

酒　令

我父亲中举人后，科举就废。他走不上仕途，在家闲居终老。每逢春秋佳日，必邀集亲友，饮酒取乐。席上必行酒令。我还是一个孩童，有些酒令我不懂得。懂得的是"击鼓传花"。其法，叫一个不参加饮酒的人在隔壁房间里敲鼓。主人手持一枝花，传给邻座的人，依次传递，周流不息。鼓声停止之时，花在谁手中，谁饮酒。传花时非常紧张，每人一接到花，立刻交出，深恐在他手中时鼓声停止。击鼓的人，必须隔室，防止作弊。有的击鼓人很有技巧：忽而缓起来，好像要停止，却又响起来；忽而响起来，好像要继续，却突然停止了。持花的人就在一片笑声中饮酒。有时正在交代之际，鼓声停止了。两人大家放手，花落在地上。主人就叫这二人猜拳，输者饮酒。

又有一种酒令，是掷骰子。三颗骰子，每颗都用白纸糊住六面，上面写字。第一只上面写人物，第二只上面写地方，第三只上面写动作。文句是：公子章台走马，老僧方丈参禅，少妇闺阁刺绣，屠沽市井挥拳，妓女花街卖俏，乞儿古墓酣眠。第一只骰子上写人物，即公子、老僧、少妇、屠沽、妓女、乞儿。第二只骰子上写地方，即章台、方丈、闺阁、市井、花街、古墓。第三只骰子上写动作，即走马、参禅、刺绣、挥拳、卖俏、酣眠。于是将骰子放在一只碗里，叫大家掷。凭掷出来的文句而行酒令。

如果手运奇好，掷出来是原句，例如"公子章台走马"，那么满座喝彩，大家为他满饮一杯。但这是极难得的。有的虽非原句，而情理差可，则酌量罚酒或免饮。例如"老僧古墓挥拳"，大约此老僧喜练武工；"公子闺阁酣眠"，大约这闺阁是他的妻子的房间；"乞儿市井酣眠"，也是寻常之事。但是骰子无知，有时乱说乱话："屠沽章台卖俏""老僧闺阁酣眠""乞儿方丈走马"，……那就满座大笑，讥议抨击，按例罚酒。众口嚣嚣，谈论纷纷，这正是侑酒的佳肴。原来饮酒最怕沉闷，有说有笑，酒便乘势入唇。

小孩子不吃酒，但也仿照这酒令，做三只骰子，以取笑乐。一只骰子上写"爸爸、妈妈、哥哥、姐姐、弟弟、妹妹"；一只骰子上写"在床里、在厕所里、在街上、在船里、在学校里、在火车里"；一只骰子上写"吃饭、唱歌、跳绳、大便、睡觉、踢球"。掷出来的，是"爸爸在床上睡觉""哥哥在学校里踢球""姐姐在船里唱歌""哥哥在厕所里大便""弟弟在学校里跳绳"便是好的。如果是"爸爸在床里大便""妈妈在火车里跳绳""姐姐在厕所里踢球"，那就要受罚。如果这一套玩厌了，可以另想一套新的。这玩法比打扑克牌另有风味。

食　肉

我从小不吃肉,猪牛羊肉一概不要吃,吃了要呕吐。三四岁以前,本来是要吃的,肥肉也要吃。但长大起来,就不要吃了。原因何在,不得而知。大约是生理关系,仿佛牛马羊不要吃荤,只要吃草。我母亲喜欢吃肉。她推己及人,担心我不吃肉身体不好,曾经将肥肉切成小粒,用豆腐皮包好,叫我吞下去。我遵命。但入胃不久,即觉异样,终于呕吐,连饭也吐光。母亲灰心了,于是我成了一个不食肉者,连鸡鸭也不要吃,只能吃鱼虾。

不食肉是很不方便的。出门作客,参加聚餐,席上总是肉类。有的人家,青菜用肉汤烧,鱼肚中嵌肉。这是最讲究的,却是和我为难。有一次我在一位老先生家便饭。席上鱼肉之外有青菜和豆腐。老先生知道我不吃肉,请我吃豆腐和青菜。但我一看,豆腐和青菜中都加些肉屑,我竟不能下箸。向主人讨些生豆腐,加些麻油酱油,津津有味地吃了一餐饱饭。旁人都说奇怪。谁谓荼苦,其甘如荠呀!

我曾在杭州第一师范做住宿生。饭厅里每桌七人,每餐四菜一汤,其中必有一碗肉。七块肉排列在上,底下是青菜。我应得的一块肉,总是送别人吃,六人轮流受用。因此同学们都喜欢和我同桌。有时星期日约同学出外聚餐,我总拉他们到功德林、素香斋。他们也说素菜好吃,然而嫌它营养不良。我入社会后,索性自称素食者,以免麻烦。其实鳜鱼、河蟹,我都爱吃。

遍观古往今来,中土外国,无不以肉为美味。"六十非肉不饱""晚食以当肉",足见人们对肉的珍视。我不吃肉,实在是"大逆不道"!但我"知故不改",却笑"食肉者鄙"。

酆　都

我童年住在故乡浙江石门湾时，听人传说，遥远的四川酆都县，是阴阳交界之处。那里的商店柜子上都放一盆水。顾客拿钱（那时没有纸币，都是铜币和银币）来买物，店员将钱丢在水里，如果沉的，是人的真钱；如果浮的，是鬼的纸钱，就退还他。后来我大起来，在地图上看到确有酆都这地方，知道这明明是谣言。

抗日战争期间，我避寇居重庆，有一次乘轮东下，到酆都去游玩。入市一看，土地平旷，屋舍俨然，行人熙来攘往，市容富丽繁华，非但不像阴间，实比阳间更为阳间。尤其是那地方的人民，态度都很和气，对我这来宾殷勤招待。据他们说，此间气候甚佳，冬暖夏凉。团体机关，人事都很和谐，绝少有纠纷摩擦。天时、地利、人和，此间兼而有之，我颇想卜居于此。

我与当地诸君谈及外间的谣言，皆言可笑。但据说当地确有一森罗殿，即阎王殿，备极壮丽。当年香火甚盛，今则除极少数乡愚外，无有参拜者。仅有老道二三人居留其中，作为古迹看守而已。诸君问我要去参观否，我欣诺。彼等预先告我，入门时勿受泥塑木雕所惊。我跨进殿门，果有一活无常青面獠牙，两眼流血，手执破扇，向我扑将过来，其头离我身不及一尺。我进内，此活无常即起立，不复睬我。盖门内设有跷跷板，活无常装置在一端也。记得我乡某庙亦有此装置，吓死了一个乡下老太，就拆毁了。此间则还是当作古迹保存。其中列坐十殿阎王，雕塑非常精美，显然不是近代之物。当作佛教美术参观，颇有意味。殿内匾额对联甚多。我注意到两联，至今不忘。其一曰："为恶必灭，若有不灭，祖宗之遗德，德尽必灭；为善必昌，若有不昌，祖宗之遗殃，殃尽必昌。"其二曰："百善孝当先，论心不论事，论事天下无孝子；万恶淫为首，论事不论心，论心天下无完人。"前者提倡命定论，措辞巧妙。后者勉人为善，说理精当。

癞六伯

癞六伯，是离石门湾五六里的六塔村里的一个农民。这六塔村很小，一共不过十几份人家，癞六伯是其中之一。我童年时候，看见他约有五十多岁，身材瘦小，头上有许多癞疮疤。因此人都叫他癞六伯。此人姓甚名谁，一向不传，也没有人去请教他。只知道他家中只有他一人，并无家属。既然称为"六伯"，他上面一定还有五个兄或姐，但也一向不传。总之，癞六伯是孑然一身。

癞六伯孑然一身，自耕自食，自得其乐。他每日早上挽了一只篮步行上街，走到木场桥边，先到我家找奶奶，即我母亲。"奶奶，这几个鸡蛋是新鲜的，两支笋今天早上才掘起来，也很新鲜。"我母亲很欢迎他的东西，因为的确都很新鲜。但他不肯讨价，总说"随你给吧"。我母亲为难，叫店里的人代为定价。店里人说多少，癞六伯无不同意。但我母亲总是多给些，不肯欺负这老实人。于是癞六伯道谢而去。他先到街上"做生意"，即卖东西。大约九点多钟，他就坐在对河的汤裕和酒店门前的饭桌上吃酒了。这汤裕和是一家酱园，但兼卖热酒。门前搭着一个大凉棚，凉棚底下，靠河口，设着好几张板桌。癞六伯就占据了一张，从容不迫地吃时酒。时酒，是一种白色的米酒，酒力不大，不过二十度，远非烧酒可比，价钱也很便宜，但颇能醉人。因为做酒的时候，酒缸底上用砒霜画一个"十"字，酒中含有极少量的砒霜。砒霜少量原是无害而有益的，它能养筋活血，使酒力遍达全身，因此这时酒颇能醉人，但也醒得很快，喝过之后一两个钟头，酒便完全醒了。农民大都爱吃时酒，就为了它价钱便宜，醉得很透，醒得很快。农民都要工作，长醉是不相宜的。我也爱吃这种酒，后来客居杭州上海，常常从故乡买时酒来喝。因为我要写作，宜饮此酒。李太白"但愿长醉不愿醒"，我不愿。

且说癞六伯喝时酒，喝到饱和程度，还了酒钱，提着篮子起身回家了。此时他头上的癞疮疤变成通红，走步有些摇摇晃晃。走到桥上，便开始骂人了。他站在桥顶上，指手画脚地骂："皇帝万万岁，小人日日醉！""你老子不怕！""你算有钱？千年田地八百主！""你老子一条裤子一根绳，皇帝看见让三分！"骂的内容大概就是这些，反复地骂到十来分钟。旁人久已看惯，不当一回事。癞六伯在桥上骂人，似乎是一种自然现象，仿佛鸡啼之类。我母亲听见了，就对陈妈妈说："好烧饭了，癞六伯骂过了。"时间大约在十点钟光景，很准确的。

有一次，我到南沈浜亲戚家作客。下午出去散步，走过一爿小桥，一只狗声势汹汹地赶过来。我大吃一惊，想拾石子来抵抗，忽然一个人从屋后走出来，把狗赶走了。一看，这人正是癞六伯，这里原来是六塔村了。这屋子便是癞六伯的家。他邀我进去坐，一面告诉我："这狗不怕。叫狗勿咬，咬狗勿叫。"我走进他家，看见环堵萧然，一床、一桌、两条板凳、一只行灶之外，别无长物。墙上有一个搁板，堆着许多东西，碗盏、茶壶、罐头，连衣服也堆在那里。他要在行灶上烧茶给我吃，我阻止了。他就向搁板上的罐头里摸出一把花生来请我吃："乡下地方没有好东西，这花生是自己种的，燥倒还燥。"我看见墙上贴着几张花纸，即新年里买来的年画，有《马浪荡》《大闹天宫》《水没金山》等，倒很好看。他就开开后门来给我欣赏他的竹园。这里有许多枝竹，一群鸡，还种着些菜。我现在回想，癞六伯自耕自食，自得其乐，很可羡慕。但他毕竟孑然一身，孤苦伶仃，不免身世之感。他的喝酒骂人，大约是泄愤的一种方法吧。

不久，亲戚家的五阿爹来找我了。癞六伯又抓一把花生来塞在我的袋里。我道谢告别，癞六伯送我过桥，喊走那只狗。他目送我回南沈浜。我去得很远了，他还在喊："小阿官[1]！明天再来玩！"

---

[1] 小阿官，作者家乡一带对小主人的称呼。

塘　栖[1]

夏目漱石的小说《旅宿》（日文名《草枕》）中，有这样的一段文章："像火车那样足以代表二十世纪的文明的东西，恐怕没有了。把几百个人装在同样的箱子里蓦然地拉走，毫不留情。被装进在箱子里的许多人，必须大家用同样的速度奔向同一车站，同样地熏沐蒸汽的恩泽。别人都说乘火车，我说是装进火车里。别人都说乘了火车走，我说被火车搬运。像火车那样蔑视个性的东西是没有的了。……"

我翻译这篇小说时，一面非笑这位夏目先生的顽固，一面体谅他的心情。在二十世纪中，这样重视个性，这样嫌恶物质文明的，恐怕没有了。有之，还有一个我，我自己也怀着和他同样的心情呢。从我乡石门湾到杭州，只要坐一小时轮船，乘一小时火车，就可到达。但我常常坐客船，走运河，在塘栖过夜，走它两三天，到横河桥上岸，再坐黄包车来到田家园的寓所。这寓所赛如我的"行宫"，有一男仆经常照管着。我那时不务正业，全靠在家写作度日，虽不富裕，倒也开销得过。

客船是我们水乡一带地方特有的一种船。水乡地方，河流

---

[1] 本篇原载 1983 年 1 月 26 日《文汇报》。

四通八达。这环境娇养了人,三五里路也要坐船,不肯步行。客船最讲究,船内装备极好。分为船梢、船舱、船头三部分,都有板壁隔开。船梢是摇船人工作之所,烧饭也在这里。船舱是客人坐的,船头上安置什物。舱内设一榻、一小桌,两旁开玻璃窗,窗下都有坐板。那张小桌平时摆在船舱角里,三只短脚搁在坐板上,一只长脚落地。倘有四人共饮,三只短脚可接长来,四脚落地,放在船舱中央。此桌约有二尺见方,叉麻雀也可以。舱内隔壁上都嵌着书画镜框,竟像一间小小的客堂。这种船真可称之为画船。这种画船雇用一天大约一元。(那时米价每石约二元半。)我家在附近各埠都有亲戚,往来常坐客船。因此船家把我们当作老主顾。但普通只雇一天,不在船中宿夜。只有我到杭州,才包它好几天。

吃过早饭,把被褥用品送进船内,从容开船。凭窗闲眺两岸景色,自得其乐。中午,船家送出酒饭来。傍晚到达塘栖,我就上岸去吃酒了。塘栖是一个镇,其特色是家家门前建着凉棚,不怕天雨。有一句话,叫做"塘栖镇上落雨,淋勿着"。"淋"与"轮"发音相似,所以凡事轮不着,就说"塘栖镇上落雨"。且说塘栖的酒店,有一特色,即酒菜种类多而分量少。几十只小盆子罗列着,有荤有素,有干有湿,有甜有咸,随顾客选择。真正吃酒的人,才能赏识这种酒家。若是壮士、莽汉,像樊哙、鲁智深之流,不宜上这种酒家。他们狼吞虎嚼起来,一盆酒菜不够一口。必须是所谓酒徒,才可请进来。酒徒吃酒,不在菜多,但求味美。呷一口花雕,嚼一片嫩笋,其味无穷。这种人深得酒中三昧,所以称之为"徒"。迷于赌博的叫做赌徒，迷于吃酒的叫做酒徒。但爱酒毕竟和爱钱不同，故酒徒不宜与赌徒同列。和尚称为僧徒，与酒徒同列可也。我发了这许多议论，无非要表示我是个酒徒，故能赏识塘栖的酒家。我吃过一斤花雕，要酒家做碗素面，便醉饱了。算还了酒钞，便走出门，到淋勿着的塘栖街上去散步。塘栖枇杷是有名的。我买些白沙枇杷，回到船里，分些给船娘，然后自吃。

在船里吃枇杷是一件快适的事。吃枇杷要剥皮，要出核，把手弄脏，把桌子弄脏。吃好之后必须收拾桌子，洗手，实在麻烦。船里吃枇杷就没有这种麻烦。靠在船窗口吃，皮和核都丢在河里，吃好之后在河里洗手。坐船逢雨天，在别处是不快的，在塘栖却别有趣味。因为岸上淋勿着，绝不妨碍你上岸。况且有一种诗趣，使你想起古人的佳句："人人尽说江南好，游人只合江南老。春水碧于天，画船听雨眠。""闲梦江南梅熟日，夜船吹笛雨潇潇。"古人赞美江南，不是信口乱道，确是亲身体会才说出来的。江南佳丽地，塘栖水乡是代表之一。我谢绝了二十世纪的文明产物的火车，不惜工本地坐客船到杭州，实在并非顽固。知我者，其唯夏目漱石乎？

中 举 人

我的父亲是清朝光绪年间最后一科的举人。他中举人时我只四岁,隐约记得一些,听人传说一些情况,写这篇笔记。话须得从头说起:

我家在明末清初就住在石门湾。上代已不可知,只晓得我的祖父名小康,行八,在这里开一爿染坊店,叫做丰同裕。这店到了抗日战争开始时才烧毁。祖父早死,祖母沈氏,生下一女一男,即我的姑母和父亲。祖母读书识字,常躺在鸦片灯边看《缀白裘》等书。打瞌睡时,往往烧破书角。我童年时还看到过这些烧残的书。她又爱好行乐。镇上演戏文时,她总到场,先叫人搬一只高椅子去,大家都认识这是丰八娘娘的椅子。她又请了会吹弹的人,在家里教我的姑母和父亲学唱戏。邻近沈家的四相公常在背后批评她:"丰八老太婆发昏了,教儿子女儿唱徽调。"因为那时唱戏是下等人的事。但我祖母听到了满不在乎。我后来读《浮生六记》,觉得我的祖母颇有些像那芸娘。

父亲锽名,字斛泉,廿六七岁时就参与大比。大比者,就是考举人,三年一次,在杭州贡院中举行,时间总在秋天。那时没有火车,便坐船去。运河直通杭州,约八九十里。在船中一宿，次日便到。于是在贡院附近租一个"下处"，等候进场。祖母临行叮嘱他："斛泉，到了杭州，勿再埋头用功，先去玩玩西湖。胸襟开朗，文章自然生色。"但我父亲总是忧心悄悄，因为祖母一方面旷达，一方面非常好强。曾经对人说："坟上不立旗杆，我是不去的。"那时定例：中了举人，祖坟上可以立两个旗杆。中了举人，不但家族亲戚都体面，连已死的祖宗也光荣。祖母定要立了旗杆才到坟上，就是定要我父亲在她生前中举人。我推想父亲当时的心情多么沉重，哪有兴致玩西湖呢？

每次考毕回家，在家静候福音。过了中秋消息沉沉，便确定这次没有考中，只得再在家里饮酒，看书，吸鸦片，进修三年，再去大比。这样地过了三次，即九年，祖母日渐年老，经常卧病。我推想当时父亲的心里多么焦灼！但到了他三十六岁[1]那年，果然考中了。那时我年方四岁，奶妈抱了我挤在人丛中看他拜北阙，情景隐约在目。那时的情况是这样：

父亲考毕回家，天天闷闷不乐，早眠晏起，茶饭无心。祖母躺在床上，请医吃药。有一天，中秋过后，正是发榜的时候[2]，染店里的管账先生，即我的堂房伯伯，名叫亚卿，大家叫他"麻子三大伯"的，早晨到店，心血来潮，说要到南高桥头去等"报事船"。大家笑他发呆，他不顾管，径自去了。他的儿子名叫乐生，是个顽皮孩子，（关于此人，我另有记录。）跟

---

[1] 应为三十五岁。
[2] 当时发榜常在农历九月初九，取重九登高之意。

了他去。父子两人在南高桥上站了一会,看见一只快船驶来,锣声噔噔不绝。他就问:"谁中了?"船上人说:"丰锾,丰锾!"乐生先逃,麻子三大伯跟着他跑。旁人不知就里,都说:"乐生又闯了祸了,他老子在抓他呢。"

麻子三大伯跑回来,闯进店里,口中大喊"斛泉中了!斛泉中了!"父亲正在蒙被而卧。麻子大伯喊到他床前,父亲讨厌他,回说:"你不要瞎说,是四哥,不是我!"四哥者,是我的一个堂伯,名叫丰锦,字浣江,那年和父亲一同去大比的。但过了不久,报事船已经转进后河,锣声敲到我家里来了。"丰锾接诰封!丰锾接诰封!"一大群人跟了进来。我父亲这才披衣起床,到楼下去盥洗。祖母闻讯,也扶病起床。

我家房子是向东的,于是在厅上向北设张桌子,点起香烛,等候新老爷来拜北阙。麻子三大伯跑到市里,看见团子、粽子就拿,拿回来招待报事人。那些卖团子、粽子的人,绝不同他计较。因为他们都想同新贵的人家结点缘。但后来总是付清价钱的。父亲戴了红缨帽,穿了外套走出来,向北三跪九叩,然后开诰封。祖母头上拔下一支金挖耳来,将诰封挑开,这金挖耳就归报事人获得。报事人取出"金花"来,插在父亲头上,又插在母亲和祖母头上。这金花是纸做的,轻巧得很。据说皇帝发下的时候,是真金的,经过人手,换了银花,再换了铜花,最后换了纸花。但不拘怎样,总之是光荣。表演这一套的时候,我家里挤满了人。因为数十年来石门湾不曾出过举人,所以这一次特别稀奇。我年方四岁,由奶妈抱着,挤在人丛中看热闹,虽然莫名其妙,但到现在还保留着模糊的印象。

两个报事人留着，住在店楼上写"报单"。报单用红纸，写宋体字："喜报贵府老爷丰镠高中庚子辛丑恩政并科第八十七名举人。"自己家里挂四张，亲戚每家送两张。这"恩政并科"便是最后一科，此后就废科举，办学堂了。本来，中了举人之后，再到北京"会试"，便可中进士，做官。举人叫做金门槛，很不容易跨进；一跨进之后，会试就很容易，因为人数很少，大都录取。但我的父亲考中的是最后一科，所以不得会试，没有官做，只得在家里设塾授徒，坐冷板凳了。这是后话。且说写报单的人回去之后，我家就举行"开贺"。房子狭窄，把灶头拆掉，全部粉饰，挂灯，结彩。附近各县知事，以及远近亲友都来贺喜，并送贺仪。这贺仪倒是一笔收入。有些人要"高攀"，特别送得重。客人进门时，外面放炮三声，里面乐人吹打。客人叩头，主人还礼。礼毕，请客吃"跑马桌"。跑马桌者，不拘什么时候，请他吃一桌酒。这样，免得大排筵席，倒是又简便又隆重的办法。开贺三天，祖母天天扶病下楼来看，病也似乎好了一点。父亲应酬辛劳，全靠鸦片借力。但祖母经过这番兴奋，终于病势日渐沉重起来。父亲连忙在祖坟上立旗杆。不多久，祖母病危了。弥留时问父亲"坟上旗杆立好了吗？"父亲回答："立好了。"祖母含笑而逝。于是开吊，出丧，又是一番闹热，不亚于开贺的时候。大家说："这老太太真好福气！"我还记得祖母躺在尸床上时，父亲拿一叠纸照在她紧闭的眼前，含泪说道："妈，我还没有把文章给你看过。"其声呜咽，闻者下泪。后来我知道，这是父亲考中举人的文章的稿子。那时已不用八股文而用策论，题目是《汉宣帝信赏必罚，综核名实论》和《唐太宗盟突厥于便桥，宋真宗盟契丹于澶州论》。

父亲三十六岁中举人，四十二岁就死于肺病。这五六年中，他的生活实在很寂寥。每天除授徒外，只是饮酒看书吸鸦片。他不吃肥肉，难得吃些极精的火腿。秋天爱吃蟹，向市上买了许多，养在缸里，每天晚酌吃一只。逢到七夕、中秋、重阳佳节，我们姐妹四五人也都得吃。下午放学后，他总在附近沈子庄开的鸦片馆里度过。晚酌后，在家吸鸦片，直到更深，再吃夜饭。我的三个姐姐陪着他吃。吃的是一个皮蛋，一碗冬菜。皮蛋切成三份，父亲吃一份，姐姐们分食两份。我年幼早睡，是没有资格参与的。父亲的生活不得不如此清苦。因为染坊店收入有限，束脩更为微薄，加上两爿大商店（油车、当铺）的"出官"[1]每年送一二百元外，别无进账。父亲自己过着清苦的生活，他的族人和亲戚却沾光不少。凡是同他并辈的亲族，都称老爷奶奶，下一辈的都称少爷小姐。利用这地位而作威作福的，颇不乏人。我是嫡派的少爷。常来当差的褚老五，带了我上街去，街上的人都起敬，糕店送我糕，果店送我果，总是满载而归。但这一点荣华也难久居，我九岁上，父亲死去，我们就变成孤儿寡妇之家了。

---

[1] "出官"，指商店借举人老爷之名而得到保障、因而付给的酬金。

五爹爹

五爹爹[1]是我的一个远房叔父,但因同住在一个老屋里,天天见面,所以很亲近。他姓丰,名铭,字云滨。子女甚多,但因无力抚养,送给别人的有三四个,家中只留二男二女。

五爹爹终身失意,而达观长寿,真是一个值得记录的人物。最初的失意是考秀才。科举时代,我们石门湾人,考秀才到嘉兴府,叫做小考,每年一次;考举人到杭州省城,叫做大考,三年一次。五爹爹从十来岁起,每年到嘉兴应小考,年年不第。直到三十多岁,方才考取,捞得一个秀才。闲人看见他年年考不取,便揶揄他。有一年深秋雨夜,有一个闲人来哄他:"五伯,秀才出榜了,你的名字写在前头呢。"五爹爹信以为真,立刻穿上钉鞋,撑了雨伞,到东高桥头去看。结果垂头丧气而归。后来好容易考取了。但他有自知之明,不再去应大考,以秀才终其身。地方上人都叫他"五相公",他已经满意了。但秀才两字不好当饭吃,他只得设塾授徒。坐冷板凳是清苦生涯,七八个学生,每年送点修敬,为数有限,难于糊口。他的五妈妈非常能干,烧饭时将米先炒一下,涨性好些。青黄

---

[1] 五爹爹,是按儿女们的称呼。作者家乡一带称爷爷为爹爹。

不接之时，常来向我母亲掇一借二。但总是如期归还，从不失信。真所谓秀才方正也。

后来，地方上人照顾他，给他在接待寺楼上办一个初等小学，向县政府请得相当的经费。他的进益就比设塾好得多了。然而学生多起来，一人教书来不及，势必另请人帮助，这就分了他的肥。物价年年上涨，经费决不增加。他的生活还是很清苦的。然而他很达观。每天散课后，在镇上闲步，东看西望，回家来与妻子评东说西，谈笑风生，自得其乐。上茶馆，出五个大钱泡一碗茶，吃了一会，叫茶博士"摆一摆"，等一会再来吃。第二次来时，带一把茶壶来，吃好之后将茶叶倒入壶中，回家去吃。

这时候我在杭州租了一间房子，在那里作寓公。五爹爹每逢寒假暑假，总是到我家来做客。他到杭州来住一两个月，只花一块银圆，还用不了呢。因为他从石门湾步行到长安，从长安乘四等车到杭州，只须二角半，来回五角。到了杭州，当然不坐人力车，步行到我家。于是每天在杭州城里和西湖边上巡游，东看西望，回来向我们报告一天的见闻，花样自比石门湾丰富得多了。我欢迎他来，爱听他的报告。因为我不大出门，天天在家写作，晚上和他闲谈，作为消遣。他在杭州也上茶馆，也常"摆一摆"，但不带茶壶去，因为我家里有茶。有时他要远行，例如到六和塔、云栖等处去玩，不能回来吃中饭，他就买二只粽子，作为午饭。我叫人买几个烧饼，给他带去，于是连粽子钱也可以省了。

这样的生活，过了好几年。后来发生变化了。当小学教师收入太少，口食难度。亲友帮他起一个会，收得一笔钱，一部分安家，一部分带了到离乡数十里外的曲尺湾去跟一位名医潘申甫当学徒。医生收学徒是不取学费的，因为学生帮他工作。他只出些饭钱。学了两三年，回家挂招牌当医生。起初生意还好，颇有些收入。但此人太老实，不会做广告，以致后来生意日渐清淡，终于无人问津。他只得再当小学教师。幸而地方上人照顾他，仍请他办接待寺里初等小学。这是我父亲帮他忙。父亲是当地唯一的举人老爷，替他说话是有力的[1]。

五爹爹家里有二男二女。大男在羊毛行学生意，染上了一种习气，满师以后出外经商，有钱尽情使用，……生意失败了，钱用光了，就回家来吃父亲的老米饭。在外吸上等香烟，回家后就吸父亲的水烟筒，可谓能屈能伸。大女嫁附近富绅，遇人不淑，打官司，离婚，也来吃父亲的老米饭。后来托人介绍到上海走单帮，终于溺水而死。次男和次女都很像人。次男由我带到上海入艺术师范，毕业后到宁波当教师，每月收入四十元，大半寄家。五爹爹庆幸无限。但是不到一年，生了重病，由宁波送回家，不久一命呜呼。次女在本地当小学教师，收入也尚佳，全部交与父亲。岂知不到一年，也一病不起了。真是天道无知啊！

五爹爹一生如此辗轲失意，全靠达观，竟得长寿，享年八十六岁。他长寿的原因，我看主要是达观。但有人说是全靠吃大黄。他从小有痔疮病，大便出血。这出血是由于大便坚

---

[1] 从年代上看，作者父亲出力帮忙的可能是另一件事。

硬，擦破肛门之故。倘每天吃三四分大黄，则大便稀烂，不会擦破肛门而流血。而大黄的副作用是清补。五爹爹一生茹苦含辛，粗衣糠食，而得享长年，恐是常年服食大黄之力。

菊 林

我十三四岁在小学读书的时候,菊林是一个六岁的小和尚。如果此人现在活着而不还俗,则是一个六十多岁的老和尚了。

我们的西溪小学堂办在市梢的西竺庵里,借他们的祖师殿为校舍。我们入学,必须走进山门,通过大殿。因此和和尚们天天见面。西竺庵是个子孙庙,老和尚收徒弟,先进山门为大。菊林虽只六岁,却是先进山门,后来收的十三四岁的本诚,要叫他"师父"。这些小和尚,都是穷苦人家卖出来的,三块钱一岁。像菊林只能卖十八元。菊林年幼,生活全靠徒弟照管。"阿拉师父跌了一跤!"本诚抱他起来。"阿拉师父撒尿出了!"本诚替他换裤子。"阿拉师父困着了!"本诚抱他到楼上去。

僧房的楼窗外挂着许多风肉。这些和尚都爱吃肉,而且堂堂皇皇地挂在窗口。他们除了做生意(即拜忏)时吃素之外,平日都吃荤。而且拜忏结束之时,最后一餐也吃荤。有一次我看见老和尚打菊林的屁股,为的是菊林偷肉吃。

西竺庵里常常拜忏,差不多每月举行一次,每次都有名目:大佛菩萨生日,观音菩萨生日,某祖师生日等等。届时邀请当地信佛的太太们来参加。太太们都很高兴，可以借佛游春。她们每人都送香金。富有的人家送的很重，贫家随缘乐助。每次拜忏，和尚的收入是可观的。和尚请太太们吃素斋，非常丰盛。太太们吃好之后，在碗底下放几个铜钱，叫做洗碗钱。菊林在这一天很出风头。他合掌向每位太太拜揖，口称"阿弥陀佛"。他的面孔像个皮球，声音喃喃呐呐，每个太太都怜爱他，给他糖果或铜板角子。她们调查这小和尚的身世，知道他一出世就父母双亡，阿哥阿嫂生活困难，把他卖做小和尚。菊林心地很好，每次拜忏的收入，铜板角子交给老和尚，糖果和他的徒弟分吃。

　　抗战胜利后我从重庆归来，去凭吊劫后的故乡，看见西竺庵一部分还在。我入内瞻眺，在廊柱石凳之间依稀仿佛地看见六岁的菊林向我合掌行礼。庵中的和尚不知去向，屋宇都被尘封。大概他们都在这浩劫中散而之四方矣。但不知菊林下落如何。

戎孝子和李居士

我先认识李居士,因李而认识戎孝子,所以要先从李说起。

李居士名荣祥,法名圆净,是广东一资本家的儿子。这资本家在上海开店铺,在狄思威路买地造屋,屋有几十幢,最后一幢自己住,其余放租。店和屋两项收入可观。李荣祥在复旦大学某系毕业,不就工作,一向在家信佛宏法,皈依当时有名的和尚印光法师。我的老师李叔同先生做了和尚,有一次云游到上海,要我陪着去拜访印光法师。文学家叶圣陶也去。弘一法师对印光法师行大礼,印光端坐不动,而且语言都像训词。叶圣陶曾写一篇《两法师》,文中赞叹弘一法师的谦恭,讥评印光法师的傲慢,说他"贪嗔痴未除"。我亦颇有同感。印光法师背后站着一个青年,恭恭敬敬地侍候印光,这人就是李圆净。后来他和我招呼,知道我正在和弘一法师合作《护生画集》,便把我认为道友,邀我到他家去坐。那时我住在江湾,到上海市内教课,进出必经他家门口,于是我就常到他家去坐。每次他请我吃牛乳和白塔面包,同时勉励我多作护生画,宣传吃素。我在他的督促之下,果然画了许多护生画,由弘一法师题诗,出版为护生画第一集。这时弘一法师五十岁。我作画五十幅,为他祝寿。约定再过十年，作六十幅，为他祝六十寿，是为第二集。直到第六集一百幅，为他祝百龄寿。这且不谈。

有一次我在李圆净家里遇见一个青年人，这人就是戎孝子。戎孝子名传耀，杭州人，在上海某佛教机关担任工作——校经书。其人吃素信佛，态度和蔼可亲。后来李圆净为我叙述他认识这孝子的因缘，使我吃惊。

这李居士每年夏天，一定到杭州北高峰下面的韬光寺去避暑，过了夏天回上海。每天早上，他从客房的窗中望见有一个人，在几百级石埠上膝行而上，直到大殿前，跪着叩头，然后取了一服"仙方"，即香炉里的香灰，急忙下山而去。每天如此，风雨无阻。第二年夏天他再来避暑，又见此人如此上山。第三年亦复如是。李居士就出去招呼此人，问他求仙方何用，这才知道他叫戎传耀，住在城中，离此有十多里路，为了母亲患病，医药无效，因此每天步行到此，来求韬光大佛。孝感动天，他母亲服仙方后，病果然痊愈了。李居士知道他是这样的一个孝子，就同他订交，约他到上海来共同宏法。不久戎孝子便由李居士介绍，到某佛教机关工作，每月获得相当的薪水，足以养母。因此他认李居士为知己，热心地帮他做宏法事业。我的护生画的刊印，也靠他帮助。因此他和我也时常往来。后来他回杭州原籍，近况不明了。

且说李圆净这个人，生活颇不寻常。他患轻微的肺病，养生之道异常讲究。他出门借旅馆，必须拣僻静之处，连借三个房间，自己住中央一间，两旁两间都锁着。如此，晚上可以肃静无声，不致打扰他睡眠。他在莫干山脚上买一块地，造了一所房子。屋外有石级通下山。他上石级时,必须一男工托着他的背脊,一步一步地推他上去。有一次我去访他,见此状态甚为诧异,觉得此人真是行尸走肉。他见我注视,自己觉得不好意思,对我辩解说,他有肺病,不宜用力爬石级,所以如此。他的房间里的写字桌的抽斗,全部除去,我问他为何,他说这样可使房间里空气多些,可笑。他有一子一女,当时都还只十岁左右,有一时他请我的阿姐去当家庭教师,教这两孩子读古书。强迫他们午睡,非两点钟不得起身。两孩子不耐烦,躺在床里时时爬起来看钟,一到两点钟就飞奔出外去了。抗战军兴,他丢了这房子逃入租界。子女都已长大,……解放前夕,其妻带了一笔家产,和两个子女,逃往台湾。李圆净乘轮船赴崇明。半夜里跳入海中,往生西方极乐世界去了。他满望"不知所终"。岂知潮水倒流,把他的尸体冲到海滩上,被农民发见,在他身上找出"身份证",去报告他家族,而家中空无一人。正好戎孝子去看望他,就代他家族前往收尸。佛教居士李圆净一生如此结束。

王 囡 囡

每次读到鲁迅《故乡》中的闰土,便想起我的王囡囡。王囡囡是我家贴邻豆腐店里的小老板,是我童年时代的游钓伴侣。他名字叫复生,比我大一二岁,我叫他"复生哥哥"。那时他家里有一祖母,很能干,是当家人;一母亲,终年在家烧饭,足不出户;还有一"大伯",是他们的豆腐店里的老司务,姓钟,人们称他为钟司务或钟老七。

祖母的丈夫名王殿英,行四,人们称这祖母为"殿英四娘娘",叫得口顺,变成"定四娘娘"。母亲名庆珍,大家叫她"庆珍姑娘"。她的丈夫叫王三三,早年病死了。庆珍姑娘在丈夫死后十四个月生一个遗腹子,便是王囡囡。请邻近的绅士沈四相公取名字,取了"复生"。复生的相貌和钟司务非常相像。人都说:"王囡囡口上加些小胡子,就是一个钟司务。"

钟司务在这豆腐店里的地位,和定四娘娘并驾齐驱,有时竟在其上。因为进货,用人,经商等事,他最熟悉,全靠他支配。因此他握着经济大权。他非常宠爱王囡囡,怕他死去,打一个银项圈挂在他的项颈里。市上凡有新的玩具,新的服饰,王囡囡一定首先享用,都是他大伯买给他的。我家开染坊店,同这豆腐店贴邻,生意清淡;我的父亲中举人后科举就废,在家坐私塾。我家经济远不及王囡囡家的富裕，因此王囡囡常把新的玩具送我，我感谢他。王囡囡项颈里戴一个银项圈，手里拿一支长枪，年幼的孩子和猫狗看见他都逃避。这神情宛如童年的闰土。

我从王囡囡学得种种玩意。第一是钓鱼，他给我做钓竿，弯钓钩。拿饭粒装在钓钩上，在门前的小河里垂钓，可以钓得许多小鱼。活活地挖出肚肠，放进油锅里煎一下，拿来下饭，鲜美异常。其次是摆擂台。约几个小朋友到附近的姚家坟上去，王囡囡高踞在坟山上摆擂台，许多小朋友上去打，总是打他不下。一朝打下了，王囡囡就请大家吃花生米，每人一包。又次是放纸鸢。做纸鸢，他不擅长，要请教我。他出钱买纸，买绳，我出力糊纸鸢，糊好后到姚家坟去放。其次是缘树。姚家坟附近有一个坟，上有一株大树，枝叶繁茂，形似一顶阳伞。王囡囡能爬到顶上，我只能爬在低枝上。总之，王囡囡很会玩耍，一天到晚精神勃勃，兴高采烈。

有一天，我们到乡下去玩，有一个挑粪的农民，把粪桶碰了王囡囡的衣服。王囡囡骂他，他还骂一声"私生子！"王囡囡面孔涨得绯红，从此兴致大大地减低，常常皱眉头。有一天，定四娘娘叫一个关魂婆来替她已死的儿子王三三关魂。我去旁观。这关魂婆是一个中年妇人，肩上扛一把伞，伞上挂一块招牌，上写"捉牙虫算命"。她从王囡囡家后门进来。凡是这种人，总是在小巷里走，从来不走闹市大街。大约她们知道自己的把戏鬼鬼祟祟，见不得人，只能骗骗愚夫愚妇。牙痛是老年人常有的事，那时没有牙医生，她们就利用这情况，说会

"捉牙虫"。记得我有一个亲戚,有一天请一个婆子来捉牙虫。这婆子要小解了,走进厕所去。旁人偷偷地看看她的膏药,原来里面早已藏着许多小虫。婆子出来,把膏药贴在病人的脸上,过了一会,揭起来给病人看,"喏!你看:捉出了这许多虫,不会再痛了。"这证明她的捉牙虫全然是骗人。算命,关魂,更是骗人的勾当了。闲话少讲,且说定四娘娘叫关魂婆进来,坐在一只摇纱椅子[1]上。她先问:"要叫啥人?"定四娘娘说:"要叫我的儿子三三。"关魂婆打了三个呵欠,说:"来了一个灵官,长面孔……"定四娘娘说"不是"。关魂婆又打呵欠,说:"来了一个灵官……"定四娘娘说:"是了,是我三三了。三三!你撇得我们好苦!"就一把鼻涕,一把眼泪地哭。后来对着庆珍姑娘说:"喏,你这不争气的婆娘,还不快快叩头!"这时庆珍姑娘正抱着她的第二个孩子(男,名掌生)喂奶,连忙跪在地上,孩子哭起来,王囡囡哭起来,棚里的驴子也叫起来。关魂婆又代王三三的鬼魂说了好些话,我大都听不懂。后来她又打一个呵欠,就醒了。定四娘娘给了她钱,她讨口茶吃了,出去了。

王囡囡渐渐大起来,和我渐渐疏远起来。后来我到杭州去上学了,就和他阔别。年假暑假回家时,听说王囡囡常要打他的娘。打过之后,第二天去买一支参来,煎了汤,定要娘吃。我在杭州学校毕业后,就到上海教书,到日本游学。抗日战争

---

[1] 摇纱椅子,是作者家乡一带低矮的靠背竹椅,因妇女摇纱(纺纱)时常坐此椅而得名。

前一两年,我回到故乡,王囡囡有一次到我家里来,叫我"子恺先生",本来是叫"慈弟"的。情况真同闰土一样。抗战时我逃往大后方,八九年后回乡,听说王囡囡已经死了,他家里的人不知去向了。而他儿时的游钓伴侣的我,以七十多岁的高龄,还残生在这娑婆世界上,为他写这篇随笔。

笔者曰:封建时代礼教杀人,不可胜数。王囡囡庶民之家,亦受其毒害。庆珍姑娘大可堂皇地再嫁与钟老七。但因礼教压迫,不得不隐忍忌讳,酿成家庭之不幸,冤哉枉也。

算　命

　　我从杭州回上海,在火车中遇见一位老友,钱美茗,是杭州第一师范中的同班同学,阔别多年,邂逅甚欢。他到上海后要换车赴南京,南京车要在夜半开行。我住在上海,便邀他到宝山路某馆子吃夜饭,以尽地主之谊。那时我皈依佛教,吃素。点了两素一荤,烫一斤酒,对酌谈心。各问毕业后情况,我言游学日本,归来在上海教书糊口;他说在杭州当了几年小学教师,读了数百种星命的书,认为极有道理,曾在杭州设帐算命,生意不坏,今将赴南京行道云云。我不相信算命,任他谈得天花乱坠,只是摇头。他说:"你不相信吗?杭州许多事实,都证明我的算命有科学根据,百试不爽。"我回驳:"单靠出生的年月日时,如何算得出他的命呢?世界上同年同月同日同时生的,不知几千万人。难道这几千万人命运都一样吗?"他回答:"不是这么简单!地区有南北,时辰有早晚,环境有异同,都和命运有关,并不一概相同。"我姑妄听之。

　　酒兴浓时,他说要替我算命。我敬谢,他坚持。逼不得已,我姑且把生年月日时告诉他。他从怀中取出一本册子,翻了再翻,口中念念有词。最后向我宣称:"你父母双亡,兄弟寥落。""对!""你财运不旺,难望富贵。""对!"最后他说:"你今年三十五岁,阳寿还有五年。无论吃素修行,无法延寿。你须早作准备。""啊?""叨在老友,不怕忠言逆耳。"我起初吃惊,后来付之一笑。酒阑饭饱,我会了钞,与钱美茗分手。我在归家途中自思:此乃妄人,不足道也。我回家不提此事。

十多年后,抗日战争胜利,我从重庆回杭州,僦居西湖之畔。其时钱美茗也在杭州,在城隍山上设柜算命,但生意清淡,生活艰窘,常常来我寓索酒食。有一次我问他:"十多年前上海宝山路上某菜馆中你替我算命,还记得否?"他佯装记不起来。我说:"你说我四十岁要死,现在我已活到五十二岁了。"他想了一想,问:"那么你四十岁上有何事情?"我回答:"日寇轰炸我故乡,我仓皇逃难,终于免死呀!"他拍案叫道:"这叫做九死一生,替灾免晦,保你长命百岁。"我又付之一笑。吃江湖饭的能言善辩。

不久我离杭州。至今二十多年,不见钱美茗其人。不知今后得再见否耳。

老汁锅

吾乡有一老翁，人都称他为朱老太爷。此人家道富裕，而生活异常俭朴。家人除初二和十六得吃荤而外，平日只是吃素。他自己有一只老汁锅，平日吃剩的鱼、肉、鸡、鸭，一并倒在里面，每天放在炭火上烧沸。如此，即使夏天也不会坏。买些豆腐干，放入这老汁锅里一烧，便有鱼、肉、鸡、鸭之味。除了他的一个爱孙有时得尝老汁锅里的异味之外，别人一概不得问鼎。后来这朱老太爷死了。老汁锅取消了。家人替他做丧事，异常体面，向城中所有绅士征求挽诗。我的岳父徐芮荪先生，亦送一首挽诗。内有句云："宁使室人纷交谪，毋令吾口嗜肥鲜。而今公已骑鲸去，鸡豚祭酒罗灵前。何如生作老饕者，飞觞醉月开琼筵。"

我的岳丈徐芮荪先生，性格和这位朱老太爷完全相反。朱家向他征求挽诗，直是讨骂。芮荪先生在乡当律师，一有收入，便偕老妻赴上海、杭州等处游玩，尽情享乐。有一时我在上海当教师，我妻在城东女学求学，经常分居。听到老夫妇来上海，非常高兴，我俩也来旅馆同居，陪两老一同游玩。我曾写一对联送我岳丈："观书到老眼如镜，论事惊人胆满躯"。并非面谀，却是纪实。可惜过分旷达，对子女养而不教。儿子靠父亲势力,获得职业。但世态炎凉,父亲一死,儿子即便失业,家境惨败,抗日战争期间,我带了岳母向大后方逃难,我的妻舅及其子女在沦陷区,都不免饥寒。

过 年

我幼时不知道阳历,只知道阴历。到了十二月十五,过年的空气开始浓重起来了。我们染坊店里三个染匠司务全是绍兴人,十二月十六日要回乡。十五日,店里办一桌酒,替他们送行。这是提早举办的年酒。商店旧例,年酒席上的一只全鸡,摆法大有道理:鸡头向着谁,谁要免职。所以上菜的时候,要特别当心。但我家的店规模很小,店里三个,作场里三个人,一共只有六个人,这六个人极少有变动,所以这种顾虑极少。但母亲还是当心,上菜时关照仆人,必须把鸡头向着空位。

十六日,司务们一上去[1],染缸封了,不再收货,农民们此时也要过年,不再拿布出来染了。店里不须接生意,但是要算账。整个上午,农民们来店还账,应接不暇。下午,管账先生送进一包银圆来,交母亲收藏。这半个月正是收获时期,一家一店许多人的生活都从这里开花。有的农民不来还账,须得下乡去收。所以必须另雇两个人去收账。他们早出晚归,有时拿了鸡或米回来。因为那农家付不出钱,将鸡或米来抵偿。年底往往阴雨,收账的人,拖泥带水回来,非常辛苦。所以每天

---

[1] 按作者家乡一带习惯,凡是去浙东各地,称为"上去"。

的夜饭必须有酒有肉。学堂早已放年假,我空闲无事,上午总在店里帮忙,写"全收"簿子[1]。吃过中饭,管账先生拿全收簿子去一算,把算出来的总数同现款一对,两相符合,一天的工作便完成了。

从腊月二十日起,每天吃夜饭时光,街上叫"火烛小心"。一个人"蓬蓬"地敲着竹筒,口中高叫:"寒天腊月!火烛小心!柴间灰堆!灶前灶后!前门闩闩!后门关关!……"这声调有些凄惨。大家提高警惕。我家的贴邻是王囡囡豆腐店,豆腐店日夜烧砻糠,火烛更为可怕。然而大家都说不怕,因为明朝时光刘伯温曾在这一带地方造一条石门槛,保证这石门槛以内永无火灾。

廿三日晚上送灶,灶君菩萨每年上天约一星期,廿三夜上去,大年夜回来。这菩萨据说是天神派下来监视人家的,每家一个。大约就像政府委任官吏一般,不过人数(神数)更多。他们高踞在人家的灶山上,嗅取饭菜的香气。每逢初一、月半,必须点起香烛来拜他。廿三这一天,家家烧赤豆糯米饭,先盛一大碗供在灶君面前,然后全家来吃。吃过之后,黄昏时分,父亲穿了大礼服来灶前膜拜,跟着,我们大家跪拜。拜过之后,将灶君的神像从灶山上请下来,放进一顶灶轿里。这灶轿是白天从市上买来的,用红绿纸张糊成,两旁贴着一副对联,上写"上天奏善事,下界保平安"。我们拿些冬青柏子,插在灶轿两旁,再拿一串纸做的金元宝挂在轿上;又拿一点糖塌

---

[1] 年底收账,账收回后,记在"全收"簿子上,表示已不欠账。

饼来，粘在灶君菩萨的嘴上。这样一来，他上去见了天神，粘嘴粘舌的，说话不清楚，免得把人家的恶事全盘说出。于是父亲恭恭敬敬地捧了灶轿，捧到大门外去烧化。烧化时必须抢出一只纸元宝，拿进来藏在橱里，预祝明年有真金元宝进门之意。送灶君上天之后，陈妈妈就烧菜给父亲下酒，说这酒菜味道一定很好，因为没有灶君先吸取其香气。父亲也笑着称赞酒菜好吃。我现在回想，他是假痴假呆、逢场作乐。因为他中了这末代举人，科举就废，不得伸展，蜗居在这穷乡僻壤的蓬门败屋中，无以自慰，唯有利用年中行事，聊资消遣，亦"四时佳兴与人同"之意耳。

廿三送灶之后，家中就忙着打年糕。这糯米年糕又大又韧，自己不会打，必须请一个男工来帮忙。这男工大都是陆阿二，又名五阿二。因为他姓陆，而他的父亲行五。两枕"当家年糕"，约有三尺长；此外许多较小的年糕，有二尺长的，有一尺长的；还有红糖年糕，白糖年糕。此外是元宝、百合、橘子等种种小摆设，这些都由母亲和姐姐们去做。我也洗了手去参加，但总做不好，结果是自己吃了。姐姐们又做许多小年糕，形式仿照大年糕，是预备廿七夜过年时拜小年菩萨用的。

廿七夜过年，是个盛典。白天忙着烧祭品：猪头、全鸡、大鱼、大肉，都是装大盘子的。吃过夜饭之后，把两张八仙桌接起来，上面供设"六神牌"，前面围着大红桌围，摆着巨大的锡制的香炉蜡台。桌上供着许多祭品，两旁围着年糕。我们这厅屋是三家公用的，我家居中，右边是五叔家，左边是嘉林哥家，三家同时祭起年菩萨来，屋子里灯火辉煌，香烟缭绕，气象好不繁华！三家比较起来，我家的供桌最为体面。何况我们还有小年菩萨，即在大桌旁边设两张茶几，也是接长的，也供一位小菩萨像，用小香炉蜡台，设小盆祭品，竟像是小人国里的过年。记得那时我所欣赏的，是"六神牌"和祭品盘上的红纸盖。这六神牌画得非常精美，一共六版，每版上画好几个菩萨，佛、观音、玉皇大帝、孔子、文昌帝君、魁星……都包括在内。平时折好了供在堂前，不许打开来看，这时候才展览了。祭品盘上的红纸盖，都是我的姑母剪的，"福禄寿喜""一品当朝""平升三级"等字，都剪出来，巧妙地嵌在里头。我那时只七八岁，就喜爱这些东西，这说明我对美术有缘。

绝大多数人家廿七夜过年。所以这晚上商店都开门，直到后半夜送神后才关门。我们约伴出门散步，买花炮。花炮种类繁多，我们所买的，不是两响头的炮仗和噼噼啪啪的鞭炮，而是雪炮、流星、金转银盘、水老鼠、万花筒等好看的花炮。其中万花筒最好看，然而价贵不易多得。买回去在天井里放，大可增加过年的喜气。我把一串鞭炮拆散来，一个一个地放。点着了火立刻拿一个罐头来罩住，"咚"的一声，连罐头也跳起来。我起初不敢拿在手里放。后来经乐生哥哥（关于此人另有专文）教导，竟胆敢拿在手里放了。两指轻轻捏住鞭炮的末端，一点上火，立刻把头旋向后面。渐渐老练了，即行若无事。

正在放花炮的时候，隔壁谭三姑娘……送万花筒来了。这谭三姑娘的丈夫谭福山，是开炮仗店的。年年过年，总是特制了万花筒来分送邻居，以供新年添兴之用。此时谭三姑娘打扮得花枝招展，声音好比莺啼燕语。厅堂里的空气忽然波动起来。如果真有年菩萨在尚飨,此时恐怕都"停杯投箸不能食"了。

夜半时分,父亲在旁边的半桌上饮酒,我们陪着他吃饭。直到后半夜,方才送神。我带着欢乐的疲倦躺在床上,钻进被窝里,蒙眬之中听见远近各处炮竹之声不绝,想见这时候石门湾的天空中,定有无数年菩萨餍足了酒肉,腾空驾雾归天去了。

"廿七、廿八活急杀,廿九、三十勿有拉[1],初一、初二扮睹客,你没铜钱我有拉[2]。"这是石门湾人形容某些债户的歌。年中拖欠的债,年底要来讨,所以到了廿七、廿八,便活急杀。到了廿九、三十,有的人逃往别处去避债,故曰勿有拉。但是有些人有钱不肯还债,要留着新年里自用。一到元旦,照例不准讨债,他便好公然地扮睹客,而且慷慨得很了。我家没有这种情形,但是总有人来借掇,也很受累。况且家事也忙得很:要掸灰尘,要祭祖宗,要送年礼。倘是月小,更加忙迫了。

年底这一天,是准备通夜不眠的。店里早已摆出风灯,插上岁烛。吃年夜饭时,把所有的碗筷都拿出来,预祝来年人丁兴旺。吃饭碗数,不可成单,必须成双。如果吃三碗,必须再盛一次,哪怕盛一点点也好,总之要凑成双数。吃饭时母亲分送压岁钱,我得的记得是四角,用红纸包好。我全部用以买花

---

[1] 勿有拉,作者家乡话,意即:不在这儿、不在家。

[2] 我有拉,作者家乡话,意即:我这儿有。

炮。吃过年夜饭,还有一出滑稽戏呢。这叫做"毛糙纸揩窆"。"窆"就是屁股。一个人拿一张糙纸,把另一人的嘴揩一揩。意思是说:你这嘴巴是屁股,你过去一年中所说的不祥的话,例如"要死"之类,都等于放屁。但是人都不愿被揩,尽量逃避。然而揩的人很调皮,出其不意,突如其来,哪怕你极小心的人,也总会被揩。有时其人出前门去了。大家就不提防他。岂知他绕个圈子,悄悄地从后门进来,终于被揩了去。此时笑声、喊声充满了一堂。过年的欢乐空气更加浓重了。

于是陈妈妈烧起火来放"泼留"。把糯米谷放进热镬子里,一只手用铲刀[1]搅拌,一只手用箬帽遮盖。那些糯谷受到热度,爆裂开来,若非用箬帽遮盖,势必纷纷落地,所以必须遮盖。放好之后,拿出来堆在桌子上,叫大家拣泼留。"泼留"两字应该怎样写,我实在想不出,这里不过照声音记录罢了。拣泼留,就是把砻糠拣出,剩下纯粹的泼留,新年里客人来拜年,请他吃糖汤,放些泼留。我们小孩子也参加拣泼留,但是一面拣,一面吃。一粒糯米放成蚕豆来大,像朵梅花,又香又热,滋味实在好极了。

黄昏,渐渐有人提了灯笼来收账了。我们就忙着"吃串"。听来好像是"吃菜"。其实是把每一百铜钱的串头绳解下来,取出其中三四文,只剩九十六七文,或甚至九十二三文,当作一百文去还账。吃下来的"串",归我们姐弟们作零用。我们用这些钱还账,但我们收来的账,也是吃过串的钱。店员经验

---

[1] 铲刀,指锅铲。

丰富，一看就知道这是"九五串"，那是"九二串"的。你以伪来，我以伪去，大家不计较了。这里还得表明：那时没有钞票，只有银洋、铜板和铜钱。银洋一元等于三百个铜板，一个铜板等于十个铜钱。我那时母亲给我的零用钱，是每天一个铜板即十文铜钱。我用五文买一包花生，两文买两块油沸豆腐干，还有三文随意花用。

街上提着灯笼讨账的，络绎不绝。直到天色将晓，还有人提着灯笼急急忙忙地跑来跑去。这只灯笼是千万少不得的。提灯笼，表示还是大年夜，可以讨债；如果不提灯笼，那就是新年元旦，欠债的可以打你几记耳光，要你保他三年顺境。因为大年初一讨债是禁忌的。但这时候我家早已结账，关店，正在点起了香烛迎接灶君菩萨。此时通行吃接灶圆子。管账先生一面吃圆子，一面向我母亲报告账务。说到盈余，笑容满面。母亲照例额外送他十只银角子，给他"新年里吃青果茶"。他告别回去，我们也收拾，睡觉。但是睡不到二个钟头，又得起来，拜年的乡下客人已经来了。

年初一上午忙着招待拜年客人。街上挤满了穿新衣服的农民，男女老幼，熙熙攘攘，吃烧卖，上酒馆，买花纸（即年画），看戏法，到处拥挤，而最热闹的是赌摊。原来从初一到初四，这四天是不禁赌的。掷骰子，推牌九，还有打宝，一堆一堆的人，个个兴致勃勃，连警察也参加在内。下午，农民大都进去了，街上较清，但赌摊还是闹热，有的通夜不收。

初二开始，镇上的亲友来往拜年。我父亲戴着红缨帽子，穿着外套，带着跟班出门。同时也有穿礼服的到我家拜年。如果不遇，留下一张红片子。父亲死后，母亲叫我也穿着礼服去拜年。我实在很不高兴。因为一个十一二岁的孩子穿大礼服上街，大家注目，有讥笑的，也有叹羡的，叫我非常难受。现在回想，母亲也是一片苦心。她不管科举已废，还希望我将来也中个举人，重振家声，所以把我如此打扮，聊以慰情。

正月初四，是新年最大的一个节日，因为这天晚上接财神。别的行事，如送灶、过年等，排场大小不定，有简单的，有丰盛的，都按家之有无。独有接财神，家家郑重其事，而且越是贫寒之家，排场越是体面。大约他们想：敬神丰盛，可以邀得神的恩宠，今后让他们发财。

接财神的形式，大致和过年相似，两张桌子接长来，供设六神牌，外加财神像，点起大红烛。但不先行礼，先由父亲穿了大礼服，拿了一股香，到下西弄的财神堂前行礼，三跪九叩，然后拿了香回来，插在香炉中，算是接得财神回来了。于是大家行礼。这晚上金吾放夜，市中各店通夜开门，大家接财神。所以要买东西，哪怕后半夜，也可以买得。父亲这晚上兴致特别好，饮酒过半，叫把谭三姑娘送的大万花筒放起来。这万花筒果然很大，每个共有三套。一支火树银花低了，就有另一支继续升起来，凡三次。谭福山做得真巧。……我们放大万花筒时，为要尽量增大它的利用率，邀请所有的邻居都出来看。作者谭福山也被邀在内。大家闻得这大万花筒是他做的，都向他看。……

初五以后，过年的事基本结束。但是拜年，吃年酒，酬谢往还，也很热闹。厨房里年菜很多，客人来了，搬出就是。但是到了正月半，也差不多吃完了。所以有一句话："拜年拜到正月半，烂溏鸡屎炒青菜。"我的父亲不爱吃肉，喜欢吃素，我们都看他样。所以我们家里，大年夜就烧好一大缸萝卜丝油豆腐，油很重，滋味很好。每餐盛出一碗来，放在锅子里一热，便是最好的饭菜。我至今还是忘不了这种好滋味。但叫家里人照烧起来，总不及童年时的好吃，怪哉！

正月十五，在古代是一个元宵佳节，然而赛灯之事，久已废止，只有市上卖些兔子灯、蝴蝶灯等，聊以应名而已。二十日，染匠司务下来[1]，各店照常开门做生意，学堂也开学。过年的笔记也就全部结束。

---

[1] 按作者家乡一带习惯，从浙东来到浙西，称为"下来"。

清 明

清明例行扫墓。扫墓照理是悲哀的事。所以古人说:"鸦啼雀噪昏乔木,清明寒食谁家哭。"又说:"佳节清明桃李笑,野田荒冢只生愁。"然而在我幼时,清明扫墓是一件无上的乐事。人们借佛游春,我们是"借墓游春"。我父亲有八首《扫墓竹枝词》:

> 别却春风又一年,梨花似雪柳如烟。
> 家人预理上坟事,五日前头折纸钱。

> 风柔日丽艳阳天,老幼人人笑口开。
> 三岁玉儿娇小甚,也教抱上画船来。

> 双双画桨荡轻波,一路春风笑语和。
> 望见坟前堤岸上,松荫更比去年多。

> 壶榼纷陈拜跪忙,闲来坐憩树荫凉。
> 村姑三五来窥看,中有谁家新嫁娘。

周围堤岸视桑麻,剪去枯藤只剩花。
更有儿童知算计,松球拾得去煎茶。

荆榛坡上试跻攀,极目云烟杳霭闲,
恰得村夫遥指处,如烟如雾是含山[1]。

纸灰扬起满林风,杯酒空浇奠已终。
却觅儿童归去也,红裳遥在菜花中。

解将锦缆趁斜晖,水上蜻蜓逐队飞。
赢受一番春色足,野花载得满船归。

这里的"三岁玉儿",就是现在执笔写此文的七十老翁。我的小名叫做"慈玉"。

清明三天,我们每天都去上坟。第一天,寒食,下午上"杨庄坟"。杨庄坟离镇五六里路,水路不通,必须步行。老幼都不去,我七八岁就参加。茂生大伯挑了一担祭品走在前面,大家跟他走,一路上采桃花,偷新蚕豆,不亦乐乎。到了坟上,大家息足,茂生大伯到附近农家去,借一只桌子和两只条凳来,于是陈设祭品,依次跪拜。拜过之后,自由玩耍。有的吃甜麦塌饼[2],有的吃粽子,有的拔蚕豆梗来作笛子。蚕豆梗

---

[1] 含山是我乡附近唯一的一个山,山上有塔。——作者原注。

[2] 甜麦塌饼,作者故乡一带清明时节用米粉和麦芽做成的一种甜饼。

是方形的，在上面摘几个洞，作为笛孔。然后再摘一段豌豆梗来，装在这笛的一端，笛便做成。指按笛孔，口吹豌豆梗，发音竟也悠扬可听。可惜这种笛寿命不长。拿回家里，第二天就枯干，吹不响了。祭扫完毕，茂生大伯去还桌子凳子，照例送两个甜麦塌饼和一串粽子，作为酬谢。然后诸人一同在夕阳中回去。杨庄坟上只有一株大松树，临着一个池塘。父亲说这叫做"美人照镜"。现在，几十年不去，不知美人是否还在照镜。闭上眼睛，情景宛在目前。

正清明那天，上"大家坟"。这就是去上同族公共的祖坟。坟共有五六处，须用两只船，整整上一天。同族共有五家，轮流作主。白天上坟，晚上吃上坟酒。这笔费用由祭田开销。祖宗们心计长，恐怕子孙不肖，上不起坟，叫他们变成饿鬼。因此特置几亩祭田，租给农民。轮到谁家主持上坟，由谁家收租。雇船办酒之外，费用总有余裕。因此大家高兴作主。而小孩子尤其高兴，因为可以整天在乡下游玩，在草地上吃午饭。船里烧出来的饭菜，滋味特别好。因为，据老人们说，家里有灶君菩萨，把饭菜的好滋味先尝了去；而船里没有灶君菩萨，所以船里烧出来的饭菜滋味特别好。孩子们还有一件乐事，是抢鸡蛋吃。每到一个坟上，除对祖宗的一桌祭品以外，必定还有一只小匾，内设小鱼、小肉、鸡蛋、酒和香烛，是请地主吃的，叫做拜坟墓土地。孩子们中，谁先向坟墓土地叩头，谁先抢得鸡蛋。我难得抢到，觉得这鸡蛋的确比平常的好吃。上了一天坟回来，晚上是吃上坟酒。酒有四五桌，因为出嫁姑娘也都来吃。吃酒时，长辈总要训斥小辈，被训斥的，主要是乐谦、乐生和月生。因为乐谦盗卖坟树,乐生、月生作恶为非,上坟往往不到而吃上坟酒必到。

第三天上私房坟。我家的私房坟,又称为旗杆坟。去上的就是我们一家人,父母和我们姐弟数人。吃了早中饭,雇一只客船,慢吞吞地荡去。水路五六里,不久就到。祭扫期间,附近三竺庵里的和尚来问讯,送我们些春笋。我们也到这庵里去玩,看见竹林很大,身入其中,不见天日。我们终年住在那市井尘嚣中的低小狭窄的百年老屋里,一朝来到乡村田野,感觉异常新鲜,心情特别快适,好似遨游五湖四海。因此我们把清明扫墓当作无上的乐事。我的父亲孜孜兀兀地在穷乡僻壤的蓬门败屋之中度送短促的一生,我想起了感到无限的同情。

吃　酒

酒，应该说饮，或喝。然而我们南方人都叫吃。古诗中有"吃茶"，那么酒也不妨称吃。说起吃酒，我忘不了下述几种情境：

二十多岁时，我在日本结识了一个留学生，崇明人黄涵秋。此人爱吃酒，富有闲情逸致。我二人常常共饮。有一天风和日暖，我们乘小火车到江之岛去游玩。这岛临海的一面，有一片平地，芳草如茵，柳荫如盖，中间设着许多矮榻，榻上铺着红毡毯，和环境作成强烈的对比。我们两人踞坐一榻，就有束红带的女子来招待。"两瓶正宗，两个壶烧。"正宗是日本的黄酒，色香味都不亚于绍兴酒。壶烧是这里的名菜，日本名叫tsuboyaki，是一种大螺蛳，名叫荣螺（sazae），约有拳头来大，壳上生许多刺，把刺修整一下，可以摆平，像三足鼎一样。把这大螺蛳烧杀，取出肉来切碎，再放进去，加入酱油等调味品，煮熟，就用这壳作为器皿，请客人吃。这器皿像一把壶，所以名为壶烧。其味甚鲜，确是侑酒佳品。用的筷子更佳：这双筷用纸袋套好，纸袋上印着"消毒割箸"四个字，袋上又插着一个牙签，预备吃过之后用的。从纸袋中拔出筷来，但见一半已割裂，一半还连接，让客人自己去裂开来。这木头是消毒过的,而且没有人用过,所以用时心地非常快适。用后就丢弃,价廉并不可惜。我赞美这种筷,认为是世界上最进步的用品。西洋人用刀叉,太笨重,要洗过方能再用;中国人用竹筷,也是洗过再用,很不卫生,即使是象牙筷也不卫生。日本人的消毒割箸,就同牙签一样,只用一次,真乃一大发明。他们还有一种牙刷,非常简单,到处杂货店发卖,价钱很便宜,也是只用一次就丢弃的。于此可见日本人很有小聪明。且说我和老黄在江之岛吃壶烧酒,三杯入口,万虑皆消。海鸟长鸣,天风振袖。但觉心旷神怡,仿佛身在仙境。老黄爱调笑,看见年青侍女,就和她搭讪,问年纪,问家乡,引起她身世之感,使她掉下泪来。于是临走多给小账,约定何日重来。我们又仿佛身在小说中了。

又有一种情境,也忘不了。吃酒的对手还是老黄,地点却在上海城隍庙里。这里有一家素菜馆,叫做春风松月楼,百年老店,名闻遐迩。我和老黄都在上海当教师,每逢闲暇,便相约去吃素酒。我们的吃法很经济:两斤酒,两碗"过浇面",一碗冬菇,一碗十景。所谓过浇,就是浇头不浇在面上,而另盛在碗里,作为酒菜。等到酒吃好了,才要面底子来当饭吃。人们叫别了,常喊作"过桥面"。这里的冬菇非常肥鲜,十景也非常入味。浇头的分量不少,下酒之后,还有剩余,可以浇在面上。我们常常去吃,后来那堂倌熟悉了,看见我们进去,就叫"过桥客人来了,请坐请坐!"现在,老黄早已作古,这素菜馆也改头换面,不可复识了。

另有一种情境,则见于患难之中。那年日本侵略中国,石门湾沦陷，我们一家老幼九人逃到杭州，转桐庐，在城外河头上租屋而居。那屋主姓盛，兄弟四人。我们租住老三的屋子，隔壁就是老大，名叫宝函。他有一个孙子，名叫贞谦，约十七八岁，酷爱读书，常常来向我请教问题，因此宝函也和我要好，常常邀我到他家去坐。这老翁年约六十多岁，身体很健康，常常坐在一只小桌旁边的圆鼓凳上。我一到，他就请我坐在他对面的椅子上，站起身来，揭开鼓凳的盖，拿出一把大酒壶来，在桌上的杯子里满满地斟了两盅；又向鼓凳里摸出一把花生米来，就和我对酌。他的鼓凳里装着棉絮，酒壶裹在棉絮里，可以保暖，斟出来的两碗黄酒，热气腾腾。酒是自家酿的，色香味都上等。我们就用花生米下酒，一面闲谈。谈的大都是关于他的孙子贞谦的事。他只有这孙子，很疼爱他。说"这小人一天到晚望书，身体不好……"望书即看书，是桐庐土白。我用空话安慰他，骗他酒吃。骗得太多，不好意思，我准备后来报谢他。但我们住在河头上不到一个月，杭州沦陷，我们匆匆离去，终于没有报谢他的酒惠。现在，这老翁不知是否在世，贞谦已入中年，情况不得而知。

最后一种情境，见于杭州西湖之畔。那时我僦居在里西湖招贤寺隔壁的小平屋里，对门就是孤山，所以朋友送我一副对联，叫做"居邻葛岭招贤寺，门对孤山放鹤亭。"家居多暇，则闲坐在湖边的石凳上，欣赏湖光山色。每见一中年男子，蹲在岸上，向湖边垂钓。他钓的不是鱼，而是虾。钓钩上装一粒饭米，挂在岸石边。一会儿拉起线来，就有很大的一只虾。其人把它关在一个瓶子里。于是再装上饭米，挂下去钓。钓得了三四只大虾，他就把瓶子藏入藤篮里，起身走了。我问他："何不再钓几只？"他笑着回答说："下酒够了。"我跟他去，见他走进岳坟旁边的一家酒店里，拣一座头坐下了。我就在他旁边的桌上坐下，叫酒保来一斤酒，一盆花生米。他也叫一斤酒，却不叫菜，取出瓶子来，用钓丝缚住了这三四只虾，拿到酒保烫酒的开水里去一浸，不久取出，虾已经变成红色了。他向酒保要一小碟酱油，就用虾下酒。我看他吃菜很省，一只虾要吃很久，由此可知此人是个酒徒。

此人常到我家门前的岸边来钓虾。我被他引起酒兴，也常跟他到岳坟去吃酒。彼此相熟了，但不问姓名。我们都独酌无伴，就相与交谈。他知道我住在这里，问我何不钓虾。我说我不爱此物。他就向我劝诱，尽力宣扬虾的滋味鲜美，营养丰富。又教我钓虾的窍门。他说："虾这东西，爱躲在湖岸石边。你倘到湖心去钓，是永远钓不着的。这东西爱吃饭粒和蚯蚓。但蚯蚓腥腻，它吃了，你就吃它，等于你吃蚯蚓。所以我总用饭粒。你看，它现在死了，还抱着饭粒呢。"他提起一只大虾来给我看，我果然看见那虾还抱着半粒饭。他继续说："这东西比鱼好得多。鱼，你钓了来，要剖，要洗，要用油盐酱醋来烧，多少麻烦。这虾就便当得多：只要到开水里一煮，就好吃了。不须花钱，而且新鲜得很。"他这钓虾论讲得头头是道，我真心赞叹。

这钓虾人常来我家门前钓虾，我也好几次跟他到岳坟吃酒，彼此熟识了，然而不曾通过姓名。有一次，夏天，我带了扇子去吃酒。他借看我的扇子，看到了我的名字，吃惊地叫道:"啊!我有眼不识泰山!"于是叙述他曾经读过我的随笔和漫画,说了许多仰慕的话。我也请教他姓名,知道他姓朱,名字现已忘记,是在湖滨旅馆门口摆刻字摊的。下午收了摊,常到里西湖来钓虾吃酒。此人自得其乐,甚可赞佩。可惜不久我就离开杭州,远游他方,不再遇见这钓虾的酒徒了。

　　写这篇琐记时,我久病初愈,酒戒又开。回想上述情景,酒兴顿添。正是"昔年多病厌芳樽,今日芳樽唯恐浅"。

砒素惨案

我在杭州浙江省立第一师范毕业后，不久就到东京游学。有一天在报纸上看到：中国杭州师范学校发生惨案，砒霜毒死了二十四个人。这是我的母校，我闻讯大为吃惊。旅舍里住的大都是中国人，有几个还是杭州人，大家互相传告，议论纷纷。外国报纸上都登载，可见这是一件世界性的奇案。但当时从日本报上看到的只是简讯，后来我才知道详情，记述如下：

我毕业那年，考进来一班新生，其中有个诸暨人，或嵊县人，记不清了。叫做俞章法。我是五年级生，他是一年级生，同学只有一年，不很熟悉，但记得此人个子很高，头上有很多癞疮疤，但身体极好，是个运动选手。他又很会办事，不久就当了校友会干事。我校共有五六百个学生，每学期每人缴校友会费一元，作为学期中旅行游乐之用。校友会干事有好几个人，而俞章法是管银钱的。他大概想吞没这五六百块钱，或者是赌输了还不出来，便想出一个最下的下策来：把这批人弄死，就没有人来追究这笔钱了。怎样弄死法呢？他想起了化学药品室里的一瓶砒素。王赓三先生上化学课时，曾经拿出这瓶砒素来给学生看，说是猛烈的毒药，一瓢可以药死一千个人。我在学时也曾听见王先生这话。化学药品室是经常锁闭的，但俞章法有一个钥匙,可以开门进去。因为他是运动选手,每天下午课毕,到操场上去运动时,身上须擦酒精。这酒精就由俞章法去拿。有一天他乘拿酒精之便,偷取了一瓢砒素。星期六下午,他到厨房里去找两个烧饭司务,给他们每人五元钱,悄悄地叮嘱他们:"烧饭时把这包白药放进米里。这不会杀人,不过叫他们昏睡一下,就醒过来的。"(这话是后来烧饭司务招供出来的。)烧饭司务眼光浅,看见五块钱,就遵命行事。

我校每星期六吃过中饭就放假,即每星期放一天半假。家在杭州的,或在杭州有亲戚的,大都不在学校吃夜饭。所以星期六晚上,饭厅里疏朗朗的。俞章法为什么选取这一天下毒?我想不通。难道是发慈悲心,要少杀几个人吗?且说这一天吃夜饭时,刚吃一半,就有人呕吐起来,接着,大多数的人都呕吐,躺倒在地。哭声喊声,充满了饭厅。也有些没有中毒的人,大概是烧饭司务下毒不均匀,他们吃的饭正好没有含毒。这些人就出去大喊地方救命。当夜,杭州全城的医生都来到,用吐剂,施手术,忙了一晚,结果有二十四人无法挽救,死于非命。其中二十三个是学生,都是我毕业后才考进来的,我都不认识,另一个是校工,名叫郑宝,是专管理化教室的。王赓三先生上理化课,逢到要实验时,必须叫郑宝来帮助。因为此人经验丰富,王先生不及他。校工本来要等学生吃过之后才开饭的。这一晚郑宝有事要出门,一个人在厨房里先吃了。不料中毒甚深,当夜一命呜呼。

次日一部分人进医院疗养,二十四个棺材排队出门。此事轰动杭州全城,观者拥挤,门庭若市。消息传遍全国,远及日本东京。于是追究罪犯，首先在厨房里捉出两个烧饭司务，根据他们招供，确定主犯是俞章法。但俞早已在逃。好几个便衣警察在各处轮船火车上留意侦察，过了很多日子以后，才在某处火车中捉到。据说俞章法上火车时戴黑眼镜，到了火车里就把眼镜除去，又换上一个帽子。原来他是癞头，热天也必须戴帽子。这就露了马脚，当场被警察抓去。据他招供，才知下的毒是砒素，为了亏空了校友会费，因而下此毒手。后来坐绞刑，以一命抵廿四命，着实便宜了他。记得我有一个小同乡叫徐乃昌的，也是师范学生，因为他外婆家在杭州，那天他到外婆家吃夜饭，没有吃砒素饭，不胜庆幸。但此人后来做了恶霸地主，就地正法，死得不比吃砒素漂亮。

三大学生惨案

杭州乃世界有名的风景区,而惨案特别多,使我想不通。也许人世间到处都如此,我不知道罢了。

抗战前,哪一年记不清了。我在杭州城内田家园作寓公,常到马一浮先生家访问,在他那里认识一位中医,名谢寿田,其人酷爱书法,收藏名砚,真是一位儒医。他有一个侄儿叫谢起凤,便是杀人的三大学生之一。谢起凤从小没有父母,是叔父谢寿田抚养大来的。这个大逆不道的侄儿,使谢寿田气得不知所措。我很同情他,曾几次前去慰问。幸而他没有受累。

三大学生都是浙江大学的学生。其他两人的姓名我忘记了。他们的杀人是为了谋财。杭州有一家大银行,每天派一个送款员背了一大包钞票,到各处递送外埠汇来的款项。三大学生看中了这个送款员。他们看清了送款员必经之路,在最接近银行的地方租一所房子。叫两个泥水匠来粉饰门面,装作要久住的样子。于是,由一人到附近外埠去汇出一百块钱,汇到这屋子里,假造一个取款人姓名。估计这一百块钱汇到的时候,便严阵以待:一个人在大门口等候,看见送款人来了,就叫他到里面去交款盖章。送款人走进里面,看见房门开着,里面一个人坐着,请他进来。送款人跨进门槛,另一个人站在凳上,砍下一斧头来，送款人脑破血流，立刻致命。于是三人关起大门，合力把尸体扛到后院，丢在一个枯井里。然后没收了他包内的款项，到谢起凤家里去分赃。分过之后，携款逃往外埠去了。

　　送款人久不回来，银行里的人起疑心了。这种人是有妥保的，不会携款潜逃，那么一定出事情了。挨户查问，第一第二家款已收到，但第三家空无一人，入内探看，但见地上血迹，找到枯井里，发现了送款人的尸体。于是报官查究。法警侦探来了，验明尸体，但凶手何在，一时无从查起。那一百元的取款人，显然是假姓名；即使真有其人，也已不知去向了。这地方又很偏僻，四无邻居，难于查究。但侦探毕竟有办法，看见门口新加粉饰，一定请过泥水匠。便到附近找寻，果然找到两个泥水匠，说曾到此屋工作，看到内有三个小伙子，面貌约略记得。于是任用了这两个泥水匠，叫他们跟着法警寻找凶手，每日照样给他们工资。不知找了多久，果在某处找到了一人。由此人招出其余二人，三个凶手全部缉获。不久以前，万松林发生绑票撕票案，凶手尚未缉获。此时这三人招供，这事也是他们干的。他们绑走了一富家孩子，要拿五千元去赎。富家如数送款，岂知孩子早已被勒死在万松林中。江洋大盗设计绑票，是有规矩的：不送款则撕票；送款者决不撕票。这叫做"盗亦有道"。这三个大学生盗而无道，真乃盗中之盗，后来都处绞刑。我曾在报纸上看到他们的招供文，巧言谀词，哀求饶命，可谓无耻之尤，真乃死有余辜。

陶刘惨案

抗日战争结束，我携眷从重庆回到上海。家乡房屋都已烧光，上海房子昂贵，只得暂时在杭州招贤寺借住。就有人来劝我买一所房子，地点在断桥下面，保俶塔后面，围墙内一亩多地，两所房屋，买价很便宜，记得好像是一千五百万元，那时通货膨胀，究竟值得多少，记不清了。我一听到这所房子，就知道是许钦文的产业，是发生过一件惨案的。姑且去看看，回想那件惨案觉得阴气森森，汗毛凛凛。家人都不赞成买此屋，就回绝了。另在招贤寺附近租屋而居。

这件惨案发生在抗日战争前几年。我在上海艺术师范当教师时，有一个学生名叫陶元庆的，绍兴人，生得娇小玲珑，像个姑娘。他的画很有特色，鲁迅十分赏识他，把自己的小说《彷徨》《呐喊》都请他画封面，又替他的个人画展作序言，都载在《鲁迅全集》中。我在江湾立达学园办美术科时，请陶元庆来当教师，他就住宿在校里。他有一个妹妹，叫陶思堇，就叫她到立达美术科来当学生。这妹妹身材比哥哥长大，肤色雪白，可惜鼻子稍有些塌。陶元庆有一个好朋友，叫许钦文，也是绍兴人，是有名的文学家，我久闻其名，不曾见过。他常从杭州到江湾来看望陶元庆，就宿在他房中。我因此认识了许钦文。此君貌不惊人，态度和蔼可亲。他在杭州当教师，生活裕如，却年逾而立，尚未娶妻，是个单身汉。他每次来望陶元庆，总是送他些东西，都是生发油，雪花膏，手帕，花露水之类，似乎真个把他当作女人，我心中纳罕。

后来，立达经费困难，美术科停办了。一批未毕业的学生和几位教师，由我写信给杭州西湖艺专的校长林风眠，要求他收留。林一口答允，并希望我也去。我辞谢了，但把学生及教师陶元庆、黄涵秋送去。于是，陶元庆和陶思堇都迁到了杭州。不久，陶元庆患伤寒症死了。许钦文悼念他，为他在西湖上营葬，叫我写墓碑。又在保俶山后面买一块地，造一个"元庆纪念室"，旁边又造两间小屋及浴室厕所厨房。他是独生的，雇用一个老妈子。陶思堇住宿在校中，常到他哥哥的纪念室去玩，后来，索性迁住在纪念室旁边的小屋里，并且邀请一个要好的女同学名叫刘梦莹的来同住。这姓刘的我不曾见过，但听说长得花容月貌，比陶漂亮得多。陶邀这朋友来同住，也合乎情理。因为许是单身汉，和她两人同居，不免嫌疑。于是，许钦文独居纪念室，两位小姐住在相隔一片草地的小屋里。早上，两人打扮得齐齐整整，双双出门，行过断桥，穿过桃红柳绿的白堤，到平湖秋月对面的艺术学府里去学歌学舞，学画学琴，趁着夕阳双双回家。这模样竟可列入西湖十景中。可惜好景不长，不久祸起萧墙了。

许钦文出门去了。这一天大约是假日，两位小姐不去上学。陶思堇派老妈子到湖滨去买东西了。刘梦莹到浴室洗澡。洗好后，披着浴巾退出来的时候，陶思堇拿着一把刀等在门口，向她后颈上猛力砍了一刀。刘负痛跳出，陶持刀追出，两人在草地上追逐，刘终于力弱，被陶连砍十余刀，倒在青草地上的血泊中了。陶回进房间，吞了一瓶不知什么毒药水，也倒在床上了。

老妈子买东西回来，敲门不开。向邻家借了梯子，爬到墙上去看，大吃一惊。就有胆大的人爬进院子里去，开了大门。我现在闭目想象这院子里的光景，真是动人：碧绿的草地，雪白的裸体，绯红的血泊——印象派绘画没有这般鲜明！

官警到场勘验结果，刘梦莹身中十八刀已死，陶思堇服毒自杀未遂。于是一面收尸，一面拘捕陶思堇详加审讯。据说她假装疯狂，不记得杀人之事。案情迁延不决。许钦文犯重大嫌疑，亦被拘捕，后来释放了，曾写一篇"无妻之累"发表在某报纸上。不久，抗战军兴，杭州牢狱解散，陶思堇嫁给了审讯她的法官。真乃奇闻怪事。其它情况我不知道了。

旧 上 海

所谓旧上海，是指抗日战争以前的上海。那时上海除闸北和南市之外，都是租界。洋泾浜（爱多亚路，即今延安路）以北是英租界，以南是法租界，虹口一带是日租界。租界上有好几路电车，都是外国人办的。中国人办的只有南市一路，绕城墙走，叫做华商电车。租界上乘电车，要懂得窍门，否则就被弄得莫名其妙。卖票人要揩油，其方法是这样：譬如你要乘五站路，上车时给卖票人五分钱，他收了钱，暂时不给你票。等到过了两站，才给你一张三分的票，关照你："第三站上车！"初次乘电车的人就莫名其妙，心想：我明明是第一站上车的，你怎么说我第三站上车？原来他已经揩了两分钱的油。如果你向他论理，他就堂皇地说："大家是中国人，不要让利权外溢呀！"他用此法揩油，眼睛不绝地望着车窗外，看有无查票人上来。因为一经查出，一分钱要罚一百分。他们称查票人为"赤佬"。赤佬也是中国人，但是忠于洋商的。他查出一卖票人揩油，立刻记录了他帽子上的号码，回厂去扣他的工资。有一乡亲初次到上海，有一天我陪她乘电车，买五分钱票子，只给两分钱的。正好一个赤佬上车，问这乡亲哪里上车的，她直说出来，卖票人向她眨眼睛。她又说："你在眨眼睛！"赤佬听见了，就抄了卖票人帽上的号码。

那时候上海没有三轮车，只有黄包车。黄包车只能坐一人，由车夫拉着步行，和从前的抬轿相似。黄包车有"大英照会"和"小照会"两种。小照会的只能在中国地界行走，不得进租界。大英照会的则可在全上海自由通行。这种工人实在是最苦的。因为略犯交通规则，就要吃路警殴打。英租界的路警都是印度人，红布包头，人都喊他们"红头阿三"。法租界的都是安南人，头戴笠子。这些都是黄包车夫的对头，常常给黄包车夫吃"外国火腿"和"五支雪茄烟"，就是踢一脚，一个耳光。外国人喝醉了酒开汽车，横冲直撞，不顾一切。最吃苦的是黄包车夫。因为他负担重，不易趋避，往往被汽车撞倒。我曾亲眼看见过外国人汽车撞杀黄包车夫，从此不敢在租界上坐黄包车。

旧上海社会生活之险恶，是到处闻名的。我没有到过上海之前，就听人说：上海"打呵欠割舌头"。就是说，你张开嘴巴来打个呵欠，舌头就被人割去。这是极言社会上坏人之多，非万分提高警惕不可。我曾经听人说：有一人在马路上走，看见一个三四岁的孩子跌了一跤，没人照管，哇哇地哭。此人良心很好，连忙扶他起来，替他揩眼泪，问他家在哪里，想送他回去。忽然一个女人走来，搂住孩子，在他手上一摸，说："你的金百锁哪里去了？"就拉住那人，咬定是他偷的，定要他赔偿。……是否真有此事，不得而知。总之，人心之险恶可想而知。

扒手是上海的名产。电车中，马路上，到处可以看到"谨防扒手"的标语。住在乡下的人大意惯了,初到上海,往往被扒。我也有一次几乎被扒:我带了两个孩子,在霞飞路阿尔培路口(即今淮海中路陕西南路口)等电车,先向烟纸店兑一块钱,钱包里有一叠钞票露了白。电车到了,我把两个孩子先推上车,自己跟着上去,忽觉一只手伸入了我的衣袋里。我用手臂夹住这只手,那人就被我拖上车子。我连忙向车子里面走,坐了下来,不敢回头去看。电车一到站,此人立刻下车,我偷眼一看,但见其人满脸横肉,迅速地挤入人丛中,不见了。我这种对付办法,是老上海的人教我的:你碰到扒手,但求避免损失,切不可注意看他。否则,他以为你要捉他,定要请你"吃生活",即跟住你,把你打一顿,或请你吃一刀。我住在上海多年,只受过这一次虚惊,不曾损失。有一次,和一朋友坐黄包车在南京路上走,忽然弄堂里走出一个人来,把这朋友的铜盆帽[1]抢走。这朋友喊停车捉贼,那贼早已不知去向了。这顶帽子是新买的,值好几块钱呢。又有一次,冬天,一个朋友从乡下出来,寄住在我们学校里。有一天晚上,他看戏回来,身上的皮袍子和丝绵袄都没有了,冻得要死。这叫做"剥猪猡"。那抢帽子叫做"抛顶宫"。

妓女是上海的又一名产。我不曾嫖过妓女,详情全然不知,但听说妓女有"长三""幺二""野鸡"等类。长三是高等的,野鸡是下等的。她们都集中在四马路一带。门口挂着玻璃灯,上面写着"林黛玉""薛宝钗"等字。野鸡则由鸨母伴着,

---

[1] 作者家乡的人称礼帽为铜盆帽。

到马路上来拉客。四马路西藏路一带,傍晚时光,野鸡成群而出,站在马路旁边,物色行人。她们拉住了一个客人,拉进门去,定要他住宿;如果客人不肯住,只要摸出一块钱来送她,她就放你。这叫做"两脚进门,一块出袋"。我想见识见识,有一天傍晚约了三四个朋友,成群结队,走到西藏路口,但见那些野鸡,油头粉面,奇装异服,向人撒娇卖俏,竟是一群魑魅魍魉,教人害怕。然而竟有那些逐臭之夫,愿意被拉进去度夜。这叫做"打野鸡"。有一次,我在四马路上走,耳边听见轻轻的声音:"阿拉姑娘自家身体,自家房子……"回头一看,是一个男子。我快步逃避,他也不追赶。据说这种男子叫做"王八",是替妓女服务的,但不知是哪一种妓女。总之,四马路是妓女的世界。洁身自好的人,最好不要去。但到四马路青莲阁去吃茶看妓女,倒是安全的。她们都有老鸨伴着,走上楼来,看见有女客陪着吃茶的,白她一眼,表示醋意;看见单身男子坐着吃茶,就去奉陪,同他说长道短,目的是拉生意。

  上海的游戏场,又是一种乌烟瘴气的地方。当时上海有四个游戏场,大的两个:大世界、新世界;小的两个:花世界、小世界。大世界最为著名。出两角钱买一张门票,就可从正午玩到夜半。一进门就是"哈哈镜",许多凹凸不平的镜子,照见人的身体,有时长得像丝瓜,有时扁得像螃蟹,有时头脚颠倒,有时左右分裂……没有一人不哈哈大笑。里面花样繁多:有京剧场、越剧场、沪剧场、评弹场……有放电影,变戏法,转大轮盘,坐飞船,摸彩,猜谜,还有各种饮食店,还有屋顶花园。总之,应有尽有。乡下出来的人,把游戏场看作桃源仙境。我曾经进去玩过几次，但是后来不敢再去了。为的是怕热手巾[1]。这里面到处有拴着白围裙的人，手里托着一个大盘子，盘子里盛着许多绞紧的热手巾，逢人送一个，硬要他揩，揩过之后，收他一个铜板。有的人拿了这热手巾，先擤一下鼻涕，然后揩面孔，揩项颈，揩上身，然后挖开裤带来揩腰部，恨不得连屁股也揩到。他尽量地利用了这一个铜板。那人收回揩过的手巾，丢在一只桶里，用热水一冲，再绞起来，盛在盘子里，再去到处分送，换取铜板。这些热手巾里含有众人的鼻涕、眼污、唾沫和汗水，仿佛复合维生素。我努力避免热手巾，然而不行。因为到处都有，走廊里也有，屋顶花园里也有。不得已时，我就送他一个铜板，快步逃开。这热手巾使我不敢再进游戏场去。我由此联想到西湖上庄子里的茶盘：坐西湖船游玩，船家一定引导你去玩庄子。刘庄、宋庄、高庄、蒋庄、唐庄，里面楼台亭阁，各尽其美。然而你一进庄子，就有人拿茶盘来要你请坐喝茶。茶钱起码两角。如果你坐下来喝，他又端出糕果盘来，请用点心。如果你吃了他一粒花生米，就起码得送他四角。每个庄子如此，游客实在吃不消。如果每处吃茶，这茶钱要比船钱贵得多。于是只得看见茶盘就逃。然而那人在后面喊："客人，茶泡好了！"你逃得快，他就在后面骂人。真是大煞风景！所以我们游惯西湖的人，都怕进庄子去。最好是在白堤、苏堤上的长椅子上闲坐，看看湖光山色，或者到平湖秋月等处吃碗茶，倒很太平安乐。

---

[1] 热手巾，即热毛巾。

且说上海的游戏场中,扒手和拐骗别开生面,与众不同。有一个冬天晚上,我偶然陪朋友到大世界游览,曾亲眼看到一幕。有一个场子里变戏法,许多人打着圈子观看。戏法变完,大家走散的时候,有一个人惊喊起来,原来他的花缎面子灰鼠皮袍子,后面已被剪去一大块。此人身躯高大,袍子又长又宽,被剪去的一块足有二三尺见方,花缎和毛皮都很值钱。这个人屁股头空荡荡地走出游戏场去,后面一片笑声送他。这景象至今还能出现在我眼前。

我的母亲从乡下来。有一天我陪她到游戏场去玩。看见有一个摸彩的摊子,前面有一长凳,我们就在凳上坐着休息一下。看见有一个人走来摸彩,出一角钱,向筒子里摸出一张牌子来:"热水瓶一个。"此人就捧着一个崭新的热水瓶,笑嘻嘻地走了。随后又有一个人来,也出一角钱,摸得一只搪瓷面盆,也笑嘻嘻地走了。我母亲看得眼热,也去摸彩。第一摸,一粒糖;第二摸,一块饼干;第三摸,又是一粒糖。三角钱换得了两粒糖和一块饼干,我们就走了。后来,我们兜了一个圈子,又从这摊子面前走过。我看见刚才摸得热水瓶和面盆的那两个人,坐在里面谈笑呢。

当年的上海,外国人称之为"冒险家的乐园",其内容可想而知。以上我所记述,真不过是皮毛的皮毛而已。我又想起了一个巧妙的骗局,用以结束我这篇记事吧:三马路广西路附近,有两家专卖梨膏的店,贴邻而居,店名都叫做"天晓得"。里面各挂着一轴大画,画着一只大乌龟。这两爿店是兄弟两人所开。他们的父亲发明梨膏,说是化痰止咳的良药,销售甚广，获利颇丰。父亲死后，兄弟两人争夺这爿老店，都说父亲的秘方是传授给我的。争执不休，向上海县告状。官不能断。兄弟二人就到城隍庙发誓："谁说谎谁是乌龟！是真是假天晓得！"于是各人各开一爿店，店名"天晓得"，里面各挂一幅乌龟。上海各报都登载此事，闹得远近闻名。全国各埠都来批发这梨膏。外路人到上海，一定要买两瓶梨膏回去。兄弟二人的生意兴旺，财源茂盛，都变成富翁了。这兄弟二人打官司，跪城隍庙，表面看来是仇敌，但实际上非常和睦。他们巧妙地想出这骗局来，推销他们的商品，果然大家发财。

放 焰 口

我小时光,每逢中元节,即阴历七月十五日之夜,地方上集资举办佛事,以超度亡魂,名曰放焰口。河岸上凉棚底下搭一个台,台上接连两张方桌,桌上供着香花灯烛,旁设椅子,是僧众的座位。每家用五彩纸张剪成衣衫鞋帽之形,用绳子穿好了挂在沿河的柱子上,准备佛事结束时焚化给鬼魂。河岸两旁,挂着无数灯笼,上写"普济孤魂"四字。琳琅满目,煞是好看!台前挂着一副对联,是我父亲撰的:

古曾为吴越战场迄今蔓草荒烟半是英雄埋骨地
近复遭咸同发逆记否昔年此日正当兵火破家时

春秋时代,我们那地方有一石门,是越防吴的,所以这地方叫做石门湾。又,这是光绪末年的事,所以称洪秀全为发逆。那时石门湾全市烧光,同抗日战争时差不多。

黄昏时分,法事开始了。老和尚戴着地藏王帽子,披着袈裟,坐在正中,两旁六个和尚各持法器。起初是鸣钟击鼓,念佛啈经。到了深夜,流星隐现,有如鬼火明灭;阴风飘忽,仿佛魂兮归来,就开始召请孤魂了。老和尚以悲紧之音,高声诵念，众僧属而和之。每念完一段，撒一把米，向孤魂施食。那些米落入暗处，仿佛有无数鬼魂争先抢夺，教人毛骨悚然。所召请的孤魂，非常全面，自帝王将相以至囚徒乞丐，都得"来受甘露味"。那文词骈四俪六，优美动人，不知是谁作的。有人说是苏东坡所作，未可必也。我因爱此文词，当年曾在杭州玛瑙经房"请"得一册《瑜伽焰口施食》。抗日战争时我仓皇出奔，一册书也不曾带走。缘缘堂被焚前几天，有一乡亲代我抢出一网篮书，这册《瑜伽焰口施食》即在其内，因得不焚。往年有人闯入我家，抢走了许多古典文学书籍，却不拿这册书，大概他们不懂，所以不拿。此书因得保存至今，已是两次虎口余生了。现在我选几段抄录在下面：

▲一心召请。金乌似箭，玉兔如梭。想骨肉以分离，睹音容而何在。初爇名香，初伸召请。

▲一心召请。远观山有色，近听水无声。春去花还在，人来鸟不惊。二爇名香，二伸召请。

▲一心召请。浮生如梦，幻质匪坚。不凭我佛之慈，曷遂超升之路。三爇名香，三伸召请。

▲一心召请。累朝帝主，历代侯王。九重殿阙高居，万里山河独据。白：西来战舰，千年王气俄收。北去銮舆，五国冤声未断。呜呼！杜鹃叫落桃花月，血染枝头恨正长。如是前王后伯之流，一类孤魂等众。惟愿承三宝力，仗秘密言，此夜今时，来临法会。

▲一心召请，筑坛拜将，建节封侯。力移金鼎千钧，

身作长城万里。白：霜寒豹帐，徒勤汗马之劳。风息狼烟，空负攀龙之望。呜呼！将军战马今何在，野草闲花满地愁。如是英雄将帅之流，一类孤魂等众。

▲一心召请，五陵才俊，百郡贤良。三年清节为官，一片丹心报主。白：南州北县，久离桑梓之乡。海角天涯，远丧蓬莱之岛。呜呼！官贶萧萧随逝水，离魂杳杳隔阳关。如是文臣宰辅之流，一类孤魂等众。

▲一心召请，黉门才子，白屋书生。探花足步文林，射策身游棘院。白：萤灯飞散，三年徒用工夫。铁砚磨穿，十载漫施辛苦。呜呼！七尺红罗书姓氏，一抔黄土盖文章。如是文人举子之流，一类孤魂等众。

▲一心召请，出尘上士，飞锡高僧。精修五戒净人，梵行比丘尼众。白：黄花翠竹，空谈秘密真诠。白牯黧奴，徒演苦空妙偈。呜呼！经窗冷浸三更月，禅室虚明半夜灯。如是缁衣释子之流，一类觉灵等众。

▲一心召请，黄冠野客，羽服仙流。桃源洞里修真，阆苑洲前养性。白：三花九炼，天曹未许标名。四大无常，地府难容转限。呜呼！琳观霜寒丹灶冷，醮坛风惨杏花稀。如是玄门道士之流，一类遐灵等众。

▲一心召请，江湖羁旅，南北经商。图财万里游行，积货千金贸易。白：风波不测，身膏鱼腹之中。路途难防，命丧羊肠之险。呜呼！滞魄北随云黯黯，客魂东逐水悠悠。如是他乡客旅之流，一类孤魂等众。

▲一心召请，戎衣战士，临阵健儿。红旗影里争雄，

白刃丛中毙命。白：鼓金初振，霎时腹破肠穿。胜败才分，遍地肢伤首碎。呜呼！漠漠黄沙闻鬼哭，茫茫白骨少人收。如是阵亡兵卒之流，一类孤魂等众。

▲一心召请，怀胎十月，坐草三朝。初欣鸾凤和鸣，次望熊罴叶梦。白：奉恭欲唱，吉凶只在片时。璋瓦未分，母子皆归长夜。呜呼！花正开时遭急雨，月当明处覆乌云。如是血湖产难之流，一类孤魂等众。

▲一心召请，戎夷蛮狄，喑哑盲聋。勤劳失命佣奴，妒忌伤身婢妾。白：轻欺三宝，罪愆积若河沙。忤逆双亲，凶恶浮于宇宙。呜呼！长夜漫漫何日晓，幽关隐隐不知春。如是冥顽悖逆之流，一类孤魂等众。

▲一心召请，宫闱美女，闺阁佳人。胭脂画面争妍，龙麝薰衣竞俏。白：云收雨歇，魂销金谷之园。月缺花残，肠断马嵬之驿。呜呼！昔日风流都不见，绿杨芳草髑髅寒。如是裙钗妇女之流，一类孤魂等众。

▲一心召请，饥寒丐者，刑戮囚人。遇水火以伤身，逢虎狼而失命。白：悬梁服毒，千年怨气沉沉。雷击崖崩，一点惊魂漾漾。呜呼！暮雨青烟寒鹊噪，秋风黄叶乱鸦飞。如是伤亡横死之流，一类孤魂等众。

读了这些文词，慨叹人生不论贵贱贫富，善恶贤愚，都免不了无常之恸。然亦不须忧恸。曹子建说得好："惊风飘白日，光景逝西流。盛时不可再，百年忽我遒。生存华屋处，零落归山丘。先民谁不死，知命复何忧。"

歪鲈婆阿三

歪鲈婆阿三不知何许人也，亦不详其姓氏。只因他的嘴巴像鲈鱼的嘴巴，又有些歪，因以为号也。他是我家贴邻王囡囡豆腐店里的司务。每天穿着褴褛的衣服，坐在店门口包豆腐干。人们简称他为"阿三"。阿三独身无家。

那时盛行彩票，又名白鸽票。这是一种大骗局。例如：印制三万张彩票，每张一元。每张分十条，每条一角。每张每条都有号码，从一到三万。把这三万张彩票分发全国通都大邑。卖完时可得三万元。于是选定一个日子，在上海某剧场当众开彩。开彩的方法，是用一个大球，摆在舞台中央，三四个人都穿紧身短衣，袖口用带扎住，表示不得作弊。然后把十个骰子放进大球的洞内，把大球摇转来。摇了一会，大球里落出一只骰子来，就把这骰子上的数字公布出来。这便是头彩的号码的第一个字。台下的观众连忙看自己所买的彩票，如果第一个数字与此相符，就有一线中头彩的希望。笑声、叹声、叫声，充满了剧场。这样地表演了五次，头彩的五个数目字完全出现了。五个字完全对的，是头彩，得五千元；四个字对的，是二彩，得四千元；三个字对的，是三彩，得三千元……这样付出之后，办彩票的所收的三万元，净余一半，即一万五千元。这是一个很巧妙的骗局。因为买一张的人是少数，普通都只买一条，一角钱，牺牲了也有限。这一角钱往往像白鸽一样一去不回，所以又称为"白鸽票"。

只有我们的歪鲈婆阿三，出一角钱买一条彩票，竟中了头彩。事情是这样：发卖彩票时，我们镇上有许多商店担任代售。这些商店，大概是得到一点报酬的，我不详悉了。这些商店门口都贴一张红纸，上写"头彩在此"四个字。有一天，歪鲈婆阿三走到一家糕饼店门口，店员对他说："阿三！头彩在此！买一张去吧。"对面咸鲞店里的小麻子对阿三说："阿三，我这一条让给你吧。我这一角洋钱情愿买香烟吃。"小麻子便取了阿三的一角洋钱，把一条彩票塞在他手里了。阿三将彩票夹在破毡帽的帽圈里，走了。

大年夜前几天，大家准备过年的时候，上海传来消息，白鸽票开彩了。歪鲈婆阿三的一条，正中头彩。他立刻到手了五百块大洋，（那时米价每担二元半，五百元等于二百担米。）变成了一个富翁。咸鲞店里的小麻子听到了这消息，用手在自己的麻脸上重重地打了三下，骂了几声"穷鬼！"歪鲈婆阿三没有家，此时立刻有人来要他去"招亲"了。这便是镇上有名的私娼俞秀英。俞秀英年约二十余岁，一张鹅蛋脸生得白嫩，常常站在门口卖俏，勾引那些游蜂浪蝶。她所接待的客人全都是有钱的公子哥儿，豆腐司务是轮不到的，但此时阿三忽然被看中了。俞秀英立刻在她家里雇起四个裁缝司务来，替阿三做花缎袍子和马褂。限定年初一要穿。四个裁缝司务日夜动工，工钱加倍。

到了年初一，歪鲈婆阿三穿了一身花缎皮袍皮褂，卷起了衣袖，在街上东来西去，大吃大喝，滥赌滥用。几个穷汉追随他，问他要钱，他一摸总是两三块银洋。有的人称他"三兄""三先生""三相公"，他的赏赐更丰。那天我也上街，看到这情况，回来告诉我母亲。正好豆腐店的主妇定四娘娘在我家闲谈。母亲对定四娘娘说："把阿三脱下来的旧衣裳保存好，过几天他还是要穿的。"

果然，到了正月底边，歪鲈婆阿三又穿着原来的旧衣裳，坐在店门口包豆腐干了。只是一个崭新的皮帽子还戴在头上。把作司务[1]钟老七衔着一支旱烟筒，对阿三笑着说："五百只大洋！正好开爿小店，讨个老婆，成家立业。现在哪里去了？这真叫做没淘剩[2]!"阿三管自包豆腐干，如同不听见一样。我现在想想，这个人真明达！货悖而入者，亦悖而出；来路不明，去路不白。他深深地懂得这个至理。我年逾七十，阅人多矣。凡是不费劳力而得来的钱，一定不受用。要举起例子来，不知多少。歪鲈婆阿三是一个突出的例子。他可给千古的人们作借鉴。自古以来，荣华难于久居。大观园不过十年，金谷园更为短促。我们的阿三把它浓缩到一个月，对于人世可说是一声响亮的警钟，一种生动的现身说法。

---

[1] 把作是"把持作坊"的意思。把作司务就是在作坊中负责技术的司务。
[2] 没淘剩，作者家乡话，意即没出息。

四 轩 柱

我的故乡石门湾,是运河打弯的地方,又是春秋时候越国造石门的地方,故名石门湾。运河里面还有条支流,叫做后河。我家就在后河旁边。沿着运河都是商店,整天骚闹,只有男人们在活动;后河则较为清静,女人们也出场,就中有四个老太婆,最为出名,叫做四轩柱。

以我家为中心,左面两个轩柱,右面两个轩柱。先从左面说起。住在凉棚底下的一个老太婆叫做莫五娘娘。这莫五娘娘有三个儿子,大儿子叫莫福荃,在市内开一爿杂货店,生活裕如。中儿子叫莫明荃,是个游民,有人说他暗中做贼,但也不曾破过案。小儿子叫木铳阿三,是个戆大[1],不会工作,只会吃饭。莫五娘娘打木铳阿三,是一出好戏,大家要看。莫五娘娘手里拿了一根棍子,要打木铳阿三。木铳阿三逃,莫五娘娘追。快要追上了,木铳阿三忽然回头,向莫五娘娘背后逃走。莫五娘娘回转身来再追,木铳阿三又忽然回头,向莫五娘娘背后逃走。这样地表演了三五遍,莫五娘娘吃不消了,坐在地上大哭。看的人大笑。此时木铳阿三逃之夭夭了。这个把戏,每

---

[1] 木铳和戆大都是指戆头戆脑的人。

个月总要表演一两次。有一天，我同豆腐店王囡囡坐在门口竹榻上闲谈。王囡囡说："莫五娘娘长久不打木铳阿三了，好打了。"没有说完，果然看见木铳阿三从屋里逃出来，莫五娘娘拿了那根棍子追出来了。木铳阿三看见我们在笑，他心生一计，连忙逃过来抱住了王囡囡。我乘势逃开。莫五娘娘举起棍子来打木铳阿三，一半打在王囡囡身上。王囡囡大哭喊痛。他的祖母定四娘娘赶出来，大骂莫五娘娘："这怪老太婆！我的孙子要你打？"就伸手去夺她手里的棒。莫五娘娘身躯肥大，周转不灵，被矫健灵活的定四娘娘一推，竟跌到了河里。木铳阿三毕竟有孝心，连忙下水去救，把娘像落汤鸡一样驮了起来，幸而是夏天，单衣薄裳的，没有受冻，只是受了些惊。莫五娘娘从此有好些时不出门。

第二个轩柱，便是定四娘娘。她自从把莫五娘娘打落水之后，名望更高，大家见她怕了。她推销生意的本领最大。上午，乡下来的航船停埠的时候，定四娘娘便大声推销货物。她熟悉人头，见农民大都叫得出："张家大伯！今天的千张格外厚，多买点去。李家大伯，豆腐干是新鲜的，拿十块去！"就把货塞在他们的篮里。附近另有一家豆腐店，是陈老五开的，生意远不及王囡囡豆腐店，就因为缺少像定四娘娘的一个推销员。定四娘娘对附近的人家都熟悉，常常穿门入户，进去说三话四。我家是她的贴邻，她来得更勤。我家除母亲以外，大家不爱吃肉，桌上都是素菜。而定四娘娘来的时候，大都是吃饭时候。幸而她像《红楼梦》里的凤姐一样，人没有进来，声音先听到了。我母亲听到了她的声音，立刻到橱里去拿出一碗肉来,放在桌上,免得她说我们"吃得寡薄"。她一面看我们吃,一面同我母亲闲谈,报告她各种新闻:哪里吊死了一个人;哪里新开了一爿什么店;汪宏泰的酥糖比徐宝禄的好,徐家的重四两,汪家的有四两五;哪家的姑娘同哪家的儿子对了亲,分送的茶枣讲究得很,都装锡罐头;哪家的姑娘养了个私生子,等等。我母亲爱听她这种新闻,所以也很欢迎她。

第三个轩柱,是盆子三娘娘。她是包酒馆里永林阿四的祖母。他的已死的祖父叫做盆子三阿爹,因为他的性情很坦,像盆子一样[1];于是他的妻子就也叫做盆子三娘娘。其实,三娘娘的性情并不坦,她很健谈。而且消息灵通,远胜于定四娘娘。定四娘娘报道消息,加的油盐酱醋较少;而盆子三娘娘的报道消息,加入多量的油盐酱醋,叫它变味走样。所以有人说:"盆子三娘娘坐着讲,只能听一半;立着讲,一句也听不得。"她出门,看见一个人,只要是她所认识的,就和他谈。她从家里出门,到街上买物,不到一二百步路,她来往要走两三个钟头。因为到处勾留,一勾留就是几十分钟。她指手画脚地说:"桐家桥头的草棚着了火了,烧杀了三个人!"后来一探听,原来一个人也没有烧杀,只是一个老头子烧掉了些胡子。"塘河里一只火轮船撞沉了一只米船,几十担米全部沉在河里!"其实是米船为了避开火轮船,在石埠子上撞了一下,船头里漏了水,打湿了几包米,拿到岸上来晒。她出门买物,一

---

[1] 坦,按作者家乡方言是慢的意思。与盆子(即盘子)平坦的坦谐音。

路上这样地讲过去,有时竟忘记了买物,空手回家。盆子三娘娘在后河一带确是一个有名人物。但自从她家打了一次官司,她的名望更大了。

事情是这样:她有一个孙子,年纪二十多岁,做医生的,名叫陆李王。因为他幼时为了要保证健康长寿,过继给含山寺里的菩萨太君娘娘,太君娘娘姓陆。他又过继给另外一个人,姓李。他自己姓王。把三个姓连起来,就叫他"陆李王"。这陆李王生得眉清目秀,皮肤雪白。有一个女子看上了他,和他私通。但陆李王早已娶妻,这私通是违法的。女子的父亲便去告官。官要逮捕陆李王。盆子三娘娘着急了,去同附近有名的沈四相公商量,送他些礼物。沈四相公就替她作证,说他们没有私通。但女的已经招认。于是县官逮捕沈四相公,把他关进三厢堂。(是秀才坐的牢监,比普通牢监舒服些。)盆子三娘娘更着急了,挽出她包酒馆里的伙计阿二来,叫他去顶替沈四相公。允许他"养杀你"[1]。阿二上堂,被县官打了三百板子,腿打烂了。官司便结束。阿二就在这包酒馆里受供养,因为腿烂,人们叫他"烂膀[2]阿二"。这事件轰动了全石门湾。盆子三娘娘的名望由此增大。就有人把这事编成评弹,到处演唱卖钱。我家附近有一个乞丐模样的汉子,叫做"毒头[3]阿三"。他编的最出色,人们都爱听他唱。我还记得唱词中有几

---

[1] 养杀你,意即供养你一辈子直到老死。

[2] 烂膀,意即烂腿。

[3] 毒头,意即神经病或傻瓜。

句:"陆李王的面孔白来有看头,厚底鞋子寸半头,直罗[1]汗巾三转头,……"描写盆子三娘娘去请托沈四相公,唱道:"水鸡[2]烧肉一碗头,拍拍胸脯点点头。……"全部都用"头"字,编得非常自然而动听。欧洲中世纪的游唱诗人(troubadour, minnesinger),想来也不过如此吧。毒头阿三唱时,要求把大门关好。因为盆子三娘娘看到了要打他。

第四个轩柱是何三娘娘。她家住在我家的染作场隔壁。她的丈夫叫做何老三。何三娘娘生得短小精悍,喉咙又尖又响,骂起人来像怪鸟叫。她养几只鸡,放在门口街路上。有时鸡蛋被人拾了去,她就要骂半天。有一次,她的一双弓鞋晒在门口阶沿石上,不见了。这回她骂得特别起劲:"穿了这双鞋子,马上要困棺材!""偷我鞋子的人,世世代代做小娘(即妓女)!"何三娘娘的骂人,远近闻名。大家听惯了,便不当一回事,说一声"何三娘娘又在骂人了",置之不理。有一次,何三娘娘正站在阶沿石上大骂其人,何老三喝醉了酒从街上回来,他的身子高大,力气又好,不问青红皂白,把这瘦小的何三娘娘一把抱住,走进门去。何三娘娘的两只小脚乱抖乱撑,大骂"杀千刀!"旁人哈哈大笑。

何三娘娘常常生病,生的病总是肚痛。这时候,何老三便上街去买一个猪头,扛在肩上,在街上走一转。看见人便说:"老太婆生病,今天谢菩萨。"谢菩萨又名拜三牲,就是买一

---

[1] 直罗,即有直的隐条的丝织品。
[2] 水鸡,即甲鱼。

个猪头，一条鱼，杀一只鸡，供起菩萨像来，点起香烛，请一个道士来拜祷。主人跟着道士跪拜，恭请菩萨醉饱之后快快离去，勿再同我们的何三娘娘为难。拜罢之后，须得请邻居和亲友吃"谢菩萨夜饭"。这些邻居和亲友，都是送过份子的。份子者，就是钱。婚丧大事，送的叫做"人情"，有送数十元的，有送数元的，至少得送四角。至于谢菩萨，送的叫做"份子"，大都是一角或至多两角。菩萨谢过之后，主人叫人去请送份子的人家来吃夜饭。然而大多数不来吃。所以谢菩萨大有好处。何老三捐了一个猪头到街上去走一转，目的就是要大家送份子。谢菩萨之风，在当时盛行。有人生病，郎中看不好，就谢菩萨。有好些人家，外面在吃谢菩萨夜饭，里面的病人断气了。再者，谢菩萨夜饭的猪头肉烧得半生不熟，吃的人回家去就生病，亦复不少。我家也曾谢过几次菩萨，是谁生病，记不清了。总之，要我跟着道士跪拜。我家幸而没有为谢菩萨而死人。我在这环境中，侥幸没有早死，竟能活到七十多岁，在这里写这篇随笔，也是一个奇迹。

阿　庆[1]

我的故乡石门湾虽然是一个人口不满一万的小镇，但是附近村落甚多，每日上午，农民出街做买卖，非常热闹，两条大街上肩摩踵接，推一步走一步，真是一个商贾辐辏的市场。我家住在后河，是农民出入的大道之一。多数农民都是乘航船来的，只有卖柴的人，不便乘船，挑着一担柴步行入市。

卖柴，要称斤两，要找买主。农民自己不带秤，又不熟悉哪家要买柴。于是必须有一个"柴主人"。他肩上扛着一支大秤，给每担柴称好分量，然后介绍他去卖给哪一家。柴主人熟悉情况，知道哪家要硬柴，哪家要软柴，分配各得其所。卖得的钱，农民九五扣到手，其余百分之五是柴主人的佣钱。农民情愿九五扣到手，因为方便得多，他得了钱，就好扛着空扁担入市去买物或喝酒了。

我家一带的柴主人，名叫阿庆。此人姓什么，一向不传，人都叫他阿庆。阿庆是一个独身汉，住在大井头的一间小屋里，上午忙着称柴，所得佣钱，足够一人衣食，下午空下来，就拉胡琴。他不喝酒，不吸烟，唯一的嗜好是拉胡琴。他拉胡

---

[1] 本篇原载 1983 年 2 月 9 日《文汇报》。

琴手法纯熟,各种京戏他都会拉。当时留声机还不普遍流行,就有一种人背一架有喇叭的留声机来卖唱,听一出戏,收几个钱。商店里的人下午空闲,出几个钱买些精神享乐,都不吝惜。这是不能独享的,许多人旁听,在出钱的人并无损失。阿庆便是旁听者之一。但他的旁听,不仅是享乐,竟是学习。他听了几遍之后,就会在胡琴上拉出来。足见他在音乐方面,天赋独厚。

夏天晚上,许多人坐在河沿上乘凉。皓月当空,万籁无声。阿庆就在此时大显身手。琴声婉转悠扬,引人入胜。浔阳江头的琵琶,恐怕不及阿庆的胡琴。因为琵琶是弹弦乐器,胡琴是摩擦弦乐器。摩擦弦乐器接近于肉声,容易动人。钢琴不及小提琴好听,就是为此。中国的胡琴,构造比小提琴简单得多。但阿庆演奏起来,效果不亚于小提琴,这完全是心灵手巧之故。有一个青年羡慕阿庆的演奏,请他教授。阿庆只能把内外两弦上的字眼——上尺工凡六五乙仕——教给他。此人按字眼拉奏乐曲,生硬乖异,不成腔调。他怪怨胡琴不好,拿阿庆的胡琴来拉奏,依旧不成腔调,只得废然而罢。记得西洋音乐史上有一段插话:有一个非常高明的小提琴家,在一只皮鞋底上装四根弦线,照样会奏出美妙的音乐。阿庆的胡琴并非特制,他的心手是特制的。

笔者曰:阿庆孑然一身,无家庭之乐。他的生活乐趣完全寄托在胡琴上。可见音乐感人之深,又可见精神生活有时可以代替物质生活。感悟佛法而出家为僧者,亦犹是也。

小学同级生

科举废后,石门湾最初开办小学堂,用西竺庵里面的祖师殿为校舍,名曰溪西小学堂,后来改名石门县立第三小学校。我是这学校的第一级学生。这第一级一共只有七个学生,现在除了我一人老不死之外,其余六人都早已死去,而且都不是终天年的———一人病死,五人横死。

病死的叫沈元。毕业时我考第一,他考第二,我们两人一同到杭州入第一师范学校。五年毕业后,我到上海办学,到东京游学;他就回故乡当这小学的校长,一直当到死。初级师范毕业生应该当小学教师。沈元恪守这制度,为桑梓小学教育服务到底。抗日战争开始,石门湾沦陷,沈元生根在故乡,离乡则如鱼失水,只得躲在农村里。他家的房屋烧毁了。学校停办了,他便忧恼成病而死。我于沦陷前十余天觅得一船,载了家眷亲戚共十二人逃向杭州,经过五河泾时,望见沈元在路旁的一所茶店里吃茶,彼此打一招呼,这便是永别了。后来听说他是生伤寒病,没有医药,听其自死的。

横死的五个人,其一叫 C,是附近北泉村人。此人在学时国文很好,而别的功课不好,所以毕业时考第三名。毕业后不升学,就在家乡鬼混,后来到石门县里去当了什么差使,竟变成了一个讼师,包揽讼事,鱼肉乡民。敌伪时期中,他结识了一个大恶霸Y,当了他的军师。这Y是本地人,绰号"柴头阿三",同我还有一点亲戚关系:我的远房伯父丰亚卿的女儿,婴孩时许配给他,不久就死了。但既经父定,他便是丰家的女婿,和我是郎舅之亲。所以抗战胜利后我从重庆回上海,到家乡探望亲友时,这Y曾经来招待我,在家里办了一桌酒请我吃。这时候他家住在包厅,排场很阔。他的老婆叫E,也是本地人。听说有一次Y出门去了,有一个男人来看E,在她房里坐地。不料Y因遗忘物件,回转来取,看见了这男人,摸出手枪来把他打死。可知他是一个杀人不眨眼的魔王。我因为早就传闻此人的行径,所以不欲同他交往,然而故乡族人和亲友都怕他,劝我非敷衍他不可,因此我只得受他招待。而我的同级友C,正是这个魔王的军师。Y不识字,C替他代笔,Y狠而无谋,C替他划策。他对C是心悦诚服,言听计从的。C假手Y而杀死的人,不知凡几。后来Y不知去向,不知逃到哪里去了。C恶贯满盈,被抓去就地正法。抗战胜利,我从重庆还乡时,曾见到他。他告诉我:敌伪时期,他坐在家里,一个日本兵从他门口走过,对他开了一枪。幸而打得不准,子弹从身旁飞过,没有打死他。后来我想:你那时被打死了,胜如现在就地正法。

第二个横死的叫L,是高家湾人。此人在家乡包揽讼事,鱼肉乡民;奸淫妇女,横行不法。后来和C同时就地正法。此人在校是插班生,我和他不熟悉,详情不知。

第三个横死的叫W,是石门湾首富Z的独子。Z开米店,其店就在我家染店的斜对河。Z每天从对河走过,人们都说他走路时两手掉动像龟手，是发财相。他既发财，对 W 这独子当然宠爱，W 在校中，衣裳穿得最漂亮，上海初有皮鞋，他就穿了，上海初有铅笔，他就用了。沪杭初通火车，他首先由父亲伴着去乘了。乘了回来吹牛给同学们听，说火车走得极快，两旁的电线木同栅栏一样。听者为之咋舌。辛亥革命了，他把辫子盘在头顶，穿一件淡蓝色扯襟长袍，招摇过市，见者无不啧啧称赏。总之，那时的 W，是石门湾的天之骄子。小学毕业之后，我赴杭州求学，难得回乡，对 W 日渐生疏。但闻知他的父亲死了，他当了家，在家里纳福。有一个无业游民叫 Q 的，也是小学的同学，不过年级比我们低。此人做了 W 的跑腿，天天在他家里进出，沾点油水，所以人们称他为"火腿上的绳"。抗战开始，我率眷西行，W 的情况全然不知。抗战胜利后我回乡一行，才知道 W 已迁居城内，没有见面。解放后，我居上海，传闻 W 为壁报作画，获得好评。原来他在小学时就以善画出名，人们称他为"小画家"。后来，听说 Q 到浙江某地劳动，在那里揭发了 W 的一件命案。于是 W 被捕入狱。他一向是养尊处优，锦衣玉食的，哪里吃得消铁窗生活，不久就死在牢狱里了。他有一个女儿，昔年我曾见过，相貌很像她父亲。听说是个很能干的医务工作者。

第四第五两个横死的，是魏氏兄弟，即魏堂，字颂声，魏和，字达三。魏颂声小学毕业后，曾到上海入某体育学校。后来受人劝诱到新加坡去当教师。在那热带上住了数年，得了严重的眼疾，戴了黑眼镜回乡，就在母校里当体操音乐教师。然而家里的老婆已经走脱了。……此时我早已离乡，奔走各地，一直不知道魏颂声的情况。直到解放那年,我住在上海福州路时,有一天来了一个不相识的女人。我问她你是谁家宅眷,她说"我是魏颂声家的",说罢泣不能抑。我不胜惊诧,忙问她颂声情况,她边哭边说地答道:"死了。""什么毛病?""是吊死的!""哎呀!"慢慢地问她,才知道她是颂声的续弦,颂声在奉贤当小学教师,薪水微薄,一家四口难于活命,他自己又要吸烟喝酒。债台高筑,告贷无门。有一天她早上起来,看见颂声吊在门框上,已经冰冷了。桌上放着一个空空的烧酒瓶,他是喝醉了上吊的。古来都说酒能消愁,他的酒竟把愁根本消除了。我安慰她一番,拿出十万元(即今十元)来送她,作为吊仪,她道谢告辞,下文不得而知。

　　他的兄弟魏达三,另有一种横死法。此人小学毕业后,从师学医,挂牌开业,医道颇高,渐渐名闻遐迩。但架子也渐渐大起来。有时喝醉了酒,不肯出诊,要三请四请才能请到。有一天,就是日本鬼在金山卫登陆那一天,上午听见远处轰响,大家说是县城里被炸,但大家又自慰:"我们这小镇,请他来炸他也不肯来的。"这一天下午,附近乡村人来请魏达三出诊,放了一只船来。魏达三说今天没空,不能下乡,明天上午去吧。那时如果有人预知未来,一定要苦劝他赶快上船,保全性命。然而他竟到东市某家去看病了。正在诊病,日本飞机来了,炸弹纷纷投下,居民东奔西窜,哭喊连天。魏达三认为屋里危险,怕房子坍下来压死,便逃出后门,走进桑地里躲避。正好一个炸弹投下来,弹片削去了他的右臂,当场毙命。那只手臂抛在远处,手指还戴着一个金指环，被趁火打劫的人取了去。那时我一家人躲在屋里，炸弹落在离开我屋约五丈的地方，桌上的热水瓶、水烟管都翻落地上，幸而人没有被炸死。当天大家纷纷下乡避难，全镇变成死市。魏达三的尸体如何收拾，不得而知。后来听人说，那天东市病家门外的桑地里，桑树上挂着许多稻柴，大约敌机望下来以为是兵，所以投下许多炸弹，而魏达三躬逢其盛。此后约半个月，我就率眷逃往杭州，桐庐，辗转到达萍乡，长沙，桂林，故乡的情况不得而知了。

S 姑 娘

我们这所百年老屋，是三开间三进。第一进靠街，两间是我家的染店，一间是五叔家的医店。第二第三进，中央是我家，左面是堂兄嘉林家，右面是五叔家。两边都有厢房，独我家居中，没有厢房。幸而嘉林家人少，只住楼上，楼下都借给我家，借此勉强可住。五叔家最后一进，划分为二，最后一间及其楼上，租给 S 姑娘住，经常走后门进出。所以 S 姑娘不但是我们的邻居，竟是同住一屋子的人。

S 姑娘生得长身纤足，一张鹅蛋脸经常涂脂抹粉；说起话来声音像银铃一般，外加悠扬婉转。她赘一个丈夫，叫做 T。T 本家姓 H，……入赘后改名 T。此人那副尊容，实在生得特别，额上皱纹无数，两只眼睛细得没处寻找，鼻孔向天，牙齿暴出，竟像一个猪头。名字……已经俗气得太露骨了，再加之以这副尊容，竟成了一个蠢汉。然而此人心地极好，忠厚谦恭，老婆骂得无论怎样厉害，他从来不还嘴。但旁人都说，S 姑娘"一朵鲜花插在狗屎里了"。

为此，S 姑娘不要 T 住在家里，叫他经常住在戏台底下的炮仗店里。这炮仗店原是 T 开的。他做炮仗很有本领，大炮，鞭炮，雪炮，流星，水老鼠，金转银盘，万花筒等他都会做。他这店里只有他一个人，自饮自食，独居独宿，S姑娘召唤，才回家去。回家大都是为了忌日祭祖宗，要他去叩头。叩过头，吃过饭，仍回店去。有一次，T去后，S姑娘大骂"笨畜生"，因为T收祭品时把一碗酒挂在篮里，S姑娘取篮时酒倒翻了，淋了一衣袖酒。她高声地骂给隔壁五娘娘听，连我们灶间里也听得到，于是大家笑T怕老婆。S姑娘骂完后的结论是："所以我不许他回家。"

S姑娘租这间房子，很有妙用。她走后门进出，后门外是一条小街，叫做梅纱弄，这弄极小，很少有人走过。S姑娘的情夫就可自由出入。她的情夫有两人，一人是开杂货店的M，另一个是富家子C。石门湾地方小，人的活动难于隐瞒，S姑娘偷野老公，几乎无人不晓。就有两个闲汉来捉奸。一个叫Z，是个泼皮。人都叫他"吃屎"。因为他的名字发音和"吃屎（读如污）"相似。这是一个无业游民，专以敲竹杠为生。据说M和C经常开销他。如果不开销了，他就要捉奸。另一个人叫烂污阿二。姓名一向不传，人都叫他"烂污"或"阿二"或全称为"烂污阿二"。这人的确撒过大烂污：有一次，他同某女人通奸，女人的丈夫痛打女人，女人吊死了。这丈夫便把烂污阿二捉来，把这奸夫和女尸周身脱得精光，用绳子紧紧地捆在一起，关在一个空房子里，关了三天。这正是炎夏天气，尸身烂了，烂污阿二身上滚满了烂肉，爬满了蛆虫。放出来时，他居然不死，而撒烂污的名声更大了。他住的地方较远，消息不大灵通，来捉奸的机会较少。我只记得有一天黄昏，烂污阿二敲S姑娘的后门，C连忙走前门逃走。五叔家的店门是不开的，他只得走中央,正好我父亲在喝酒。他穷极智生,向我父亲拱一拱手说:"三伯,我要请你写一把扇子。"说罢一缕烟走了。S姑娘却在里面大骂烂污阿二:"捉奸捉双!你污人清白,同你到街坊去评理!"

　　S姑娘有一个儿子,叫做R。此人相貌全像他父亲T,而愚笨无比,七八岁了连话也说不清楚。有一次我听见他在唱:"吃也晓,恶也要,半末恶衣吃,见交也衣好……"我听不懂,后来才知道是他母亲教他唱的:"青菱小,红菱老,不问红与青,只觉菱儿好。……"R大了,S姑娘给他讨个老婆,这老婆也善于偷汉,本领不亚于S姑娘。抗日战争初期,R被日本鬼拉去,不知所终。

乐 生

乐生是我的远房堂兄。他的父亲叫亚卿,我们叫他亚卿三大伯,或麻子三大伯。亚卿曾在我们的染店里当管账,乐生就在店里当学徒。因此我和乐生很熟悉,下午店里空了,乐生就陪我玩。

乐生的玩法,异想天开,与众不同,还带些恶毒性,但实际上并不怎么危害人。我对他有些向往,就因为爱好这种恶毒性。例如:他看到一条百脚[1],诱它出来,用剪刀把它的两只钳剪去。百脚是以钳为武器的,如今被剪去了,就如缴了械,解除了武装,不可怕了。乐生便把它藏在衣袖里,任他在身上爬来爬去。他突然把百脚丢在别人身上,那人吓了一大跳。有几个小孩,竟被他吓得大哭。有一次,我母亲出来,在店门口坐坐。乐生乘其不备,把这条百脚放在她肩上了。我母亲见了,大吃一惊,乐生立刻走过去把百脚捉了,藏入袋里,使得我母亲又吃一惊。又有一次,他向他的父亲麻子三大伯讨零用钱,他父亲不给。他便拿出百脚来,丢在他臂上。麻子三大伯吓了一跳,连忙用手来掸,岂知那百脚落在他背脊上了,没

---

[1] 百脚,即蜈蚣。

有离身。他向门角落里拿起一根门闩，要打乐生。乐生在前面逃，他背着百脚拿着门闩在后面追，街上的人大笑。乐生转一个弯，不见了，麻子三大伯背着百脚拿着门闩站着喘气。有人替他掸脱了百脚。一只鸡看见了，跑过来啄了两三口，把百脚全部吞下去了。这鸡照旧仰起了头踱来踱去，若无其事。可知鸡的胃消化力很强。这百脚已无钳无毒。倘是有钳有毒的，它照样会消化，把毒当作营养品。记得我的大姐扎珠花，嫌珠子不圆，把它灌进鸡嘴巴里。过了一会，把鸡杀了，取出珠子来，已浑圆了。可见其消化力之强。闲话少讲。

乐生对于百脚，特别感到兴趣。上述的办法玩腻之后，他又另想办法。把一根竹，两头削尖，弯成弓形，钉住百脚的头和尾，两手一放，百脚就成了弓弦。这叫做百脚弓。他把百脚弓挂在墙上，到第三日，那百脚还不曾死，脚还在抖动。所以说：百足之虫，死而不僵。但这办法太残忍了。百脚原是害虫，应该杀死。但何必用这等残酷的刑罚呢。但这是我现在的想法，当时我也不知不觉。且说百脚干燥之后，居然非常坚韧，可作弓弦，用竹签子射箭，见者无不惊叹乐生这种杰作。

乐生另有一种杰作，实在恶毒得可以。有一天晚上，我同他两人在店堂里，他悄悄地拿出一包头发来，不知是从哪里弄来的，用剪刀剪得很细，像黑粉末。我问他做什么用，他说你明天自会知道。到了明天下午，店里空了，隔壁的道士先生顾芷塘来坐在店门口，和人谈闲天。乐生乘其不备，拿一把头发粉末来撒在他的后头骨下面的项颈里了。这顾芷塘的项颈生得很长，人们说他是吹笙的，笙是吸的，便把项颈吸得很长了。

因为项颈长,所以衣领后头很宽,可容许多头发粉末。顾芷塘起先不觉得什么,后来觉得痒了,伸手去搔,越搔越痒。那些头发粉末落下去,粘在背脊上,顾芷塘只得撩起衣服来,弯进手臂去搔。同时自言自语:"背脊上痒得很,难道生虱子了?我家没有虱子的呀。"终于痒得熬不住,便回家去换衣裳了。

管账先生何昌熙也着过这道儿。何昌熙坐在账桌边写账,乐生假作用鸡毛帚掸灰尘,把一把头发粉末撒在他项颈里了。何昌熙是个大块头,一时木知木觉,后来牵动衣裳,越牵越痒,嘴里不住地骂人。乐生和我却在暗笑。丫头红英吃过不少次数。因为红英常常坐在店门口阶沿上剖鱼或洗衣服,乐生凭在柜台上,居高临下,撒下去正好落在项颈里。此外,乐生拿了这包宝贝上街去,谁吃他亏,不得而知了。这些都是顽皮孩子的恶作剧,算不得作恶为非,但他还有招摇撞骗行径呢。

上午,街上正闹的时候,乐生拿了一碗水在人丛中走。看到一个比较阔绰的人,有意去碰他一下,那碗水倒翻在地上了。乐生惊喊起来:"啊呀!我这两角洋钱烧酒被你碰翻了!奈末[1]我的爷要打杀我了!要你赔!要你赔!"他竟哭出眼泪来了。那人没奈何,只得赔他两角洋钱。

乐生早死。他的儿子叫舜华,听说在肉店经商,现在不知怎样,几十年没消息了。

---

[1] 奈末,江南一带方言,意即这下子。

宽 盖

五十多年前，我约二十岁的时候，在杭州师范学校肄业。有一天我的图画音乐老师李叔同先生带我到玉泉去看一位程中和先生。此人在第二次革命时曾经当过师长，忽然看破红尘，放下屠刀，即将在虎跑寺出家为僧，暂住在玉泉做准备工作。李先生此时也已立志出家，是他的同志，因此去看望他。所以带我同去者，为了出家前后有些事要我帮助。程中和先生是安徽人，年约四十左右，面部扁平，口角常带笑容。这慈祥之相，不配当军人，正宜做和尚。不久他在虎跑出家，法名弘伞；李先生相继出家，法名弘一，两人是师弟兄。

弘一法师云游各地，不常在杭州。弘伞法师则做了虎跑寺的当家，但常住在虎跑下院招贤寺。有一时我在招贤寺旁租屋而居，与弘伞法师为邻。他常到我家坐谈，但我不须敬茶敬烟。因为他主张物质生活极度简化，每天上午吃十个实心馒头，一大碗盐汤，就整天不再吃饭吃茶。烟本来不吸。所以他来坐谈，真是清谈。我敬佩他这生活革命。设想他在俗时，一定不是如此清苦。一念之转，竟判若两人。可见其皈依三宝的信心是异常坚贞的。

抗战胜利后某日，弘伞法师因事到上海，寓居在城内关帝庙中。忽有一男子进来找他，跪下来抱住了他的脚，痛哭流涕，不知所云。弘伞法师拉他起来，质问情由，方知道此人名叫某某（我记不起来了），敌伪时代曾经当过特务，用手枪打死不少人，现在忏悔了，决心放下手枪，出家为僧，请求弘伞法师接引。弘伞法师自己也是拿过手枪的，看了他那痛哭流涕之状，十分同情，立刻给他摩顶受戒，取法名曰宽盖，带他回杭州，在虎跑寺修行。

这位宽盖法师非常能干。他到虎跑后，勤劳办事，使得寺内百废俱兴。弘伞法师十分得意，曾经向我夸奖此人，认为这是风尘中的奇迹，也是佛教界的胜缘。他非常信任他，就把虎跑寺的大权交给他，连自己的图章也交他保管。弘伞法师自己就常住在招贤寺，勤修梵行。宽盖不时来招贤寺向师父报告虎跑近况，弘伞法师曾带他来看我，所以我也认识他，但见此人身材高大，眼角倒竖，一脸横肉，和底下的僧衣颇不相称。好像是鲁智僧之流。

过了几时，宽盖法师来邀我到虎跑寺去吃斋，说是新近替师父在虎跑造了一间房子，请我和马一浮先生去参观。我如期而往，但见寺后山坡上竹林深处，建着一间红屋顶的小洋房。其中前为客室，后为卧房；铜床、沙发、镜台、屏帏，一应俱全。这不像僧房，竟是香闺。我口头赞美，心中纳罕。弘伞法师板起面孔说："何必造这房子，我不需要。"宽盖答说："师父赏光，这是弟子的一点孝心。"于是邀大家到外面的客堂去吃斋，素菜做得极好。

过了几时，忽然有一天杭州法院传弘伞，说有人控告他卖虎跑寺产田地若干亩,卖契上盖着他的图章,弘伞连忙找宽盖,宽盖正往上海去了。而法院传票接连而至。弘伞法师悄悄地逃出杭州,孤云野鹤一般不知去向了。后来听说他是逃到昆明,转赴缅甸去了。

不久,宽盖从上海带了一个女人来,供养在他替师父盖造的小洋房里。又带了一辆机器脚踏车来,常常载了那女人在西湖边上"噼啪噼啪"地兜圈子。有一次我到楼外楼吃饭,宽盖带了那女人也上来了。他向我招呼,满不在乎,我倒反而觉得难以为情。后来我离开杭州,此人的下场不得而知了。

元帅菩萨

　　石门湾南市梢有一座庙，叫做元帅庙。香火很盛。正月初一日烧头香的人，半夜里拿了香烛，站在庙门口等开门。据说烧得到头香，菩萨会保佑的。每年五月十四日，元帅菩萨迎会。排场非常盛大！长长的行列，开头是夜叉队，七八个人脸上涂青色，身穿青衣，手持钢叉，锵锵振响。随后是一盆炭火，由两人扛着，不时地浇上烧酒，发出青色的光，好似鬼火。随后是臂香队和肉身灯队。臂香者，一只锋利的铁钩挂在左臂的皮肉上，底下挂一只廿几斤重的锡香炉，皮肉居然不断。肉身灯者，一个赤膊的人，腰间前后左右插七八根竹子，每根竹子上挂一盏油灯，竹子的一端用钩子钉在人的身体上。据说这样做，是为了"报娘恩"。随后是犯人队。许多人穿着犯人衣服，背上插一白旗，上写"斩犯一名×××"[1]。再后面是拈香队，许多穿长衫的人士，捧着长香，踱着方步。然后是元帅菩萨的轿子，八人扛着，慢慢地走。后面是细乐队，香亭。众人望见菩萨轿子，大家合掌作揖。我五六岁时，看见菩萨，

---

[1] 按当时作者故乡的风习，认为生病是罪孽所致，因此病人有时在神前许愿：若得病愈，当在元帅会上扮作犯人以示赎罪。

不懂得作揖，却喊道："元帅菩萨的眼睛会动的！"大人们连忙掩住我的口，教我作揖。第二天，我生病了，眼睛转动。大家说这是昨天喊了那句话的原故。我的母亲连忙到元帅庙里去上香叩头，并且许愿。父亲请医生来看病，医生说我是发惊风。吃了一颗丸药就好了。但店里的人大家说不是丸药之功，是母亲去许愿，菩萨原谅了之故。后来办了猪头三牲，去请菩萨。

为此，这元帅庙里香火极盛，每年收入甚丰。庙里有两个庙祝，贪得无厌，想出一个奸计来扩大做生意。某年迎会前一天，照例祭神。庙祝预先买嘱一流氓，教他在祭时大骂"菩萨无灵，泥塑木雕"，同时取食神前的酒肉，然后假装肚痛，伏地求饶。如此，每月来领银洋若干元。流氓同意了，一切照办。岂知酒一下肚，立刻七孔流血，死在神前。原来庙祝已在酒中放入砒霜，有意毒死这流氓来大做广告。远近闻讯，都来看视，大家宣传菩萨的威灵。于是元帅庙的香火大盛，两个庙祝大发其财。后来为了分赃不均，两人争执起来，泄露了这阴谋，被官警捉去法办，两人都杀头。我后来在某笔记小说中看到一个故事，与此相似。有一农民入市归来，在一古墓前石凳上小坐休息。他把手中的两个馒头放在一个石翁仲的头上，以免蚂蚁侵食。临走时，忘记了这两个馒头。附近有两个老婆子，发现了这馒头，便大肆宣传，说石菩萨有灵，头上会生出馒头来。就在当地搭一草棚，摆设神案香烛，叩头礼拜。远近闻讯，都来拜祷。老婆子将香灰当作仙方，卖给病人。偶然病愈了，求仙方的人越来越多，老婆子大发其财。有一流氓看了垂涎，向老婆子敲竹杠。老婆子教他明日当众人来求仙方时，大骂石菩萨无灵，取食酒肉，然后假装肚痛，倒在神前。如此，每月分送银洋若干。流氓照办。岂知酒中有毒，流氓当场死在神前。此讯传出，石菩萨威名大震，仙方生意兴隆，老婆子大发其财。后来为了分赃不均，两个老婆子闹翻了，泄露阴谋，被官警捉去正法。元帅庙的事件，与此事完全相似，也可谓"智者所见皆同"。

琐 记

八指头陀诗曰:"吾爱童子身,莲花不染尘。骂之唯解笑,打亦不生嗔。对境心常定,逢人语自新。可慨年既长,物欲蔽天真。"

"草色遥看近却无""午日当天塔影圆""宫殿风微燕雀高",皆写实,即可谓"体验生活"得来者也。最后一句,我在北京故宫中实地体会。

中国文字花样多。有人集平上去入四声成语:"康子馈药","君子慎独""兵刃既接"。我续之曰:"淮海战役""英语教室""民有菜色""严守秘密""三九廿七""谈虎变色""油断大敌"。最后一句乃日本成语。油断二字出《涅槃经》:古代印度有一暴君,命一廷臣捧油钵行若干里路,若掉一滴油,即断其头,否则升官云云。日本学校中以此四字贴在壁上作标语,教学生谨慎小心也。

郑晓沧告我双字联:"翠翠红红处处莺莺燕燕。风风雨雨年年暮暮朝朝"。有人言,诗词中有三字相连者:"庭院深深深几许""家家家业尽成灰""树树树头闻晓莺"。皆自然可喜。

有人举金木水火土五行俱全的五言诗句："烟锁池塘柳""茶烹鑿壁泉"。五字偏旁五行俱全。此种例句不可多得。

童年时在家乡听见办婚丧事的人家,客人跪拜时乐人奏《喜相逢》,其曲调大约是3 2 35|6 56 2 7| 6 - |5 3 5 1| 6 1 6156 |3 2125| 3 ……是短音阶。跪拜谦恭,故用短音阶,而曲趣又很和乐。

东坡诗:"重重叠叠上瑶台,几度呼童扫不开。刚被太阳收拾去,却教明月送将来。"是一个谜语,谜底是花影。

佛家言:"身中四大,各自有名,都无有我。"

有一僧人,大约是寒山子,诗句曰:"碌碌群汉子,万事由天公。"

人倘活一百岁,则有3153600000秒,即三十一亿五千多万秒。这数目很大,似乎是永远用不完的。因此"生年不满百,常怀千岁忧"。

有人说,世间女子大都比男子多说话,一年之中,只有二月里少说些。何以故?因为二月只有二十八天。

阳历五月一日,大约相当于阴历三月底。东方人(中国、日本等)认为三月底九十韶光完了,正是送春,伤春,诗人词客痛哭流涕之时。但西方人认为 May day 是天气不寒不暖,最宜游山玩水之良辰。大概东方人是重精神的,西方人是重物质的。

"湘帘落叶黄,辇道苍苔长。蝶瘦蟹寒点缀无聊况。温柔念故乡,早荒凉。不及个袍袴宫人扫御床。从前自堕风流阵,过后方知昔日殃。回眸望,朦胧树色隐昭阳。断银河一道红墙。料无处把相思葬。""情无几点真,情有千般恨。怨女呆儿,拉扯无安顿。蚕丝理愈紊,没来因,便越是聪明越是昏。这壁厢梨花泣尽栏前雨,那壁厢蝴蝶飞来梦里魂。堪嗟悯,怜才慕色太纷纷。活牵连一种痴人,死缠绵一种痴魂。穿不透风流阵。"我十六七岁时,在杭州第一师范学校求学,国文教师刘子庚先生教我们这两首散曲。一读就熟,至今不忘。何人所作,难于考察。

日本人惯用英语,茶杯曰コップ(cup),火柴曰マッチ(match)。有人说字典 dictionary 在日语是"字ヲ引ク書ナリ"。医生 doctor 是"毒取ル"。妾 concubine 是"困窮売淫"。

有人问英文字中哪一个字最长。有人答曰:smiles。两个 s

中间相距一个 mile[1]。

中文回文诗甚多。英文也有一句：Live on no evil。

《菩萨蛮》只宜写风流旖旎之情，《满江红》只宜写激昂慷慨之情。中国文字微妙至极。

崔子玉座右铭："无道人之短，无说己之长。施人慎勿念，受施慎勿忘。世誉不足慕，惟仁为纪纲。隐心而后动，谤议庸何伤。在涅贵不淄，暧暧内含光。柔弱生之徒，老氏诫刚强。行行鄙夫志，悠悠故难量。慎言节饮食，知足胜不祥。行之苟有恒，久久自芬芳。"

有一个通汉学的西洋人，大概是 Authur Walley〔奥瑟·沃利〕吧！翻译"白头宫女在，闲坐说玄宗"，把"玄宗"译为"玄秘的宗教"。汉学深广，实在难怪他。不过如此译，此诗有何意味？

古佛偈："七池无狂花，双树无暴禽，中有道场精进林。雪山白牛日食草，其粪合香为佛宝，以此涂地香不了。长者居士与导师，各具智慧千人俱。多乐少苦功德施。童男扫塔复清塔，塔内舍利一百八，清净耳闻诸天乐。若传佛在狮子城，说法无量度众生，能令荆棘柔软沙砾咸光明。"

---

[1] mile，英文，意即英里。

在诗句中嵌字,是寂寞无聊时的一种消遣法。风、花、雪、月、酒、愁、春、秋等字,都很容易,要十套也有。今天我用"空"字,倒也完成了:

空见葡萄入汉家
排空御气奔如电
寒林空见日斜时
凤去台空江自流
学道深山空自老
六朝如梦鸟空啼
咸阳沽酒宝钗空

有人试验心理作用:预挽三四人立于某人出门必经之途,见某人来,装作吃惊之状,谓之曰:"足下脸色如此难看,恐有疾病,必须加意治疗!"众口一词。此人回家,果然疾作。

又有人试验心理作用:告狱中一死囚:汝明日须受死刑,但不用刀枪,只在腿上挖一洞,使血流出,血尽身死。次日,绑赴法场,以布蒙其眼,以锥刺其股,使稍出血。然后以水壶滴水于其伤口上,下方以桶承之,淙淙有声。约半小时,其人死矣。

从前的人定润格卖字画,有的规定:"双款加倍",有一人却是"单款加倍"。为什么呢?他说,双款的已经写定名字,不好转卖；单款的可以转卖给别人，十块钱买来的，不妨卖二十元，从中图利，所以要加倍取润。此人以此法显示他的书画的名贵，也是一种招摇撞骗。

肴馔，日本人称之为"鱼"（sakana），中国人称之为"菜"，或"小菜"。无论鱼、肉、鸡、鸭，日本人都说是"鱼"；中国人都说是"菜"。可知日本是岛国，鱼很多，其祖先吃惯鱼，故称一切肴馔为"鱼"。中国人的祖先大概都是吃素的，故称一切肴馔为"菜"。宁波人称肴馔为"下饭"（ove[1]），很好。

有人为理发店作一联："频来尽是弹冠客，此去应无搔首人。"

杭州西湖三潭印月九曲桥中的亭子上，有一副对联，是刻在木板上的，是俞曲园撰并书的，文曰："记故乡亦有仙潭，看一样湖光，添得石桥长九曲。到此地宜邀明月，问谁家秋思，吹残玉笛到三更。"抗战中被日本鬼子偷去。

英文等都有重音（accent），日本文不讲。何故？

昔年游南昌，见某处有一亭子，柱上一联曰："枫叶荻花秋

---

[1] ove是"下饭"二字的宁波读音。

瑟瑟,闲云潭影日悠悠。"本地风光。

日本有谚曰:無サ相ニ有ルノハ借金デ、有リ相ニ無イノハ金デス(似无而有者债,似有而无者钱。)

日本人排顺序,惯用"伊吕波歌",犹似我国的用千字文"天地玄黄"。伊吕波歌全文如下:
色は香へど散解るを、我が世谁ぞ常ならむ、有為の奥山、今日越えて、浅き夢見じ醉もせすん。

此歌中把日本四十八个字母全部取入,没有重复。此歌可译意如下:"花虽香且艳,不久即纷飞。茫茫此世间,何人得久栖? 扰攘红尘界,从今当隔离。勿作黄粱梦,亦勿任醉迷。"

佛教思想在日本普遍深入。伊吕波歌即是一证。昔年我在东京,看见某商店门口贴着一字条:"小僧入用",意思是此店要招收学徒。缢死叫做"秋千往生"。

古来咏战争,有动人之句:"一将功成万骨枯。""纵使将军全得胜,归时须少去时人。""年年战骨埋荒外,空见葡萄入汉家。""可怜无定河边骨,犹是春闺梦里人。""夜战桑乾北,秦兵半不归。朝来有乡信,犹自送寒衣。"
李叔同先生作一篇《音乐小杂志序》,用骈俪文:"呜呼!

沉沉乐界,眷予情其信芳。寂寂家山,独抑郁而谁语?矧夫湘灵瑟渺,凄凉帝子之魂;故国天寒,鸣咽山阳之笛。春灯燕子,可怜几树斜阳;玉树后庭,愁对一钩新月。望凉风兮天末,吹参差其谁思?瞑想前尘,辄为怅惘。旅楼一角,长夜如年。援笔未终,灯昏欲泣。"

上海有一个钱化佛,画佛像卖钱。其润格上写:"钱化佛,佛化钱。"又有一个卖字画的,其润格上写:"拿小花纸来换大花纸。"又有一个卖字画的,其润格上写:"因求者太多,故定例限制",装作不是要钱。又有一个卖字画的,叫几个学生出面定润格,说是老师不肯,学生们强请,暂时许可的。意思是要买快来。我觉得前两人可笑,后两人可鄙。

日本人骂人,最凶的是"马鹿夜郎(チクショウ)"、"畜生(バカヤロウ)"。前者用赵高指鹿为马及夜郎自大的古典,真文雅!中国人骂人牵涉到母亲。古代就有"叱嗟!尔母婢也!"可见由来已久。

从前夏丏尊先生有一句沉痛的话:"你倘要人怨恨你,只要帮他一点忙。"

北美洲的亚摩森河[1],东流入海,水势甚大,海口五百里

---

[1] 疑指南美洲的亚马孙河。

内全是淡水。有一船航到五百里内,缺乏淡水,打旗号向另一船乞水。另一船覆道:"身边就是。"汲取饮之,果是淡水。此话载在"法苑珠林",乃佛教中喻话。

有一日本人的茶壶上,刻着八个字:从任何一字起,或左行,或右行,皆成二句四言诗。

有人集四书句作一谜:"方丈之木,匠人斫而小之。在于中国,直道而行之;至于他邦,横行于天下。治亦进,乱亦进,至死不却。"射象棋中的卒。

日本人称牙刷为"杨枝"。(牙签曰小杨枝。)此乃根据古法。古人朝起,取数寸长筷来粗细[1]的杨柳枝,咬碎一端,用以刷牙。用后剪去一段,备明日再用。弘一法师告我。

据说外国有一种人,叫做 hired moaner,是出钱雇用来装着哀哭而送丧的。

昔人有巧对:魏无忌,长孙无忌,彼无忌,我亦无忌——蔺相如,司马相如,名相如,实不相如。

有人说:电影片子倒旋,映出来的情景奇影怪状。吐痰入

---

[1] 筷来粗细,作者家乡一带方言,意即像筷一样粗细。

盂，变成痰从痰盂里回到口中。

拿一个三四尺长的木制的圆筒形的器械，由于重力和速力而加到你的身上，破坏你的身体的组织，促成你的寿命的结束。——拿木棍打死你。

嘉兴城隍庙中，庙祝有一木刻猪头。来祭神者出数钱借用，浇以肉汤，供神前祭拜。望之略似真猪头。大约神自身乃泥塑木雕，故供品亦不妨木雕也。

从前有一书商，欲刊一部"中国文化名人传"，通告一百位文人，请其自写传记，并购买预约书十册，每册一元。文人想借此出名，皆乐从。书商收得一万元[1]，刊印发卖，获利无算。此出版者叫人倒贴稿费，无本营商，可谓精明之至。

昔人有全仄诗："月出断岸口，影照别舸背。且独与妇饮，颇胜俗客对。月渐入我席，暝色亦少退。岂必在秉烛，此景亦可爱。"

先君爱饮酒，家有一"回肠壶"。此壶用紫铜制造，内部有九曲回肠，上通漏斗，下达出口。壶内盛沸水。饮酒时，将冷酒倾入漏斗，酒通过沸热之回肠而从口中流出，以杯承之，

---

[1] 一万元，疑为一千元之误。

即得温酒，立刻可饮。冬日酒兴到时，等待烫酒则少兴，用此壶则立办。此昔人雅事，今也则无。然此壶宜用于独酌。若多人共饮，则不如用热水瓶，装数斤热酒，可历久不冷。